南勞黨

남로당

下

남로당
南勞黨
下

이병주

기파랑

소설 **남로당** (下)

1판 1쇄 발행일 2015년 4월 1일
1판 2쇄 인쇄일 2021년 1월 20일

지은이 | 이병주
펴낸이 | 안병훈
펴낸곳 | 도서출판 기파랑
디자인 | 표지 커뮤니케이션 울력, 내지 조희정
등 록 | 2004년 12월 27일 제300-2004-204호
주 소 | 서울특별시 종로구 대학로8가길 56(동숭동 1-49) 동숭빌딩 301호
전 화 | 02-763-8996(편집부) 02-3288-0077(영업마케팅부)
팩 스 | 02-763-8936
메 일 | info@guiparang.com

ISBN 978-89-6523-870-6 03810

차례 下

제21장
피로 얼룩진
궤적(軌跡)

　　1948년 5월 10일 북제주의 2개 구를 제외하고 남한 전역에 걸쳐 총선거가 실시되었다. 그처럼 끈덕진 남로당의 방해에도 불구하고 유권자의 91%인 7백여만 명이 투표에 참가했다. 정치적인 의미에서 남로당은 참패하고 선거에 불참한 남북협상파는 일반 국민들과 유리된 고립파가 되었다. 5월 31일 남로당은 명륜동의 비밀장소에서 중앙상임위원회를 열었다. 침통한 기운이 감도는 가운데 김삼룡이 개회인사에 곁들여 이런 말을 했다.

　"유권자의 91%가 투표했다고 하는데 이것은 과장된 숫자라 아니할 수 없다. 유엔 감시단은 미제(美帝)의 거수기라는 것을 만천하에 폭로했어. 그러나 예상 이상의 숫자임에는 틀림없어. 지방 당으로부터의 보고에 의하면 투표에 참가할 사람이 30%에 미달할 것이라고 하지 않았던가? 명색이 인민을 위한 당이라고 하고서 인민의 실정을 그처럼 파악하지 못했단 말인가? 혁명을 사명으로 하는 당의 생명은 정확한 사태파악에 있다. 우선 창피해서 견딜 수가 없다. 위원장 동지에게 무슨 낯으로 대할 것인가? 북조선의 동지들이 우리를 어떻게 볼 것인가? 국제 민주진영이 우리를 어떻게 평가할 것인가? 혁명의 제1단계는 이로써 완전히 실패했다. 가능만 하다면 왜놈 사무라이들처럼 배를 갈라 할복 자살이라도 하고 싶다. 그러나 혁명과업을 두고 그럴 순 없다. 철저한 자기비판을 하고 앞으로 당을 어떻게 유지할 것인가, 투쟁의 전술을 어떻게 바꾸어야 할 것인가를 연구해야 하겠다…….'

이어 정태식의 보고가 있었다.

"실패를 했다고는 하나 동지 당원들의 노력은 그런대로 평가해주어야 하겠습니다. 더욱이 단선을 저지하기 위해 희생된 동지들의 공로는 높이 찬양해야 합니다. 우리의 목표가 달성되지 않았다고 해서 동지들의 공적까지 무시해 버릴 수야 없는 일 아닙니까?"

"다 타버린 집터에 서서 불 끄는 데 공로가 많았대서 표창식을 거행하잔 말이오? 그런 얘긴 집어치우고 사실보고나 하시오."

이주하가 투덜댔다.

"그럼 1948년 2월 7일부터 5월 24일까지 있었던 투쟁업적을 보고하겠습니다."하고 정태식이 메모지를 꺼내 들었다.

"첫째 방화 업적입니다. 선거사무소 36개소를 불태우고 경찰관서 20개를 불태웠습니다. 기타 선거시설 5군데, 관공서 12군데를 태웠고, 반동의 집에 방화한 수는 3백8건입니다. 파괴공작의 업적은 선거시설 41개, 경찰관서 20개, 도로와 교량 50군데, 반동가옥 80채입니다. 철도의 파괴공작 업적은 기관차 71개, 객차와 화차 11개, 선로 65군데, 기타가 8개소입니다. 통신시설 파괴 업적은 전화선 절단 5백63군데, 전신주 절도(切倒) 4백97개, 통신기구 파괴 14군데, 동력선 절단 15군데입니다. 총기 탈취 업적은 1백33개의 소총, 탄환 1천8백60발입니다. 탈취한 선거 관계 서류도 1백16건입니다.

다음은 살생자의 수를 말하겠습니다. 선거 공무원 중 사망자는 18명, 부상은 54명, 의원 후보자 중 사망 2명, 부상 4명, 경찰관 중 사망자 4명, 부상자 64명, 경찰가족 중 사망자 9명, 일반 공무원 중 사망자 1백45명, 부상자 4백20명, 우리 측의 사망자 3백30명, 부상자 1백31명입니다. 체포된 동지의 수는 아직 정확하게 파악하지 못했습니다. 이상은 반동 경찰의 집계와도 거의 일치하고 있습니다."

"한심하군."

이주하가 혀를 끌끌 찼다. 이어 회의는 남로당의 조직을 군사조직화해야 한다는 데 의견의 일치를 보고 그 세부안을 검토하기 시작했다. 남로당은 이른바 2·7투쟁 단계에서 서울엔 행동대, 지방엔 야산대(野山隊)를 조직하고 있었다.

"지금부터 당은 완전히 비합법적 투쟁 태세로 들어간다. 물론 비폭력투쟁과 폭력투쟁의 배합적인 성격을 가지는 것은 종래와 같지만 폭력투쟁에 중점이 있게 된다. 따라서 조직도 약간 형태를 달리할 수밖에 없다. 군당과 면당의 조직은 가급적으로 남기되 그것은 연락망의 역할만 하고 야산대의 조직을 중심으로 한다. 도(道)를 2개 내지 3개의 전구(戰區)로 나눈다. 각 도에 야산대 도사령부를 설치하고 사령관은 도당 부위원장이 겸임한다. 전구마다 야산대 지구사령부를 두고 각 시, 각 군 단위로 군명, 시명의 이름을 붙인 야산대를 둔다."

중앙위원회의 토의 사항이 군사문제로 넘어갔을 때 군사 책임자 이주하는 미리 준비한 방침을 이렇게 밝히고, 이 방침에 따른 인사문제를 의제로 내놓았다.

남로당의 중앙위원회가 열린 바로 이날, 대한민국의 제헌국회가 역사적인 개원식을 가졌다. 선거법에 의해 최고 연령인 이승만 박사가 임시의장에 선출되었다. 의장 선거에 들어가 이승만이 1백88표로 초대 국회의장이 되고, 신익희와 김동원 양 씨가 부의장으로 선출되었다.

이어 정식 개원식이 이날 하오 2시, 일제 때 총독부 건물인 정부청사에 마련된 의사당에서 유엔한국위원단, 미군정청 수뇌부들과 내외의 귀빈들이 참석한 가운데 거행되었다. 이승만 의장은 "제헌국회는 기미년 3·1독립운동 이후 상해에서 조직된 임시정부를 계승하는 것이며, 북위 38도선 이북의 4백50만에 달하는 동포가 하루속히 선거를 실시하여 국회에 준비해두고 있는 나머지 1백 석의 의석을 채울 수 있게 되기를 기원한다. …… 미국군은 한국군의 편성이 완료될 때까지 계속 이 땅에 주둔할 것을 희망하며, 그렇게 될 것으로 믿는다. ……"고 했다.

이와 같이 대한민국은 출범한 것이다. 지하로 몰린 남로당을 비롯한 좌익세력이 아무리 이를 갈고 발을 굴러도 이미 진전되기 시작한 남한에서의 역사의 흐름을 저지할 순 없었다. 남로당이 대한민국을 불법집단이라고 우겨보았자 소용없는 일이기도 했다.

"인민의 의사를 무시한 남조선의 단독정부를 인정할 수 없다."는 좌익의 주장에 대해 우익은 "인민의 의사를 무엇으로 측정하는가? 투표에 의할 수밖에 없지 않은가?"하고 다음과 같은 사실을 제시할 수가 있었으니 말이다.

법률로써 무능력자로 규정된 정신병자, 수형자(受刑者), 일본 정부에 의해 작위(爵位)를 받은 자, 일본의 국회의원이었던 자를 제외한 만 21세 이상의 한국인은 남녀를 막론하고 선거권을 가졌다. 비록 남로당원일지라도 형을 받았거나 수감 중에 있는 자가 아니면 선거권을 행사할 수 있었다.

그 유권자의 수는 8백13만2천5백12명이었다. 그 유권자의 91%에 해당되는 7백여만 명이 투표에 참가했다. 유권자 91%의 의사가 반영된 것이 인민의 의사가 아니면 무엇이 인민의 의사이냐? 뿐만 아니라 남로당의 끈덕진 방해공작은 있었지만 우익의 강제행동은 없었다. 유권자들은 아무런 강압도 받지 않고 자기 뜻대로 자기 발로 걸어서 투표장으로 간 것이다. 남로당을 비롯한 좌익세력이 무슨 말을 해도 대한민국 정부의 합법성은 의심할 여지조차 없었다.

6월 1일, 이승만 의장 사회로 국회 제1차 본회의가 열렸다. 헌법, 정부조직법, 국회법, 국회규칙을 만드는 기초위원 선출에 관한 안건이 토의되었다. 먼저 기초위원과 전형위원을 각 도별로 선출하느냐, 인물 본위로 하느냐의 양론이 있었다. 투표한 결과 도별로 선출하기로 했다. 이에 의하여 기초위원 30명이 선출되었다. 이와는 별도로 국회법 기초위원 15명도 이날 선출되었다.

1948년 6월 23일, 제17차 본회의에서 서상일 헌법기초위원장이 헌법의 기초 경위를 설명했다. 고려대 교수 유진오(俞鎭午)를 중심으로 하여 사계의 권위자를 망라한 위원회에서 월여에 걸쳐 만든 내용이었다. 이날 제출된 초안을 두고 국회는 구체적으로 심의에 들어갔다. 다음과 같은 것이 심의의 골자였다.

① 국호를 대한민국이라고 정한 의미와 근거는 무엇인가? ② 대통령을 간접선거에서 뽑는 이유가 무엇이냐? ③ 인민과 국민과의 술어적(術語的) 차이는 무엇이냐? ④ 국토방위와 병역의무의 규정이 과연 타당한가? ⑤ 선전포고 결의 문제는 어떻게 되는 것인가? ⑥ 남녀평등권 규정은 이로써 충분한가? ⑦ 의무교육에 관한 규정은 이로써 충분한가? ⑧ 국회 정기회의 소집일자를 어떻게 할 것인가? ⑨ 부통령의 임기를 왜 대통령 재임 중으로 한정하는가? ⑩ 제헌의회의 임기를 어떻게 할 것인가? ⑪ 대통령과 부통령이 국무총리와 국회의원을 겸하지 못하는 이유는 어디에 있는가? ⑫ 국무위원의 임면(任免)을 국회의 동의 없이 대통령이 할 수 있게 한 것은 무슨 까닭인가? ⑬ 국무회의의 의결을 과반수로써 하게 한 이유는 무엇인가? ⑭ 헌법위원회의 위원장

을 부통령이 맡도록 된 이유는 무엇인가? ⑮ 경제적 자유와 개인적 자유의 한계를 어떻게 할 것인가? ⑯ 농지를 농민에게 분배하는 것을 원칙으로 한다는데, 부농(富農)에게도 해당되는 일인가? ⑰ 대한민국의 경제는 통제경제인가, 자유경제인가? ⑱ 공공성을 가진 기업체의 한계를 어떻게 정할 것인가? ⑲ 국회가 정부의 동의 없이 예산을 증가할 수 없는 이유는 무엇인가?

이상과 같은 심의를 거쳐 7월 12일 국회는 제28차 회의에서 헌법을 통과시켰다. 7월 17일 의사당에서 이승만 의장은 이 헌법에 서명했다. 건국 제1단계의 작업이 이로써 완료한 것이다.

1948년 6월 초 남로당은 지방 당 요원들의 인사이동을 단행했다. 이때 박갑동은 중앙위원으로 선출되고 이어 상임위원으로 천거되었다. 이 사실을 알리면서 김삼룡은 "박 동무는 우리 당의 가장 연소한 중앙상임위원이 되었소. 당성과 능력을 높이 평가한 때문이오. 새삼스럽게 말할 필요 없겠지만 앞으로 더욱 노력해서 당의 자랑이 되어주기 바라오. 그리고 진주당의 민형준 동무는 진해와 마산지구의 책임자로 보내기로 했소."하고 박갑동을 치하하는 동시에 박갑동에 대한 자기의 신임을 확인하는 말을 했다.

공산주의를 목표하여 입당한 당원이 당의 역직(役職)이라고 할 수 있는 중앙위원 하고도 상임위원에 천거되었다는 것은 최대의 영광이 아닐 수 없고 따라서 응당 기뻐해야 할 일이지만, 박갑동은 개운한 기분일 수가 없었다. 하나같이 당의 전술이 빗나간다는 사실은 요컨대 지도부의 잘못에 그 책임이 있는 것인데, 그것을 근본적으로 고쳐나갈 생각은 없고 그냥 그대로 밀고 나가려는 것이 불만이었다.

1946년 10월사건 이래로 당은 극좌적인 모험주의 노선을 채택하여 그 결과 당세를 늘리기는커녕 위축되어만 갔다. 5·10선거의 저지운동만 해도 그렇다. 결과가 이렇게 될 줄을 짐작하고, 강온(强穩) 양면 전술을 세웠어야 옳았다. 우익 때문에 당의 전술이 성공하지 못했다고 하면 우스운 얘기로 된다. 그러한 장애를 극복할 수 있도록 전술을 세웠어야 할 것이 아닌가?

박갑동이 중앙위원으로 선임됐다는 사실을 알리는 자리에서 김삼룡에 이어 치하의 인사를 한 이주하는 그 인사말 끝에 "전체 당원 동지가 제주도 동지처럼 뭉칠 수만 있었더라면 조선의 혁명은 당장 성공할 수 있었을 것인데……."라고 했다. 박갑동은 이주하의 그런 사고방식에 동조할 수 없었다. 지금 제주도에서 좌익이 폭도화되어 한창 기세를 올리고 있지만 사태가 그대로 진행된다면 멀지 않아 파멸되고 말 것이 필지의 사실인데, 무조건 좋아하고 있는 것이 역겹게 느껴졌다. 중앙위원이 되었다는 자부심이 시킨 것이기도 했을 것이다. 박갑동이 이런 말을 했다.

"이 선생님, 저의 생각은 조금 다릅니다. 절해의 고도에서 외부의 도움을 받을 수 없는 실정을 번연히 알면서 전면적인 폭력투쟁을 전개했다는 것은 그곳에서의 당의 조직력을 송두리째 뿌리 뽑히는 결과를 초래할 뿐입니다. 우리 당이 지금 제주도에서 투쟁하고 있는 동지들을 도와줄 형편이 되기나 합니까? 미군이나 새로 출발한 남조선 정부가 그들을 방치해두겠습니까? 새로운 병력을 계속 보낼 것 아닙니까? 제주도의 인민들이 어떻게 그걸 감당하겠어요? 단정수립을 반대한다는 목표는 사라졌고, 그들이 기다리고 있는 것은 절멸입니다. 그래도 이 선생님은 그런 사태를 환영할 만한 것으로 보십니까? 우리의 목적은 혁명의 성공에 있는 것이지 결과를 불문하고 폭력행사만 하면 된다는 데 있는 것이 아니라고 생각합니다."

"박 동무, 그래서 어쩌자는 것인가? 제주도의 동지들을 비난이라도 해야 한다는 얘긴가?"

이주하의 말에 가시가 있다.

"그럴 리야 있습니까? 앞으로의 전술 책정은 더욱 신중히 해야겠다는 겁니다."

"신중히 하기 위해서 투쟁을 포기해야 한다는 말처럼 들리는데?"

"제가 한 말은 그게 아닙니다. 투쟁이 승리와 직결되도록 전술을 짜자는 얘깁니다."

"투쟁의 과정엔 갖가지 장애물이 있는 거요. 실패할 경우도 있는 거요. 그러나 긴 안목으로 보면 실패했다고 여겨지는 게 성공의 원인이 될 수도 있는 거요."

"그러나 우리가 여태껏 해온 것은 실패의 연속이 아니었습니까?"

"실패의 연속이라? 어째서 실패의 연속이오? 박 동무의 눈엔 실패인 것 같아도 그 모두가 우리의 업적으로 되는 거요. 우리 당의 투쟁 경력으로서 기록되는 거요. 그 경력의 집합이 곧 당의 승리요. 박 동무는 다음과 같은 사실을 명심해야 되겠소. 공산당엔 실패가 없소. 공산당의 기록은 불패의 기록이오. 한 걸음 한 걸음 나가고 있소. 역사에 후퇴하는 법이 있습디까?"

이렇게 추상적인 당위론이 되면 토론의 여지는 없어진다. 공산당은 이상론을 현실론으로써 부정하고, 현실을 들고 나오면 이상론으로써 부정하려고 드는 고질을 가지고 있었다. 이주하의 논법대로라면 해방 직후 조선공산당, 즉 남로당이 저지른 모든 실패가 승리의 기록이 되는 것이다.

"그렇다면 이 선생님, 현재 우리 당의 처지는 어떻게 되어 있는 겁니까?"

"무슨 말인가, 그게?"

"당이 커져간다고 생각하십니까, 약화되어간다고 생각하십니까?"

"그건 마음먹기에 달렸지. 지하당으로 전환할 수밖에 없으니까 외면으론 약화되는 것 같지만, 당원의 정예화를 두고 말하면 훨씬 강력해졌다고 말할 수 있을 것이니까."

"나는 이대로 나가다간 당이 송두리째 없어질 것이 아닌가 하는 생각이 듭니다. 자꾸만 당세가 약해지는 것 같아서요."

"당은 투쟁을 통해서 크는 거요."

"여태껏 투쟁을 해오지 않았습니까? 그런데도 이런 꼴이 되었다는 덴 반성할 필요가 있는 것 아니겠습니까?"

"아무래도 박 동무는 패배주의에 사로잡힌 것 같아, 박 동무."하고 이주하가 언성을 높이자 김삼룡이 끼어들었다.

"가끔 그런 토론도 필요한 겁니다. 당을 위해서나 당원의 수양을 위해서…… 아닌 게 아니라 우리의 전술은 시정해야 할 게 많습니다. 토론도 그렇지요. 강경론도 필요하지만 신중론도 필요하니까요. 원칙론도 필요하고 현실론도 필요하지요. 그러나 오늘의 토론은 그 정도로 해두는 게 좋겠소. 우리가 결정한 기본방침을 밀고 나가는 동시에 지금 북조선에서 진행되고 있는 사태를 예의 주시하고 보조를 맞추는데 어긋남이 없어야 할 것이오. 그러니 당내 문제에 관한 토론은 되도록 삼가는 게 좋겠소."

김삼룡이 말하는 북조선의 사태는 대강 다음과 같이 진행되고 있었다. 지난 4월 30일에 있었던 이른바 '남북 조선 제정당 사회단체 지도자 협의회'에선 "남조선 단독 선거가 설사 실시된다고 하더라도 그 결과를 승인하지 않을 것이며 이와는 달리 통일적 입법기관 선거를 실시하여 조선 헌법을 제정하고 통일적 민주정부를 수립한다."고 결의했다. 그리고 5 · 10 선거와는 관계없이 인민공화국을 수립한다는 성명을 발표하기도 했다.

이 4월회의의 맥락을 이어 1948년 6월 29일부터 7월 5일까지 평양에서 '남북 제정당 사회단체 지도자 협의회'가 개최되었다. 이에 참가한 단체의 이름을 들면 다음과 같다

북조선노동당, 북조선민주당, 북조선천도교청우당, 북조선직업동맹, 농민동맹, 민주청년동맹, 민주여성동맹, 남조선노동당, 조선인민공화당, 민주독립당, 근로인민당, 전평, 전농, 민애청, 여맹, 기독교민주동맹, 건민회 등.

이 회의에서 북조선 민전을 대표하여 김일성, 남조선 민전을 대표하여 박헌영, 민주독립당의 홍명희, 근로인민당의 이영 등이 보고와 연설을 했다. 김일성의 보고 내용은 다음과 같았다.

역사적 남북 연석회의로부터 시간은 불과 2개월밖에 지나지 않았다. 그러나 이 동안에 남조선에서 전개된 정치적 사변은 날이 갈수록 점점 더 첨예화해가며 복잡해가고 있다. 그들은 민족반역자, 친일파들로서 국회를 구성하고, 그 국회를 전 조선 인민을 대표하는 전 조선 국회라고 선언하고 있다. 전 조선 인민의 절대 다수를 차지하는 농민과 노동자를 대표한 국회의원이 없는 그러한 국회를 어떻게 조선 인민을 대표한 국회라고 인정할 수 있으며, 조선 인민의 반대 속에 기만과 허위로 날조된 국회를 어떻게 민족적 국회로 인정할 수 있겠는가? 그렇기 때문에 이 국회를 부인하는 것이다. 그러나 사태는 가장 엄중하다. 문제는 우리가 남조선 국회에 대해 담화나 성명서를 발표하여 우리의 태도를 표명하는 것으로만 투쟁할 것이 아니라 결정적 구국대책을 취하여야 한다. 이 구국대책의 첫 행동으로 우리는 우리 손으로 통일을 기하여 조선 인민들의 의사와 숙망을 표현하며, 그들을 대표하는 전 조선 최고입법기관을 수립하고, 조선인민공화국 헌법을 실현시켜야 하겠다. 그러함으로써 우리는 단독정부를 수립할 것이 아니라 남북조선의 인민들이 참여하여 그들을 대표하는 남북조선 제정당 사회단체 대표자들로 전 조선 정부를 수립해야 하겠다. 북조선 인민들은 조선인민공화국 헌법에 기초하여 전 조선 최고인민회의 대의원 선거에 한 사람처럼 일치되어 참여할 것이다.

남한 유권자 91%의 참여 하에 실시된 선거에 의해 구성된 대한민국 국회를 한마디로 기만에 의한 날조라고 규정한 것과, 남한의 국회의원을 민족 반역자, 친일파로 규정한 김일성의 연설은 사실과는 거리가 먼 것이었다. 그러나 좌익들은 그 연설을 그냥 그대로 받아들이지 않으면 안 되었다.

　　김일성에 이어 박헌영, 홍명희, 이영 등의 연설이 있은 다음 참가자들의 토론이 있었다. 그 토론이야말로 가관이었다. 일종의 만화 같은 광경이었다고 해도 과언이 아니었다. 그들의 토론은 5·10 선거는 절대 다수의 인민이 불참한 강압에 의한 선거이며, 김성수가 이끄는 반동 정당 한민당과 이승만 일파가 인민으로부터 완전히 고립되었다는 것을 증명하는 것이며, 선출된 국회의원 가운데 한 사람의 진보적 인사도 없다는 결론으로 낙착되었다. 그러고는 다음과 같은 결정서를 채택했다.

　　① 비합법적으로 조직된 남조선 국회와 이것을 토대로 남조선 정부가 수립된다면, 우리는 이것을 결정적으로 폭로 배격할 것이다. 이것은 우리 조국에 반인민적 반민주주의적 제도를 설정하여, 우리 조국을 두 부분으로 영원히 분열하여 남조선을 미 제국주의자들의 식민지와 군사기지로 변화시킬 목적을 가진 까닭이다. ② 선거 실시에 기초하여 조선 최고인민회의를 창설하고 남북 조선 대표자들로 조선 중앙 정부를 수립한다. ③ 조선 최고인민회의와 조선 중앙정부는 조선으로부터 외국군대를 즉시, 동시에 철거하도록 할 것이다. 이 회의에 참가한 정당, 사회단체의 모든 당원과 맹원, 그리고 진정한 애국자들은 이 회의 결정을 열광적으로 지지할 것이며, 각기의 전력을 다하여 조국의 반역자들과 투쟁하여 조국의 통일과 민주주의 조선 독립국가를 창설하기 위하여 헌신 투쟁하리라는 것을 확신하는 바이다.

회의 마지막 날인 7월 5일, 인민공화국 수립을 위한 선거 실시의 절차 문제에 관한 토의가 있었다. 7월 9일과 10일 이틀에 걸쳐 개최된 북조선인민회의에서 선거의 절차를 다음과 같이 결정했다.

선거권과 피선거권은 만 20세에 달한 북조선의 모든 인민이면 갖게 된다. 단 정신병자, 재판에 의한 선거권이 박탈된 자, 친일분자는 제외된다. 선거구는 인구 5만을 1개 선거구로 한다. 선거구의 수는 총 2백12개구이다. 대의원 입후보자 추천은 북조선 인민위원회에 등록된 정당, 사회단체에서만 할 수 있다.

선거는 선거일과 장소를 20일 이내에 공포한다. 찬반은 백함(白函)과 흑함(黑函)을 통해 표시한다. 투표소에 백함과 흑함을 두고 후보자를 찬성하면 백함에 투표하고 반대하면 흑함에 투표한다. 선거일은 8월 25일로 한다. 이 결정에 따라 북조선민전은 7월 12일과 13일 이틀 동안 중앙위원회를 열고 다음과 같은 결정서를 발표했다.

① 조국을 영원히 분열하려는 남조선 단독선거를 무효로 인정하며, 반동 국회를 여하한 조건 아래서든지 절대 부인하며, 매국 단정이 수립되더라도 이를 끝까지 견결히 배격할 것이다. ② 북조선 제5차 인민회의에서 채택된 인민공화국 헌법 실시에 대한 결정은 자주 독립을 위한 가장 옳은 노선으로 이를 전적으로 지지한다. ③ 인민회의 선거 규정을 찬동하며 이 규정에 의거하여 유일한 행동으로써 그 실시를 보장할 것이다. ④ 선거위원의 사업을 적극 협조할 것이다. ⑤ 각 정당, 사회단체는 우수한 선전원들을 선발하여 통일적으로 선거 실시에 대한 강습을 조직할 것. 이에 대한 계획과 실시는 북조선 인민위원회 선전국과 중앙민전 서기장에게 일임한다.

이와 같은 결정에 따라 김일성은 제23선거구인 평남 강동 승호지구에서, 김두봉은 제7선거구인 사동 탄광지역에서, 김책, 최창익, 박일우, 박정애 등은 해주에서 각각 대의원 입후보자로 나섰다. 투표 결과 전체 선거구에 등록한 유권자 4백52만6천65명이며 투표에 참가한 자는 4백52만4천9백42명이었다. 99.92%의 투표율이다. 총 2백27명의 입후보자 중 2백21명이 뽑히고 15명이 탈락했다. 이것이 무슨 선거일까만 그들은 이것을 선거라고 우기고 합법성을 주장했다.

남한에선 공개적으로 대의원 선거를 할 수 없었기 때문에 별도의 방식을 취해야만 했다. 해주에 있던 박헌영으로부터 다음과 같은 지령이 서울에 전달되었다.

남조선의 각 시, 군에서 5명 내지 7명의 대표를 선정하여 해주로 파견할 것. 이 대표들이 모여 인민대표자대회를 연다. 이 대표자대회에서 남조선에 할당된 3백60명의 최고인민회의 대의원을 뽑는다. 조속히 민전을 중심으로 '선거지도위원회'를 조직하고, 인민대표자대회에 참가할 대표들을 선출하여 가능한 경로를 각각 선택해서 월북하도록 하라. 그 대표들을 지지한다는 증거를 만들기 위해선 지지 의사를 서명으로서 표시하는 연판장 형식을 취하라.

이 지령에 의해 남로당은 한창 바쁘게 되었다. 시, 군, 구 위원회 산하에 전권(全權)위원회란 조직을 만들었다. 전권을 맡아 연판장을 만들기 위한 조직이다. 연판장이란 서명하고 날인하는 투표 형식인데, 날인 대신 무인(拇印)을 해도 좋다고 되었다. 이러한 연판장이고 보니 이름을 함부로 조작하여 한 사람의 손가락으로 수십 명, 수백 명의 연판장을 조작할 수 있게 되었다. 김남식 씨의 기록에 의하면 부산의 조선방직공장 여공은 '전권위원'으로서 혼자 1천3백 명의 서명을 받고, 영등포지구에선 혼자 8백90명의 서명을 받은 전권위원이 있었다. 이렇게 해서 남조선 민전은 대표 1천80명을 선정하여 해주 인민대표자대회에 파견했다. 1946년 박헌영이 월북 후 김삼룡의 배후에서 남로당의 총책을 맡고 있던 이승엽이 박헌영의 지령을 받고 월북한 것도 이 무렵이었다고 한다.

남조선 인민대표자대회는 예정대로 8월 21일 해주 인민회당에서 열렸다. 장소를 해주로 택한 이유는 박헌영을 비롯한 월북 남로당 간부들이 1946년 10월부터 해주 제일인쇄소를 본거로 하여 『노력자』 등 선전 책자를 만들어 서울에 보내는 한편 공작금, 또는 각종 지령을 보낸 남로당의 실직적인 지휘 본부가 이곳에 있었기 때문이다. 회의에 참가한 대표자는 1천80명 중 1천2명이었다. 참가하지 못한 78명은 경찰에 붙들렸거나 교통사정이 여의치 않았기 때문이었을 것이다. 회의의 진행은 다음과 같았다.

8월 21일　① 개회선언(박헌영) ② 개회사(홍명희) ③ 주석단 및 서기국 선거 ④ 회순 및 회의 절차 결정 ⑤ 북조선 민전 대표 김두봉의 축사 ⑥ 박헌영의 보고 연설. 제목 「조선 최고인민회의 남조선 대의원 선거를 위한 남조선 인민 대표자대회 대표 선거 총결에 대하여」

8월 22일　① 남조선 각지에서 보내온 축하문 낭독 ② 북조선 노동자들의 축하 연설 ③ 학생들의 축하 ④ 북조선 각지에서 보내온 축전 ⑤ 최승희 무용연구소 공연

8월 23일　① 북조선 농민 대표 축사 ② 박헌영에 의한 토론 결론 ③ 결정서 채택 ④ 대표자 자격심사 결과 보고 및 결정서 통과 ⑤ 북조선 여성 및 문화인 대표 축사 ⑥ 선거 절차 통과

8월 24일　① 평양 혁명자 유가족 학생 대표 축사 ② 최고인민회의 대의원 입후보자 추천 및 통과(허헌, 박헌영 등 3백60명의 입후보자 명단이 발표되었다.) ③ 9명의 투표 계산위원 선거

8월 25일　① 입후보자들에 대한 검토 ② 투표

8월 26일　① 축전, 축문 낭독 ② 대의원 선거 투표 결과 발표 ③ 김일성과 북조선 인민들에게 보내는 감사 메시지 통과 ④ 폐회사(허헌)

이 회의 동안은 박헌영에게는 최고의 나날이었다. 그를 우상화하고 영웅시하는 분위기 속에서 회의가 진행되었기 때문이다. 작곡가 김순남은 「박헌영에게 드리는 노래」를 만들어 대회장에서 부르게 하고, 평론가 이원조는 「박헌영에게 드리는 헌시」를 낭독하여 만장의 갈채를 받았다.

남조선 파르티잔의 투쟁을 그린 연극 「산사람」이 공연되기도 했는데, 그 마지막은 "박헌영 동지 만세!"를 외치며 죽는 장면이다. 이 모두가 앞으로 수립될 이른바 인민공화국에 박헌영이 유리한 위치를 차지하게 하려는 공작의 일단이었다. 대회에서는 제주도 폭동의 주모자 김달삼(본명 이승진)이 연단에 오르자 만장에 박수갈채가 인 해프닝도 있었다.

해주 대회의 흥분과는 전혀 관계없이 남한에서의 건국 작업은 진척되어갔다. 7월 17일, 헌법이 통과되고 3일 후인 7월 20일, 부의장 신익희가 사퇴한 국회 제33차 본회의는 이승만 박사를 초대 대통령으로 선출했다. 이 대통령이 국무총리로 지명한 이윤영(李允榮)은 국회의 동의를 얻지 못하고, 8월 2일 2차 지명을 받은 이범석(李範奭)이 국회의 인준을 받아 국무총리에 취임했다. 8월 5일 다음과 같은 진용으로 초대 내각이 구성되었다.

국무총리; 이범석, 내무장관; 윤치영, 외무장관; 장택상, 국방장관; 이범석(겸임), 재무장관; 김도연, 문교장관; 안호상, 농림장관 조봉암, 상공장관; 임영신, 사회장관; 전진한, 교통장관; 민희식, 체신장관; 윤석구, 총무처장; 김병연, 공보처장; 김동성, 기획처장; 이준탁, 법제처장; 유진오

대법원장으로는 김병로(金炳魯)가 임명되었다.

이윽고 1948년 8월 15일 대한민국 정부의 선포식이 있었다. 이날

서울의 날씨는 맑았다. 식장은 중앙청 광장이었다. 아침부터 수많은 군중들이 모여들기 시작했다. 광장만으론 모자라 세종로, 태평로 가득 인파가 넘쳤다.

전옥희는 몇몇 친구들과 더불어 광장 한구석에 끼어들어 식전의 경과를 지켜보았다. 그녀의 마음은 여러 갈래로 분열되어 있었다. 이 식전을 있게 한 흐름 속에 자기는 끼이지 않았다는 결연한 마음의 갈래는 그 광경을 만화로 보려고 했고, 저주의 재료를 발견하려고 했다. 한편 이 축전을 진심으로 축하할 수 없는 스스로에게 서글픔을 느꼈다. 전옥희는 또한 이렇게 운집한 군중들이 마음으로 이 축전을 축하하는 것이라면 남로당은 끝장이 났다는 생각이 들었다. 전옥희가 이곳에 와 서 있는 것은 남로당의 끝장을 확인하기 위해서인지 몰랐다. 자기가 자기 마음의 갈피를 잡을 수 없었던 것이다. 특설한 식단(式檀)의 배후에 태극기와 유엔기가 드리워져 있었다. 그 태극기와 유엔기를 부신 눈으로, 복잡한 마음으로 바라보고 있는데 박수소리가 터져 나왔다.

상오 11시 15분, 이승만 대통령과 맥아더 원수가 등단하고 있었다. 뒤이어 등단한 사람들은 이범석 국무총리를 비롯한 각 부 장관들일 것이었다. 식은 11시 25분에 시작되었다. 국민의례가 있은 후 오세창 선생의 기념사가 있었다.

"대한민국 정부가 수립을 천하에 선포하는 이날에 유엔위원단과 우방 열국의 사절과, 존경하는 맥아더 원수를 이 자리에 모신 것을 영광으로 생각한다. 8월 15일은 해방의 날이며 정부수립을 선포하는 날이기에 앞으로 영원히 기념할 날이다. 우리는 세계의 평화와 자유에 공헌할 것을 이날을 기해 맹세해야 할 것이다."하는 요지였다.

이승만 박사가 일어서서 연단으로 나오자 우레와 같은 박수가 있었다. 한복 모시 두루마기와 백발이 잘 어울렸다. 전옥희는 그 모습을 보자, 저 노인만은 미워할 수 없구나 하는 가슴의 설렘을 느꼈다. 이승만은 멀게 하늘을 보고는 군중 쪽으로 시선을 옮겨 한참 동안 묵묵히 서 있더니 약간 떨리는 듯한 그 독특한 목소리로 "외국 귀빈 제씨와 사랑하는 동포 여러분! 8월 15일 오늘에 거행하는 이 식은 우리의 해방을 기념하는 동시에 우리 민국이 새로 탄생한 것을 겸하는 날입니다."

그러자 전옥희 옆에 벽을 기대 서 있던 초로의 여자가 흐느끼며 손수건을 꺼냈다.

"이날 동양의 한 고대국(古代國)인 대한민국 정부가 회복되어서 40여 년을 두고 바라며 꿈꾸며 투쟁하여온 사실이 실현된 것입니다. 그러므로 오늘 이 시간은 내 평생에서 제일 귀중한 시기입니다. 내가 다시 고국에 돌아와서 동포의 자치 자주하는 정부 밑에서 자유 공기를 호흡하며, 이 자리에 서서 대한민국 대통령의 자격으로 이 말을 하게 되는 것입니다. 그러나 내 마음에는 대통령의 존귀한 지위보다 대한민국의 한 공복인 직책을 다하기에 두려운 생각이 앞서는 터입니다."

다음엔 맥아더 장군에 대한 누누한 찬사가 있고, 이어 "민주주의를 전적으로 믿어야 될 것입니다."하고 약간의 설명을 보탰다. 그리고 미국과 우리나라와의 관계에 언급하고는 "오늘에 지나간 역사는 마치고 새 역사가 시작되어 세계 모든 정부 중에 우리 새 정부가 나서게 됨으로 우리는 남에게 배울 것도 많고 도움을 받을 것도 많습니다. 모든 자유 우방들의 후의와 도움이 아니면 우리의 문제는 해결이 어려울 것입니다. 이 우방들이 이미 표시한 바와 같이 앞으로 계속할 것을 우리는 길이 믿는 바이며, 동시에 가장 중대한 바는 일반 국민의 충성과 책임감과 굳센 결심입니다. 이것을 신뢰하는 우리로는 모든 어려운 일에 주저하지 않고 이 문제를 해결하며 장애를 극복하여, 이 정부가 대한민국에 처음으로 서서 끝까지 변함이 없이 민주주의의 모범적 정부임을 세계에 표명되도록 매진할 것을 우리는 이에 선서합니다."하고 끝맺었는데, 장장 30분 동안의 대연설이었다.

전옥희가 듣기론 감격적인 대목도 없었고 매력도 없었지만, 8월 염천 하에 군중들은 꼼짝도 않고 그 연설에 귀를 기울이고 있었다. 이승만의 연설보다는 그 광경이 전옥희의 인상에 남았다. 연합합창단의 축하합창이 있고 맥아더, 하지, 유엔위원단장 루나의 순서로 축사가 있었다. 오후 1시 15분, 오세창 선생의 선창으로 대한민국 만세 삼창이 있고서 식은 끝났다.

중앙청 광장을 빠져나와 전옥희는 효자동 쪽으로 걸어 올라갔다. 갈증이 나서 친구들과 어느 빙수집으로 들어가려다가 문득 어떤 시선을 느꼈다. 밤에 불빛으로 본 사람이었지만 당장 알아차릴 수 있었다. 단선 반대의 삐라를 뿌리며 돌아다니다가 경찰관의 추적을 받았을 때 피해 들어간 집의 주인이었다. 전옥희가 상냥하게 인사를 했다.

"알아보셨군."

사나이의 눈이 부드럽게 빛났다.

"이 빙수 가게에 들어가려던 참인데요."

전옥희의 말이 같이 들어갔으면 한다는 의사 표시처럼 되었다.

"나도 갈증이 나 있는 참이오."하고 사나이는 전옥희의 뒤를 따라 가게 안으로 들어섰다. 전옥희는 친구들이 앉아 있는 쪽과 반대되는 곳에 자리를 잡고 사나이에게 앞자리를 권했다.

"이곳엔 어떻게 나오셨소?"

자리에 앉으며 사나이가 한 말이다.

"정부 수립 선포식 구경을 나왔어요."하고 전옥희는 사나이의 표정을 살폈다.

"허어."

사나이의 얼굴에 장난스런 표정이 일었다.

"나도 그 식에 참석하러 나왔는데, 우연한 인연이군."하고는 물었다.

"그 짓은 포기했소?"

그 짓이란 좌익운동을 의미하는 것일 것이었다.

"포기하진 않았어요."

"그럼 호기심으로?"

"대강 그런 거지요."

"호기심만으로 이 더운 날씨에 그런 곳에 나온다는 건."하며 웃고는 사나이는 전옥희에게 물어보지도 않고 팥빙수 두 개를 주문했다. 멋쩍게 앉아 있다가 가지고 온 팥빙수의 더미에 스푼을 꼽자 사나이의 말이 있었다.

"공자님 말씀에 삼군(三軍)의 장수는 빼앗을 수 있어도 필부(匹夫)의 뜻은 빼앗을 수 없다는 말이 있지요."

그 말엔 아랑곳없이 전옥희는 가뜩 팥빙수를 떠서 입으로 가져갔다. 사나이도 팥빙수를 몇 스푼 떠서 먹고는 전옥희를 유심히 바라보는 눈빛이 되었다. 전옥희는 경계하는 몸짓으로 도사렸다.

"학생의 이름을 묻지는 않겠소. 나의 이름을 밝히지도 않겠소. 그러니까 자유로운 토론이 될 수 있을 거요. 먼저 말하지요. 나는 학생을 떠나보내고 난 후 많은 생각을 했소. 어쩜 저렇게 아름다운 여자가 공산주의에 사로 잡혔을까 해서요. 왠지 아깝다는 생각이 들었소. 저 여자가 추구하는 것과 공산주의의 실상은 다를 텐데 싶어서요. 아까 내가 말했지요? 필부의 뜻을 빼앗을 수 없는 것이라구. 그래서만이 아니라 나는 당신의 사상을 바꿀 생각은 없소. 되지도 않을 것이구. 하지만 참고로 이런 말을 하고 싶네요. 학생이 듣건 말건."

사나이는 거의 다 녹아버린 팥빙수를 한입으로 마셔버리고 말을 시작했다.

"오늘 대한민국 정부의 선포식이 있었소. 내가 그 선포식에 참가한 것은 어떻든 역사의 현장을 구경하고 싶어서였소. 싫건 좋건 이날부터 하나의 역사가 시작되었소. 이북에선 달리 무언가를 시작하겠지. 남한의 이 정부를 부정하는 공작을. 그래서 나는 오늘 기쁘기도 하고 슬프기도 했소. 왜 기쁘냐? 좋으나 궂으나 소련을 제외한 세계 모든 나라가 독립국가로서 인정해줄 수 있는 나라를 세웠으니까. 왜 슬프냐? 이로써 국토의 분단이 확실하게 되었으니까. 나는 이북에 집을 두고 온 사람이오. 집을 두고 왔다기보다 고향을 두고 온 사람이오. 오늘 그 식전에 참석하고 있으면서 내가 생각한 것은 아아, 나는 영원히 고향에 돌아갈 순 없겠구나 하는 것이었소. 이북에서 서두르고 있는 작태를 나는 알고 있으니까요."

이때 한쪽 구석에 자리 잡고 있던 친구들이 일어서서 전옥희에게 말을 걸었다. 나가자는 것이었다. 그런데 전옥희는 그 자리를 선뜻 뜨지 못할 심정이 되어 있었다. "내 집에 가서 기다려. 난 조금 있다가 갈 테니까."하고 사나이의 눈을 똑바로 보았다. 사나이의 말은 계속되었다.

"학생, 아니 좌익들의 눈은 어떻게 볼는지 몰라도 일단의 일은 끝난 겁니다. 북조선을 점령한 소련은 절대로 북조선을 포기하지 않을 겁니다. 남조선을 점령한 미국도 절대로 남조선을 포기하지 않을 겁니다. 북조선과 남조선의 대결이 아니라 소련과 미국의 대립으로 문제가 바뀌었습니다. 누가 옳고 누가 나쁘다는 것은 문제 밖의 일입니다. 세계는 지금 미·소의 냉전시대로 돌입했습니다. 우리의 힘으로선 어떻게 할 수 없는 상황입니다. 그 상황 속에서 대한민국은 클 대로 크고 경화될 대로 경화할 것입니다. 이북의 김일성 체제도 마찬가지죠. 클 대로 클 겁니다. 스탈린의 충실한 주구(走狗)가 될 수 있도록 소련이 도울 테니까요."

"왜 그런 말씀을 하시지요?"

전옥희의 말이 쌀쌀했던 모양이다. 사나이는 쓸쓸하게 웃으며 "학생의 마음을 전환시키고자 하는 말은 아니니 지나치게 신경을 쓰지 마시오. 내가 하고 싶은 말은 남조선에 살면서 소련의 지령에 충실하겠다는 것은 자살행위나 마찬가지란 사실을 지적하고 싶었을 뿐이오."

"요컨대 현실에 타협하라, 이 말씀 아녜요?"

"그렇소. 현실에 타협해야지요. 혁명가도 혁명을 완수하기 위해선 어느 기간 현실에 타협해야 합니다."

"그러나 지켜야 할 원칙은 있지 않겠어요? 그 원칙에서 벗어나면 인간의 위신을 저버리게 되는……."

"좋은 말씀 하셨소. 원칙 문제를 들고 나온다면 내겐 할 말이 얼마라도 있소. 스탈린주의자들은 그야말로 인간에게 가장 소중한 원칙을 유린한 자들이오. 그들은 민주주의를 부르짖고 있소. 그런데 어디에 민주주의가 있단 말이오. 그들은 인민의 이익이란 걸 부르짖고 있소. 그런데 어디에 인민을 위하는 게 있단 말이오?"

"단독정부를 만든 이승만 정부엔 그것이 있을 것 같아요?"

"있다고 말할 자신은 없소. 솔직하게 말해 이 정부가 무슨 짓을 할지 알 까닭이 없지. 그러나 확실한 것은 멀지 않아 수립될지 모르는 김일성 체제보다 나을 거요."

"어떤 근거로 그런 말을 하시죠?"

"근거는 있습니다. 그 첫째는 이승만은 40년 동안 이 나라의 독립을 위해 힘써온 사람입니다. 그 사람의 행적을 싫어하건 좋아하건 그 사실만은 부인하지 못할 거요."

"김일성이나 박헌영은 독립운동을 하지 않았나요?"

"내 말을 끝까지 들으시오. 김일성은 소련군의 하급 장교였을 뿐이오. 박헌영의 공적은 일제 때 징역살이를 했다는 것 뿐이오. 만일 통일된 나라의 정부가 섰다고 할 때 사상문제 같은 건 팽개쳐놓고 누굴 대통령으로 모실 겁니까? 이승만, 김일성, 박헌영 세 사람 가운데서 뽑으라고 하면 말이오. 공산당의 조작 없이 소박한 국민감정에 맡겨놓으면 그 귀추도 뻔한 것 아닙니까? 사실을 말하면 오늘 나는 이 박사의 연설에 실망했습니다. 제퍼슨의 연설에서 얻을 수 있는 철리(哲理)도 없었고, 링컨의 연설에서 느낄 수 있었던 감격도 없었소. 틀린 어법이 한두 군데가 아니구요. 그러나 나는 감격했습니다. 그 분이 그 자리에 서 있는 것만으로도 감격했습니다. 감히 김일성을 그 자리에 세울 수 있겠소? 박헌영을 그 자리에 세울 수 있겠소?"

"남조선에 단독정부를 세워 조국의 분열을 결정적으로 만들어버린 죄악은 어떻게 하구요?"

"그건 이승만의 죄악이 아닙니다. 우리 민족이 공동으로 나누어 질 책임이지요. 우리 민족의 역량이 이 정도밖에 안 되었으니까 단독정부밖엔 가지지 못하게 된 것이오. 그거나마 이승만의 덕이라고 해야 할 것이오. 이북엔 벌써 단독정부가 서 있습니다. 지금 선거를 하느니 남조선의 대표를 불러 가느니 하고 야단을 하고 있지만, 이북엔 벌써부터 김일성을 꼭두각시로 한 소련식 정권이 서 있습니다. 일당 독재의 어떤 반대도 용납하지 않는 정부가 서 있다는 얘깁니다. 만일 남한에 조선인에 의한 정부가 서지 않고 통일정부만 바라고 있다고 할 경우 어떻게 하겠어요? 결국은 그들의 술책에 놀아나 급기야는 그들의 체제에 흡수될 수밖에 없을 겁니다. 학생은 아니, 좌익하는 사람들은 그런 사태를 바라겠지요. 미안하지만 나는 그런 사태를 바라지 않습니다. 공산당의 실상을 안다면 우리 조선 인민의 8할은 그런 사태를 바라지 않을 것이오."

"어떻게 그런 단정을 하시죠?"

"솔직히 말할까요?"

"솔직히 말하세요."

"지금 학생은 나 같은 사람을 상대로 이런 자리에서 하고 싶은 말을 하고 있지요? 이북에선 절대로 이런 일이 용납되지 않습니다. 그것만이 아닙니다. 오늘 수립된 정부가 나쁘다고 해도 그것은 고쳐나갈 여지는 있습니다. 그런데 일단 공산주의 체제가 확립되었다고 하면 삐져나갈 길이 없습니다. 막다른 골목으로 되는 거지요. 그러니까 나는 최악의 체제와 덜 나쁜 체제를 선택하는 마당에서 김일성을 제쳐놓고 이승만을 선택하는 겁니다."

"결국 선생님의 주관을 말씀하신 것 아녜요?"

"내 주관이죠."

"그럼 얘기는 끝난 게 아녜요?"

"좋소, 얘기를 끝냅시다. 그러나 이것만 알아두시오. 내가 이런 자리에서 학생과 어설픈 토론을 벌인 것은 학생이 너무나 예쁘기 때문이오. 앞으로 닥칠 불행이 너무나 안타깝기 때문이오. 학생이 동경하고 있는 공산체제는 학생을 환멸케 할 뿐이란 것을 알리고 싶었을 따름이오."

이렇게 나오는 덴 전옥희로선 아무런 대꾸도 할 수 없었다. '그럼'하고 일어서면서 사나이는 나직이 이런 말을 덧붙였다.

"쓸데없는 말이겠지만 학생, 오늘이 8·15 아뇨? 이날을 기해 학생 자신을 혁명하시오. 우익으로 돌아서라는 말은 결코 아니오. 좌익과는 손을 끊고 중립지대로 옮기란 말이오. 꼭 그럴 수 없거든 이북으로 가시오. 남쪽에서 북쪽을 동경하며 살기엔 학생은 너무나 아름답소."

이편에서 무슨 동작을 일으키기에 앞서 사나이는 팥빙수 값을 치르고 거리로 나가버렸다. 전옥희는 한동안 멍청히 앉아 있었다. 그런데 이상하게도 그 사나이와 좀 더 얘기를 했더라면 싶은 아쉬움이 마음의 바닥에 꿈틀거리고 있었다.

그러나 곧 전옥희는 반동의 말에 솔깃하게 귀를 기울인 자기를 뉘우치기 시작했다. 유소기(劉少奇)가 지은 『당원의 수양』이란 책엔 반동의 말을 들었을 때엔 그 자리에서 면박을 하든지, 그럴 상황이 아닐 때엔 자리를 박차고 일어서든지, 그러지도 저러지도 못할 때엔 자기 자신을 무감각한 상태로 만들어 청이불문(聽而不問)하도록 하라는 대목이 있었던 것이다. 동시에 전옥희는 모택동(毛澤東)의 「자유주의 배격 11훈」을 상기했다.

① 동창, 친지, 부하, 동료의 잘못을 알면서도 책하지 않고 화평의 수단으로 방임해선 안 된다. ② 전면에서 말하지 않고 배면에서, 회의에선 말하지 않고 회의 후에 이러쿵저러쿵 시비하는 짓은 삼가야 한다. ③ 타인을 책하지 않고 말하지 않는 것을 명석한 보신술이라고 치고 침묵하는 것은 잘못이다. ④ 간부라고 해서 자기 의견만 고집하는 것은 옳지 못하다. ⑤ 개인 공격을 일삼아 보복하려는 태도는 좋지 않다. ⑥ 반혁명분자의 말을 듣고도 당 기구에 보고하지 않는 것은 잘못이다. ⑦ 선전 선동하지 않고 당원의 임무를 망각하는 것은 잘못이다. ⑧ 군중의 이익에 해독이 되는 행동을 보고도 격분하지 않는 것은 옳지 못하다. ⑨ 자기가 맡은 바 일에 충실하지 않고 하루를 되는 대로 지내는 것은 좋지 않다.⑩ 선배연하여 큰일을 할 능력은 없으면서 작은 일을 하기 싫어하는 태도는 좋지 않다. ⑪ 자기의 잘못을 알면서도 고치지 않는 것, 또는 자기를 반성하되 비관과 실망으로써 그치고 마는 태도는 옳지 못하다.

공산당 당원으로선 금과옥조로서 외우고 있는 교훈이기에 전옥희는 언제나 이 교훈에 비추어 자기를 반성하고 있었던 것인데, 이 경우 특히 마음에 걸리는 것은 ⑥조에 있는 "반혁명분자의 말을 듣고도 당 기구에 보고하지 않는 것은 잘못이다."하는 대목이었다. 당 기구라고 하면 우선 전옥희가 속한 세포책을 말한다. 전옥희가 속한 세포의 장은 이재선이었다. 물론 본명은 아닐 것이었다. 전옥희 자신도 그 세포회의에선 정선희란 가명을 쓰고 있었으니까.

전옥희는 오늘 있었던 일을 이재선에게 보고할 것을 생각하니 우울했다. 이재선은 먼저 남한 정부수립 선포식에 나간 사실 자체를 문제로 할 것이 뻔했다. 그런 까닭에 이재선에겐 보고하지 않기로 했다. 그런데 마음이 개운하질 않았다. 그 사나이의 말을 듣고 적잖게 마음이 흔들렸다는 사실이 일종의 죄의식이 되었던 것이다. 전옥희는 세포책 이재선에겐 보고하지 않는 대신 박갑동에게 의논해보기로 했다. 박갑동은 그 무렵 좀처럼 만날 수가 없었다. 부정기(不定期) 포스트로서 이용하고 있는 관철동의 다방에 종종 나가보지만 최근 박갑동은 그곳에 나타나지 않았다.

전옥희는 자기 집에서 친구들이 기다리고 있을 것이란 부담감을 가지면서도 관철동의 '모과'라는 다방으로 발길을 돌렸다. 다방 모과에 들어선 전옥희는 언제나 하는 버릇으로 구석진 곳을 찾아 자리를 잡고 커피를 주문하고는 이곳저곳을 은근히 살폈다. 박갑동이 눈에 띄지 않았다. 커피를 마시고 모과를 나왔다. 그 들머리에서 전옥희는 박갑동을 만났다. 박갑동은 낮은 소리로 '민들레'에 가 있으시오."하고 말했다. 민들레는 종로 쪽으로 트인 길 왼편에 있는 다방이다.

민들레에서 30분 가량을 기다렸을 때 박갑동이 나타났다.
"무슨 일이 그렇게 바쁘죠?"
전옥희가 대뜸 물었다.
"바빠요, 참으로 바빠."
박갑동의 대답이었다.
"실패하기 위해서 바빠요?"
박갑동을 만나면 옥희의 말은 언제나 비아냥거리는 투로 된다.
"실패도 업적이 된다오."
박갑동의 이 말은 이주하와의 토론을 상기했기 때문에 나온 것이었다.
"실패, 실패, 실패의 연속이 업적으로 된다면 혁명은 실패하고 영웅만 남는 꼴이 되겠군요."

순간 박갑동은 정색을 했다. 기막힌 말이라고 느꼈다. 아닌 게 아니라 남로당은 사사건건 실패하면서 영웅만 만들어내고 있는 것이다. 아무도 인정해주지 않는 영웅, 이름도 없이 죽어 없어지는 영웅, 공치사로써 받들어놓고는 다음 순간 잊어버리는 영웅들…….

　"그건 그렇고 오늘은 어떻게 된 거요?"

　"중대한 일이 있어서 박 선생님을 찾아온 거예요."

　"중대한 일이면 난 감당 못 해."하고 박갑동이 웃었다.

　"감당하라는 얘긴 아녜요. 나 오늘 총독부 광장에 갔었어요."

　"총독부 광장?"

　"오늘 대한민국 정부수립 선포식이 있지 않았어요?"

　"거길 갔었단 말이오?"

　"그럼요."

　"뭣 하러 갔어요, 거긴?"

　"부러워서 갔어요."

　"부러워?"

　"언제 우리도 그런 선포식을 해볼까 하니 부럽데요."

　"옥희 씨도 가끔 싱거운 소릴 하는구면."

　"싱거운 소리가 아녜요. 실감이에요. 우리는 언제 그런 신나는 선포식을 가져보지요?"

　"걱정할 것 없어. 우리도 오는 9월쯤엔 평양에서 성대한 선포식을 가질 거니까."

　"평양에서?"

　"그럼."

　"어떻게요?"

　"옥희 씨는 서명투표 하지 않았소?"

　"했지요. 이래봬도 나는 전권위원이에요."

"아, 그래요? 이것 몰라 봬서 죄송합니다."

박갑동이 어설픈 제스처를 했다.

"죄송해하실 것 없어요. 내가 받은 서명투표는 7명밖엔 되지 않으니까요. 그래서 고민하고 있으니까 이웃집 식모아이가 하룻밤 사이에 1백 명 넘게 연판장을 만들어주었어요."

박갑동이 응수가 없었다.

"그 식모아이의 열 손가락을 열 번 동원한 거예요."

"……"

"그 따위 연판장으로써 뽑힌 대의원이 인민공화국을 만드는 건가요?"

박갑동이 주변을 살피는 눈으로 되더니 "그런 말 함부로 하지 말라."고 했다.

"박 선생님에게만 하는 말입니다. 나는 정말 실망하고 있어요. 그 엉터리 연판장에서 인민공화국의 대의원이 나온다 싶으니 참으로 슬퍼요."

"어쩌다 그런 게 있겠지. 전부가 다 그런 건 아니니까."

"그게 아니더만요. 나는 그 연판장을 버리려고 했어요. 사실 설명을 하구요. 그런데 우리 세포책은 그걸 좋다고 하대요."

"그만, 그만."하고 박갑동이 손을 저었다.

"한마디만 더 하겠어요. 당은 남조선의 단독정부를 허위와 기만으로 날조된 거라고 하고 있죠? 만일 그 연판장이 유효하게 된다면 우리의 공화국은 어떻게 되는 거죠?"

"그래서 오늘 선포식에 나갔소?"

"그런 건 아닙니다."하고 전옥희는 비아냥거리는 태도를 버리고 진지하게 말했다.

"사실은 오늘을 계기로 해서 당을 그만둘까 합니다."

"찬성입니다."

"그렇게 간단하게 찬성을 해요?"

"도리가 있습니까, 싫어하는 사람을 붙들어 매어둘 순 없는 것 아니겠소?"

"그럼 박 선생님은 당이 하는 일이 옳다고 생각하고 당에 집착하고 있어요?"

"그 얘긴 벌써 했을 텐데? 당이 옳고 그르고는 내겐 문제될 게 없소. 그 이외의 길이 나에겐 없소."

"나도 그래요. 나는 당이 옳다고 해서 당원 노릇을 하고 있는 건 아녜요. 악에 바쳐서 하고 있는 거예요."

"그런데 그만두겠다는 건 뭡니까?"

"박 선생님으로부터 격려를 받고 싶어서 해본 말일 뿐예요."하고 전옥희는 그 사나이와의 사이에 있었던 얘기를 했다. 그리고 모택동의 「자유주의 배격 11훈」이 상기되었기 때문에 박갑동에게 의논하는 것이라고 덧붙였다. 박갑동은 한참 동안을 생각하더니 고개를 들었다.

"옥희 씬 평양에 가고 싶소?"

"………"

"분명히 말씀을 하시오. 평양에 가고 싶다면 보내드릴 게요."

이번엔 전옥희가 생각하는 차례가 되었다.

"평양보다도 이번 해주 대회에 보내줄 수 없을까요?"

"해주 대회에 참석할 대표들의 선발은 이미 끝나버렸소. 모두들 지금쯤 해주에 도착해 있을 것이오."

"내가 만일 평양엘 간다면 거기서 뭣하죠?"

"할일이야 많겠지."

"김일성 만세나 부르구?"

"가끔 만세도 불러야지."

"박 선생님은 평양에 안 가시나요?"

"나 자신 갈 생각도 없거니와 보내주지도 않아요."

"무슨 까닭이죠?"

"전연 노출되지 않았기 때문이겠죠. 지금 남조선에선 노출되지 않은 일꾼이 필요하니까요."

"나도 평양 갈 생각은 없어요."

한동안 두 사람 사이에 침묵이 있었다. 그 침묵을 깬 사람은 박갑동이었다.

"그 반동이란 사람, 전형적인 반동이지만 그 사람 생각은 옳습니다. 옥희 씨는 이날을 기해 당을 떠나든지 평양으로 가든지 해야 할 거요. 앞으로의 당 활동은 정말 어려울 테니까요."

"어려워도 난 당을 떠나지 않겠어요. 평양으로 가지도 않을 거구요."

전옥희의 눈에 이슬이 맺혔다.

9월 2일 평양에서는 이른바 조선최고인민회의 제1차 회의가 열렸다. 지난 8월 25일 실시한 흑백선거에서 선출된 북조선 대의원과 해주 대회에서 선출된 남조선 대의원으로 구성된 회의이다. 이 회의의 목적은 인민공화국 헌법 채택과 인민공화국 수립을 위한 절차를 협의하는 데 있었다. 회의 5일째인 9월 8일 조선민주주의인민공화국 헌법을 채택하고 다음과 같은 결정서를 발표했다.

조선최고인민회의 제1차 회의는 조선민주주의인민공화국 헌법에 관한 헌법위원회 위원장 김두봉 대의원의 보고를 듣고 토의한 후 다음과 같이 결정한다. 조선최고인민회의의 헌법위원회로부터 조선최고인민회의에 제출된 조선민주주의인민공화국 헌법 초안을 조선민주주의인민공화국 헌법으로 승인하여 오늘부터 전조선 지역에 실시한다.

만사는 각본대로 진행되었다. 김일성이 제출한 북조선 인민위원회의 정권이양에 관한 성명을 듣고는 다음과 같은 결정서를 채택했다.

① 북조선 인민위원회의 정권이양을 접수하며 오늘부터 그 활동은 종결된 것으로 인정한다. ② 조선최고인민회의는 북조선 인민위원회의 활동과 김일성의 지도 밑에서 북조선 인민들이 제반 민주정책을 실시하고, 인민 경제를 부흥 발전시키고, 민족 문화를 갱생시키고, 인민 주권기관인 인민위원회를 창립하고, 그를 공고화하는 과정에서 쟁취한 역사적 승리를 찬양한다.

제5일 회의의 끝에 김두봉이 "김일성을 수상으로 선임하고 그에게 조각을 위임하자."고 제의하고 만장일치의 동의를 얻었다. 다음은 김두봉의 발언 내용이다.

"김일성은 해방 전에도 반일투쟁을 했으며, 해방 후에는 북조선 인민위원회 위원장으로 민주정책 실시, 경제발전, 인민위원회 강화 등으로 신임을 받고 있으므로 나는 그를 인민공화국 정부 수상으로 선임하여 그에게 내각 조직을 위임할 것을 제의한다."

이어 9월 9일 김일성은 인민공화국 정부의 구성원의 명단을 발표했다.

수상: 김일성, 부수상: 박헌영, 홍명희, 김책, 국가계획위원회 위원장: 정준택, 민족보위상: 최용건, 국가검열상: 김원봉, 내무상: 박일우, 의무상: 박헌영, 산업상: 김책, 농림상: 박문규, 상업상: 장시우, 교통상: 주영하, 재정상: 최창익, 교육상: 백남운, 체신상: 김정주, 사법상: 이승엽, 문화선전상: 허정숙, 노동상: 허성택, 보건상: 이병남, 도시계획상: 이용, 무임소상: 이극로

9월 10일 수상으로 선임된 김일성이 다음과 같은 정강을 발표 했다.

남북조선 인민의 총의에 의하여 수립된 인민공화국 정부는 나라의 완전 통

일을 보장하며 부강한 민주주의 자유 독립국가 건설을 목적으로 견결히 투쟁할 것이다. 첫째, 국토의 안정과 민족의 통일을 보장하는 가장 적절한 조건이 되는 양군 동시 철거에 내한 소련 제의를 실천하기 위하여 전력을 경주한다. 둘째, 일제 통치의 악독한 결과인 것은 물적, 인적으로 숙청한다. 셋째, 일제 법률과 남조선의 모든 법률을 무효로 선포하고 북조선에서 실시한 토지 개혁, 산업 국유화 법령들을 전 조선적으로 실시하도록 투쟁을 전개한다. 넷째, 경제적 변영과 정치적, 민족적, 인민경제 체계를 수립한다. 다섯째, 초등 의무교육제 실시와 민족 간부의 양성과 문화보건의 향상을 기한다. 여섯째, 인민위원회의 강화와 남조선에 인민위원회를 회복하기 위해 투쟁을 전개한다. 일곱째, 자유애호, 민주국가로서 타민족들과 친선을 강화하되 일본을 비군국화(非軍國化)하도록 투쟁한다. 여덟째, 인민군을 1백만으로 강화할 것이다.

　이 정강은 남한을 공산화하겠다는 노골적인 의사표시였다. 동시에 언제이건 남한을 침공하겠다는 선포이기도 했다. 인민군을 1백만으로 강화하겠다는 말 자체에 침공의 야심이 포함되어 있는 것이다. 이러한 야심은 그들이 채택한 헌법에서도 찾아볼 수 있다. 인공헌법 제103조엔 "조선민주주의인민공화국의 수부(首府)는 서울이다."라고 되어 있다. 이것은 분명히 그들의 망발이기도 했지만 서울을 나라의 중심부로 치는 콤플렉스의 표현이기도 했다. 아무리 큰소리를 쳐도 그들 스스로도 평양이란 곳에 있는 지방집단이란 관념은 불식할 수 없었던 모양이다.

　9월 12일에 전국적으로 '인공수립 경축대회'를 개최할 것을 각 지방 당에 지시했다. 그날 동원된 숫자를 보면 평양 39만 명, 평남 68만 명, 평북 96만 명, 함남 72만 명, 함북 92만 명, 강원 92만 명, 황해 78만 명이었다고 한다. 이렇게 북조선은 들떠 있었는데 남쪽에 있는 남로당은 침통하기만 했다. 경축대회를 구경하고 온 박시현이 이주하와 김삼룡이 동석한 자리에서 "우리 위원장이 김일성 만세를 부르고 있는 게 보기에 딱하더군."하고 말을 꺼냈다.

"박헌영 만세는 없던가?"

이주하가 물었다.

"스탈린 만세와 김일성 만세밖엔 없었소."

박시현의 시무룩한 대답이었다.

"영도권은 완전히 김일성에게 빼앗겼군."

이주하는 씁쓸하게 입맛을 다셨다. 이주하는 김일성의 이름만 들어도 밥맛이 떨어질 지경이었다.

"지금 그런 걸 논할 때가 아니지 않습니까? 긴 안목으로 투쟁을 전개하다가 보면 앞날이 트일 날이 있겠지요."하고 김삼룡은 이주하를 위로하듯 말을 보냈다.

"인민공화국의 통치권을 남조선 전체에 미치게 하도록 전략과 전술을 짜고 실천하는데 우리 총력을 기울입시다. 통일이 되는 날엔 아무래도 남조선의 비중이 월등하게 높아질 것이니까요."

묵묵할 뿐 이주하의 대답은 없었다.

제22장
추풍낙엽

일조(一朝) 깨어보니 적막강산! 어느 시월의 밤, 돈암동의 아지트를 향해 호젓한 골목을 걷고 있으면서 돌연 깨달은 박갑동의 심정이었다. 그제도 어제도 오늘도 응당 나타나야 할 레뽀가 나타나질 않았다. 레뽀란 하급조직으로부터의 당 중앙에 대한 연락원이다.

박갑동은 당 중앙의 이론과 선전에 관한 책임을 맡아 있었지만 자기 아래에 세 개의 조직을 가지고 있었다. 그 가운데의 하나는 서울시당과의 연락망이었다. 그런데 그 연락망이 불통이 되어 버린 것이다. 3일을 기다려 연락이 되지 않으면 그 연락망은 포기해야 한다. 경찰에 붙들렸거나 당 사업을 스스로 포기한 것으로 보아야 했기 때문이다. 박갑동은 팔다리가 잘려버린 듯한 기분이었다. 5·10 선거를 전후하여 수많은 당원들이 체포된 것은 사실이었지만 이처럼 비밀 중에서도 극비의 조직까지 뿌리가 뽑혔다면 이는 당의 사활이 걸린 문제라고 아니할 수 없었다.

박갑동은 자기와 자기의 아지트가 노출되지 않았다는 확신을 가질 수가 있었지만 왠지 불안했다. 보이지 않는 눈이 자기를 감시하고 있는 것 같았고, 어떤 그림자가 자기를 뒤쫓아 오는 것 같은 강박 관념조차 느꼈다. 박갑동은 자기의 아지트로 가려다 말고 제2의 아지트, 즉 상공부의 프락치로 파견해놓은 사람의 집을 찾았다. 미리 약속해두었던 암호로 대문을 두드렸다. 세 번을 되풀이했는데도 반응이 없어 돌아서려는데 대문이 열리더니 어둠 속으로 그 집 부인의 하얀 얼굴이 나타났다.

"빨리 들어오세요."

낮은 목소리였다.

박갑동은 민첩하게 대문 안으로 들어섰다. 그런데 부인은 박갑동을 방으로 안내하지 않고 집 뒤로 돌아갔다. 집 뒤는 바로 낭떠러지로서 산으로 통하고 있었다. 낭떠러지에 잇따른 담벼락 아래에서 발을 멈추더니 부인이 다급하게 말했다.

"어찌시려고 이러세요?"

"어쩌다니, 무슨 일이 있었습니까?"

"어제 우리 집사람이 체포되었습니다."

"뭐라구요?"

"상공부 안의 누군가가 밀고를 했나 봐요."

"임 동지는 별다른 일을 하지도 않았을 텐데?"

"그러게 말이에요. 우리 집사람은 동정만 살피고 있었을 뿐 일체 한 일이 없어요. 그러니까 이상하다는 거예요."

"아무런 증거가 없으면 곧 풀려나올 겁니다."

"뭐가 뭔지 모르겠어요. 형사가 집에 들이닥쳐 가택 수색을 했어요. 돌아간 지 한 시간밖에 안 됩니다. 또 올지 몰라요. 우리 집에 드나드는 사람을 감시하고 있을지 몰라요. 그런데 선생님이 오셨으니 이 일을 어쩌죠?"

박갑동이 얼른 담벼락을 눈으로 더듬었다.

"담을 넘어야겠소."

그리고 "조심하세요."하는 말을 남겨놓고 박갑동이 담장을 넘어 낭떠러지의 모서리를 돌아 산 쪽으로 빠져나갔다. 등에서 식은땀이 흐르고 있었다. 한길로 나오며 그 상공부 프락치가 경찰에서 무슨 진술을 했을까 하고 추측해보았다. 그는 박갑동의 본명을 알고 있었다.

'내 이름을 댔을까?' 그러진 않았을 것이라고 단정할 수 있었다. 박갑동의 이름을 대는 것은 자기 자신의 처지를 더욱 난처하게 하는 것이니까. '그는 내 아지트를 알고 있을까?' 그럴 까닭이 없었다. 박갑동 자신이 아지트를 알린 적이 없었으니까. 그러나저러나 이상한 것은 그가 체포되었다는 바로 그 사실이다. 그에게 준 당의 과업은 상공부 내의 동정만 살피고 있으란 것이었지 조직을 만들거나 활동을 하거나 하는 일이 아니었다. 상공부의 동태를 파악함으로써 앞으로 그 기관을 접수했을 때 그 지식을 유용하게 써먹자는 데 그 프락치의 목적이 있었을 뿐이다.

상공부 프락치가 체포되었다면 경찰은 당의 극비 인사기록을 장악한 때문일 것이라고 추측할 수 있었다. 적어도 고위층 간부가 아니면 그의 정체를 알 수 없게 되어 있었으니까. 아지트가 가까워졌을 때 다시 불안이 생겼다. 자기 이외엔 아무도 모른다고 생각하고 있는 것이 혹시 착각일지 모른다는 느낌마저 들었다. 그럴 경우에 대비하여 만들어놓은 암호가 있었다. 초인종을 누르지 않고 담장 모서리에서 작은 돌멩이를 세 번 부엌 쪽으로 던지는 것이었다. 아무 일 없으면 부엌의 불이 켜지게 되어 있었다. 박갑동은 어둠 속에서 작은 돌 몇 개를 더듬어 주어 대문 앞을 지나고 옆 골목으로 꼬부라드는 지점에서 돌을

던졌다.

하나, 둘, 셋.

부엌의 불이 환하게 켜졌다. 대문 앞으로 되돌아왔다. 초인종을 누르자마자 문이 열렸다. 박갑동이 들어선 뒤 대문의 빗장을 지르고 뒤따라 방으로 들어온 가정부가 물었다.

"무슨 일이 있었나요?"

"아, 아뇨."

"그런데 비상 신호를?"

박갑동이 가정부더러 앉으라고 권하고 물었다.

"요즘 이상스런 낌새가 없었소?"

"그런 일 없었는데요."

"수상한 사람이 기웃거린다든가 이웃 사람들이 괜히 드나든다든가……."

"전혀 그런 일이 없습니다."

"이웃은 우리 집을 어떻게 알고 있을까요?"

"한지 도매상이라고만 알고 있어요."

"그걸 의심하는 것 같은 눈치는 없습디까?"

"아직까진 없어요."

"우리 집에 관해서 뭔가 물어보는 사람도 없습니까?"

"없었어요."하다가 "그런데……."하고 가정부는 무슨 일이 생각났던지 빙긋 웃었다.

"그런데?"

"왜 댁엔 어린애가 없느냐고 묻는 사람은 가끔 있어요."

"그래 뭐라고 대답합니까, 그럴 땐?"

"우리에겐 팔자에 아이가 없는가 봐요, 라고 하지요."

"그럼 우리 아이를 하나 만들까?"

뜻밖의 말이 박갑동의 입에서 튀어나오자 "무슨 그런 농담을 하세요."하고 가정부가 상을 찌푸렸다.

"농담으로 하는 말만은 아닙니다."

"그런 말씀 또 하면 보고하겠어요."

보고하겠다는 말에 박갑동이 새삼스럽게 가정부의 신분을 확인하는 마음이 되었다. 가정부는 경상북도 영양에서 열렬하게 여맹운동을 한 사람이었다. 남편은 영양 인민위원회의 간부였다. 결혼한 지 얼마 안 되어 10·1사건이 생겼다. 남편은 죽고 본인은 도피해서 서울로 왔다. 서울 지리를 모르는 사람이 서울에서 당 활동을 할 수는 없는 노릇이었다.

박갑동 담당의 가정부로서 배치되었다. 그녀의 과업은 오로지 박갑동의 활동에 편의를 주기 위해 아지트의 살림을 꾸리고 생명을 바쳐 박갑동을 보호하는 일이었다. 그런데 그런 관계 외에 어떤 일이 있어서도 안 된다고 되어 있었다. 즉 성적 문란이 있어선 안 된다는 뜻이었다. 그러나 단서가 있었다. 당의 목적을 위해선, 즉 위장의 폭로를 막기 위해선 어떤 행위도 용인한다는 조건이었다.

가정부들은 자기들끼리의 독특한 연락체계가 있었다. 보고할 일이 있으면 그 체계를 통해서 했다. 이를테면 박갑동의 당성에 금이 가기 시작했다거나, 당원의 품위를 상하는 행동을 한다거나, 지나치게 술을 마신다거나, 복잡한 여성 관계를 가진다거나 하면 어김없이 보고해야 했다. 다시 말하면 가정부는 그런 감시 역할도 맡고 있었다. 그래 박갑동은 그 보고하겠다는 말을 듣고 다져두어야 되겠다는 기분이 되었다.

"가정부 동무, 아이를 만들겠다는 건 농담도 아니고 장난도 아니오. 우리의 위장이 탄로 나지 않게 하기 위해선 그런 일도 불가피하다는 얘길 뿐이오."

"위장이 탄로 날 걱정은 없어요. 세상에 아이 없는 부부가 얼마나 많다구요."

"탄로 날 걱정이 없으면 내 말을 취소하지요."

사실을 말하면 박갑동은 그런 관계가 불가피하게 이루어질 경우가 있을까봐서 걱정이었다. 박갑동의 가정부는 이목구비가 반듯한 보통 이상의 용모를 가지고 있었으나 성적 매력이라고는 조금도 없는 여자였다. 석녀란 말이 있지만 그 여자는 전형적인 석녀였다. 공산당이 만들어놓은 독특한 여성형이라고나 할까. 그걸 생각하고 박갑동은 속으로 피식 웃었다.

"식사를 하셔야죠."하고 가정부가 자리를 뜬 후 박갑동은 그것도 위장용으로 갖다 놓은 책들 가운데 『명심보감』을 뽑아 아무데나 폈다. '적선지가(積善之家)에 필유여경(必有餘慶)'이라는 문자가 있었다. 먼지를 뒤집어쓴 것 같이 느껴오던 그 글귀가 그 밤엔 사람의 마음을 자극하는 것으로 비쳤다.

'우리 집안은 적선지가가 아니었던가? 몇 천 석 부자라고 들어왔지만 소작인을 착취했다고 할 수는 없다. 착취가 있었다면 토지의 소유 관계에서 필연적으로 유래되는 극소한의 정도가 있었을 뿐이다. 춘궁기엔 아낌없이 양식을 나눠 주었고, 소작인이 곤란하다고 보면 여러모로 도와도 주었다. 봉건적, 재래적 개념으로서 적선지가라고 할만 했다.

만일 그렇게 함으로써 나라가 독립되고 사회의 부조리가 시정된다면 우리 아버지는 모든 농토를 포기하기도 했을 어른이었다. 그런데 여경이 뭔가? 내 형은 일제에 붙들려 객지의 감옥에서 죽었다. 나는 지금 고립무원한 가운데 아슬아슬 칼날 같은 세상을 건너고 있다. 직선지가에 필유여경이라?'

책을 내던지고 천장을 쳐다봤다. 볼품없는 천장, 만초 무늬의 벽지에 피곤한 인생의 빛깔이 있었다.

밥상이 들어왔다. 김치, 간장, 된장 뚝배기, 장에 조린 멸치, 가냘픈 바다의 소식. 덩실하게 밥이 솟아 있는 밥그릇. 영양 산골에서 나온 아주머니는 몇 번을 말했는데도 밥을 시골 머슴들 밥처럼 담았다. 먹을 만큼 먹고 남기면 될 게 아니냐는 것이 가정부의 철학이었다. 초라한 밥상이지만 불평이 있을 수 없었다. 당의 자금이 핍박함에 따라 생활비의 절감이 불가피했기 때문이다. 몇 숟갈 뜨다 말고 '참'하고 박갑동이 물었다.

"아주머니의 선(線)은 든든한가요?"

가정부의 연락망은 그대로 유지되어 있는가 하고 물은 것이다.

"석 달째 선이 닿질 않아요."

"흐흠."

그 조직도 결딴이 난 게로구나 싶었다.

"물어보려고 했는데 어떻게 된 걸까요?"

"선이 끊어졌을 땐 어떻게 하라는 지시는 없었소?"

"제5선까지 작정이 돼 있었는데 그것마저 석 달 전에 끊어져버렸어요."

"그래 어떻게 할 작정입니까?"

"이번 15일에 다시 한 번 제5선으로 나가볼 작정입니다."

"그게 대강 어디요?"

"동대문시장의 어물전이에요."

"나가보고 선이 닿지 않으면?"

"단념하고 선생님의 지시에만 따르겠어요."

"15일이 레뽀 날짜요?"

"그렇게 정해져 있지요."

"시각은?"

"오후 여섯 시에요."

한참을 궁리한 끝에 박갑동이 말했다.

"앞으론 절대로 나가지 마시오. 그곳에."

가정부의 얼굴에 의아함과 불안감이 서렸다.

"모든 조직이 산산조각이 난 것 같소."

"조각이 나다뇨?"

"모조리 붙들려간 것 같소."

"그렇다고 해서……."

"붙들려간 사람들이 고문에 못 이겨 이것저것 자백을 했다고 보아야 할 것 아니오? 동무의 그 제5선도 벌써 경찰이 파악하고 있을지 모르오. 앞으론 그 근처에 얼씬거리지도 마시오."

"그럼 어떻게 되는 거죠?"

"어떻게 되다니. 될 대로 되는 거지 별 수가 있겠소?"

"선생님도 위험한 것 아닙니까?"

"아직 당 중앙은 괜찮은 것 같소. 워낙 보안조치가 철저하니까요. 그런데다 기민하게 유동하고 있으니까 체포된 자가 불려고 해도 불 수가 없게 되어 있소."

"당 중앙만 건재하다면 안심입니다."

"그런데 우리의 아지트를 바꿔볼까 하는데요. 한 군데 너무 오래 있으니 불안해요."

"어디로 옮기실 겁니까?"

"그걸 지금 생각하고 있소."

가정부는 생각에 잠겼다.

"어디 적당한 곳이 없을까요?"

박갑동이 묻자 가정부는 자기의 생각을 정리하듯 하며 "이곳이 노출되지 않은 것은 확실해요. 제겐 육감이란 것이 있거든요. 이웃이 순박해요. 티끌만큼도 이 집을 두고 의심하는 사람이 없습니다. 그건 틀림없어요. 그런데 다른 곳으로 옮기면 새로운 문제가 발생하지 않을까요? 주위의 호기심을 감당하기가 어려울 것이구요. 위장을 완벽하게 하기 위해 적잖게 신경을 써야 할 거고……. 그러니까 섣불리 아지트를 옮겼다간 되레 화를 만나지 않을까 싶은데요."하며 고개를 갸웃했다. 박갑동은 "긁어 부스럼을 만든다."는 말을 상기했다.

"동무의 의견이 그렇다면 옮기질 말고 당분간 정세를 지켜봅시다. 그 대신 조심하는 위에 조심해야 할 거요. 목하 우리의 최대과업은 우리 신변의 안전을 지키는 일이오."

"북조선의 공화국이 우리를 도와주지 않을까요?"

"도울 마음이야 왜 없겠소만 지금의 형편으로 봐선 기대하기가 어렵소."

"아무튼 선생님만 믿겠어요. 그런데 양식이 바닥이 나려고 하는데 어떻게 하면 좋죠?"

"양식이야 떨어지게 하겠소만……."

호주머니에 있는 3만 원 가량의 돈을 의식하며 박갑동이 이렇게 말했으나 곧 "아닌 게 아니라 생활비가 걱정이다."하고 한숨을 쉬었다.

"제가 장사를 해보면 어떨까요? 당분간 당 사업을 할 필요가 없다면 가만 놀고만 있는 것도 뭣하지 않아요?"

"무슨 장사를 하실 참이오?"

"시장에 나가 부침 장사를 하든지, 콩나물 장사를 하든지."

"시장에서 장사를 하자면 자리를 마련해야 할 거고, 자리를 마련하자면 상당한 돈이 필요할 텐데요?"

"그건 제가 어떻게 해보지요."

"어떻게?"

"서울에 꽤 잘 사는 친척집이 있어요. 거기 가서 돈을 꿔보죠."

"그건 안 됩니다. 친척도 믿을 수 없는 게 요즘 세상이오. 사람들이 나빠져서가 아니라 경찰의 압력이 그만큼 심하다는 겁니다. 게다가 시장에 나가 앉았다가 혹시 고향 사람이나 만나면 어떻게 할 거요? 고향 경찰서에선 동무를 찾고 있을 것 아뇨?"

"그런 건 문제될 게 없을 것 같아요. 벌써 2년 전의 일인데다가 사람이 득실거리는 시장바닥이니까요. 우선 집안에서 아무 일도 않고 가만있기가 지겨워 견딜 수가 없어요. 한편으로 돈도 벌어보고 싶구요."

"꼭 마음이 그러시다면 시장에 나가서 할 만한 일과 우선 필요한 자본의 액수를 알아보시오. 얼마가 될지 모르지만 그런 정도의 돈이야 마련할 수 있지 않겠소? 명색이 한지 도매상인데……."하고 박갑동이 억지로 웃어보였다. 가정부의 얼굴에 생기가 돌았다.

"저 열심히 하겠어요. 그렇게만 되면 당에서 나온 돈 쓰지 않고 제가 살림 값을 대죠. 누가 압니까, 뜻밖에 부자가 될지?"

이때 살큼 덧니가 나타난 듯 하더니 난데없이 석녀의 얼굴이 일순에 에로틱하게 빛났다. 박갑동은 보지 말아야 할 것을 본 사람처럼 당황하며 밥상을 물리고 가서 자라고 했다.

특별한 연락이 없으면 나오지 말라고 되어 있었기 때문에 박갑동은 외무부 모 국장으로 발령 난 것을 신문지상을 통해 알게 된 옛날의 동창생을 찾아보기로 했다. 연길수란 이름의 그 친구는 박갑동이 와세다대학에 있을 때 법학부에 적을 두고 있던 성실하고 말이 적은 친구였다. 박갑동이 명함을 비서에게 내밀기가 바쁘게 연길수는 그 명함을 들고 국장실 바깥에까지 나와 박갑동을 "이 얼마만인가."하고 반겼다.

졸업 이후 두 사람은 한 번도 만난 일이 없었던 것이다. 연길수는 미군정 당시 미국 공보원 일을 도우고 있었다고 하고, 외무장관과 자기 아버지 사이에 친교가 있어 뜻밖의 직책을 맡게 되었는데, 아직은 "무엇을 어떻게 해야 좋을지 모르겠다."며 웃었다. 겸손한 웃음이었다

눈치로 보아 연길수는 박갑동이 무엇을 하고 있었는지, 지금 무얼

하고 있는지 전혀 모르는 모양이었다. 그래 근황을 묻는 그에게 박갑동은 "시골에 쭈욱 있다가 바람이나 쐬러 서울에 왔다."고만 했다.

"시골의 사정은 어떤고, 한동안 좌우익의 대립으로 그곳도 시끄러웠을 것인데?"

연길수는 이처럼 좌우익의 대립을 과거의 일로 치고 말하고 있었다.

"좌우익의 대립은 지금도 계속되고 있지."

박갑동의 대답이 이렇게 나오자 연길수는 의아하다는 듯 중얼거렸다.

"불쌍한 사람들이야."

"누가 불쌍하단 말인가?"

"좌익들."

담배를 피워 물더니 연길수는 "지금 정부는 좌익이라고 보이면 쥐잡듯 할 작정인 모양이야. 그 때문에 억울한 사람들까지 희생될 염려가 없잖아."하고 조심스러운 표정을 짓고 말을 이었다.

"박형도 조심해요. 양심이 있는 사람들은 그 양심 때문에 위험해. 야심이 있는 사람은 그 야심 때문에 위험하고. 내 집안에 어느 청년은 좌익도 아닌데 단정을 반대하다가 끌려갔어. 이왕 이렇게 되어버렸으니까 할 수 없지만 사실을 말하면 단정이 뭔가? 남북을 영구히 분단하겠다는 것과 꼭같은 노릇 아닌가? 나는 미국공보원 일을 도우고 있는 일로 중립적인 태도를 지니고 있었지만 그렇지 않았더라면 단정만은 반대하고 나설 뻔했어. 그런데 그런 사람들까지 블랙리스트에 넣어 샅샅이 검거하고 있으니 좌익들에게 대해선 어떻겠나? 박형은 양심적인 인물이니까 걱정하는 거야."

"내 걱정은 안 해도 돼. 그런 좌익을 일소하겠다고 서둔다고 해서 좌익이 없어질 까닭이 있겠어?"

"만만히 보아선 안 돼. 어제 연석회의에 나갔는데, 경찰의 보고에 의하면 남로당의 조직은 3분지 2 이상 궤멸되었다는 거야. 금년 연말까진 90% 소탕하겠다는 목표를 제시하더군. 정부가 선 지 두 달도 채 못 되어 3분지 2가 궤멸되었다면 알 수 있는 것 아닌가? 정부가 착착 정비되어 나가면 좌익은 설 땅을 찾지 못할 걸. 지하공작을 한다지만 우리 일제시대를 겪어보지 않았나? 지하공작이란 건 되지도 않는 일이야. 박형 주위에 그런 사람이 있거든 전향해서 새로운 기분으로 살도록 하든지, 꼭 그럴 수 없으면 이북으로 가라고 해. 어차피 남한에선 좌익이 살아남지 못할 거야. 괜한 희생만 당한다면 너무나 억울하지 않나? 나는 억울한 사람이 없었으면 해. 모처럼 해방이 되었다고 좋아라고 하다가 엉뚱하게 희생된다면 얼마나 안타까운 일인가?"

원래 말이 적은 연길수가 이처럼 많은 말을 한다는 건 혹시 박갑동의 정체를 알고 있기 때문이 아닐까 했는데, 그런 것이 아니었다는 건 다음의 말로서 알 수가 있었다.

"박형, 지금 하시는 일이 없겠지? 그렇다면 정부에 들어올 생각 없나? 내가 추천하지. 사람이 많은 것 같지만 일할 사람은 적어요."

"나는 관료로서의 소질이 없는 사람이니까."

"그럼 어떤가? 대학으로 가시면. 이상백 선배가 서울대학에 있지 않나? 교수가 부족해서 큰일이라고 하더군. 심지어 나에게까지 권유가 왔으니까."

"대학 같으면 한 번 생각해 보지."

박갑동은 이렇게라도 얼버무려놓지 않을 수 없었다.

"그렇다면 빨리 연락을 해요. 그것도 시기가 늦으면 안 된다구. 지금도 좌익 교수들이 대량으로 탈락해서 빈자리가 많은 모양이야."

탈락한 좌익 교수의 자리에 자기가 들어앉는다는 것은 상상도 못할 일이다.

"생각해보고 이상백 선배를 한번 찾아보지." 하자 "아냐." 하고 이제 막 생각이 났다는 듯 "박형은 외교관이 좋아. 박형 같은 사람은 외교관에 적격이야. 현재의 자리엔 구애 없이 외무부에 들어와. 우리 같이 일하자구. 박형 같은 사람을 천거하면 장관도 기뻐할 거야."하고 쇠뿔을 당장이라도 빼야겠다고 상권했다. 외무부 장관이면 장택상 씨가 아닌가. 장택상 씨는 박갑동도 잘 알고 있었다. 뿐만 아니라 〈해방일보〉의 기자로 있을 때 더러 만나기도 했다. 물론 가명이었기 때문에 이름을 들어선 알 수 없겠지만 만나기만 하면 당장 알아차릴 것이었다.

"나는 대학엔 갈 의사가 없지 않으나 외교관이 될 생각은 전연 없다."며 박갑동이 딱 잡아떼었다. 그리고 얼른 화제를 바꾸었다.

"정부는 틀이 잡혀가는가?"

"아직은 오리무중을 더듬고 있는 기분이지만 그런대로 되어나가고 있지. 틀이 딱 잡힌 것은 경찰이야. 경찰의 틀이 잡히면 정부의 틀이 잡힌 거나 마찬가지가 아닌가? 그런 만큼 경찰의 횡포가 심한 듯 하지만 초창기니까 도리가 없지. 좋은 정치를 하려고 해도 치안이 유지되어 있어야 하니까."

"정부의 앞날엔 걱정할 게 없겠구먼."

"걱정 없지. 일단 정부가 섰다 하면 그만이야. 자꾸 커져나가니까. 우리 정부를 승인하는 나라가 자꾸만 늘어가거든. 머지않아 한반도에서의 유일한 합법정부라는 실질을 갖추게 될 거야. 그런 만큼 분단 상황은 굳어가는 거지. 통일은 멀어지고. 그러나 이렇게 된 덴 이승만 대통령만을 나무랄 수가 없어요. 이북이 하는 짓이 너무나 용렬하니 남쪽에서도 가만있을 수만은 없을 일 아닌가. 남북협상을 둘러싼 재료가 꽤 많이 입수되었는데, 그것을 읽어보니 한심하더군. 김구 선생과 김규식 박사를 완전히 바지저고리로 만들려고 들었어. 스탈린 앞에 해보이는 쇼에 들러리를 세운 거야. 그야말로 양심적으로 38선을 넘어간 어른들에게 그런 대접이 있을 수가 있어? 그 어른들을 받들고 단정에 반대한 사람들은 김이 팍 세었을 거야. 이 나라에서 양심이 어떤 처우를 받느야 하는 문제에 대한 모범적인 답안이라고 나는 생각했어."

"멋진 표현인데요. 연형은 외교관적인 소질을 가진 것 같아. 장택상 씨는 사람을 볼 줄 아는 눈을 가졌군."

"천만의 말씀을……."

연길수는 수줍게 웃었다. 그리곤 방금 여비서가 갖다 놓은 커피를 스푼으로 저으며 연길수는 이렇게 시작했다.

"정세라는 것은 이상하게 돌아가는 거라. 나는 이 정부를 세운 건 이승만 박사가 아니라 박헌영이라는 생각을 해보았어. 박헌영의 공산 당이 그처럼 설쳐대지만 않았더라도 남한의 백성들은 그냥 미군정 하 에 있으면서 통일이 되길 기다리는 편을 택했을 거야. 미국 또한 남한 에 한국인의 정부를 얼른 세워 이승만 박사에게 남한을 떠맡겨버리려 고 안 했을 거고. 그런데 박헌영의 공산당이 하도 난리를 하니까, 남 한의 백성들은 이대로 통일을 기다리고 있다간 무슨 일이 날지 모르겠 다는 불안을 갖게 된 거야. 미국은 미국대로 남한의 공산당을 치는 데 염증을 느끼게 된 거고. 그럴 바에야 한국인에게 맡겨버려라, 이렇게 된 거거든요. 이 정부가 공고히 설 수 있었다는 건 박헌영과 남로당이 단선을 결사적으로 반대했기 때문이야. 만일 남로당이 적극적으로 선 거에 참여하겠다고 들었더라면 미국이 단정을 포기했을지 모르지. 국 회를 만들어보았자 절대 다수를 남로당이 차지하는 국회가 될 것이 아 닌가 하는 의구가 생기면 그들이 마음 놓고 선거를 하라고 했겠어? 남 로당이 반대하니까 안심하고 선거를 한 거지. 그런데다 선거를 반대한 답시고 막 힘을 다 싣는 바람에 남로당이 대부분 노출되어 버렸지 않 았나? 노출된 남로당원 체포하는 거야 여반장이지. 그렇게 해서 박헌 영은 보수 일색의 국회를 만들어주었고, 자기들의 파멸을 재촉해서 단 독 정부의 출발을 순탄하게 해주었단 이야기야. 남한의 이 정부는 박 헌영이 만들었다는 내 의견이 그저 궤변에 지나지 않을까?"

연길수의 말엔 날카로운 통찰이 있었다. 꼭같진 않았지만 박갑동도 비슷하게 생각하고 있었던 것이다. "궤변이 아니야. 사태를 정확하게 본 거지."하고 박갑동이 수긍하지 않을 수 없었다.

"그렇다면 공산당, 아니 남로당은 뭣을 하자는 조직인가? 기를 쓰고 묘혈을 파는 정당인가? 나도 해방 후 자칫 공산당에 입당할 뻔 했는데 지금 생각해도 머리끝이 쭈뼛하는 것 같아."

박갑동이 뭐라고 대응할 말이 없었다.

"괜히 집무시간에 와서 방해를 했어."하고 일어섰다. "우리 술이라도 한잔하지. 연락되는 대로 동창생을 모아서."하고 연길수는 박갑동의 연락처를 물었지만 "곧 시골로 내려가야 하니 이번엔 안 되겠고, 이 다음 올라오면 꼭 연락하겠다."는 말을 남겨놓고 연길수의 방에서 나왔다. 혹시 골마루에서 장택상을 만날까봐 조마조마하여 엘리베이터를 기다리지 않고 계단을 걸어 내려왔다.

1층에 내려오자 길을 비켜서라며 수위가 법석을 떨었다. 현관으로부터 이범석 국무총리가 들어서고 있었다. 양편에서 경호원이 팔을 끼듯 이범석을 옹위하여 엘리베이터 쪽으로 갔다. 일순 토막극을 본 듯한 느낌이었다. 민족청년단의 단장을 한답시고 푸른 단복을 입고 단상에 서서 국가지상, 민족지상을 외쳐대던 사람이 오늘은 단정의 국무총리라!

시월의 햇살이 광화문 일대에 깔려 있었다. 이곳이 바로 이방(異邦)이란 느낌이 전신을 전율케 했다. 나는 평화로운 군중 속에 하나의 폭탄이다 싶은 상념이 뒤엉켰다.

'어디로 가나?'

갈 곳이 없었다. 느릿느릿 종로로 꼬부라져 파고다공원을 향해 걸었다. 화신 옆을 막 지나려는 찰나였다. 뒤쪽에서 황급한 발소리가 들린 듯했다. 어떤 육감으로 가슴이 오싹했지만 덮어놓고 달릴 수도, 뒤를 돌아볼 수도 없었다. 어깨가 경직된 듯했다. 발자국 소리가 옆에서 멎었을 때 힐끔 보았다.

"이 선생, 오래간만입니다."

젊은 사나이가 이렇게 속삭이고는 "어디 조용한 데로 가십시다. 드릴 말씀이 있습니다."하고 덧붙였다. 입을 다문 채 박갑동은 걸음을 계속했다. 한 발쯤 뒤로 그 청년이 따르고 있었다. 박갑동의 뇌리에 갖가지 생각이 명멸했다.

'이 선생 이라고 하는 걸 보면 필시 조직의 일원이든지, 기왕에 조직에 있었던 사람이다.' '이종택이란 가명을 쓰고 있었을 때 안 사람임에 틀림이 없다.' '확실히 안면이 있는 청년이다.' '어떻게 나와 연결되었던 사람일까?' '지금은 뭣 하는 사람일까? 아직도 조직 속에 있는 사람일까?' '아니면 경찰의 끄나풀일까?'

이렇건 저렇건 서툴게 그를 따돌릴 수는 없는 일이었다. 박갑동은 파고다공원 옆 북쪽으로 나 있는 골목으로 들어섰다. 거기서 몇 발 안 가서 진주 출신의 사람이 포목점을 하고 있었다. 그 2층에 빈방이 있었다. 박갑동은 가끔 그 방을 이용하고는 했다. 물론 그 집 주인은 박갑동이 무엇을 하는 사람인지 모른다. 아들의 친구가 사업상 기밀을 요하는 일로 그 방을 빌어쓰고 있는 것이라고 생각하고 있는 것이다. 박갑동은 2층으로 통하는 계단을 올라가 열쇠를 꺼내 방문을 열며 앞으론 이곳도 쓰지 못하게 되었다는 생각을 얼핏 했다.

방에 들어서자 청년은 "저 이용삼입니다. 알아 보시겠지요."했다. 이용삼이라고 듣고 보니 어슴푸레 기억이 돌아왔다. 민족청년단에 침투할 프락치를 교육시킬 때 딱 한번 성북동 어느 집에서 만난 적이 있었다. 그때 아마 박갑동이 이종택이란 이름으로 소개되었을 것이었다. "할 얘기가 뭐요?"하며 이용삼을 앉으라고 하고 자기도 앉았을 때 돌연 하나의 사건을 상기했다.

5·10 선거 직전 성동구에서 살인 사건이 있었다. 이용삼은 그때 연루된 사람의 하나였다. 그런데 박갑동의 기억이 확실하다면 제1심 재판에서 이용삼은 무기징역을 선고받았던가, 구형을 받았던가 했다. 그런데 그런 사람이 백주 서울의 거리를 걷고 있다면 결코 예사로운 일이 아닌 것이다.

"무사해서 다행이군."

"무사할 수 밖에요. 증거가 없었으니까."

증거가 없다고 해서 무기징역의 구형과 선고를 받은 사람을 대한민국의 경찰이나 사법 당국이 그냥 석방할 까닭은 없다. 경찰 아니면 어떤 수사기관의 끄나풀이 되어있을 것은 거의 의심할 여지가 없었다. 그러나 그렇게 꼬집어 물을 수는 없었다.

"도대체 그 사건은 어떻게 된 건가? 당이 그런 지령을 했을 리는 만무한데."

"모르십니까? 그 진상을."

이용삼이 애매하게 웃었다. 그 사건이란 1948년 5월 8일 오후 6시, 성동구 제25 투표구 선거위원장 한용건을 살해한 사건이다. 당시 경찰의 발표는 이러했다.

남로당의 지령을 받은 민애청원(民愛靑員) 문병기(29세 가량), 박영호(29세, 목공업, 민애청원, 민족청년단원), 이용삼(27세, 목공업, 민애청원, 민족청년단원) 3명은 서울시 성동구 제25 투표구 선거위원장 한용건이 유권자들에게 등록을 강요하고 선거 계몽운동을 열렬히 하고 있는 매국노이므로 없애버려야 한다는 남로당의 지령을 받고 1948년 5월 7일 오후 5시 30분경 서울시 신당동 348번지 민족청년단 사무소에서 살인을 모의하고, 익 8일 오전 6시 정각에 신당동 347번지 부근 식료품점 앞 네거리에 집합하여 문병기는 권총을 들고 박영호는 도끼 1개를 가지고 한용건 집을 습격하여 방안에서 신문을 보고 있는 한용건을 향하여 권총을 쏘아 즉사케 하고 도주하였다. 이때 이용삼은 한용건 집에선 약 20미터 떨어진 곳에서 파수를 담당하고 일대를 감시하는 임무를 맡았다.……

그런데 직접 하수인인 문병기, 박영호는 도망쳐버려 체포하지 못하고 이용삼만 체포되었던 것이다.

"당이 지령을 했다는데 당의 누구가 지령했는가 아시오?"

"난 모릅니다. 박영호가 지령을 받은 것만은 확실합니다."

"어떻게 그게 확실하다는 걸 알지?"

"본인이 그렇게 말했으니까요."

"그 뒤 본인에게 누가 지령했는지 알아보았나?"

"그 후 그들을 만나지 못했습니다."

"어떻게 되었길래?"

"그들은 북쪽으로 간 것 같아요. 아무리 찾아 해매도 전연 단서가 없는걸 보면."

"그런데 당신은 용케 풀려 나왔군."

"직접 하수인이 붙들리지 않았는데 그 집 근처의 20미터 부근에 있었던 사람을 벌줄 수 있습니까? 난 전연 관련이 없다고 잡아떼었죠."

"우리는 그 사건을 단정 반대를 빙자한 강도 사건으로 알고 있어."

"혹시 그랬을는지도 모르지요."

이용삼의 말이 뜻밖에도 순순했다.

"내가 알기론 남로당은 선거를 방해하라고는 했지만 사람을 죽이라고 한 적은 없어."

"수단 방법 가리지 않고 단선 단정을 반대하라는 지령은 그럼 뭡니까?"

박갑동이 말이 막혔다. 그러자 이용삼은 불쑥 말했다.

"지금 와서 그런 게 문제될 것 없습니다. 제가 이 선생께 알리고자 하는 것은 남로당 서울시당 부위원장이 서울시경 사찰분실장이란 사실입니다."

"뭐라구?"

"서울시당 부위원장 홍씨가, 물론 그건 가명이겠지만 서울시 경찰국의 사찰분실장이란 겁니다."

"그럴 리가?"

"그럴 리가 없다고 하시는 겁니까? 그럴 리 없는데도 그게 사실인 것을 어떻게 합니까?"하고 나서 "난 바빠 갑니다."하고 이용삼이 문을 열더니 총총히 계단을 내려가 버렸다. 청천벽력이란 바로 이런 사실을 두고 만들어진 말일 것이었다. 박갑동은 멍청히 서 있다가 황급히 그곳에서 빠져나왔다.

'서울시당 부위원장이 사찰분실장이라니'

도저히 믿어지질 않았지만 이용삼이 거짓을 꾸몄다고는 생각할 수가 없었다. 이용삼은 분명 경찰의 끄나풀인 것이지만 어쩌다 박갑동을 보자 자기도 모를 충동에 사로잡혀 그런 사실을 털어놓았을 것이었다.

서울시당 부위원장의 이름은 홍삼포이다. 사찰분실장으로선 무슨 이름을 쓰고 있는 것일까? 그걸 물어두지 않은 것이 큰 실수였다. 우선 당 중앙에 알려야만 하는데 그 수속이 까다롭고 번거로웠다. 김삼룡이 박갑동을 부를 때엔 "한지를 몇 장 가지고 오라."로써 통할 수 있었지만 이편에서의 연락은 그처럼 단순하지가 않았다.

"공장을 옮겨야겠다."고 제1의 장소에 걸고 나면 제2 장소를 저편에서 일러준다. 그때엔 "공장을 옮겨야겠는데 자금이 모자란다."고 하는데 저편의 대답은 "몇 만, 몇 천, 몇 백, 몇 십 원은 준비되어 있다."는 것이다. 그 숫자가 곧 다음에 걸어야 하는 전화번호이다.

그런데 그 번호 그대로가 아니다. 요일에 따라 저편에서 알려준 숫자 첫머리부터 둘째까지 각각 하나씩 감해야 할 경우가 있고, 끝 부분 숫자 둘에 각각 하나씩 더 보태야 할 경우도 있다. 그러니 미리 마련된 도표를 보지 않으면 전화를 걸 수가 없다. 이렇게 하여 전화가 통하고 나면 장소의 지시가 있다. 그런데 이게 또 복잡하다. 월요일에 성북동이라고 하면 마포로 되고 화요일에 성북동이라고 하면 충정로로 되는 따위로 이것을 알기 위해서도 도표가 필요하다.

시당 부위원장이 사찰분실장인데도 당 중앙의 거처를 파악하지 못한 것은 이런 번거로운 암호의 내용에 접근하지 못하는 탓도 있지만, 적어도 3단계의 수속을 거치지 않곤 하부 당이 상부 당에 근접할 수 없게 되어 있는데다가 어떤 경우에도 직접적인 접촉은 엄금되어 있기 때문이다. 서울시당 뿐 아니라 하급 당에서 당 중앙에 보고할 때엔 4단계 5단계의 레뽀를 거쳐야 한다. 그러니 서울시당 부위원장이 아무리 당 중앙의 소재를 알려고 해도 되질 않는다. 알 필요가 없게 되어 있는 것이다. 박갑동은 부득이 아지트로 돌아와야 했다. 백주에 그 골목에 나다니지 않기로 스스로 규칙을 만들어놓고 있었지만 그날은 달랐다. 한시가 바빴다.

저녁 여섯 시에 수유리 108번지 벽돌담 집으로 오라는 연락을 받았다. 도표를 보았더니 수요일의 수유리는 돈암동으로 돼 있었다. 돈암동 108 번지면 박갑동의 아지트에서 별반 멀지않은 곳이다.

'돈암동에도 당 중앙의 아지트가 있었던가?'

오늘은 이상한 일투성이란 마음이 들어 혼자 쓴웃음을 웃었다. 박갑동이 시간이 되어 찾아간 집은 집 한가운데 큰 은행나무가 있는 굉장한 집이었다. 이만한 집을 소유하려면 옛날식으로 치면 만 석 이상 재산의 소유자라야 할 것이었다. 초인종의 소재를 찾을 것도 없이 대문에 다가서자 "담배 사가지고 왔는가?"하는 말이 안쪽에서 있었다. 박갑동을 확인하기 위한 암호였다. 아까의 전화에 "담배 사가지고 오라.”고 했던 것이다. “살 수 없었다.”는 것이 이편의 암호였다.

통용문이 열렸다. 나뭇가지에 전등이 달려 있어 그 거목이 은행나무인 줄 알았을 뿐 덩실하게 크기만 한 건물들이 무슨 폐옥 같은 인상이었다. 안내인을 따라 몇 개의 대문을 통과하고 나서야 구석진 별채에 도착했다. 그곳은 원래 사람이 살던 곳이 아니고 창고를 개조한 곳이었다. 널판 문을 닫아버리면 불빛이 새어나오지도 않았다. 높은 데 비좁은 들창이 두 군데나 나 있을 뿐 창도 없었다.

그 자리에 김삼룡과 이주하, 정태식 세 사람이 있었다. 말하자면 그 세 사람이 당 중앙인 것이다. 김삼룡은 총책, 이주하는 군사책, 정태식은 이론진, 기관지부, 선전부 블록책.

인사를 하고 박갑동이 말석에 앉자 “중대한 문제라기에 이선생과 정동지를 오라고 했다.”며 김삼룡이 박갑동의 표정을 살폈다. “공장을 옮겨야겠다.”는 것은 가장 긴급을 요하는 문제가 생겼다는 암호인 것이다. “좋습니다.”라고 박갑동이 말했다. 즉 이주하와 정태식이 있어도 상관없다는 의사표시이다.

“말해보시오.”

김삼룡이 박갑동을 재촉했다. 박갑동은 이용삼을 만난 경위로부터 시작해서 이용삼으로부터 들은 얘기를 그냥 그대로 보고했다. 그런데도 김삼룡, 이주하, 정태식의 표정엔 별반 변화가 없었다. 박갑동은 약간 당황했다.

‘이들은 벌써부터 이 사실을 알고 있었던 것이 아닐까?’ ‘서울시당 부위원장이 사찰과 분실장으로서 프락치 활동을 하고 있다는 얘긴가?’ ‘그렇다면 이건 당의, 그야말로 극비 중의 극비의 전략이다.’

황망하게 이런 상념을 쫓고 있는데 신음하는 듯한 이주하의 말이 있었다.

“그랬었군, 그 놈이. 그 놈이 역적이었었군.”

당초 표정에 별반 변화가 없어보였던 것은 너무나 엄청난 일에 놀라 표정이 굳어버린 탓이란 것을 박갑동이 알았다.

"그게 사실일까요?"

정태식이 김삼룡과 박갑동의 얼굴을 골고루 보았다. 김삼룡은 불상처럼 앉아 있더니 무겁게 입을 열었다.

"서울시당이 궤멸된 이유를 이제야 알았다."

침묵이 상당한 시간 흘렀다. 그 침묵을 깬 것은 이주하였다.

"내가 그 홍가 놈을 죽이겠다."

김삼룡의 대꾸는 없었다.

"어떤 술책을 쓰더라도 나는 그 놈을 죽이고야 말겠어."

이주하가 이를 뽀도독 갈았다.

"그 자가 끝끝내 이승엽 동지를 서울시당 위원장으로 고집한 이유를 알 것 같습니다."

정태식이 한 말이었는데 박갑동도 그때서야 짐작했다. 이승엽이 북쪽으로 가고 돌아오지 않을 방침이 밝혀지자 당 중앙에선 부위원장인 홍삼포에게 위원장직을 계승하라고 지시했다. 그랬는데 홍삼포는 끝끝내 응하지 않고 다음과 같은 내용의 보고를 보내왔다.

"서울시당의 위신을 위해서도 이승엽 동지의 이름이 꼭 필요합니다. 부위원장으로서 위원장의 직능을 대행할 수도 있는 것인즉 이승엽 동지를 위원장으로 계속 모시겠습니다. 그 뜻을 전하셔서 하루빨리 이승엽 동지가 남쪽으로 오셔서 겸직이라도 좋으니 서울시당 위원장으로서 서울시당을 이끌도록 종용하여 주십시오."

그땐 박갑동이 김삼룡의 비서 역할을 하고 있었기 때문에 그 보고를 읽을 기회를 가졌었다. 김삼룡은 그 보고를 홍삼포의 충성심에서 나온 것이라고 보았다. 이런 말까지 했던 것이다.

"홍 동지는 훌륭해. 대개가 출세주의에 사로잡혀 경력을 만들려고 광분하고 있는데 홍 동지만은 예외이다. 진실로 당을 사랑하는 사람이다."

그래서 그 보고를 그냥 인준했다. 이제 알고 보니 그것은 이승엽을 잡기 위한 전술이었다. 위원장직을 이승엽에게 맡겨놓는 건 일종의 덫이었다. 서울시당 위원장이니 어쩌면 한번쯤은 나타날 수 있으리란 계산 위에서 꾸민 교묘한 함정이었다. 김삼룡의 말이 없자 이주하가 힐난조로 물었다.

"홍가 놈을 그 자리에 앉힌 것은 누구요? 김 동지 아닌가요?"

"나요."

"그렇다면 마땅히 책임을 느껴야할 것 아니요?"

"그걸 지금 생각하고 있소."

"생각만 해서 될 일이기나 하오?"

"당장 할복이라도 하고 싶소."

"할복 갖고 책임을 면할 것 같소?"

이주하의 눈에 핏발이 서 있다. 안면 근육이 경련하고 있었다.

"지금 그런 책임 추궁할 때가 아니라고 봅니다. 대책을 강구해야 합니다."하고 정태식이 두 사람 사이에 끼어들었다. 사실을 말하면 홍삼포를 서울시당 부위원장으로 발탁한 것은 이승엽이었다. 그 문제로 김삼룡이 책임을 져야 한다면 이승엽이 천거해서 임명한 홍삼포를 이승엽이 떠난 뒤에도 그냥 그 자리에 두었다는 사실의 부분이다. 비서로서 그 내용을 알고 있는 박갑동이 가만있을 수가 없었다.

"총책께선 자기의 책임이라고 말씀하시지만 사실은 그런 게 아닙니다."하고 박갑동이 홍삼포가 서울시당 부위원장이 되었을 때의 사정을 설명했다.

"그래도 책임은 내게 있소. 감독이 불충분했다는 것만으로도 내가 책임을 져야 하오."

김삼룡은 이렇게 말하고 이어 "당장 할복이라도 하고 싶지만 이 동지의 말대로 그로서 책임이 다해지는 것도 아니니 이 사건을 처리하고 난 후 내 책임 문제는 거론하기로 하고, 지금 당장 취해야 할 방책을 어떻게 하면 좋겠소? 우선 그 문제부터 토의하도록 합시다. 이 회의를 중앙상임위원회의 회의로 하겠소. 사회는 이주하 동지가 맡아주시오."

"아까 내 말이 과했던 것 같소."

이주하는 일단 사과의 말을 하고 나서 특공대를 조직하여 전일 박일원(朴馹遠)을 죽일 때와 같은 방법을 채택하면 어떻겠냐고 제안했다.

"그보다 서울시당의 하부조직에 이 사실을 알려 더 이상의 피해자가 없도록 해야 하지 않겠습니까?"하고 정태식이 발언했다.

"지시를 내릴 대상도 없어졌소. 서울시당은 2개월 전에 완전히 궤멸되었소."

침통한 표정으로 김삼룡이 한 발언이었다.

"서울시당의 궤멸은 언제 알았소?"

이주하의 질문이었다.

"2개월 전부터 지령이 제대로 실시되지 않고 보고도 두절되어 시당에 사고가 난 것을 짐작했소. 그러나 궤멸되었다고까진 생각하지 않았는데, 박 동지의 얘기를 듣고서야 판단을 내렸소."

"그건 또 무슨 소리요?"

이주하가 다시 흥분했다. 사실 혹독한 탄압 하에서의 지하공작에선 사태의 확인도 판단도 어려운 것이다. 복잡한 수단과 방법을 써야만 상부 하부가 접선할 수 있는 판국이고 보면, 어느 기간 선이 끊어졌다고 해서 궤멸되었다고 판단할 수가 없는 노릇이었다. 모두들 피신하기에 바빴고, 시간이 흐르는 사이 암호가 바뀌기도 하니 하나의 사태가 있었다고 해서 속단하지 못한다. 더욱이 당 중앙의 위치가 항상 유동적이었으니까 더욱 그렇다. 이주하의 태도가 자꾸만 거칠어지자 김삼룡의 인내심도 한계가 넘었다.

"이 동지. 어려운 판국을 번연히 알면서 자꾸 왜 그러시오? 이 동지는 자기 조직을 완전히 장악하고 있소? 서울 시내의 당 군사조직이 어떻게 되어 있는지 말해보시오. 그 조직을 바탕으로 재건에 힘써 봅시다."

이주하는 얼른 대답하지 못했다. 그러다가 "한길수 동무가 있어야 사태를 보고할 수 있을 거요."라고 했다. 한길수가 서울 군사조직의 책임자였다.

"내가 짐작하기론 그 군사조직도 궤멸되었을 것이오."

김삼룡이 차갑게 말했다. 서울 시내의 남로당 군사조직은 서울시당과 별개로 움직이고 있었다. 형식상으론 횡의 연락이 되게 되어 있었으나 경찰의 탄압이 혹심해짐에 따라 횡의 연락도 취하지 못하게 돼 있었던 것이다.

"내 조직은 궤멸되지 않았소."

이주하가 퉁명스럽게 말했다.

"그럼 한길수를 곧 이 자리에 부를 수가 있소?"

김삼룡이 따졌다.

"시간을 주어야지."

"언제 한길수를 만났습니까?"

"그게 언제더라."하고 이주하가 생각하는 빛을 보이자 김삼룡이 뱉듯이 말했다.

"한길수는 체포되었소. 그것도 파악하고 있지 못하면서 남의 책임만을 추궁하는 것은 지나친 일이오."

김삼룡이 높아지려는 언성을 억지로 낮추고 타이르듯 했다.

"거지끼리 자루 째는 식으로 서로 책임만 추궁하고 있다간 자멸만 촉구할 뿐이오. 대책을 강구합시다."

이주하는 풀이 죽은 목소리로 "한길수가 체포되었다는 소식을 언제 들었소?"

"엊그제 들었소."

"그런데 왜 그 말을 내겐……."

"나는 이 동지가 이미 알고 있을 줄 알았소. 그래서 새삼스럽게 상처를 후비게 될 것 같아 잠자코 있었던 거요. 한길수가 없으면 서울의 군사조직을 파악할 수가 없겠지요?"하고 김삼룡이 부드럽게 물었다.

"한길수 밑에 노형오가 있소. 그런데 그 자를 어떻게 찾아야 할지?"

이주하의 말에 김삼룡이 어이가 없었던지 잠잠하다간 "특공대를 만들려고 해도 이대로라면 방도가 없는 게 아닌가?"하고 중얼거렸다.

"당 중앙에 직속되어 있는 당원을 동원할 수밖에 없겠습니다. 특공대를 만들어야 한다면."

정태식이 조심조심 발언했다.

"그 숫자가 대강 얼마나 되겠소?"

이주하가 물었다. 세포책 10명으로 조직되어 당 중앙의 이른바 엘리트 당원은 70명을 보유하고 있어야만 하고, 얼마 전까지만 해도 그만한 숫자는 상으로 남아 있었는데, 박갑동이 장악하고 있는 세포책 3명과는 며칠 전부터 선이 끊어진 상태에 있었다.

"40, 50명은 되겠지요."

김삼룡이 덤덤하게 말했다.

"그럼 그 중에서 특공대를 선발하는 것이 어떻겠소?"

이주하의 제안이었는데 김삼룡은 이에 대답하지 않고 "내일부터라도 지방 당을 전반적으로 검토해 보아야겠다."고 했다.

"특공대는 어떻게 되는 거요?"

이주하가 다시 공격조로 나왔다.

"특공대를 만들어야 할지 어쩔지는 숙제로 합시다. 특공대를 만든다고 해도 당 중앙 직속의 당원을 쓸 순 없습니다. 그것이 무너지면 당 자체가 궤멸하게 되니까요."

긴삼룡이 곤은 표정으로 말했다.

"그럼 그 홍가 놈을 그냥 둔다는 거요?"

"그냥 둘 수야 없지. 그러나 이제 당장 어떻게 할 순 없는 일 아니겠소? 우리가 그 사실을 알았으니 그렇게 알고 앞으로 당 운영을 해나갈 밖엔. 기왕의 서울시당은 없었던 것으로 하고 지금부터 재건합시다. 아무튼 북쪽에 있는 박 위원장에게 이 사실을 알리고 그 지시를 기다려 착수하는 것이 좋겠소. 그러나 이 사실이 발설되지 않도록 조심을 해야겠소. 우선 창피스러워 죽을 지경이오."

"그러니까 당장 그 놈을 해치우자는 것 아니오."하고 이주하는 다음과 같은 제안을 했다.

"특공대를 만드는 것이 불가능하다면 내가 그 홍가 놈을 만나도록 하겠소. 명색이 시당의 부위원장이니까 나의 접견 요청을 거절하진 않겠지. 나를 체포할 수 있는 기회가 될 수도 있는 거니까. 나는 내 죽고 상대방을 죽일 각오로 그 놈을 만나겠소. 만나자마자 총을 쏘겠소. 당의 역적을 하나 소탕한다면 이주하의 할 일은 그로써 다한 것으로 치겠소. 중앙상임위원회의 결정으로 그 과업을 나에게 맡기시오."

"안 될 일입니다, 이 동지. 우리는 당분간, 그러니까 무슨 결정적인 방안이 설 때까지 그 자를 서울시당 부위원장으로 다루고 그를 의심하는 눈치를 보이지 맙시다. 그래갖고 그 놈을 이용해야죠. 우리의 신임을 보이는 척 해가지고 무언가를 얻어내야지요. 그 놈은 앞으로의 공로를 위해서도 시당 부위원장직을 최대한 이용하려고 할 겁니다. 그 심리를 노리는 거요."

"어떻게?"

"그것도 차차 연구합시다."

"연구 좋아하십니다. 그러다가 우리가 그 술수에 말려 들어가면 어떻게 하구요."

이렇게 해서 이주하와 김삼룡 사이의 언쟁은 다시 원점으로 돌아가고 말았다. 박갑동은 엄습해오는 피로를 견딜 수 없게 되었다. 눈앞의 회의가 난센스로 느껴지기까지 했다.

'고양이 목에 방울을 달자는 쥐새끼들의 회의가 이러했을까?'

불빛이 어두운 것을 기화로 박갑동은 고개를 떨군 채 눈을 감았다. 아무런 결론을 내지도 못하고 11시쯤에야 산회했다. 하루 건너 다시 만날 약속을 하는 것 같았지만 박갑동에겐 그런 지시가 없었다. 모두가 서먹서먹했던 것은 홍삼포의 사건이 계기가 되어 갑자기 서로가 서로를 믿지 못하는 심정이 되었던 까닭인지 모른다.

그 폐옥 같은 집을 나와 전차 길에 다달았을 때 정태식이 "어디가서 술이나 한잔했으면 좋겠다."고 하더니 박갑동의 대답을 기다리지도 않고 가까이에 보이는 목로술집으로 들어갔다. 원래 술은 좋아하지 않았지만 그날 밤 박갑동은 술에 대한 갈증 같은 것을 느끼고 작은 잔이기는 했지만 연거푸 석 잔이나 소주를 마셨다. 정태식은 큰 글라스에 소주를 가득 따라 단숨에 들이켜고 나서 "세상에 이럴 수가……"를 상처받은 동물처럼 연발하고 있었다. 목로술집에서 그 이상의 말은 할수 없는 것이다.

"망명이라도 하고 싶어."

정태식이 중얼거렸다.

"그만하고 돌아갑시다."

박갑동이 빨리 혼자가 되고 싶었다. 혼자가 되어 전후 사정을 생각하고 싶었다. 목로술집에서 나와 박갑동이 "한 달쯤 시골에 가서 성묘나 하고 쉬다가 올 작정이니 허가해 주십시오."했다.

"좋습니다. 할 일도 있을 것 같지 않습니다. 이차판에 이론이 무슨 필요 있겠소? 모혈의 이론이나 엮어볼 밖엔. 선전할 무엇이 있소? 좋습니다. 갔다 오시오. 갈 데가 있는 사람은 행복하오. 돌아오는 즉시 연락하시오.”

정태식의 혀가 꼬부라져 있었다. 헤어지기 직전 정태식이 손을 내밀었다. 박갑동이 그 손을 잡았다. 어쩌면 이게 마지막이 아닐까 하는 생각이 얼핏 들었지만 얼른 그 생각을 지워버렸다.

“몸조심 하십시오.”

박갑동의 말에 정태식은 “추풍낙엽지장이오.”하고 비틀거렸다.

고향으로 돌아가는 길에 박갑동은 민형준을 만나보았으면 하는 생각으로 마산에서 기차를 내렸다. 민형준은 그때 진해에 잠복하고 있기로 되어 있었다. 세밀하게 적힌 연락방법을 알기 위해 박갑동이 마산 역전의 여관으로 들어가 수첩을 폈다. 제일 먼저 걸어야 할 전화번호를 찾았다. 그 전화는 불통이었다. 다음 전화를 걸었다. 여전히 불통이었다.

제3의 전화를 걸었다. 여자의 목소리가 저편에서 나더니 “김문기 선생을 대주십시오.”하자 상대방의 말이 뚝 그쳤다. 김문기는 진해에서 살고 있던 민형준의 가명이었다. 전화가 끊어진 것은 아닌데 말이 없기에 박갑동이 “여보시오. 여보시오.”하고 불렀다. 세 번째 “여보시오.”라고 했을 때 “거기가 어디지요?”하고 기어들어가는 듯한 소리가 있더니 “바다낚시를 즐기시려고 오셨지요?”했다.

그것이 암호였다. 그땐 “등산할 작정입니다.”하는 것이 정해 놓은 대답으로 되는 것이다. 박갑동이 그대로 했다. “지금 어디 계시죠?” 박갑동이 마산 역전의 여관 이름을 대었다. “세 시간 쯤 후에 연락이 있을 겁니다.”하고 전화가 끊어졌다. 왠지 불안한 예감이 들었다.

박갑동은 여관비를 미리 지불하고 세 시간 후에 자기를 찾는 사람이 있으면 방으로 안내하라고 일러두고 바깥으로 나왔다. 한지 도매상으로서의 명함과 그 직업을 뒷받침하기 위한 계약서 등을 가방 안에 넣어왔지만 그로써 신분보장이 되리라는 자신이 없었다.

마산 역전의 여관을 잡은 덴 이유가 있었다. 경찰서가 가까웠기 때문이다. 등잔 밑이 어둡다는 격언 그대로 경찰서 옆 여관은 여러모로 안전한 것이다. 첫째로 여관 주인과 경찰관이 친숙한 사이라서 검색을 철저하게 하지 않았고, 둘째로 위험인물은 경찰서를 피한다는 통념 같은 것이 있어서 그런 여관에 드는 사람은 별로 의심을 받지 않는다. 그런데도 박갑동이 바깥으로 나와 버린 것은 전화를 받은 여자의 목소리에서 뭔가 절박한 내음을 맡았기 때문이다.

그로부터 3시간 후면 오후 다섯 시였다. 박갑동은 마이크로버스를 타고 구마산으로 가서 시장을 돌아보고 한지 가게에 들러 그곳에서의 한지 가격을 물어 한지 몇 장을 사기도 하며 시간을 보내다가 다섯 시 10분 전에 일단 여관으로 돌아와 찾아온 사람이 없다는 것을 확인하고, 다시 주인에게 "날 찾아오는 사람이 있거든 방으로 안내하여 기다리게 하라."고 일러놓고 마산역으로 가서 여관집 입구가 보이는 쪽을 보고 섰다. 사람들의 왕래가 심했기 때문에 그곳에 3, 40분 서 있다고 해서 의심을 받지 않을 것이었다.

5시 정각에 젊은 여자 하나가 여관으로 들어가는 것이 보였다. 박갑동은 그 여자가 바로 진해에서 온 사람일 것이라고 짐작하고도 그 자리에 선 채로 있었다. 그 여자를 뒤따르는 사람이 있는가 없는가를 확인하기 위해서였다. 30분 동안을 서서 지켜보았는데도 뒤를 밟는 사람이 있는 것 같지 않았다. 그때서야 박갑동이 어슬렁어슬렁 여관으로 가서 심부름하는 사람을 시켜 자기 방에 있는 여자를 내려오게 했다. 계단 중간에서 멈칫 현관에 서 있는 박갑동을 보더니 여자는 계단을 내려왔다.

"등산 오셨어요?"

그 음성이 전화에서 듣던 음성과 같았다. 박갑동은 말없이 여자를 따라오라고 몸짓을 해놓고 바깥으로 나왔다. 여자가 따라왔다. 지나가던 마이크로버스를 타고 신마산 종점에서 내려 요양소가 있는 쪽을 걸었다. 그리고는 백사장으로 나왔다. 시월의 해변엔 사람의 그림자가 없다. 산 모서리 근처 시야가 가려진 곳을 찾아 박갑동이 앉았다. 여자도 따라 앉았다. 여자는 놀랄 만큼 아름다웠다. 청초했다. 박갑동은 전옥희를 연상했다. 윤곽은 달랐지만 풍기는 분위기에 전옥희와 공통되는 것이 있었다.

"김문기 씨와 연락이 됐소?"

여자는 의아한 듯 일순 박갑동을 쏘아보듯 하더니 "그럼 모르시고 오셨어요?"했다.

"모르다니 뭘 말입니까?"

"혹시 당 중앙에서 오신 분 아니세요?"

"그렇습니다만…….'"

"그런데 김문기선생이 어떻게 되셨단 것을 모른단 말씀이에요?"

여자의 말엔 비난하는 투가 섞였다.

"모릅니다."

"신문에 대서특필로 나기도 했는데요."

"도대체 무슨 일이 있었습니까?"

"김문기 선생은 체포되었어요."

"뭐라구요?"

"전 당 중앙에서 그걸 알고 수습 차 오신 줄 알았어요."

"무슨 일인지 차근차근 얘기해 보시지요."

박갑동은 떨리는 가슴을 가까스로 진정하고 침착한 척 꾸몄다. 여자의 얘기는 다음과 같았다.

"지난 8월 미국이 남조선 해안경비대에서 넘긴 LST 한 척이 이북으로 넘어간 사실은 아시지요?"

"대강 알고 있습니다."

"그게 김문기 선생의 공작이었어요."

"……"

"그런데 9월말 LST 한 척을 또 북으로 보내려다가 탄로가 난 겁니다."

"어떻게 탄로가 났습니까?"

"포항 근처를 항해하고 있던 도중 해군장교 하나가 그 배의 기도를 알아차린 겁니다. 함장과 항해사의 의도를 안 거지요. 그 장교는 비조직원이었어요. 승조원 전원에게 납북 기도를 일일이 미리 설명할 순 없잖았겠어요? 함장의 의도를 간파한 그 해군장교가 승조원 일부를 이끌고 저항을 한 겁니다. 배 위에서 난투극이 벌어졌다는 겁니다. 그 소란을 가까이에 있는 해안경비대에서 알게 된 거죠. 그래서 납북 기도를 한 사람들이 일망타진되었어요."

"김문기 씨가 그 배에 타고 있었던가?"

"아녜요. 체포된 사람이 자초지종을 자백했지요. 김 선생의 조직망과 연락방법까지 죄다 자백했으니 배겨내겠어요? 하룻밤 사이에 진해에 있는 조직원들은 전부 체포되었답니다."

"그래 지금 김문기 씬 어디에 있습니까?"

"지금 어디에 있는지 정확하겐 모릅니다. 진해 해군 영창에 있을 때 제게 연락이 왔어요. 당 중앙에서 이런 암호를 갖고 올 분이 있을지 모르니 만나서 세밀한 얘기를 하라는 지시와 암호가 적혀 있었어요."

박갑동은 눈앞이 아찔 하는 느낌이었다. 할 말이 없었다. 여자의 말이 계속되었다.

"김문기 선생은 해사대학(海士大學)을 거점으로 하고 공작했지요. 해사대학의 교수와 학생을 이용해서요. 그 때문에 8명의 교수가 체포되고 60여명의 학생이 체포되었어요. 모두 총살될 것이라고 해요. 그 가운데 제 오빠도 있습니다."

여자는 손수건으로 눈물을 닦고 물었다.

"당 중앙에서 이런 일을 모르고 있다면 어떻게 되는 거죠?"

대답할 말이 없었다.

"당 중앙이 손을 써서 그분들을 구출할 방도가 없을까요?"

"……"

"확실히 모르지만 지금 마산형무소에 구금되어 있다고 해요. 곧 군법재판이 있을 것이라고 해요. 군법재판은 1심으로 끝난다면서요. 군법재판이 있기만 하면 즉시 총살될 것이라고 해요. 무슨 방법이 없을까요?"

군함을 끌고 이북으로 넘어가려던 자들을, 그렇게 공작한 자들을 무슨 힘으로 구출할 수 있겠는가?

"교수와 학생 중엔 억울한 사람이 많다고 해요. 주로 진주농림학교에서 온 선생님과 학생들인데, 단지 숙식을 제공하고 잔심부름한 정도의 사람까지 끌려갔다고 하니까요."

박갑동은 저물어가는 바다의 저편 쪽 섬을 바라보며 엉뚱한 생각을 좇고 있었다. '민형준이 그렇다면 북로당의 일원이 아닌가? 이혁기의 조직과 선을 붙인 것이 아닌가?' 이주하 군사책에게 물어봐야 알 일이지만 남로당에서 남조선의 군함을 이북으로 납북하라는 지령을 내렸을 리는 만무하다는 생각이 들었다. 만일 그런 지령이 있었다면 얼마 전까지 김삼룡의 비서 역할을 한 자기가 모를 까닭이 없는 것이다.

이주하의 성격상 김일성을 유리하게 하기 위해 군함을 납북하라는 지령을 내렸을 까닭도 없는 것이다. 해안경비대에 중점을 두고 침투한 것은 이혁기 일파들의 북로당 계열이다. 남로당에서 지령을 내리지 않았다면 민형준은 북로당 지령을 받았을 것이 거의 확실했다.

　박갑동은 민형준의 처지에 동정을 금할 수가 없으면서도 배신당한 것 같은 서글픔을 느끼지 않을 수 없었다. 공산당을 하더라도 우린 구체적인 공산당을 해야 한다는 것이 민형준과 박갑동 사이에 항상 있어 오던 의견이었다. 소련과 그 앞잡이 김일성의 눈치를 보려는 데서 당이 타락한다고 서로 비분하기도 했었다. 그러던 민형준이 어떻게 북로당에 사로잡히게 되었단 말인가? 적막한 강산이었다. 마음으로 친할 수 있었던 동지의 상실은 박갑동을 슬프게 했다. 헤어질 무렵 정태식이 한 말이 뇌리를 스쳤다.

　'추풍낙엽의 장!'

　민형준의 사건은 우울한 박갑동의 마음을 더욱 무겁게 했다. 어둠이 점점 짙어졌다. 박갑동이 모래를 털고 일어섰다. 진해에서 온 아가씨도 일어섰다. 두 사람은 묵묵히 걸어 신월동 어귀에까지 왔다. 진해에서 온 아가씨를 그저 보낼 수 없는 마음이 되어 박갑동은 마이크로버스를 같이 타고 구마산까지 와서 전에 가본 적이 꼭 한 번 있는 곰탕집으로 찾아들었다.

　"곰탕 먹겠소?"

　아가씨는 보일듯 말듯 고개를 끄덕였다.

　곰탕 두 그릇을 시켰다.

　"혹시 아가씨에겐 위험이 없겠소?"

　주변을 살피며 박갑동이 나직이 물었다.

　"이때까지 별일 없었으니까요."

　아가씨의 말이었다. 이때까지 별일 없었으니까 앞으로도 별일 없다는 뜻으로 알아들었다.

　"그러나 조심을 하세요."

"예."

곰탕이 왔다. 아가씨는 시장했던 모양으로 부끄럼 없이 곰탕을 맛있게 먹었다. 청순가련한 처녀가 초면인 사나이 앞에서 열심히 곰탕을 먹고 있는 것을 보니 애절한 느낌이 들었다.

"학교는 어딜 다녔소?"

"진해여고를 나왔어요."

"지금 하는 일은?"

"언니의 양장점을 도우고 있어요."

"김문기 씰 안 것은?"

"오빠의 소개로 알았습니다."

"그 오빠가?"

같이 붙들렸느냐는 뜻으로 물었다. 말없이 고개를 끄덕이고는 곰탕이 아직 남아 있는데도 아가씨는 숟갈을 놓았다. 오빠를 생각하자 식욕이 돌연 없어져버린 모양이었다.

"아가씨도 조직생활을 했소?"

"민애청 여성부에……."

나직이 말하고는 주변을 보았다. 다행히 주변엔 아무도 없었다.

"계속 활동하고 있소?"

"요 2, 3개월 동안 아무런 연락이 없어요. 다들 피해버렸든지 붙들렸든지 한 것 같아요."

"흐음………."

"아마 진해에선 불가능할 거예요."

진해에선 남로당 활동이 불가능하다는 뜻일 것이었다. 곰탕을 마저 먹고 박갑동이 물었다.

"지금 진해 가는 자동차가 있을까?"

"없습니다."

"그럼 어떡하지?"

"마산에 친척이 있어요."

"택시는 없을까?"

"택시는 있겠지만……."

"그럼 택시를 찾아봅시다. 택시 값은 내가 드릴 테니."

곰탕집을 나와 불종거리로 갔다. 택시가 한 대 있었다. 박갑동은 택시 값을 물어보고 얼만가의 돈을 아가씨 손에 쥐어주었다. 택시 값을 치르고도 얼만가 남을 정도의 액수의 돈이다. 택시의 꼬리등이 시야에서 사라질 때까지 서 있다가 박갑동이 발길을 돌렸다.

'아차, 이름이라도 알아둘 걸'하고 뉘우쳤지만 소용없는 일이었다. 느릿느릿 걸어 마산 역전의 그 여관으로 돌아왔다. '혹시 그 아가씨에게 무슨 사고라도 있으면?'하고 여관을 바꿔볼까 했지만 이미 여관비는 지불했고, 그보다는 피로가 엄습해왔다. 세상만사가 귀찮은 기분이었다.

'될 대로 되어라'하는 자포자기와 '무슨 일이 있다고 해도 그 아가씨가 나와 만난 것을 실토하진 않겠지'하는 자신 같은 것도 있었다. 조금이라도 조직생활의 단련을 받은 사람이라면 말해 불리한 것을 실토하지 않는 것이다. 자리를 깔고 불을 끄고 누웠다. 몸은 지쳤는데 의식은 말똥말똥했다. 잠이 올 것 같지 않았다. 이리 뒹굴고 저리 뒹굴고 하다가 책이나 보면 잠을 청할 작정으로 일어나 불을 다시 켜려고 하는데 계단에서 소리가 있었다. 박갑동이 도로 자리에 누웠다.

옆방에 손님이 든 모양이었다. 이불을 하나 더 가지고 오라는 것으로 보아 손님은 하나가 아니고 둘이라고 짐작했다. 종업원이 이불을 갖다놓고 내려가고 난 후 이웃방으로부터 도란도란 주고받는 소리가 들려왔다. 남자와 여자의 대화였다.

"괜찮을까요?"한 것은 여자의 목소리.

"괜찮겠지."한 것은 남자의 목소리.

"경찰서가 가까운데?"

"경찰서가 가까우면 어때?"

"임검이라도 있으면 창피하지 않아?"

"부부라고 하면 될 것 아냐?"

"그럴까?"하는 여자의 말투엔 불안감이 묻어 있었다. 이불을 까는 소리가 들리는 듯하더니 "나가서 술 한 병 사가지고 올게."하는 남자의 소리가 있었다.

"또 술?"

"술이라도 마셔야지. 어디 맹숭맹숭해서. 과일도 사가지고 오지."

문 여는 소리에 이어 계단 내려가는 소리가 있었다. 박갑동은 숨을 죽였다. 야릇한 호기심이 시킨 노릇이다. 얼마 되지 않아 돌아온 남자는 "벌써 진영 단감이 나왔더라."며 묵직한 보자기를 내려놓는 소리를 내더니 "자 한잔해."하며 잔을 여자에게 내민 모양이다.

"내가 언제 술을 마시던가?"

"오늘 밤은 특별한 밤 아닌가? 한잔쯤 해야지."

뒤이어 엷은 벽을 통해 들려온 그들의 말로 미루어 두 남녀는 오랫동안 몰래 정을 통해 오다가 남편에게 들켜 도망쳐 나온 사이였다.

"우리가 조심이 모자랐어."하는 남자의 말이 있었고, "그 사람이 그렇게 경찰에서 빨리 풀려나올 줄은 누가 알았겠어요? 그러나 어차피 잘된 거라요. 그 사람에게 정 떨어진 건 작년부터였으니까요."

"왜 정이 떨어졌지? 내가 좋아서?"

"당신 만나기 전에 정은 떨어져 있었어요. 정이 떨어지지 않았으면 당신을 만났을라구요."

"그러니까 왜 정이 떨어졌나 하고 묻는 것 아닌가배."

"몇 번 말해야 해요?"

"그 자가 빨갱이라서 정이 떨어졌단 말이지."

"그래요."

"그게 믿어지지 않는단 말야. 남편이 빨갱이 한다고 정이 떨어진다면 빨갱이 하고 살고 있는 여자는 어떻게 사누?"

"여자도 빨갱이겠지. 그러니까 같이 사는 거지. 난 빨갱인 싫어. 당장에라도 즈그 세상이 올 것처럼 설쳐대는 꼴이 딱 질색이야."

"자기들 요량이야 그렇겠지. 그런 요량 없이 어찌 빨갱이를 해."

"그러니까 그게 틀려먹었다는 거라요. 떡 줄 놈헌테 물어보지도 않고 김칫국부터 먼저 마시는 머저리가 제 혼자 똑똑한 척 덤비는 꼴, 아아 만정이 떨어져."

"원래 빨갱이 하는 놈은 가똑똑이지. 제정신 바로 가진 놈이 빨갱이가 되나 원……."

"인민을 위한다나? 인민을 위하는 게 그 꼴이야? 악질반동이라고 욕하다가 얼만큼 용돈을 주기만 하면 그때부터 양심적인 사업가라고 하고. 어쨌건 마음보가 틀린 먹은 기라. 남의 물건은 전부 제 것이고, 자기 것은 절대로 자기 것이고. 뿐만 아니라 자기 의견은 절대로 옳고, 남의 의견은 절대로 나쁘고. 세상에 그런 게 어딨어?"

"여필종부라고 이렇건 저렇건 남편의 의사에 따라야하는 게 여자의 도리가 아니던가?"

"이제 와서 당신 나 약 올리는 거요?"

"아냐 아냐, 한번 해본 말이다."

"내가 공산주의에, 아니 그 사람에게 정이 딱 떨어진 건……같이 상업학교를 나온 동창 중에 추씨란 사람이 있어. 이 사람은 시험을 치러 금융조합 부이사가 되었지. 해방 직후에 우리 집 그 양반은 그 추씨를 헐뜯기 시작한 거야. 일제시대 금융조합 부이사가 된 놈이니까 친일파라는 거라요. 민족반역자고. 그런데 우리 집 그 문둥이가 금융조합 부이사 되려고 얼마나 애를 썼다고. 몇 번 시험을 보아도 낙방이라요. 그래 놓고 자기 한 짓은 선반 위에 얹어놓고 추씨 욕을 해? 그런 사실을 알고 있는 나를 옆에 놓고 집에 사람을 불러들여 술을 마시며 하룻밤 내내, 아니 며칠을 두고 추씨를 깎아내리려고 하는데 정이 떨어지지 않겠어? 가만 보니까 그 사람 주위에 모여든 사람들이 대강 그 꼴이더만. 그런 자들만 모인 공산당이 성공할 까닭이 있겠소? 일제시대에 아득바득 출세하려고 애를 쓰다가 출세 못한 게 애국자라면 그런 애국자를 어느 세상에 써먹겠어?”

“그건 너무하다. 공산당이라고 해서 그런 사람만 있을려구. 개중엔 진짜 애국운동한 사람도 있을 거요.”

“있는지 없는지 몰라도 내 눈으론 보지 못했으니까요. 제 물건은 감춰 두고 남의 물건만 가지고 공산주의 하자는 사람들만 보았어, 나는……”

“그건 그렇게 되어 있어. 이런 얘기가 있지. 프랑스에서 나온 얘긴데, 두 친구가 언덕에 앉아 얘기를 시작했어. 하나가, 세상이 어쩌면 공산주의가 될 모양 아닌가? 그러니 자네 소 두 마리 있으면 나한테 한 마리 줄 텐가? 그러자 다른 하나가 주지, 했어. 말 두 마리 있으면 줄 텐가? 주지. 그럼 닭이 두 마리 있으면 한 마리 줄 텐가, 하고 하나가 묻자 다른 하나가 그건 못 주겠다고 하는 거라. 소도 주고 말도 준다면서 닭은 왜 못 주겠다고 하느냐고 따지고 들자 상대방이 왈, 소 두 마리, 말 두 마리는 가지지 않았지만 닭 두 마리는 현재 내가 가지고 있으니까, 라고 대답했다는 거요.”

여자가 “그 참 재미있는 얘긴데요.”하고는 “프랑스 공산당이나 조선 공산당이나 공산당은 마찬가지로군.”하며 깔깔대고 웃었다. 박갑동은 슬그머니 화를 내다가 얼핏 옆방의 연놈들이 자기가 이방에 있다는 것을 의식하고 연극을 하고 있는 것이 아닌가 하는 생각을 해보았다. 그러나 그럴 까닭은 없었다. 화제는 좌익운동자들의 성적 품행 문제로 옮아갔다.

"세포회의니 뭐니 해갖고 아지트가 뭔가를 만들어놓고 못할 짓이 없는기라. 여자치고 좌익운동을 하는 사람을 보면 대강 갈보년이라고 쳐도 틀림이 없어."하고 얘기를 하는가 하면, "남편이 경찰에 붙들려간 여자를 위로합네 하고 끌어내선 그 짓을 예사로 하니 개돼지만도 못한 연놈들이야."하는 얘기도 있었다. 심지어는 한 여자를 두세 사람이 데리고 노는 수가 있다고 하자 남자가 "공산당은 원래 여자 공유(共有)를 주장하는 패거리니까 그건 당연한 일이라."하고 맞장구를 쳤다.

그런 얘기는 박갑동으로선 상상도 못할 일이었다. 영양 출신의 가정부의 얼굴이 뇌리에 떠올랐다. 아무리 살펴보아도 당 중앙의 언저리엔 그 따위 성적 문란은 있을 수 없었다. 박갑동은 벽을 차고 호통이라도 치고 싶은 충동을 느꼈다. 씨알머리 없는 말들이 그로부터도 장시간 계속되더니 남자와 여자가 교대로 변소엘 갔다 온 모양으로 벨트를 끄르는 소리, 치마를 벗어 거는 소리가 났다.

이윽고 수작이 시작되었다. 그런데 그 수작은 너무나 방약무인이었다. 하도 심해서 박갑동이 "옆방에 사람 있다."고 고함을 지를 뻔했다. 수작은 자꾸만 되풀이되었다. 끝났나 싶으면 다시 시작하고, 이젠 마지막이겠지 하면 또 시작하곤 해서 끝날 줄을 몰랐다. 뿐만 아니라 입에 담을 수도 없는, 상상조차 할 수 없는 말들이 수작을 누볐고, 여자는 "이 놈아, 날 죽여라."하며 광란하기도 했다.

그런데도 박갑동은 마렵기 시작한 소변을 새벽녘까지 참아야 했으니 생전 처음 겪어보는 악야(惡夜)가 아닐 수 없었다. 밤에 설친 잠이 늦잠이 되었다. 박갑동이 눈을 뜨자 오전 열 시였다. 이웃방에 든 연놈들 구경을 하고 싶었는데, 그들은 떠나고 난 뒤였다. 괘씸한 생각이 새삼스럽게 솟았으나 그런 감정에 사로잡혀 있을 수만 없었다.

버스 정류소로 나가 진주행 버스를 탔다. 진동, 진전, 고성, 사천을 거쳐 산속을 굴곡하는 자갈길이다. 짙은 추색(秋色) 속에 그래도 들엔 풍년의 한가함이 있었다. 마을마다에 조랑조랑 붉은 감이 열려 있는 것이 센티멘털한 정서로 고였다. 이렇게 일견 평화스러운 경색도 표피 한 장을 벗기기만 하면 금방 검붉은 피가 터져 나올 것 같은 참상을 숨기고 있을 것이었다. 5리마다에 버스는 멈췄다가 손님을 내리고 태우고 했다. 그런데 그 내리는 사람이나 오르는 사람은 거개 초로를 지난 사람 아니면 부녀자들이고, 젊은 사나이는 극히 드물다는 사실을 박갑동은 발견했다.

'모두들 어디로 갔을까?'

박갑동의 생각으론 좌익진영에서 일하다가 이승만 정부의 추궁을 견디지 못해 전부 야산으로 숨어버린 때문이 아닐까 했다.

'그렇다면 그들의 운명은 어떻게 되는 것일까?'

버스가 고성읍 정류장에 섰을 때이다. 성큼 버스 안으로 들어서는 사람이 있었다. 그는 '어'하고 박갑동의 앞에 섰다. 박갑동이 반사적으로 일어섰다. 그 사나이는 강태열(姜泰烈)이었다. 박갑동과는 도쿄에서 친하게 지내던 친구였다. 박갑동이 와세다대학에 다니고 있을 때 강태열은 릿쿄(立敎)대학에 다니고 있었다. 바로 1년 전 서울에서 만나기도 했었다.

"어쩐 일인가?"

강태열이 박갑동의 손을 잡았다.

"고향엘 다녀가려구."

박갑동의 대답이 있자 강태열은 주변을 살피고는 박갑동의 귀에 입을 갖다 댔다.

"너 도망쳐오는 거가?"

"그렇진 않아."

"그런데 어떻게?"

"피곤해서 잠깐 쉬려구."

"피곤도 하겠지."하고 강태열이 박갑동의 옆에 앉았다.

"넌 어딜 가니?"

박갑동이 물었다.

"진주 가려고."

"진주는 왜?"

"오랜만에 진주 가서 기생 데리고 기분이나 풀어볼 참이다."

"지주 근성은 여전하구나."

"노자 젊어서 노자 아닌가? 나라 걱정은 자네들이 해줄 거고."

"태평하구나."

"태평하지."

강태열은 일제시대부터 태평한 사람이었다. 천 석 가까운 지주의 아들로서 그 신분에 안주하며, 전형적인 딜레탕트였다.

"요즘 시골 살긴 어떤가?"

"말 말아. 밤엔 왼편에서 돈을 달라고 조르고 낮엔 오른편에서 돈 내놓으라고 하고. 에라, 그럴 바에야 기생들허구 놀기나 하자, 이렇다."

"기생 방에서 놀려면 단짝이 있어야 할 것 아닌가?"

"짝? 이형구 말인가?"

"참 이형구는 뭣하고 있어?"

"그 놈 진주 있다. 화심이란 기생허구 살고 있지. 지금 가서 만날 작정이다."

이형구는 고성 2만석꾼의 아들이었다. 아니 당주(當主)였다. 그의 아버지는 2만 석의 재산을 중학생인 이형구에게 고스란히 남겨놓고 일찍 죽었다. 박갑동과 강태열이 매달 1백 원 내외의 돈으로 학생생활을 꾸려가고 있었을 때, 이형구는 한 달 치의 방세만 해도 3백 원이 넘는 '신주쿠(新宿) 맨션'에서 호화롭게 지내던 놈이다. 당시 일본 도쿄에선 초호화 아파트로서 두 개가 있었다. 하나는 간다 구단자카(神田九段坂)에 있는 '노노미야 아파트'이고 또 하나가 이형구의 '신주쿠 맨션'이었다.

"형구는 그 많은 재산 가지고 뭣할 낀가?"

"말 말아라. 해방 전에 몽땅 망했다."

"어떻게 해서?"

"고성경찰서 아카기(赤木)란 서장이 왔어. 이 자가 교모하게 형구를 꾀어 1천 톤, 5백 톤, 합쳐 20수 척의 배를 만들어 해운회사를 시작하지 않았겠나. 그 배가 2차 대전 중 전부 징발된 데다가 대부분이 침몰했지만. 그래서 왕창이야. 그 많은 토지가 전부 은행으로 넘어가버렸지."

"그런 일이 있었군."

박갑동으로선 금시초문이었다.

"2만 석의 재산도 형편없는 것이더먼."

"그 자 지금 어떻게 살아?"

"그런데 묘한 일이 생겼어. 해방되고 토지 가격이 폭등하는 바람에 아직 등기가 은행으로 넘어가지 않은 토지를 이용해서 3천 석 가량의 재산을 살려낸 거지."

"그만하면 되었지 않아?"

"하지만 그 자에겐 서글픈 모양이더라. 매일 술이나 퍼먹고 노름만 하고 있지."

"빨리 한 번 더 망해야겠구나."

"정신을 차려야 할 텐데."

"남 걱정 말고 네 걱정이나 해."

"내가 가지고 있는 재산 같은 건 문제가 되나, 어디? 어차피 지주계급은 몰락하게 돼 있으니까. 곧 농지개혁이 있을 거라며?"

"이승만과 한민당이 하는 농지개혁이 대단할 게 있겠나?"

"별로 나는 그런 문제에 신경 쓰지 않는다. 하여간 잘 만났다. 진주 가거든 형구 불러내어 진탕 한바탕 놀자."

"난 그 자리에 끼지 않겠다."

"왜?"

박갑동은 입을 다물어버렸다. 작년에 있었던 일이다. 당의 재정이 바닥이 났다. 그때 마침 이형구가 서울에 와서 명월관으로 박갑동을 초청했다. 화려한 연회가 있은 그 이튿날 아침 박갑동이 이형구가 묵고 있던 숙소를 찾아가서, 모든 비밀을 철저하게 지킬 것을 전제하고 얼만가의 기부를 부탁했다. 그때 이형구의 거절은 속절없었다.

흥분한 박갑동이 "일제에 비행기는 헌납할 수 있어도 건국운동을 도우진 못하겠느냐?"하고 쏘았다. 이형구는 보료 위에 비스듬히 앉아 "빨갱이헌테 목 졸려 죽을 각오는 되어 있어도 빨갱이에게 땡전 한 푼 낼 생각은 없다."하고 호방하게 웃어댔다. 박갑동의 뇌리에 그 광경이 떠오른 것이다.

강태열이 "부잣집의 자식으로선 지나치게 인색하고 생각도 흐리멍덩하지만 사람은 좋은 놈이야. 적당하게 상대하면 될 건데 뭘 그렇게 용렬하게 생각해."하고 웃음을 머금었다.

"이것저것 피로해."

차 안에서 할 얘기는 아니어서 박갑동이 시선을 창밖으로 돌렸다. "참 태무(泰武)가…"하고 강태열이 화제를 바꿨다.

"자네 안부를 묻더라."

"지금 어뒀지?"

"사관학교를 졸업하고 지금은 대위가 돼 있어. 지금 부산 있다."

강태열의 동생 강태무는 태열이 졸업하고 조선으로 돌아온 뒤 박갑동이 맡아 도쿄에서 중학교에 보낸, 박갑동에게는 동생과 같은 청년이었다. 강태무가 육군사관학교에 들어간 것은 박갑동의 권유에 의한 것이었다. 박갑동은 강태무를 중심으로 하나의 계획을 꾸미고 있었다.

"대한민국의 충실한 군인으로서 복무하고 있는가?"

박갑동이 물었다.

"헌데 자네의 영향을 받았을까봐 걱정이다."

강태열이 농담조로 말했다.

"무슨 소릴 그렇게 하는가? 내 소원은 태무가 철저한 한국 군인이 되어 장차 한국군의 참모총장으로 성장하는 데 있다."

이렇게 말하는 박갑동을 강태열은 믿어지지 않는다는 눈초리로 보았다. 그 눈초리를 느끼고 박갑동은 말에 힘을 주었다.

"농담 아니다. 나의 진정이다. 태무는 신체 건강하고 머리도 좋으니 사상 문제 같은 데 젖지 말고 잘하기만 하면 한국군 총사령관이 될 사람이다. 만나거든 내 뜻이라고 하고 이 말을 꼭 전해라. 어떤 사상운동에도 간여 말고 어떤 정치적 유혹도 물리치고 오직 한국 군인으로서의 길을 똑바로 걸어가라고……."

박갑동의 내심은 언젠가 공산당과 대한민국이 군사적으로 대결할 날이 있을 것은 필연인데, 그때 강태무가 한국군 최고사령관이 되어 있으면 무슨 결정적인 결과를 만들 수 있을 것이란 데 있었다. 그러나 그런 말은 강태열에게도 할 수 없는 일이었다. 궁금해 하는 강태열에게 짤막하게 한마디 덧붙였다.

"내 말을 이상하게 생각하지 마. 언젠간 그 이유를 밝히겠다."

진주에 도착한 박갑동은 그가 묵을 장소만 물어놓고 강태열과 헤어졌다. 함께 어울려 기생과 놀 생각은 전혀 없었다. 그보다도 강태열과 이형구는 박갑동으로서는 전혀 다른 세계의 인간들이었다. 반동이라고 해서 경계할 필요까진 없었지만 옛날부터의 친구라고 해서 접근할 필요도 없었다.

진주의 거리를 걷고 있으면 언제나 포근한 마음이 되었다. 한때 이 곳에 그의 집이 있었고 이곳에서 소학교도 나오고 중학교도 2년간 다니기도 한데다가 가까운 친척집이 있기도 한 탓만이 아니라, 이곳에선 박갑동의 인간을 아는 사람만 있을 뿐이지 그의 정체를 아는 사람은 오직 하나밖에 없었다.

박갑동은 그 오직 하나의 친구를 만나기 위해 진주에 왔다. 그는 먼 저 상봉동에 있는 친척집으로 갔다. 그가 진주에 오면 묵기로 되어 있 는 집이다. 그 집은 박갑동의 제종(諸從) 형의 집이다. 제종 형이 돌아 가시고 제종 형수가 중학교 다니는 아들과 딸 둘을 데리고 살고 있었 다. 큰직한 사랑채가 있어서 그 사랑채엔 박갑동이 거처하기로 돼 있 는 방이 언제나 준비되어 있었다.

박갑동은 목욕을 하고 한 시간쯤 낮잠을 자고 난 뒤 삼종(三從) 형수 를 시켜 서병걸의 집에 연락을 취하도록 했다. 아이들과 가정부를 제쳐 놓고 손이 아픈 형수를 번거롭게 한 데는 그만한 이유가 있었다. 이유 가 있었다기보다 서병걸과의 연락은 언제나 그 형수가 하도록 되어 있 었다. 일제시대 이래의 관행이었다. 서병걸은 일제시대부터 박갑동이 중심이 된 비밀결사 '독립동지회'의 멤버이며 가장 친밀한 사이였다.

1943년 1월 조직된 이 비밀결사의 중심 인물은 박갑동 외 하태, 정 봉식, 이우락, 강태열, 김현기, 서병걸이었는데 이 가운데 강태열은 해방 후 탈락하고, 심산 김창숙 선생의 아들 김찬기는 1944년 연락 차 화북지방으로 갔다가 행방불명이 되었다. 김현기는 찬기의 동생이 었다. 그 중에서 박갑동, 정봉식, 이우락, 서병걸 네 사람이 남로당원 으로 일하고 있었다. 그런데 다른 사람들은 당 사업으로 각지로 흘어 지고 서병걸만이 진주의 본거지를 지키고 있었다.

서병걸의 현재의 직책은 진주시당의 감찰부책(監察部責)으로 남로당 진주시당의 몇 안 되는 조선공산당 계열로서 이른바 당중당(黨中黨)의 핵심이라고 할 수 있었다. 전에도 진주를 왕래하는 동안 가끔 만나긴 했어도 피차가 너무 바빠 심각한 얘기를 할 수 없었는데, 박갑동은 이 기회에 철저하게 당면한 문제를 그와 더불어 검토할 작정이었다. 통행금지 시작 30분 전에 서병걸이 나타났다. 미리 준비해둔 주안상을 사이에 놓고 두 사람의 얘기가 시작되었다.

"진주의 당 사정은 어떠한가?"

"3분의 2 이상이 궤멸되었다."

"그런 상황으로 무슨 공작이 되겠는가?"

"모두들 비밀 아지트에 숨어서 서로의 연락을 취하는 게 고작이다."

"위원장은 어떻게 되었나?"

"먼저 위원장은 당 중앙의 지시로 딴 곳으로 전출되고 아직 후임 위원장은 오지 않았다."

"부책(副責)은?"

"체포되었다. 그래 내가 지금 진주시당책을 겸하고 있다."

"전혀 활동을 못 하고 있단 말인가, 진주시당은?"

"그렇진 않다."

"그렇지 않으면?"

"열성적으로 지원자를 모아 산으로 보낸다."

"산으로?"

"야산대를 조직하여 야산에 붙도록 하고 파르티잔 요원으로 지리산으로도 보낸다."

"지금 진주시당이 장악하고 있는 야산대의 규모는 어떠한가?"

"7, 8명 소조(小組)로 된 야산대가 열세 개쯤 된다."

"무기는?"

"1대에 소총 한 개 아니면 두 개."

"그걸로 뭣하겠어?"

"죽창도 있고 낫도 있고 도끼도 괭이도 있지 않은가."

"슬프다."

"슬프지."

"진주에서 지리산으로 들어간 수는?"

"정확하게 파악하지 못하고 있다. 20수 명은 될 거다."

"간부급으로서 입산한 사람은?"

"노재엽 씨 알지?"

"열렬하다는 그 의사?"

"그렇지, 그 사람이 지리산으로 갔어. 의사 가운데 최씨라고 있었지 왜. 경성제대 의학부를 나온 사람, 그 사람도 산으로 갔어."

"의사가 열렬한 당원이 되었다는 건 희귀한 예가 아닌가?"

"그렇다고 볼 수가 있지. 나는 이렇게 생각해. 프라이드가 강한 거지. 지기 싫은 거라. 일단 마음을 먹었다고 하면 끝까지 해보자고 된 것 아닐까?"

"자네 민형준 씨 알지?"

"아다 뿐인가? 수원고농을 나와 진주농림 교사를 하면서 열성적으로 일했던 사람이지."

"그 사람이 붙들렸어."

"신중하면서도 민첩하고 능소능대한 당원인데 어쩌다가 그렇게 되었을까?"

박갑동이 자기가 알고 있는 데까지 세밀하게 얘기했다.

"그 동지야말로 일당백 하는 실력잔데. 살아나올 가망이 있을까?"

"아마 불가능할 거야."

서병걸의 얼굴에 비통한 빛이 서렸다.

"가족은 아직 진주에 있는 모양이더라. 무슨 수단을 다하더라도 민형준 씨의 가족을 도와주게."

"말해 뭣 하는가."

"진주시당에서 체포된 사람이 몇이나 되는가?"

"민애청, 문화단체, 전평 산하의 노조원, 여맹까지 합치면 2백 명은 넘을걸."

"정확하게 기록되어 있어야 할 건데."

"기록이야 해놓고 있지. 그러나 기록해서 무엇 하겠나? 논공행상의 기회라도 있을라구?"

"꼭 그런 기회가 있어야 할 게 아닌가?

"있어야 한다는 것과 있을 수 있을 거란 생각과는 다르지 않는가?"

"자네의 말이 비관적으로 들리는구나."

"비관할 재료만 가득한데 어떻게 무엇을 믿고 낙관하겠는가?"

"어쨌건 비관은 금물이다. 더욱이 자네 같은 사람은."

"내가 비관하는 것은 정세에 대해서가 아니다. 우리 당의 소질이 우수하고 능력만 월등하면 정세는 만들어내면 된다. 객관적 정세가 좋지 않을수록, 탄압이 심할수록 깊이깊이 지하로 파고들 수도 있지 않겠는가? 헌데 그게 안 돼. 나는 정말 당의 소질이 이처럼 열악할 줄을 몰랐다. 한때 진주시당의 정예당원을 진양군까지를 범위로 해서 3백 명으로 자체 평가한 적이 있었다. 그런데 위기를 당하고 정사(精査)해보니까 만산(滿山)을 이루고 있었던 것은 관목 덤불 아니면 마른 나무들이었어. 깊게 지하로 뿌리를 내리기는커녕 꺾어다 놓은 나뭇가지였더란 말이다. 나는 깨달았다. 이런 상황으로선 지하운동이나 비합법운동은 안 된다는 것을…."

"그 원인이 어디에 있었을까? 조직 원칙 자체에 잘못이 있었을까? 예를 들면 2배가 운동, 5배가 운동 같은 게 당을 망쳐놓은 게 아닐까?"

"2배가, 5배가 운동으로써 모은 당원에겐 애당초 기대를 하지 않았으니까 문제될 게 없지. 대중 동원의 필요상 모았다는 의미 이상은 원래 없었으니까. 내가 문제로 하는 것은 핵심 당원을 말하는 거다. 이제 반성하고 후회해도 소용이 없는 일이지만 당초 인간의 쓰레기들만 모은 거라."

"그 말은 지나치지 않을까?"

"내 말을 들어봐요. 일제시대 때부터 당원으로서의 훈련을 받은 사람이 누구누구일까 하고 살펴보았지. 감찰위원으로서의 책임상. 살펴보았더니 기가 막히더군. 일제시대 공산당 운동을 끝까지 한 사람은 하나도 없었다. 모두들 전향한 사람들뿐이었다. 그래도 기왕 조그마한 인연이 있었다고 해서 그들을 간부로서 추대했다. 당 중앙에서 수월하게 인준했다. 그 가운덴 전향만 한 것이 아니라 일경(日警)의 스파이 노릇을 한 사람도 끼어 있었다. 스파이는 아니더라도 자기들의 전력(前歷)이 켕겨 남의 눈에 띄게 안 띄게 일제 경찰에 협력한 사람들이었다. 하나의 예외도 없이. 한번 전향한 경력이 있는 사람이란 철근이 빠져버린 콘크리트 건물 같은 것이야. 폭풍까지도 되지 않는 회오리바람이면 납작해져버려. 간부가 이 꼴인 데다가 후보당원의 과정을 거쳐 정당원이 되었다는 인간들이 또한 문제였더라. 몇 가지 예만 들지. 일제 하에 면장 질을 하며 상주의 뺨을 때리는 행패까지 서슴지 않고 공출이다. 징용이다 하고 설치다가 뇌물을 먹은 것이 탄로가 나서 파면된 놈이, 파면되었다는 그 사실이 무슨 반일운동을 한 것이나 되는 것처럼 급작스런 민주투사로서 행세하고 후보당원을 거쳐 정당원이 된 자가 있는가 하면, 순사 시험을 7, 8번이나 보고도 낙방한 놈이 합격해서 순사로 있는 놈을 인민재판에 걸어 박해하고선 제법스런 민주투사로서 당원이 된 놈이 있고, 징병, 징용, 지원병 갔다 돌아와서 총기 조작에 익숙하다는 것으로 10월 사건의 선두에 섰는데, 그것을 공로라고 해서 후보당원, 정당원을 시켰다 이 말이다. 소위 당원이란 게 대부분 이런 꼴이다. 물론 그 가운덴 성분, 소질, 용기로 보아 당원다운 당원이 있지. 그러나 그건 극소수다. 생각해 봐. 지금 내가 말한 바와 같은 당 간부와 당원으로써 무슨 일을 성취시킬 수 있겠는가? 미·소 공위가 진행되고 있을 때까지다. 당이 당답게 기능을 발휘한 것이……. 그 후론 썩어 들어가는 거다. 어떤 놈이 진정한 당원인지, 어떤 놈이 경찰의 스파인지 알 수가 있어야지. 단시일에 3백 명이 넘는 조직원이 일망타진 되다시피 한 것은 경찰의 기동력이 우수했다기보다 당내의 밀고자가 그만큼 많았다는 얘기로 되는 것이 아닌가?"

"자네의 말을 알겠다. 고충도 알겠다."

"박형처럼 당 중앙에 있는 사람들은 상상도 못했을 거다. 그 증거가 당 중앙의 지령이다. 이런 현지사항을 알고는 내리지 못할 지령이 수두룩했다. 그 예의 하나가 당비를 배가 징수해서 당 중앙에 보내라며 진주시당에 할당된 금액이 1천만 원이었어. 시당책은 만들어보자고 서둘렀지만 나와 민형준은 그 10분의 1만 내고 지령에 대한 체면만 세우자고 고집했지. 고집할 것까지도 없었다. 1백만 원 모으는 데도 사력을 다했다. 그것도 당비로써 충당한 게 아니고 몇몇 시장 상인의 부정을 꼬투리로 잡아 협박해서 뜯어낸 돈이다. 이런 형편인데 지하운동이 되겠어? 당원끼리 서로 믿지 못하는 판국인데 비합법운동이 되겠어?"

"그렇다고 해서 당 사업을 포기할 텐가? 이런 문제를 두고 시당 내에서 토론해본 적이 있나?"

"무슨 소릴 하는가? 이런 문제를 시당 회의에 제기하기만 하면 그 순간에 그 당이 파괴되고 말 텐데. 박형한테니까 말하는기라."

"그렇다고 해서 썩은 새꾸를 붙들고 있으면 뭣을 해? 청소할 건 청소하고 재출발을 해야지."

"하긴 그래. 그러나 그것도 새 당책이 파견되어온 후에나 시작할 일이지 내 권능으로선 감당할 수 없는 일 아닌가?"

"그것도 그렇겠군."

"진주시당 얘기는 그만하고 당 중앙 소식이나 듣자. 당 중앙의 사태는 어떻게 되어 있어?"

"당 중앙은 건재하다. 김삼룡 동지가 총책을 맡아 있고, 이주하 동지가 군사책이다. 박헌영 위원장의 의도로는 이주하 동지가 총책을 맡게 되어 있었는데, 이주하 씨는 한때 CIC에 붙들려가 무슨 주사를 맞은 모양이야. 가끔 정신이 정상이 아닐 때가 있어."

"박형은 무얼 맡고 있나?"

"이론과 기관지의 선전이다. 책임자는 정태식 동지이고 나는 부책(副責)이지."

"조직책은?"

"김삼룡 동지가 겸하고 있어. 그밖에 재정책, 국회책이 있고 갖가지 분야의 공작책이 있지만 일일이 이름을 들먹일 순 없다. 현재 중앙당의 일꾼은 약 50명에서 70명 정도이다."

"서울시당 위원장은 누군가?"

"이승엽 동지 아닌가?"하고 박갑동은 망설였다. 부위원장인 홍삼포가 경찰의 사찰분실장이란 사실을 말해 줄까 말까 해서다. 그러나 말하지 않기로 했다. 서병걸의 사기에 영향을 주겠기 때문이었다.

"서울시당의 운영은 원활한가?"

"잘은 모르지만 원활한 것 같더라."

"천만다행이군."

"왜?"

"이상스런 소문이 들려와서 그래."

"무슨 소문인데?"

"모략선전일 테니까 말할 것까지 없다."

"그러나 궁금하지 않은가?"

"서울에 있는 박형이 모른다면 모략전선일 거다. 입에 담기도 싫어."

"등잔 밑이 어둡다는 말이 있잖은가?"

"황당무계한 말이 나돌고 있어. 서울시당 회의를 서울시 경찰국에서 개최한다는 거라."

박갑동이 일부러 "뭐라구?" 하며 놀란 표정을 지었다.

"서울시당을 경찰이 완전 장악하고 있다는 얘기였어. 그럴 리가 있겠는가 말이다."

"경찰에 우리 프락치가 잠입하고 있다는 얘기가 아닌가?"

"아냐, 낭설일 거다. 당을 파괴하기 위해 별의별 데마를 흘리고 있는 요즘이니까."

박갑동은 서병걸에게까지 솔직할 수 없는 스스로를 뉘우쳤다. 그러나 당의 방침이 설 때까지 그 사건을 발설하지 말라는 것이 김삼룡의 엄명이었다.

"당의 재정이 말이 아닌 모양이지?"

"정세가 정세인 만큼……."

"이것도 낭설이겠지만 이북에서 구(舊) 조선은행권을 수억 원 남로당에 가지고 왔다며? 지금은 쓸 수가 없지만 그 지폐를 쓸 수 있었을 때 말이다."

"막대한 조선은행권을 남쪽에 가지고 온 것은 사실이다. 그러나 그 돈은 남로당에 온 것이 아니다."

"남로당이 아니고 어디로 갔나?"

"북로당이 그들의 공작자를 파견하고 있는데, 그 공작자들에게 간 돈이다."

"북로당 공작원이 남파되어 있다는 것은 나도 알고 있다. 그러나 그

거액의 돈을 남로당에 주지 않았다는 것은 이상한 일 아닌가?”

“미묘한 문제다.”

“그 돈의 일부가 사로계엔 갔을 것 아닌가?”

“북로당은 사로계와 손을 잡고 있는 모양이니까 그럴 개연성은 충분히 있지.”

서병걸의 표정이 돌연 침울하게 변했다. 벌써 바닥이 나 있는 술 주전자를 들어 보이며 “술이 있었으면 좋겠다.”고 했다. 박갑동이 주전자를 들고 안집으로 들어가 술을 가지고 왔다. 서병걸이 연거푸 술을 석 잔이나 마셨다.

“술이 많이 늘었군.”

“는 것은 술밖에 없다.”

“건강에 좋지 않을 텐데…….”

“건강? 당이 썩어 가는데 나만 건강하면 뭣하나?”

“지금은 건강한 당원이 존재하는 것만으로도 의미가 있다.”

“좋은 말 하는군. 그러나 당이 썩어 없어지면 당원이 존재할 수가 있을까?”

“당은 건전해. 당 중앙이 건전하면 당은 존재하는 거다.”

“박형의 말을 믿고 싶지만 믿을 수가 없구나.”

“갑자기 왜 그런 소릴 해?”

“당 중앙에서 내려오는 지령으로 봐서 어쩐지 나는 당 중앙이 건전하지 못한 것 같은 생각이 들어. 그 첫째가 아까도 말했지만 지방당에 대고 돈을 만들어 올리라는 지령. 빈사상태가 되어 있는 지방당의 사정을 보고를 통해서도 알고 있을 텐데 그런 지령을 내려? 경찰에 몰려 피신처 찾기에 급급한 당원을 위로하고 격려는 못할망정 돈을 만들어 올리라고? 도대체 정신이 있는 사람들인가, 그 사람들? 또 하나 있지. 이건 더 중요한 일이다. 지령마다에 파괴하라, 살상하라, 반동들의 가슴을 서늘하게 하라는 것인데, 이건 당원 모두가 테러리스트가 되라는 얘기가 아닌가? 이승만 정부는 날이 갈수록 기틀을 잡아가는데, 부분적으로 이곳저곳에서 방화하고 사람을 죽이는 테러 행위로 어떻게 하겠단 말인가? 야산대를 확대하라, 지리산으로 들어가 파르티잔 대부대를 만들어라 하면서 무기를 공급해주기라도 하나, 구급약을 마련해주기라도 하나? 그 뜻은 알겠어. 경찰서를 습격해서 무기를 확보하라, 군인들을 습격해서 총과 탄약을 탈취하라, 그렇게 해서 싸우는 게 혁명이다, 공산당원이 당연히 해야 할 일이다……. 그러나 그게 실현가능하다고 생각하고 그런 지령을 내리는 건가? 10월 사건 겪어보지 않았나? 2·7사건 경험하지 않았나? 당이 전성시대에도 올리지 못한 성과를 지금과 같은 상황에서 당 중앙이 기대하고 있다면, 그들은 전략과 전술을 세우고 있는 게 아니라 묘혈을 파라고 명령하고 있는 거와 뭐가 다른가? 야산대니 파르티잔이니 해갖고 청년들을 사지에 몰아넣어놓기만 하면 배수의 진을 쳐서 사력을 다할 것이라고 계산하고 있는 모양이지만, 적어도 나라를 혁명하려고 하는 당으로선 그런 지령을 내려선 안 돼. 가능한 것만 시켜야 되는 거다. 가능한 것만 시켜. 그렇게 하고 있는 동안 어쩌다 불가능을 가능케 할 기적 같은 일이 있을지라도 당 중앙은 그런 계획을 세워선 안 돼. 어디까지나 당 중앙의 지령은 산술적인 근거와 계산으로 만들어져야 하는 거야. 당 중앙에서 온 사람에게 이렇게 말하는 것은 실례를 넘어 당원으로서의 범위 밖의 일이지만 박형 보고 이런 호소하지 않으면 누구한테 하노? 우리는 무정부주의자가 아니다. 모험주의자가 아니다. 테러로써 문제를 해결하지 못한다. 군사력이 필요하다면 치밀한 계획으로 대부대의 파르티잔을 만들 일이다. 당원을 테러리스트로 만들어선 안 된다. 전사를 만들어야지 테러리스트를 만들어선 안 돼. 나는 죽어도 테러리스트는 안 될 작정이다. 전쟁에서 전투원은 되어도 무방비의 건물을 파괴한다거나 비무장의 사람을 죽이는 따위의 테러리스트가 되긴 싫다. 단연 싫다. 박형, 어떻게 생각해?"

서병걸은 자작으로 계속 술을 마셨다. 눈에 보이도록 얼굴에 주기가 돌았다.

"박형, 박형은 테러리스트가 될 수 있나? 나는 테러리스트가 되기 위해 공산당원이 된 게 아니야. 인류가 이상으로 하는 사회를 만들기 위해 공산당원이 된 거야. 혁명의 필요상 폭력이 있어야 한다는 것은 인정해. 그러나 그 폭력이 테러리스트적으로 나타나선 안 돼. 목적을 위해 대중을 동원하여 폭력화한다는 것과 야산대로서 이 마을 저 마을에 나타나서 양민을 괴롭히는 테러행위는 안 된다, 이거야. 그렇게 해가지고 혁명에 도달할 수 있는 길이 보이거나 하면 또 몰라. 캄캄한 밤에 길이 어디로 뻗어 있는지도 모르고서 자기 자신의 판단만으로 너는 반동이나 죽어라 탕, 너는 경찰이니 죽어라 탕, 너는 우리에게 협력하지 않았으니 죽어라 탕, 이런 짓을 하긴 싫다, 이거야."

"당 중앙이 그런 지령을 내렸나?"

"무슨 소릴 하구 있어. 당 중앙의 지령은 군사부의 명령에 따르란 것이고, 군사부의 명령은 야산대를 강화시켜 경찰과 반동을 가차없이 처단하라고 돼 있어. 테러를 강행하라는 거야⋯⋯."

"그건 심하군."

"심하다? 박형은 당 중앙에서 그런 것도 모르고 있었나?"

"나는 군사부완 관계가 없다니까."

"관계가 없다고 해도 중앙위원회에서 토의를 했을 것 아닌가?"

"했는지 모르지만 나는 모르는 일이다. 아무튼 우리 당이 테러단이 될 순 없지."

"수단 방법을 가리지 말아야 하는 데두?"

"그런 수단 갖곤 우리의 목적을 달성할 수 없으니까 하는 소리 아닌가?"

"그렇다. 박형 말이 맞아. 아무튼 나는 석연할 수가 없어. 정세를 보아가며 장구한 계획을 세워 벽돌을 쌓아올리듯 하고 깊이 지하에 파고 들어 인심을 우리에게 묶이도록 해야 하는데, 테러를 해서 사건과 사람을 노출시켜 일반 대중의 빈축을 사는 노릇은 자멸하자는 것 아닌가?"

"서울 가거든 시정하도록 노력해볼 게. 커다란 장애에 부딪치면 지하수가 되어야 한다. 지하에 거대한 흐름을 만들어야 한다. 면면한 물을 지하에 담아두었다가 분출구를 찾아야 한다. 이때가 우리당을 대중 속에 심는 시련기가 아닌가? 테러 전술을 쓰지 못하게 내 최선을 다하지."

"꼭 그렇게 해야 되네. 이승만 정부가 지반을 다지고 나가는 이때엔 테러는 철벽을 성냥불로 태우려는 소꿉장난과 꼭 같아. 아무런 보람도 없이 희생만 늘어나. 민심은 당에서 멀어지구. 그런데 박형!"

"말해 보게."

"이 어처구니없는 테러 전술을 계속한다면 나는 당에서 떠날 작정이다."

"자네 그 무슨 소린가?"

"많이 생각했어. 이 자리에 앉아 동지들만 죽음터로 내보내고 있는 심정이 어떠하겠는가? 아직 당원이 되지 못한 민애청 청년들, 학생동맹의 아이들을 야산대로 보내라, 지리산으로 보내라, 하고 지시를 하고 있느니 나는 견디어낼 수 없는 심정이다. 내가 그 청년들의 얼굴을 보지 못했으니 망정이지, 만일 직접 면대하고 그런 지시를 해야 할 판이면 벌써 나는 그만두었을 것이다. 도 군사부에서 온 지령을 민애청 간부에게 옮기고 있을 뿐이지만 그 결과가 어떻게 될 것일까 하고 생각하면 잠이 오질 않아. 그래서 결심했어. 얼마 전에도 군사부에 건의를 내었다. 결정적인 전투가 없는 한 야산대 활동은 그만두는 게 어떻겠느냐고. 성과는 없고 이편의 희생자만 늘어갈 뿐이나 당분간 소리

없이 지하로 스며들어 당원으로서의 수양에만 정진하면 어떻겠느냐고
도 했지. 회답을 기다려보고 거취를 작정할 참이었는데, 1주일 전에
또 군사부 부책이란 사람이 신임장을 가지고 왔더라."

"그 사람 안영달(安永達)이란 사람 아니던가?"

"박대원이라고 하던데, 가명이겠지. 본명을 내가 알 까닭이 있나?"

박갑동은 그 사람이 안영달일 것이라고 짐작했다. 한 달 전에 안영
달이 경상남도 군사부 부책으로 갔다는 소식을 들었던 것이다.

"그 자 서슬이 시퍼렇더군. 이 단계에 당은 군사조직으로 일원화해
야 된다는 얘기였어. 야산대를 확충하고 파르티잔의 본거로서 지리산
을 요새화하는 외에 당이 나갈 길이 어디 있느냐고 강조한 다음, 당원
의 수양도 전투를 통해야만 가능한 것이라며, 당원의 수양은 선방(禪
房) 중들의 수양과는 다르다고 제법 떵떵거리더만."

"그래 자넨 뭐라고 했어?"

"당의 권위를 내세워 덤비는 사람 앞에서 뭐라고 하겠어? 테러엔 반
대라고만 말했더니 내가 센티멘털하다나. 그래 잠자코 듣고만 있었는
데, 박형을 만나 내 고충을 털어놓고 그 연후에 거취 결정을 할 요량
이었다."

"조직의 방침이 마음에 안 든다고 당을 떠난다는 생각은 잘못이다.
당은 그런 것이 아니다. 당의 시행착오를 자기 자신의 신념으로 적당
하게 수정하면서 나가는 것이 비합법시대의 요령이 아닌가?"

"대전제로서 당이 정당하다는 자신이 있고서야 그것도 가능한 일 아
닌가? 나는 자신을 잃었어. 당이 옳다는 대전제를 믿을 수가 없어. 승
패는 병가상사라고 하지만 당은 백전백패하지 않았는가? 하나같이 그
전술이나 전략이 성공한 예가 있는가? 져도 패배에서 무슨 배울 것이
있도록 져야 하는데, 전연 그런 게 없단 말이다. 그저 일방적인 패배
다. 이렇게 해가지고 승리를 바랄 수가 있겠어? 게다가 테러를 당의

사업으로 하려고 하고 있다. 테러를 통해 나타날 결과가 뭐야? 노골적인 당의 악의이다. 일종의 공포 분위기다. 그런데 일관되고 미만된 공포 분위기는 강제력을 갖기도 하는 것이지만 지금의 당 형편으로선 민중들의 미움만 살 뿐이야. 그 미움은 어디로 가나? 당원 개인에게 간다. 당은 하늘의 일각 아니면 지하 깊은 곳에 있는데, 살아야 하는 나는 이웃과 접촉하며 살아야 한다. 나는 닭 한 마리를 죽일 수 없는 심약한 사람이야. 그런 내가 동지들을 사지(死地)에 보내는 일을 하고 있다고 생각하니 견딜 수가 없어. 당이 계속 테러의 방침을 고집한다면 나는 당을 떠나겠다. 나라를 구하지 못할망정 내 자신의 휴머니즘을 구해야겠다. 아니 나 자신의 인간 회복만은 해야 하겠다. 나는 징역을 살 각오하고 자수할 작정이다. 이승만의 법정에 자수하는 것이 아니라 인간의 법정에 자수할 작정이다."

"우리가 승리하지 못할 바 아니지 않는가? 남쪽에선 지금 패배한 처지지만 북쪽에선 성공하고 있지 않은가?"

이 말을 하면서 박갑동은 뭔가 석연치 않은 기분이 들었다. 그 자신 북조선에서 진행되고 있는 일을 성공이라고 부르길 꺼려하는 감정을 가지고 있었기 때문이다. 그런데도 이런 말을 한 것은 서병걸의 기분을 감안한 때문이었다.

"바로 그런 사고방식이 나는 싫다. 당의 지령이 그렇게 되어 있는 건 아니지만 야산대를 모집하는 과정에서 그런 것을 근거로 하고 있다. 머지않아 북조선으로부터 도움이 있을 것이라고? 이것은 곧 북조선이 쳐내려오기를 기대한다는 노골적인 의사표시다. 그런데 이게 될 말이기나 해? 불원 북조선이 쳐내려올 터이니까 지금 실컷 테러를 하자고 하는 것……. 이런 사상이 인민대중에게 통할 것 같아? 인민대중은 결단코 전쟁을 원하지 않는다. 그 절대적인 인민대중의 의사완 반대로 당이 전쟁을 원한다면 당은 이미 인민대중을 위하는 것이 아니고 인민대중의 적으로 되는 거다. 이렇게 저렇게 당이 테러를 고집한다면 나는 당을 떠나겠다."

"자네의 진실을 알겠다. 나도 자네와 거의 같은 기분이다. 그러나 당을 떠나겠다는 마음만은 가지지 말게. 당은 어디 동떨어진 곳에 있는 것이 아니고 바로 자네 마음에 있는 것이 아닌가? 자네가 곧 당이란 말이다. 자네가 자네를 떠나 어디로 가겠다는 말인가?"

"박형의 마음은 알 것 같아. 당을 떠나겠다고 했지만 그게 쉬운 일인가? 한 가지만은 약속하겠어. 내가 만일 이승만의 경찰에 붙들리는 일이 있으면 어떤 경우라도 당을 떠나지 않겠다. 아니, 전향하지 않겠다. 내가 전향할 때 내 자유의사가 충분히 허용되는 자유로운 환경에서야. 내가 지금 바라는 것은 당이 테러전술을 지양하라는 것이다."

"서울로 가는 즉시 당 중앙에 건의해보겠다."

그리고 박갑동은 진주 주변에 있는 당의 사정을 캐물었다. 서병걸의 대답은 완전히 비극적이었다. 하동군당, 산청, 함양, 거창, 합천, 사천, 고성, 의령 등지의 당은 전부 궤멸해버렸고, 그 잔존 세력이 몇 개의 야산대로 남고 핵심인물은 경찰에 붙들렸거나 극소수가 지리산으로 들어갔거나 했다는 것이다.

"시당의 이름이라도 남아 있는 것은 서부경남에선 진주시당뿐이다. 횡의 연락은 전연 안 된다."

"이승만의 경찰이 그만큼 우수했다 말인가?"

"우수하다기보다 우리 당의 사정을 우리보다 경찰이 더 잘 알고 있어."

"그렇다고 치면 자네만이라도 무사한 것이 이상하군."

"나도 가끔 그렇게 생각한다. 내가 무사한 것인지, 뭔가 결정적인 것을 캐내기 위해서 경찰이 고의로 나를 놔두고 있는 것인지."

"고의로 놔둘 수야 없겠지."

"아냐, 경찰이 그만큼 고단수가 되었어. 일제시대 고등계 형사들이 쓴 말이 있다며? '오요가스'라고. 적당히 헤엄치게 내버려 두었다가 그놈 때문에 큰 게 걸렸다 싶을 때 잡아내는 것. 그리고 보니 나와 박형과의 사이를 알고 박형과 내가 만날 때까지 나를 '오요가스'했는지 모르지."

"나는 서울에서도 전연 묻혀 있는 존재이다. 진주 경찰이 나의 정체까지 안다면 일은 다 된 것 아닌가?"

"그러나 안심 말게."

"공산당원 자격의 제1조는 '체포되지 않는 것'이다. 자네도 그렇게 명심하라구."

통금해제가 되었을 때 서병걸이 돌아갔다. 그때부터 자리에 든 박갑동이 잠이 깨었을 땐 11시가 지나 있었다. 점심을 아침과 겸해 먹고, 고향 단계로는 밤에 들어가기로 하고 오래간만에 촉석루로 가보려고 그리로 발을 옮겼다. 도중 버스정류소의 벽에 포고가 나붙어 있었다. 당분간 통행금지 시간을 오후 6시부터 이튿날 오전 6시까지 한다는 내용이었다. '무슨 일일까?'하고 두리번거리는데 옆자리 벤치에서 중년 나이의 두 사람이 주고받는 이야기가 들려왔다.

"여수에선 난리가 난 모양이오."

"반란군이 순천까지 들어왔다면서요?"

"경찰이 몰살했다는구면."

"우익인사들은 잡히는 대로 인민재판에 걸어 죽이고 있다던데."

"허 참, 세상이 어떻게 될 것인지……."

박갑동이 그 두 사람에게 물었다.

"여수에서 무슨 일이 났습니까?"

"무슨 일이 나다뇨? 대단한 일이 터졌습니다. 수천 명 군대가 반란을 했어요. 그들 사령관을 죽이고 거리로 쏟아져 나와 여수시를 점령하고 인민공화국을 선포하곤 순천까지 점령했다지 않습니까? 각지에서 국군이 들고 일어날 모양입니다. 서울까지 쳐 올라갈 기세라고 하던데요."

이렇게 말하는 사람은 아침에 순천을 떠나온 상인이라고 했다. 그러나 그 사람으로부턴 그 이상의 말은 들을 수가 없었다. 박갑동은 고향으로 돌아갈 것이 아니라 급거 서울로 가야겠다고 마음을 먹었다. 위급할 때 서울을 비워둘 순 없는 것이다. 오후 네 시 출발의 기차를 타고 진주를 떠나 삼량진으로 향하면서 박갑동은 별의별 생각을 다 해보았다.

'여수에서 있었다는 반란사건이 당의 계획에 미리부터 있었던 사건일까?' '그렇다면 전국적인 규모로 될 사건의 일환이란 말인가?' '앞으로 그 사건이 어떻게 번질 것인가?' '서울 시내에서 시가전이라도 생길 것이 아닌가?'

이런 생각을 하면서도 박갑동이 불쾌감을 금할 수 없었던 것은 자기가 완전히 당의 극비사항에서 소외되었구나 하는 감정 때문이었다. 박갑동은 서울에 있는 당의 서열로 봐선 7번째가 된다고 자부하고 있었고 그렇게 대접을 받고도 있었다. 그러한 서열 7번이 전국적 규모로 꾸민 군대 반란계획에 끼이지 않았다면 도시 이상한 일인 것이다. 단적으로 말하면 불신임당하고 있다고 말해도 지나친 말이 아닌 것이다.

'그렇다면 그 불신임 받게 된 이유가 어디에 있는 것일까?' 아무리 생각해도 박갑동은 자기가 그런 불신임을 당하게 된 이유를 알 수가 없었다. '도대체 누구와 의논하고 누구와 협의해서 그런 대사를 일으킨 것일까?'

군대의 반란을 기도했으면 사전의 계획도 치밀해야 하겠거니와 전개될 양상을 갖가지로 예상하고 그 상황에 따른 대책을 치밀하게 연구해두어야 하는 것인데, 그러려면 수삼 인의 두뇌로는 어림도 없는 일이다. 유능한 인재로 충실한 참모본부가 구성되어 있어야 하는 것이다.

삼랑진에서 바꿔 탄 서울행 기차가 대구에 도착한 것은 밤 10시였다. 박갑동은 대구에서 오른 손님이 자기 맞은편에 자리를 잡자 넌지시 물었다.

"오늘 대구에선 별일이 없었소?"

"여수와 순천에서 군대가 반란했다는 소식은 있었소만 대구에선 별일이 없었소."

"반란사건은 어떻게 되었답니까?"

"여수와 순천에선 난리가 나 있는 모양이지만 토벌대가 출동했다니까 곧 평정되겠지요."

대구의 손님은 대단치도 않은 일이란 말투로 이렇게 말하고는 중절모로 눈을 가리고 잠들 차비를 했다. 그러고 보면 대구의 국군들은 동요하지 않는 것 아닌가? 아니 전국적 규모의 반란은 아니지 않은가? 박갑동은 여수, 순천의 반란이 당에서 계획한 것이 아니고 일부의 난동에 지나지 않은 일이 아닌가 하는 의혹을 갖게 되었다. '그렇다면 실패할 것이 뻔하다.' 박갑동도 잡념을 털어버리고 잠을 청할 양으로 눈을 감았다. 이웃 자리에서 오가는 말이 있었다.

"국군의 조직이 원래 엉성했어."

"군대가 반란을 하다니, 나라의 체면이 뭔가 말이다."

"전국적 규모는 아니었던가 부지?"

"그건 아닌 것 같아."

"쉽게 진압될까?"

"진압되겠지, 진압되어야 하고……."

"혹시 전화위복일지도 몰라."

"어떻게?"

"이 기회에 철저한 숙군(肅軍)이 있을 것 아닌가?"

"그렇겠지."

"그게 전화위복이라는 거야."

"그렇기야 하겠지만 비극은 비극 아닌가?"

"비극이지. 동족상잔의 전쟁이니 비극 치고도 비극이다."

"하여간 공산당은 용서할 수가 없어."

"공산당한테 물어봐라. 말이 달라질 테니까."

"공산당이 말을 잘하더라만 동족상잔의 전쟁을 일으킨 것까지도 자랑으로 할까?"

"그들에겐 동족상잔이란 게 없어. 아니 동족이란 게 없어. 있는 것은 계급이야. 계급의 적이 있을 뿐이지."

박갑동은 한창 얘기에 열중해 있는 그들에게 슬쩍 시선을 돌렸다. 희미한 불빛 속이었지만 인텔리 풍으로 보이는 중년의 사나이들이었다. 어느 때나 어느 자리에서나 잘난 척하는 반동 인텔리의 전형적인 타입이라고 보았다. 그들은 그들끼리만 통하는 용어 같은 것을 써가며 대한민국 국군의 성분을 분석해보기도 하더니 "어차피 현재의 실태로선 대한민국을 수호하는 군대로는 부족한 점이 많았어."하고 하나가 말했다.

"그 사실이 노출된 것만이라도 천만다행이다."

상대방은 "반란이 났다는데 천만다행이 뭔가? 사전에 탐지하고 철저한 조치를 취했어야지."하고 말했다. "계기 없이 정군(整軍)을 할 수가 있나? 그동안 인맥적으로 굳어 있는 부분이 있었을 텐데."하고 천만다행이라고 했던 사나이가 "아무튼 잘된 거라. 이 기회에 한 놈 남기지 않고 불순분자를 척결해야 할 거야. 이번 서울 가면 강경한 건의를 할 작정이다."하고 힘주어 말했다.

"괜히 반란을 일으켜놓고 벼락 맞겠구나. 바람을 뿌려 폭풍을 거둔다, 이건가? 공산당이 하는 짓이란 언제나 그 꼴이지. 기껏 한다는 게 자기들 모혈이나 파고………."

"그러니까 성공할 까닭이 없지. 그러나 이번 여순 반란은 남로당의 사령탑에서 지시한 건 아닌 것 같아. 여순 반란으로서 문제가 해결될 것도 아니란 걸 그들도 알고 있을 것 아닌가? 전국적 규모라면 혹시 그런 시행착오를 저지를 위험도 없지 않았겠지만 일부 지역의 반란이고 보면 아무리 그들이 정신박약아적인 놈들이라고 해도 주저했을 것이 뻔해. 아마 그 부대에 있는 놈들의 일시적인 영웅심리가 야기한 사태 같아. 남로당으로선 국군 내에 상당수의 프락치를 침투시켜놓고 있을 거거든. 그 프락치가 이번 소동으로 송두리째 뿌리가 뽑혀질 판인데 그런 모험을 할 수 있었겠어?"

"거기까지 머리가 돌아가나, 어디. 남로당 하는 짓이 항상 그 모양 아니었던가?"

"아냐, 이번만은 달라. 남로당의 사령탑에서 직접 지시한 건 아닌 것 같아."

두 사람 사이엔 "남로당 중앙이 직접 지시한 반란이다.", "아니다. 군대 내 일부의 영웅주의적 발작이다."하는 문제를 두고 장시간 토론이 전개되었다. 어느덧 박갑동 자신의 내부에서 그 문제가 클로즈업되었다.

'과연 당 중앙에서 지령한 것일까?' '일부 분자의 난동에 불과한 것일까?'

그 두 사람의 얘기에 영향을 받은 탓으로 박갑동은 어느 편이건 여순 반란 사건은 당을 위해 불리한 사건이란 판단을 내리지 않을 수 없었다. 그들의 말마따나 숙군이 필지의 사실이라면, 아니 당연히 숙군을 예상할 수 있을 때 군대 내부의 남로당 세력은 전멸될 것이 명백했다. 그러니 당 중앙에서 시킨 일이면 천추에 한을 남길 대재화(大災禍)를 자초한 일로 되는 것이며, 일부의 난동이면 어린애들의 불장난이 대들보를 태우는 불상사로 번진 것으로서 결과적으론 대재화가 되는 것이다.

박갑동의 마음은 차츰 불안에 떨리기 시작했다. 그 불안한 심정 속에 떠오르는 모습이 강태열의 동생 강태무 대위였다. '그 놈만은 무사해야 할 텐데.' 박갑동이 비는 마음으로 뇌었다. 박갑동은 강태무를 사관학교에 입교시킬 때 독립운동가 김모 선생을 사이에 넣어 김구 선생의 추천서를 받아내었다. 그리고 강태무에겐 절대로 좌익에 접근하지 말라고 누누이 타일렀다. 심지어 "반동분자라고 네 얼굴에 침을 뱉는 사람이 있어도 너는 참아야 한다. 먼 훗날의 대사를 위해 너는 참아야 한다."고 충고했었다.

박갑동이 서울역에 도착한 것은 10월 23일 아침 8시였다.

역전 광장의 게시판에 어제 22일부로 여수, 순천지구에 계엄령이 선포되었다는 벽보와 함께 여수와 순천지구에서 발생한 참사를 보도하고 있었다. 반란군에 의해 사살된 장교가 30여 명이 넘는다는 기사가 있는가 하면, 여수에서만도 우익인사 1천여 명이 죽었다는 벽보가 있었다. 그 벽보의 말미엔 '미확인 보도'라는 단서가 있었다. 그런 단서가 있긴 해도 그것으로 여수, 순천지구의 참상을 능히 짐작할 수 있었다. 역전의 식당에 들러 아침식사를 하고 허기를 면한 후 박갑동은 전화로 정태식의 아지트를 불러내었다.

"진주에서 온 제자가 찾는다."는 것이 암호였다. 다음에 걸 전화번호를 가르쳐 주었다. 그 전화번호는 산업은행의 모 중역 댁 번호인데, 박갑동이 이미 알고 있는 것이었다. '이 사람이 그 집에 가 있는 것이로구나'하고 일순 박갑동이 쓰게 웃은 것은 그 집은 현 이승만 정부의 고관의 사위집이었기 때문이다. "이종택의 전화라고 말해 주세요."하는 말이 떨어지기가 바쁘게 정태식이 송수화기를 든 모양이었다.

"지금 어디 있소?"

"서울 역전입니다."

"어디서 만날까?"

"내 그 집을 압니다. 그리로 가지요."

"그럼 그렇게 하시오."

그 집은 명륜동에 있었다. 서울 역전에서 택시를 타면 금방이다. 20분 후 박갑동은 정태식과 함께 밀실로 들어갔다.

"어떻게 된 겁니까, 정 선생님?"

"김삼룡 동지도 어떻게 되었는지 모르는 모양이오."

"이주하 선생은요?"

"본인은 알고 있었던 것처럼 말하고 있지만 그 사람도 모르고 있었던 모양이오."

"알고 있는 사람이 없었어요?"

"이재복도 모르고 있었던 것 같아."

"그래 뭐라고 합디까?"

"현지의 상황을 파악하지 못하고 있는 판인데 뭐라고 하겠소?"

"당 중앙의 지시로 일어난 사건은 아니지요?"

"지시에 의해서 일어났건 아니건 책임은 당 중앙에 있는 것이니 마찬가지 아니겠소? 당 중앙이 모르는데서 대사건이 발생했다고 하면 창피한 일이고……. 북쪽에 보내는 보고엔 당의 하부 일부 과격분자와 한독당의 과격분자가 일으킨 것이라고 하도록 어제 의견의 일치를 보았소."

"장차의 전망은 어떻습니까?"

"그걸 내가 어떻게 알겠소? 다만 이것을 계기로 당의 활동이 신국면을 개척해야겠죠."

"신국면이란?"

"전면적인 혁명전쟁에 돌입하는 거지 별다른 수단이 있겠소?"

"그렇게 될 것 같습니까?"

"남한의 각 부대가 궐기하도록 지금 이리 뛰고 저리 뛰고 하고 있으니까 금명간에 무슨 징조가 나타날 거요."

"다른 부대에서 응하지 않는다면요?"

"왜 박 동무는 사태를 비관적으로만 보려고 그러오."

"비관적으로 보려는 것이 아니라 객관적으로 보려는 겁니다."

"아무튼 여기서 왈가왈부해봐야 소용없는 일이오. 오늘 밤에도 비상 중앙위원회가 열리게 되어 있으니 박 동무도 그리로 나오시오."

"어딥니까?"

"충정로 아지트요."

"시간은?"

"밤 10시요. 철야 토의를 하게 돼 있으니까 그렇게 알고 오시오. 듣고 싶은 얘기가 많지만 뒤로 미루겠고……"하고 정태식은 흥분을 감추지 못하는 모양으로 자리에서 일어섰다.

제23장
여순(麗順)의
참사

충정로 아지트로 통하는 골목에 들어섰을 때 박갑동은 삼엄한 느낌을 가졌다. 희미한 가등이 모퉁이마다 있을 뿐 텅 비어 있는 골목인데도 어둠속 어디에선가 숨을 죽이고 감시하는 사람들의 기척이 느껴졌던 것이다. 충정로 아지트의 바로 뒷면엔 동산이 있었다. 당 중앙직속의 행동대원들이 그 근처의 경비를 담당하고 있다는 것을 알 수가 있었다. 가끔 그 근처에 담뱃불이 보였기 때문이다.

박갑동이 목적하는 집 앞에 서서 대문을 두들겼다. 5 · 7 · 5로 된 신호를 보냈다 대문 저편에서 "전보가 왔는가?"하는 암호가 있었다. "직접 심부름을 왔다."는 것이 그 경우 박갑동이 대답해야 할 암호였다. 샛문이 소리 없이 열렸다. 샛문 안으로 빨려 들어갔다. 바로 그곳은 사랑인데 사랑엔 불이 켜져 있지 않았다. 지하실이 회의장으로 되어 있구나 하는 짐작을 했다. 충정로의 아지트는 일제시대에 지은 건물인데 무슨 필요해선지 지하실 시설이 완벽하게 되어 있었다.

그 지하실엔 부엌을 통해야만 갈 수가 있었다. 박갑동은 부엌을 통해 찬장을 가장한 문으로 지하실로 내려갔다. 방 한쪽에 램프가 하나 켜져 있을 뿐이어서 8, 9명 되는 인원수가 모여 있는 것 같았는데 누가 누군지 금방은 알아볼 수 없었다. 말없이 절을 하고 박갑동이 한구석을 차지하고 앉았다.

"박 동지, 고향에 갔더라면?"

김삼룡의 소리가 있었다.

"예."

"이번 사건의 반향이 어땠소?"

"졸지에 소식을 듣고 서울로 급히 오느라고 반향을 챙길 겨를이 없었습니다."

"고향의 당 사정은 어떻습디까?"

박갑동은 마산에서 들은 민형준 사건을 간단하게 설명하고 진주시당의 상황을 극히 말을 절약하며 보고했다. 김삼룡이 더 이상 묻지 않았다. 다른 사람들은 입을 떼지 않았다. 무거운 침묵이 흘렀다. 담배를 피우는 사람이 없었다. 지하실에서 회의를 할 땐 담배를 피우지 않기로 되어 있었다. 5분쯤 침묵이 계속 되었을까.

"왜 이 친구가 아직 나타나지 않지?"

김삼룡이 누구에게 묻는 것도, 혼잣말도 아닌 투로 중얼거렸다.

"틀림없이 올 거요."

이주하의 말이었다.

다시 침묵이 시작되고 10분쯤 지났을 때 머리 위의 문이 열리는 소리와 함께 계단을 내려오는 발자국 소리가 조심스럽게 났다. 이윽고 나타난 사람은 이재복과 안영달이었다. 그리고 또 한 사람 있었는데 박갑동이 모르는 얼굴이었다. 이재복은 이주하, 이중업 밑에 있는 군사 부책이고 안영달은 경상남도당 군사부장이었다.

"조금 늦은 것 같습니다. 그럴 사정이 있었습니다."

안영달이 변명조로 말했다. 여느 때 같으면 이주하의 날카로운 핀잔이 있었을 것인데 그러질 않았다. 그만큼 사태가 심각했던 것이다.

"이재복 동무, 성 동무를 만났나?"

김삼룡이 물었다.

"성 동무는 광주서 체포되었습니다."

"뭐라고 ?"

이주하가 놀란 듯 외마디 소리를 질렀다.

"국군을 가장하고 광주연대에 들러 군용트럭을 타려다가 탄로가 난 모양입니다."

이재복의 말이었다.

"머저리 같은 녀석!"

이주화가 뱉듯이 말했다.

"되어 버린 일은 도리가 없고……."

김삼룡이 탁 가라앉은 음성으로 "지금부터 비상중앙위원회를 시작하겠습니다."하고 말했다.

"거두절미하고 여수와 순천의 사정부터 들읍시다."

이주하의 발언이었다. 김삼룡이 이재복에게 보고하라는 지시를 했다.

"지금 여수 순천지구는 완전 인민공화국이 되었습니다."

이렇게 서두하고 이재복이 보고하기 시작했다.

"사건은 지난 19일 오후 8시에 시작되었습니다. 우리 동무들이 14연대를 장악한 것입니다. 반대하는 장교들을 죽이고 무기고를 점령하고는 대열을 정비하여 20일 오전 1시 여수시로 쳐들어갔습니다. 여수 시당과 산하 단체들이 일제히 호응하여 경찰을 비롯한 중요한 관공서를 점령하고 반동을 색출하여 인민재판을 하는 한편 인민위원회를 조직하고 인민공화국을 선포했습니다. 날이 밝았을 땐 여수 천지에 인공기가 펄럭거리게 된 겁니다. 아침 9시까지엔 여수지구를 완전 장악하게 된 것이지요. 그러고는 주력 2개 대대가 20일 오전 9시 30분 기차를 타고 순천으로 갔습니다. 순천에 주둔 중인 2개 중대와 합세하여 순천도 삽시간에 장악해버린 것입니다. 이렇게 하여 여수, 순천은 우리의 해방지구가 된 것입니다. 반동들을 얼마나 죽였는지, 우리 편의 희생이 얼마나 되는지 아직 알 수가 없습니다. 아마 우리 편의 희생은 거의 없는 것으로 압니다."

"봉기를 주동한 사람은 누군가?"

"14연대 당 조직책인 지창수란 동집니다. 지 동지의 군대 내 계급은 상사이지만 장재(將材)를 가진 비범한 인물입니다. 지창수를 보좌한 사람은 김지회 중위와 홍순석 중위입니다. 이 동지들도 당성이 강한 우수한 당원들입니다."

"이승만은 계엄령을 선포하는 동시에 토벌대를 투입하고 있다고 하는데 앞으로의 전망은 어떠한가?"

"토벌대 안에도 우리 당의 세포가 있습니다. 토벌대를 보내보았자 결국은 우리 편에 합류할 것이 확실합니다."

"사건 당시 이재복 동지는 어디에 있었소?"

"여수 시내에 있었습니다."

"사건을 일으키라고 동무가 지령한 거요?"

"그렇습니다."

"이주하 동지에게 사전 연락을 하고 지시를 청했소?"

"그럴 겨를이 없었습니다. 사건이 나기 3일 전에 지창수 동무를 만났는데, 그때 지 동무의 말이 제주도의 동무들을 구하고 혁명을 앞당기기 위해선 봉기할 수밖에 없다는 것이었습니다. 14연대가 증원부대로서 제주도에 가기로 되었다는 정보를 알고 한 얘기였습니다. 그래서 언제쯤 결행할 것이냐고 물었더니 승선 직전에 한다는 것이었습니다."

"그랬다면 즉시 상부에 보고했어야 옳았을 것 아뇨?"

"지창수의 이론은 당당하고 그 정세 분석은 정확하고 열의가 대단했습니다. 상부의 지시를 기다려서 하라는 말을 못할 심정이었습니다. 사기를 꺾을 염려도 없지 않았구요. 상부에 보고한다고 하면 아무리 빠른 방법을 취한다고 해도 왕복 1주일은 걸릴 것 아닙니까? 그랬다간 천재일우의 호기를 놓칠 걱정마저 있었습니다. 그런 까닭에 저의 독단으로 지령을 내렸습니다."

"아무리 급해도 그런 중대사는 미리 의논을 했어야 하는 것인데……."

김삼룡의 말이 이렇게 되자 이주하가 입을 열었다.

"김 동지는 이재복 동무가 미리 보고하지 않았대서 힐난하는 건가요?"

"힐난은 아니오. 힐난은 아니지만……."

"이재복 동무로 말하면 군사부책이오. 내가 그런 권한을 주었던 것이오. 전투에서는 일선의 사령관은 임기응변의 전술을 쓸 수 있는 것 아닐까요? 명령 계통을 세우기 위해 다시 없는 좋은 기회를 놓쳐도 좋단 말이오? 이번 일은 길이 역사에 빛날 의거이자 봉기요. 비합법 시대의 당 활동은 각자가 차지하고 있는 그 자리에서 임기응변해야 하는 것이라고 믿고 있소. 이재복 동무의 이번 결단은 그야말로 영웅적 결단이오. 김 동지, 평양방송 듣지 않았소? 얼마나 높이 평가하고 있습디까?"

"잠깐."

김삼룡은 흥분의 도를 높여가는 이주하를 일단 견제하고 "이미 잊어버린 일을 두고 왈가왈부하자는 건 아니오. 앞으로의 진전이 어떻게 될지 그게 걱정이 돼서 묻고 있는 것이오. 지금 여수, 순천의 사정이 어떤지 구체적으로 정확하게 알았으면 하는데 그걸 모르니 답답하지요."하고 입맛을 다셨다.

"곧 상세한 보고가 여수와 순천으로부터 오게 되어 있습니다. 김 동지, 사흘만 기다려주십시오."

이재복은 이렇게 말했지만 남로당이 여순 사건의 전모를 알게 된 것은 대한민국의 발표에 의해서였다. 박갑동도 예외가 아니었다. 대한민국 정부에서 발표한 내용을 간추리면 이랬다.

여수 주둔의 제14연대 반란사건은 그 연대에 침투한 남로당계 공산주의 신봉자들이 건국한 지 불과 2개월밖에 안 되는 신생 대한민국을 부정하고 전복하려는 반역적인 쿠데타이다. 제주도에서 발생한 공산주의자들의 이른바 인민해방 투쟁이 군경부대의 적극적인 토벌작전으로 약화일로를 걷게 되자, 이에 대한 대책을 강구해 오던 차, 제14연대의 1개 대대가 마침 제주도에 증원부대로 출동하게 된 기밀을 탐지한 남로당에서는 14연대의 당 조직책인 지창수에게 출동 직전에 기회를 포착하여 반란을 일으킬 것을 지령했다. 그리하여 육지에서 제2전선이 형성하게 되면 제주도의 투쟁은 용이하게 달성할 수 있다고 판단하는 동시에 여수 연대가 반란에 성공하면 전군의 남로당 세포에 지령하여 일거에 대한민국을 전복할 수 있다고 생각했다. 14연대의 남로당 조직책은 지창수 상사, 김지회 중위, 홍순석 중위이다. 이들이 주동이 되어 출동 직전에 반란 쿠데타를 일으킨 것이다. 그들의 쿠데타는 일단 계획한 대로 성공했다. 반란군으로 돌변한 제14연대는 장교들을 사살 구금하고 이어 여수를 점령했다.

한편 순천에 파견된 2개 중대도 이에 호응하여 순천을 점령하고 경찰서를 습격, 경찰관을 학살하고 우익진영의 인사들을 색출하여 이른바 인민재판에 걸어 총살, 소살(燒殺), 타살 등으로 공포의 도가니를 만들었다. 사건 발생 1주일이 지난 시점에서 여수지구에서만 관민 1천2백 명가량이 학살당하고, 중경상자 1천1백50명, 가옥 소실 또는 파괴

1천5백38동, 이재민 9천8백 명이 생겼다. 순천지구의, 인명피해는 약 4백 명에 달한다. 다음은 반란의 경과이다.

여수의 신원리, 구 일본 해군 비행기지에 주둔하고 있는 제14연대는 1948년 5월에 신편된 연대로서 박승훈(朴勝薰) 중령의 지휘 하에 있었다. 박 중령은 일찍이 일본군 대좌였던 사람이다. 제14연대는 육군본부 명령에 의하여 1개 대대가 제주도 토벌작전에 참가하기로 되어 있어 출동준비를 하고 있었는데, 1948년 10월 19일 20시에 여수항을 출항하라는 전문(電文) 지시를 받고 그날 아침부터 LST에 선적작업을 하고 있었다. 연대장 박승훈과 부연대장 이희권(李喜權)소령은 출항에 관한 전보 지시가 여수우체국을 통해 일반 전보로 하달된 것이기 때문에 기밀이 누설되었을 경우를 고려하지 않을 수 없었다. 그리하여 상의 끝에 출항 시각을 24시, 즉 밤 12시로 변경했다. 당시 제주도 근해에 국적 불명의 잠수함이 출몰하고 있다는 풍설이 돌고 있었던 것이다.

이날 저녁 출동대대의 환송을 겸한 회식이 장교식당에서 있었다. 전 장병이 참석한 회식은 19시에 끝났다. 회식이 끝난 후 연대장 이하 참모들은 부두로 나가 작업을 지휘했다. 대전차포 중대장인 김지회 중위와 연대 인사계 지창수 상사는 회식을 계기로 장교들을 모두 사살하고 봉기하려고 했으나, 그로 인해 야기되는 혼란을 감안하여 부대가 출발하기 직전에 거사하기로 계획을 바꿨다.

제1대대는 식사 후 출동준비를 서두르고 있었다. 잔류부대인 2개 대대는 출동부대의 밤참을 준비하고 있었다. 이 무렵 지 상사는 대내(隊內)의 핵심세포 40여 명에게 사전에 계획한 대로 무기고와 탄약고를 점령케 하고 비상 나팔을 불게 했다. 이때의 시각이 20시. 출동대대는 지체 없이 연병장에 집결되었다. 원래 부대의 출발 시각은 21시로 되어 있었다. 부대가 집결하자 지 상사가 단상에 올라가 외쳤다.

"지금 경찰이 우리를 향해 쳐들어오고 있다. 경찰을 타도하자. 우리는 동족상잔의 제주도 출동을 반대한다. 우리는 조선의 염원인 남북통일을 원한다. 지금 북조선 인민군이 남조선 해방을 위하여 38선을 넘어 남진 중에 있다. 우리는 북상하는 인민해방군으로서 행동한다."

그러자 이곳저곳에서 "옳소!"하는 환성이 터졌다. 미리 배치해둔 세포들의 수작이었다. 반대의사를 표명한 3명의 하사관은 그 자리에서 사살되었다. "탄약고는 우리가 장악했으니 각자 가질 수 있는 대로 탄약을 휴대하자. 그리고 미 제국주의의 앞잡이 장교들을 모조리 쏘아 죽여라."하고 지 상사가 명령했다.

제5중대 주번사관인 박윤민(朴允敏) 소위가 비상 나팔소리에 의아하여 연병장에 나갔을 때엔 이미 사병들은 정렬을 끝내고 있었다. 그런데 탄약고와 뒷 고지에 신호탄이 올라가고 총성이 났다. 박 소위는 민간인이 장작을 훔치러 들어오다가 발각되어 보초의 위험사격을 받고 있는 것이라고 판단하고(종전에 그런 일이 있었다) 주번사령에게 제1중대 주번사관과 함께 보고하러 가는데, 탄약고 쪽에서 "누구냐?"고 수하하는 소리가 있었다.

"주번사관이다."

말이 떨어지는 즉시 "쏴라!" 하는 소리가 있었다. 박 소위는 방광에 총탄을 맞고 쓰러졌다. 제1대대 부관 김정덕 소위가 반란군 사병들에게 붙들려 구타당하고 있었다. 옆에 있던 조병모 소위(제6기생)가 "왜 장교를 구타하느냐?"고 하자 사병 하나가 "이 새끼!"하며 총검으로 조 소위의 배를 찔렀다. 그 칼끝이 등에까지 나왔다. 이 틈에 김 소위는 달아나다가 팔에 총탄을 맞고 탄약고 앞에 쓰러졌다. 제1대대장 김일영 대위는 무슨 일인가고 뛰어나오다 사살되었다.

여수항에서 출동부대의 도착을 기다리고 있던 연대장과 부연대장은 23시경 간신히 탈출한 연대 수송장교의 보고를 듣고 비로소 반란의 발생을 알게 되었다. 부연대장 이희권 소령은 우선 상황을 파악하기 위해 정보장교 김내수 중위(4기생)를 대동하고 연대로 향했다. 연대 위병소 근처에서 하차하여 위병소는 무사히 통과했다. 탄약고 부근에 접근했을 때 "누구냐?"하는 2차에 걸친 수하가 있었다. 이 소령은 무심코 "부연대장이다."라고 했다. 사격이 집중되었다. 정보장교 김 중위는 그 자리에서 죽고 이 소령은 포복으로 연대 본부에 들어갔다. 그러고는 스피커를 들고 호소하기 시작했다.

"나는 부연대장이다. 모두들 불순분자의 선동에 넘어가지 말고 마음을 돌려라. 대한민국에 충성할 군인은 연병장에 모여라. 지금도 시간은 늦지 않다. 여러분은 속고 있는 것이다. 빨리 마음을 돌리지 않으면 파멸이 있을 뿐이다.……"

그러나 이미 반란한 병사들이 마음을 돌릴 까닭이 없었다. 설혹 실수를 깨달았다고 해도 어떻게 할 수 없는 처지였던 것이었다. 이 소령은 신변에 위험을 느꼈다. 사태는 이미 절망적이었다. 야음을 타고 연대를 벗어난 이 소령은 여수 시내로 들어와 헌병대에 가서 순천에 파견되어 있는 2개 중대의 선임 중대장인 홍순석 중위에게 전화를 걸어 여수의 상황을 설명하고 즉각 출동할 것을 명령했다. 반란 모의의 주동자인 홍순석이 그 명령을 들을 리가 없다. 후에야 이 소령은 홍순석이 순천지구 반란 주동자임을 알게 되었다.

연대장 박승훈은 반란보고를 듣고 부연대장 이희권 소령을 연대에 들여보낸 뒤 자기는 여수의 모 여관으로 갔다. 광주 제5여단 참모장 오덕준 중령이 제14연대 제1대대의 제주도 출항을 환송하기 위해 그 여관에 와 있었기 때문이다. 사태수습을 의논한 끝에 오덕준과 박승훈은 지프를 타고 연대 본부에 접근해보긴 했으나, 사방에서 총성이 나고 아비규환의 수라장이 되어 있는 것을 목격하고는 사태수습이 가망 없다는 것을 확인하고 여수항으로 나와 해군경비정을 타고 목포로 향했다.

제14연대는 수라장이 되었다. 비상 나팔소리와 총성에 놀란 제2, 제3대 대원들도 무슨 일인가 하여 연병장으로 나왔는데 "빨리 나왓! 병기창고에 가서 총과 실탄을 가질 수 있는 대로 가지고 집합하라."고 지 상사 일당이 호통을 치는 바람에 얼떨떨하여 모두 그렇게 하지 않을 수 없게 되었다. 지 상사 일당은 각 대대의 병사를 돌아다니며 "안 나오는 놈들은 모조리 쏘아 죽인다."고 위협했다. 숨어 있던 사람들도 공포에 질려 나타나서 무장을 하고 집결했다. 이렇게 집합된 사병들은 다시 한 차례 지 상사의 선동연설을 들었다. 남로당 세포가 아닌 사병들도 경찰이 쳐들어오고 북쪽의 인민군이 남진해온다는 지 상사의 말에 갈피를 잡지 못하고 추종하는 도리밖에 없었다. 연대 내는 밝은 전기의 조명으로 반란 주동자들이 대대 사병의 행동을 감시하는 데 편리했다.

이렇게 연대 병력을 반란군으로 만드는 데 성공한 지 상사는 "지금 이 순간부터 제14연대란 것은 없어졌다. 아니 인민해방군에 흡수되었다. 치욕의 미 제국주의의 용병이 이 순간부터 영예로운 조국 인민의 해방군이 되었다. 이것이 곧 우리의 승리, 그 제일의 성과이다. 나는 우리의 목적이 달성되는 어느 단계에까지 이 해방군의 사령관으로 복무하겠다. 그러고는 이 해방군을 인민에게 바치겠다. 남북통일을 위해 활기찬 전진을 하자. 이미 얻은 승리도 중요하려니와 이 승리를 최후의 승리로까지 결부시키는 것이 더욱 중요하다. 우리는 승리에 대한 확고한 자신을 가지고 반동을 쳐부수자……"하고 주먹을 흔들며 웅변을 토하고는 그 자리에서 대대장, 중대장, 소대장을 임명하는 동시에 반란군의 지휘체계를 편성 발표했다.

편성이 끝나자 그들은 대대에 잠적한 장교들을 색출하기 시작하여 그 대부분을 색출해내고, 그 가운데에서 이용가치가 있는 군의관 같은 사람은 창고에 우선 구금했다. 재빨리 반란을 직감한 장교들은 피신했는데, 그렇지 않고 진압하려고 서둔 장교들은 발견되는 족족 사살되었다. 이날 밤에 죽은 장교들의 명단은 다음과 같다.

제1대대장 김일영 대위(제2기생), 제2대대장 김순철 대위(제2기생), 제3대대장 이봉규 대위(제2기생), 정보주임 김내수 중위(제4기생), 작전주임 강선윤 대위(제2기생), 진도연 중위(제3기생), 이병우 중위(제3기생), 길원찬 중위(제3기생), 김록영 소위(제3기생), 맹택호, 박경술, 민병홍, 김진용, 이상술, 장세종(모두 소위, 제5기생), 이병순, 유재환, 김남수, 김일득, 노영우, 이상기(모두 소위, 제6기생).

연대 내의 반란이 성공하자 연대 부근에서 대기 중이던 여수지구 남로당의 핵심분자 23명이 영내로 들어와 합세하고 이들도 무장을 갖추었다. 22시경 여수항에 정박 중이던 해군 경비정 1척이 반란이 났다는 정보에 접하고 제14연대 정면 해상으로 진입하여 탐조등으로 조명하자 반란군이 일제사격을 가했다. 경비정은 회항하여 출항 대기 중인 LST를 이항(離港)하도록 했다.

반란군 3천여 명은 지 상사 지휘 하에 모든 차량을 동원하여 여수시내로 들어오는 도중 봉산지서를 습격하여 경찰관을 사살했다. 이 같은 상황을 여수경찰서 정보계에서 탐지하고 서원 약 2백 명을 비상소집하여 경비태세를 폈다. 20일 반란군의 주력부대가 밤 1시에 시내에 침입, 경찰과의 교전이 시작되었다. 소수의 경찰병력으로선 노도처럼 난입하는 반란군을 저지할 수 없었다.

반란군이 시내로 들어오자 좌익단체 및 학생단체 6백여 명이 합세하여 인민공화국 만세와 인민해방군 만세를 외쳤다. 이들에게도 운반해 나온 무기와 탄약을 지급했다. 좌익 단체원들을 앞장세워 각 관공서, 은행 등 중요기관을 향해 전진했다. 심야인데다가 도로가 협소하여 행동이 곤란하였고 경찰의 저항이 있고 해서 반란군의 진격은 신속하지 못했다. 경찰은 점차로 밀려 본서로 집결하게 되고 일부는 사복으로 갈아입고 피신했다. 새벽 1시경에야 철도경찰서의 여자 교환수가 순천경찰서에다 반란에 관한 제1신을 보냄으로써 전남 도경(道警)에선 반란사실을 알고 대책을 강구하게 되었다.

오전 9시. 여수시는 완전히 반란군의 수중에 들어갔다. 주요 기관과 건물은 접수되고 체포된 경찰관과 기관장, 우익단체 요원 유지들은 이른바 반동분자라고 하여 여수경찰서 뒤뜰에서 집단 총살당했다. 반란군과 좌익분자들은 가가호호 수색하여 피신한 대상자를 찾기에 혈안이 되었고 내키는 대로 사람을 죽였다. 인민위원회가 조직되고 인민공화국의 깃발이 게양되었다. 일순에 여수는 적색도시가 된 것이었다. 동원된 남녀 학생들은 좌익적인 선전문을 살포하고 벽에 붙였다. 그들의 선전은 인민군이 38선을 돌파하여 서울을 점령하고 남진 중에 있으며, 여수엔 인민해방군이 상륙하여 여수와 순천을 점령하고 목하 북상 중이니 남조선의 해방은 목전에 다달았다는 것이었다.

그들의 포고문은 무시무시했다. 일체의 방송을 듣는 자는 총살에 처한다는 것이었으니 8만의 여수 시민은 공포와 불안에 떨면서도 피난과 피신조차 할 수가 없었다. 23일이 되어서야 일부 시민들은 비로소 반란군의 주체가 제14연대와 지방 좌익들이란 것을 알았고, 반란군의 일부 세력은 순천을 포기하고 지리산 방면으로 후퇴 중이란 것과 그 반란의 규모가 여수, 순천 지구에 국한된 사실을 알았다. 서울 중앙방송을 비밀리에 듣고 확인한 것이었다.

여수를 완전 장악한 반란군의 주력 2개 대대는 20일 오전 9시 30분 여수역에서 북상하는 통근열차 6개 차량에 분승하여 순천으로 갔다. 한편 순천에 주둔 중인 2개 중대는 양순석 중위의 지휘 하에 여수에서 북상 중인 반란군의 주력부대를 기다리고 있었다. 순천경찰서에선 여수에서 반란사건이 있었다는 정도를 알고 있었을 뿐 정확한 정보는 모르고 있었지만, 여수 방면의 경찰지서에 경비령을 내리고 비상 경계태세를 취하고 있었다.

그런데 이날 순천에선 기관장들과 유지들이 오전 9시 승주군청에 모여 회의를 하고 있었다. 순천에 주둔하고 있는 군인들의 행패가 극심했기 때문에 이들에게 주효(酒肴)를 대접하여 군경민의 친선을 도모하고자 하는 것이 그 회의의 취지였다. 이때 경찰로부터 정보가 들어왔다. 순천역 부근에 군인들이 집결하고 있는데 공기가 이상하다는 것이었다.

오전 10시 사방에서 총성이 났다. 10시 30분엔 여수서 북상한 반란군이 세 방면에서 순천으로 밀고 들어오기 시작했다. 해룡지서는 여수 방면에 위치한 외곽 지서로서 이미 본서의 명령에 의하여 전초(前哨) 경비의 임무를 맡고 있었다. 20일 새벽 3시경 경찰서장 한 총경이 1개 소대를 이끌고 왔을 땐 아무런 이상이 없었다. 마침 본서의 철수 명령이 있어 해룡 지서원과 한 총경의 소대는 일단 본서에 집결한 후 전투편성을 하여 광양과 여수로 갈라지는 분기점인 삼거리에 1개 소대를 배치하고 주력부대는 순천교회의 제방에 배치했다.

반란군이 진격하자 삼거리의 소대는 일격에 격파되어 경찰관 10여명이 전사했다. 해룡지서 주임 남재우 경사는 전사자의 시체 속에 같이 뒹굴고 있다가 밤중에 빠져나왔다. 순천서의 주력은 순천교 제방에서 버티었고 광주에서 급거 출동한 제4연대의 1개 중대는 순천교에서 역전에 이르는 도로와 남국민학교에서 시청에 이르는 도로에 배치되어 있었는데 군경 간에 협조가 되질 않았다. 당시 남국민학교 김경호 교장은 청년단장을 겸하고 있었는데, 경찰의 요청에 의해 경찰과 군대와의 연락 책임을 맡았다. 김경호는 연락 차 광주부대의 본부인 순천중학교를 찾아갔다. 중대장은 없었다. 이땐 이미 반란군과 교전 중이어서 김경호가 어느 중사를 붙들고 물었다.

"왜 당신들은 반란군과 싸우지 않습니까?"

"우리는 군인끼리 전투하러 온 것이 아니오. 상관의 명령이 없는데 어떻게 싸우란 말이오?"하는 그 중사의 대답이었다. 김경호는 경찰서에 돌아와 말했다.

"군인들의 동태가 불온하기 짝이 없다. 어쩌면 반란군과 내통하고 있는지 모른다. 군과의 협동작전은 포기하는 것이 좋겠다. 사태가 위급하니 경찰과 청년단도 각기 독자적 행동을 취해야겠다."

이렇게 되어 경찰은 전의를 잃고 반란군과의 교전은 끝나고 말았다. 15시 순천은 반란군의 수중에 들어갔다. 여기에서 특기해야 할 것은 광주 제4연대의 1개 중대가 반란군에 합류했다는 사실이다. 중대 내의 하사관들이 지휘관과 그들의 의견에 반대하는 장병들을 모조리 사살하고 경찰에 총부리를 돌린 것이었다.

순천을 점령하자 반란군은 세 방면으로 전진했다. 일부는 학구(鶴口)로, 일부는 광양으로, 일부는 벌교로 진격하면서 경찰관서를 모조리 습격하고 닥치는 대로 경찰관을 살해했다. 순천에 잔류한 반란군은 지방의 좌익세포를 규합하여 경찰관, 우익 정당단체, 학련(學聯) 소속의 학생, 기관장, 유지, 종교인 등 그들에게 동조하지 않을 인사들을 체포하여 경찰서로 끌고 갔다. 인민공화국기가 올라가고 인민위원회가 조직되어 적색 행정의 천하가 되었다.

제1차로 체포된 경찰관은 무조건 총살되었고 후에 체포된 70여 경찰관은 순천경찰서 앞 광장의 군중 앞에서 "인민의 고혈을 빨아먹던 놈들은 이렇게 처단한다."면서 집단학살을 감행했다. 반란군들은 좌익분자들을 앞세우고 가택을 수색하여 그들이 말하는 반동분자를 체포하여 경찰서와 소방서에 구금했는데, 21일에 이르자 그렇게 체포된 자가 8백 명을 넘었다. 취조를 맡은 좌익분자들의 부류는 각 기관의 사환, 음식점의 일꾼, 뜻밖에도 사찰계 형사, 민주학련의 학생들이었다. 이들은 모두 자기들이 알고 있는 인사들의 약점을 쥐고 있었기 때문에 영락없이 취조를 당했다. 평소 감정을 품고 있던 상대에 대해선 조사도 없이 총살을 과했다.

시민들은 시가에 나붙은 벽보를 보고 놀랐다. 선전내용은 여수의 것과 대동소이한 것이었다. 무지한 대중들은 반란군의 선동에 그냥 휘둘려 그들 스스로 폭행을 일으켰다. 경찰서에서 석방된 피의자들은 제 세상이나 만난 것처럼 날뛰어 일반 가옥에 침입해선 반동가족이라고 협박하며 귀중품을 약탈하고 기물을 파괴하고 부녀자를 강간하고 방화하는 등 못할 짓이 없었다. 반란군에게 대해 가장 열성적으로 선도적 역할을 한 것은 민주학련의 남녀 학생들이었다. 특히 S중학교의 학생들은 이른바 인민재판에서 형이 결정되면 서슴지 않고 총살, 타살, 교살, 소살을 강행했다. 이처럼 무자비하게 희생된 관민과 학생들의 수는 약 4백 명에 달했다.

지극히 빈약한 이재복의 보고로써 현재의 상황은 알았다고 치고 충정로 그날 밤의 회의는 앞으로의 대책에 집중되었다. "이 기회를 놓치면 혁명의 찬스를 영원히 놓칠지 모른다."고 서두하고 안영달이 매끄러운 변설을 전개했다. "지금 당장 호응하여 봉기할 만한 군대가 몇 개나 있소?"하고 김삼룡이 이주하에게 물었다.

"그럴 것이 아니라 군대 편성표를 내놓고 하나씩 검토해봅시다."

이재복이 이주하 대신 이렇게 말하고 뒤를 돌아보며 "맹 동무, 서류 내놔요."라고 했다. 맹 동무라고 불린 사람은 아까 이재복과 안영달이 들어왔을 때 같이 온 사람이었다. 맹 동무라고 불린 사람이 돌아서더니 허리에서 전대 같은 것을 풀어놓았다. 그 속에서 한 뭉치의 문서가 나왔다. 하나같이 엷은 미농지에 깨알처럼 써넣은 것이었는데, 흐릿한 램프 불 밑에서 이재복과 맹이란 사나이는 잘도 판독한다 싶어 감탄할 밖에 없었다. 서류를 제쳐가며 맹 동무의 설명이 있었다.

"군정에서 남한 단독정부로 넘어올 당시 6개 사단이 있었습니다. 제
1사단의 본부는 서울 남산의 예장동에 있습니다. 이 사단의 세포가 가
장 약합니다. 제2사단은 충남 대전시에 있습니다. 우리의 강한 조직력
이 침투되어 있습니다. 제3사단은 경남 부산에 있지요. 우리 당의 군
대, 내무, 조직 총책이 이 제3사단에 있습니다. 조금 뒤에 설명하겠습
니다. 제4사단이란 것은 없고, 제5사단은 고양군의 수색에 있습니다.
상당히 강한 조직력이 있지요. 제6사단은 수색에서 편성되어 현재 충
북 충주에 있습니다. 하사관의 과반수가 우리 세포라고 할 수 있습니
다. 제7사단은 용산에 있습니다. 내년쯤 수도사단으로 개칭한다 합니
다. 현재 활발한 조직 활동을 하고 있습니다. 그런데 우리는 공작 단
위를 사단에 두지 않고 연대에 두고 있습니다. 대개 연대 단위로 전투
하기 때문입니다. 현재 남조선의 연대는 15개 연대로 편성되어 있습
니다."

"그 15개 연대 중 이번 봉기에 참가할 수 있는 연대는 무슨 연대이
며 대강 몇 개나 되오?"

김삼룡의 날카로운 질문이었다.

"지금 장담할 순 없습니다만, 사태에 따라서 전부 호응할 수 있는
상황입니다."

"그런 막연한 정세파악으로선 계획을 세울 수가 없소. 구체적으로
말해보시오."

"가장 확실한 연대가 마산에 있는 제15연대, 광주의 제4연대, 대구
의 제6연대입니다."

"그들은 지금이라도 봉기할 수 있단 말이오?"

"그렇습니다."

"한번 두고 봅시다."하고 김삼룡은 종래의 대군(對軍) 전략이 어떻게
되어 있는지를 확인, 재검토하자고 했다. 이주하의 설명이 있었다. 그

설명에 의하면 다음과 같았다.

남로당의 대군 공작은 장교와 사병을 구분하여 공작방법을 달리했다. 대체로 장교의 포섭공작은 당 중앙의 군사부에서 직접 담당하고 사병의 포섭공작은 도당의 군사부에서 관장했다. 당 중앙 군사부는 일단 사관학교 학생들에게 중점을 두고 사관학교 교관을 포섭하는 공작을 폈다. 이미 포섭된 조직망을 통하여 남로당이 추천한 사람을 무조건 입교시키도록 공작했고, 이미 임관된 장교는 지인, 동창, 혈연, 인연, 지연 등의 인간관계를 이용하여 접근했다. 그런데 장교의 포섭엔 어디까지나 한계가 있었다. 일제 때의 장교는 그 의식형태로 보아 믿지 못하는 부류로 보고 있었기 때문에, 무슨 결정적인 공적이 없는 한 포섭되었다고 해도 정식당원으로선 인정하지 않았다. 물론 본인에게 대해선 정식당원인 것처럼 대접하는 이른바 이중책을 쓰는 것이었다.

남로당이 가장 중점을 둔 계층은 하사관들이었다. 이들은 대강 빈농의 아들, 하층계급 출신으로서 계급의식이 강했다. 게다가 경찰관에 대한 반발이 치열했다. 적당히 훈련하면 제1급 투사가 될 수 있는 근성의 소유자들이며 대개가 지능 정도가 높았다. 일반사병에 대해선 특히 당성이 우수한 사람만을 주목했다. 이들 가운덴 좌익 활동을 해오다가 노출되어 민간에선 살아갈 수 없는 사람들이 많았다. 이들을 군대 내에 쓸어 넣어 후일을 기하고자 하는 것이었다.

사병 공작을 도당에 맡긴 건 그럴 만한 이유가 있었다. 각 도에 있는 연대는 그 도를 모병 단위로 하고 있고 부대 이동이 별로 없었기 때문이다. 장교의 포섭공작을 당 중앙에서 한 까닭은 장교의 인사권이 중앙에 있고 보직 관계로 이동이 빈번해서 지방 당에선 감당 못할 문제였기 때문이다.

예컨대 남로당 전남도당은 당에 군사부를 설치하여 군과 야산대를 관할하고 있었는데, 당 군사부에서 각 시, 군당부의 군사부에 사병을 추천하라는 지시를 하달하면 이들은 면, 읍에 다시 지시하여 입대자 명단을 받아 도당 군사부에 제출한다. 도당에서는 이 명단을 연대 공작을 직접 담당하고 있는 오르그에게 준다. 오르그란 도당이 파견한 공작원을 말한다. 당시 제14연대의 오르그는 박태남(朴泰男)이란 사람이었다. 오르그는 연대 인사계에 지시하여 명단 상의 인원을 각 대대, 중대, 소대로 배치한다. 그러기 때문에 연대 인사계의 포섭 공작은 특히 중요했다. 제14연대의 인사계는 이미 밝혀진 대로 지창수 상사였다. 이렇게 하여 제14연대의 사병 약 반 수는 전남도당에 의해 포섭된 것이었다.

그럼 이재복의 역할은 무엇이었던가? 그는 당 중앙에서 파견된 사람으로서 제14연대 내의 장교를 포섭하고 조종하는 임무를 맡고 있었다. 사병의 반 수 이상이 남로당에 포섭된 제14연대인데도 포섭된 장교의 수는 적었다. 김지회, 홍순석 정도였던 것이었다. 김지회, 홍순석은 육사 제3기생으로서 사관생도 시절부터 남로당에 포섭되어 있었다. 같은 무렵 남로당에 포섭된 장교들은 하재팔, 이병주(李丙冑), 김종석(金鍾碩), 오일균, 이상진, 최창무, 조병건 등이었다. 이에 앞서 포섭된 사람도 많았다. 최남근, 박xx 등 상당수가 있었다. 이 가운데 박xx는 군대 내에서 남로당을 대표하는 총책임자였고, 김종석은 그의 참모 이상진과 함께 대전 제2연대장으로 있을 때 군수물자를 처분하여 남로당에 헌금한 사실이 있었다.

이주하의 설명이 지루하게 계속되자 김삼룡은 "앞으로의 대책이 시급하니 그 문제를 토의합시다."하며 "각 연대별로 독려 차 동지를 보내야 하니, 각 연대의 접촉대상자 명단을 발표하시오."하고 이주하에게 일렀다. "그건 발표할 성질의 것이 아닐 텐데……"하고 이주하가 망설이자 "비상 중앙위원회까지 비밀로 할 것은 없소. 우린 내일부터라도 행동을 개시해야 하겠소."하고 명단 발표를 명령했다. 이주하는 이재복에게 눈짓을 하고 이재복은 맹 동무더러 "공개하시오."라고 했다. 맹은 다시 미농지의 주름을 펴며 읽어 내려갔다.

"제1연대엔 KWS 대위가 있습니다. 지금 작전참모지요. 그 연대의 세포책임자는 YTT 상사입니다. 제3대대의 선임하시관입니다. 제2연대 책임장교는 MIS 대위…… 세포책임은 SSK…… 제3연대의 책임장교는 BIK, 세포책은 JNH, 제4연대의 책임장교는 CA, 세포책은 KJK……"

"잠깐 긴급동의가 있습니다."

이중업의 발언이었다.

"뭡니까?"

김삼룡이 얼굴을 들었다.

"그 명단을 읽어 무엇에 쓸 겁니까?"

"이 가운데 위원 동지들과 친면이 있는 사람이 있으면 우선적으로 그리로 보낼까 해서이오."

"보내서 뭘 할 겁니까?"

"독려해야죠. 이번의 봉기에 참가하도록."

"그건 그만두는 게 좋겠습니다."

"왜?"

"연대가 주둔하고 있는 지역의 각 당부에서 지금 맹활약을 하고 있을 줄 압니다. 섣불리 낯선 사람이 나타나면 의혹만 사게 되어 있습니다. 그리고 군대라는 것은 상황과 조건이 성숙하지 않으면 움직일 수 없는 조직입니다. 몇 사람의 장교, 몇 사람의 사병만으로선 움직이기 힘듭니다. 각 연대가 자연적 자발적으로 봉기하도록 내버려두어야 합니다. 외부의 압력으로 무리를 하다간 일을 그르치고 말 위험마저 없지 않습니다."

이중업의 말엔 조리가 정연했다.

"이 동지, 무슨 말을 그렇게 하는 거요?"

안영달이 신경질적으로 외쳤다.

"나는 이번 임무를 맡기 전 서울지도부와 해주의 연락 책임자로서 몇 번이고 박헌영 위원장을 만났소. 박헌영 위원장의 말씀은 어떤 무리를 감행해서라도 남조선을 혼란에 빠뜨려 혁명의 기운을 잡으라고 하셨소. 그런데 지금 절호의 기회를 만났소. 모처럼 군대 내에 가꾸어 놓은 세포들을 이용하지 말고 그냥 방관만 하란 말이오? 김삼룡 동지의 의견은 백번 옳은 말씀이오. 우리가 나서서 각 연대에 작용해야 합니다. 내버려두면 아무것도 안 돼요. 서둘러야지요. 각지에서 군대의 반란이 일어나야 하는 거요. 그러려면 중앙위원들이 각 연대를 맡아 나서서 독려를 해야 합니다."

"방법의 문제는 다음에 논의하기로 하고 그 명단부터 마저 읽으시오."

김삼룡의 말이었다.

맹은 다시 미농지의 주름을 펴며 읽어 내려갔다.

"이상입니다."했을 때 김삼룡이 맹을 쏘아보며 물었다.

"그 사람들, 모두 믿을 수 있을까요?"

"대강은……."

"대강 갖곤 안 돼."

"장교들에 관해선 장담을 못하겠습니다만 하사관은 믿을 수 있습니다."

"그럼 좋아. 하사관을 통해 독려하도록 합시다."하고 방법의 토의에 들어갔다. 중앙위원이 앞장서야 한다는 안영달의 제안은 부결되었다. 노출되지 않은 당 중앙 소속 중진당원을 파견하는데, 신문기자의 신분을 이용하는 것이 좋다는 데 의견의 합치를 보았다. 신문기자면 장교나 사병을 자유롭게 만날 수 있고 재간에 따라 영내 출입이 용이할 것이었다. 이때 한구석에 앉아 얼굴도 보이지 않았던 이현상이 "나에게 동지 선택권을 주시오."하는 발언이 있었다.

"나는 지리산으로 내려가서 부근의 야산대를 규합하는 동시에 여수, 순천에서 봉기한 동지들을 맞이하여 전선을 정비할 준비를 해야겠소."

"이 선생, 어떻소?"

김삼룡이 묻자 이주하는 "필요한 조치일 것 같소."하며 고개를 끄덕였다. 이윽고 그 자리에서 중앙위원회의 결정으로 이현상이 지리산 지구의 책임자로 임명되고 당과 군사에 걸쳐 필요한 기구를 설치할 수 있는 권한을 인정받았다. 각 연대에 파견할 인원의 인선과 배정은 조직부가 맡아서 하기로 하고, 박갑동이 속한 선전 선동부는 앞으로 닥칠 사태를 미리 감안하여 적절한 선전 선동 문안 작성을 위임 맡았다. 새벽녘에야 회의에서 돌아온 박갑동은 24일 하루를 잠 속에서 지냈다. 그리고 25일 아침에 깨어 신문을 보았을 때 여순 사건을 바탕으로 짐작한 앞날에의 전망이 일장춘몽이란 사실을 깨달았다. 당이 예상한 대로의 타 부대의 반란은 신문지상에 나타나지도 않았고, 반란군을 진압하는 정부군의 기민한 활동만이 대서특필되어 있었다. 토벌군은 벌써 20일부터 작전을 개시하고 있었던 모양으로, 10월 20일 육군 총사령부가 발표한 토벌부대의 진용은 다음과 같았다.

전투사령관 육군준장 송호성, 제2여단장 육군대령 원용덕, 제5여단장 육군대령 김백일, 비행대장 육군대위 김정열, 수색대장 육군대위 강필원.

작전부대; 제4연대 3개 대대 연대장 이성가 중령, 제3연대 2개 대대 연대장 함준호 중령, 제6연대 1개 대대 연대장 김종갑 중령, 제15연대 1개 대대 연대장 최남근 중령, 제12연대 3개 대대 연대장 백인기 중령

박갑동은 23일 밤 맹 동무가 읽은 프락치 명단을 상기하며 그 진용

을 검토해보았다. 기대를 걸어볼 만한 연대는 제15연대였다. 제15연대의 연대장 최남근은 남로당에서 차출한 사람이라고 해도 과언이 아니었다. 그 제15연대가 반란부대와 내통하면 전선에 일대 혼란이 생길 것은 필지의 사실이었다. 그러나 최남근은 당의 기대와는 완전히 어긋나는 짓을 하고 말았다.

제15연대가 마산을 출발한 것은 10월 20일 아침이었다. 하동에 도착한 것은 정오 무렵. 그때까지만 해도 중대장들은 무슨 목적으로 어디로 가는 것인지 알지 못했다. 연대장이 일체 말하지 않았기 때문이다. 제15연대의 장병들이 사태를 파악한 것은 하동에 도착하여 경찰로부터 들은 정보에 의해서였다. 하동국민학교에서 숙영하고 차량 편으로 21일 아침 광양 방면으로 전진했다.

전위중대 제3중대가 옥곡(玉谷)의 S자 커브에 이르렀을 때였다. 반란군의 기습으로 중대장 손 소위가 부상했다. 제1중대장 조시형 소위가 제3중대까지를 지휘하게 되었다. 그 자리에서 산개하여 우측 고지를 점령하고 기관총 사격을 하고 있었는데, 대대장 한진영 대위가 올라와서 상황을 판단하기까지 사격을 정지하라고 하고, 아래로 내려가다가 반란군과 부딪쳤다. 반란군이 "이 새끼, 넌 무어냐?"고 했다.

"나는 제15연대 제1대대장이다."

이 말과 동시에 한 대위는 반란군의 총탄을 맞고 죽었다. 이때 제3중대는 반란군에 포위되어 있었다. 뒷 고지에서 쌍안경으로 상황을 관측하고 있던 연대장 최남근이 상황의 불리함을 깨닫고 각 중대에 철수 명령을 내렸다. 제1중대, 제2중대, 중화기 중대와 제3중대의 일부 병력이 철수했다. 그런데 전위중대가 타고 온 차량 3대가 전방에 그대로 방치되어 있는 것을 본 연대장이 그것을 철수시키려고 앞으로 나갔다. 제1중대장 조시형 소위가 따라갔다. 그런데 그땐 반란군이 그 차량을 탈취하고 있었는데 연대장 최남근은 그들이 자기의 부하들인 줄 알고 접근했다. 조 소위는 그들이 반란군임을 알고 "연대장님, 돌아갑시다."했을 땐 이미 여유가 없었다.

"이 새끼가 연대장이야?"하며 반란군은 최남근과 조시형을 체포했다. 이런 사정으로 연대는 하동으로 철수했다. 장교는 최내현, 손덕균 두 소위밖엔 없었다. 당시의 소대장은 모두 하사관들이었던 것이었다. 제1대대장 한영진 대위의 시체는 그 이튿날 수습되었다. 그 후임으로 최정호 대위가 부임하였는데 뒤에 안 일이지만 이 사람도 적색분자였다.

하동으로 철수하여 상황을 보고하자 여단 참모장인 신상철 중령이 연대장 대리로 부임했다. 22일 철모에 백색표지를 달고 적백수기(赤白手旗)를 준비하여 다시 광양으로 향했다. 광양 남방 2킬로미터 지점에서 반란군의 사격을 받았다. 제12연대가 광양에서 하동으로 진출한다는 사실을 미리 알고 있었기 때문에 일단 사격을 중지하고 서로가 아군인지 반란군인지를 확인하기 위하여 양측에서 장교 1명씩을 중간지점에 보내기로 하였는데, 과연 광양에서 전진해온 부대는 제12연대였다.

반란군은 21일 옥곡에서 기습을 가한 후 백운산 방면으로 들어간 것으로 판단하고, 제15연대와 제12연대는 일단 하동으로 철수하여 섬진강을 끼고 반란군이 지리산으로 들어가는 퇴로를 차단하는 작전을 진행했다. 10월 27일 행방불명되었던 연대장 최남근 중령과 조시형 소위가 화개 장터에 돌아왔다. 최남근은 즉시 광주로 압송되어 심문을 받았다.

"나는 반란군에 스스로 합류한 것이 아니고 부대를 지휘하던 중 실수로 반란군의 포로가 되었다. 그들에게 끌려 다니다가 기회를 포착하여 탈출해왔다."

이와 같은 최남근의 진술 보고를 받고 총사령부는 11월 8일자로 그를 제4여단 참모장으로 영전발령을 했다. 그러나 그에 대한 의혹이 풀릴 까닭이 없었다. 최남근의 진술서를 재검토한 결과 엄연한 이적(利敵) 사실이 밝혀졌다. 총사령부는 즉시 그에게 출두명령을 내렸다. 그런데 그는 나타나지 않았다. 제4여단은 그가 부임하지 않았다는 보고를 올렸다. 전국에 수배령이 내렸다. 이윽고 그는 대전에서 체포되어 서울로 압송되었다. 군법회의에서 그는 모든 것을 털어놓았다.

"나는 김지회 부대에 합류했다. 반란군인 김지회 부대와 접전했을 때 나는 그를 죽일 수도 있었지만 같은 말을 쓰고, 같은 얼굴이고, 같은 함경도이고 해서 인간적인 양심에서 그를 죽이지 못했다. 그래서 내가 손을 들었다."

이 진술내용은 뒤에 붙들린 김지회의 처가 증언한 것과 일치했다. "그렇다면 어째서 탈출하였는가?"고 물은 심문에 대해 최남근은 이렇게 대답했다.

"비록 내가 좌익사상을 가졌다고 하지만 반란으로 어제까지의 전우와 골육상잔한다는 것은 가슴 아픈 일이며, 또한 나를 아껴준 상관이나 동료 부하들을 더 이상 배신할 수가 없어 탈출했다."

"경비가 심했을 텐데 어떻게 무사히 탈출할 수 있었는가?"

"김지회의 처가 묵인해주었다. 그래서 겨우 빠져나오긴 했지만 이중 삼중의 경계선을 돌파하느라고 다친 데가 많다."

"총사령부의 출두 명령을 받고 도피한 이유는 뭔가?"

"나는 이미 국군을 배반한 반역자가 되었으니 중앙에 가면 필경 군법회의에 회부될 것이 명백하다. 그렇게 되면 나는 재차 김지회에 대하여 언급하지 않을 수 없으니 이중의 배신자가 되기 때문에 군인생활을 청산하고 조용히 살기 위해 회피하였다."

이런 소식이 전해졌을 때 가장 격분한 사람은 남로당의 이주하였다. 이주하는 그의 당 군사책의 운명을 거의 최남근에게 걸고 있었던 것이었다. 최남근은 남로당의 혁명 목적이 달성되면 총사령관으로 지목되어 있었던 사람이었다. 남로당에선 이밖에 김종석과 박xx를 대들보로 삼고 있었다. 김종석은 일본 육사를 나온 사람으로 해방 당시엔 육군 대위였다. 최남근과 김종석에 관해선 육군에 의한 특별기록이 있다. 참고로 그 부분을 옮겨놓는다.

최남근이 좌익사상을 갖게 된 것은 만군(滿軍) 시절이다. 그는 만주 간도성 화룡현 서성촌에서 출생하여 길림 제 1고급중학교를 졸업한 후 만주군관학교 제4기로 졸업 임관하여 특설부대에서 근무 중 소위 불온분자의 토벌을 하면서 사상적인 회의를 갖게 되었다. 해방 후 북한으로 탈출하였으나 공산당에 체포되어 사형까지 선고받았다. 사상을 전환한 후 석방되었다. 그는 모종의 사명을 띠고 월남하기에 앞서 김일성으로부터 격려를 받은 자이다. 월남 후 박헌영계의 공산당원과 접선하면서 대구지구의 국군 준비대 조직을 위해 활동하다가 그 단체가 해체되자 경비대에 들어오게 된 것이다. 그는 지식, 통솔력, 경력, 인격 등으로 부하 장병들의 존경을 한 몸에 받았으므로 하등의 의심도 받지 않고 공산당 세포조직을 군대 내에서 할 수 있었다. 그러나 제15연대장으로 부임하고 난 뒤에는 이제 막 창설된 연대인 까닭에 인적 사항을 파악하기 곤란하여 세포조직이 어려웠던 것이 아닌가 한다. 그는 마산에서 부대가 출동할 당시에 반란군 진압을 위해 떠나는 마당에서도 중대장들에게조차 출동의 목적을 알리지 않고 일체 훈시도 없었을 뿐 아니라, 실탄을 분배하지도 않았다. 하동에서 광양으로 출발할 때 제2중대장이 "왜 실탄을 주지 않느냐?"고 항의하자 그때야 실탄을 분배했다. 이러한 행동으로 미루어 기회가 있기만 하면 반란군에 합류하려는 그의 마음을 알 수가 있다. 그런데 장병들이 반란군을 상대로 적극적으로 싸우는 것을 보고는 자칫 잘못하다간 자신이 사살당할 지 모른다고 생각한 나머지 자기 자신만이 반란군에 합류한 것이라고 판단할 수밖에 없다. 그가 포로가 될 당시 차량을 철수시키러 갔는데, 이는 연대장으로서 취할 행동이 아니었던 것이다.

한편 김종석은 표면적으로 열렬한 우익적인 발언과 행동을 했으나 이는 그의 좌익사상과 정체를 은폐하기 위한 수단이었다. 그는 해방 후 범람한 공산주의 서적을 탐독하여 이론적으로 공산주의를 신봉하게 되고 남로당의 김삼룡계와 접선하고 있었다. 경비대에 입대하여 대구 제6연대에 부임해선 연대 내에 세포를 조직하고 최남근의 행동을 관찰한 끝에 서로 의사가 통하게 되었다. 김종석이 전출할 무렵엔 최남근이 김종석을 사상적으로나 인간적으로 존경하게 되어 있었고, 김종석 또한 최남근을 사상적인 동지로서 굳게 믿고 있었다.……

결국 이주하의 분노는 대한민국이 풀어준 셈이 되었다. 최남근은 군대 내에서 인간적인 동정을 받았지만 군법회의에서 사형을 선고받고 1949년 5월 26일 14시 수원 산록(山麓)에서 총살형을 당했다.

군대가 전국적으로 봉기하여 혁명의 기운을 만들게 될지 모른다는 남로당의 기대는 거품처럼 사라지고, 반란군은 지리산에 몰려들어 독안에 든 쥐처럼 되어버렸다. 이에 앞서 순천과 여수지구의 탈환전을 기록해둘 필요가 있다. 남로당으로선 불후의 투쟁기록으로 보존하고 싶었을 것이었기 때문이다. 순천 탈환작전에 참가한 부대는 제3연대, 제4연대, 그리고 제12연대이다. 군산을 떠난 제12연대가 광주에 도착한 것은 20일. 부연대장 백인엽 소령은 출동부대를 앞에 두고 다음과 같은 훈시를 했다.

"지금부터 반란군을 진압하러 출동한다. 이 가운데 사상적으로 배치되는 자가 있으면 나와라. 신원을 보장해서 부대로 돌려보내겠다."

그러나 한 사람도 나오지 않았다.

"그럼 좋다. 우리는 합심일체 되어 반란군을 진압 소탕한다. 명령에 복종하지 않으면 가만 안 둔다."

백인엽이 눈을 부릅뜨고 외쳤다. 제12연대가 학구에 도착했을 때 거기에선 제3연대, 4연대 선발부대가 반란군과 교전하고 있었다. 제12연대가 이에 가세했다. 반란군의 일부가 투항하고 주력은 광양 방면으로 퇴각했다. 학구를 장악하자 제4연대는 그곳을 계속 확보하기로 하고, 제12연대의 주력부대로 제3연대의 일부 병력은 순천으로 진격하여, 하오 4시경 순천 외곽에서 반란군과 접전했다.

순천과 광양으로 갈라지는 삼거리, 즉 강청리에서 제12연대는 순천 시가를 반분하는 동천(東川)을 경계로 하여 제2대대는 봉화산 하단으로, 제3대대는 가곡동 고지, 난봉산 고지로 진출하고, 제3연대 제2대대는 엄호 역할을 맡아 외곽고지를 차단하면서 전진했다. 반란군은 제4연대의 1개 중대가 그들에 합류하였고, 후속부대인 제4연대 내엔 그들에게 동조할 좌익분자가 적잖게 있을 것으로 짐작하고, 학구 방면에서 남하하는 병력을 그들의 편으로 알고 경계를 허술히 하고 있었다. 그러던 차에 1개 대대 병력이 양쪽에서 공격해오자 그제야 당황하여 반란군이 응전했다. 반란군도 2개 대대의 병력이었기 때문에 그 저항은 완강했다.

제12연대 제3대대 9중대는 동천강을 끼고 순천농업학교까지 돌입했다가 포위를 당했는데, 대부분이 신병들이라 겁을 먹고 모두 숨어버렸다. 이것을 보고 있던 여단장 김백일 대령이 9중대장 송 중위를 보고 5명씩 10개 조를 편성하여 적진의 중앙을 돌파하라고 했다. 송 중위는 즉각 대원들을 재편성하여 선두에서 돌격을 지휘하여 도리어 반란군 1개 소대를 포위했지만, 주위 일대엔 반란군 1개 중대 이상이 하천을 끼고 방어하고 있었기 때문에 안전지대로 후퇴하고 말았다. 송 중위는 상호 거리 30미터를 두고 협상을 제의했다.

"우선 사격을 중지하고 쌍방에서 3명씩 대표를 내어 협상하자. 우리들끼리 피 흘리며 싸우는 건 무의미하지 않은가? 의논하면 싸우지 않고도 해결할 수 있는 좋은 방법이 있을 것이다."

사격은 중지되었으나 대표는 나오지 않았다. 송 중위는 계속 외쳐댔다.

"지금도 늦지 않다. 나라와 군대에 반역하지 말고 항복하라. 그럼 관대하게 용서받을 수 있다."

이때 제5여단의 작전참모 위대선 소령이 뛰어들어 "나는 여단 작전참모이다. 내 말을 듣고 항복하라."고 소리를 질렀다. 그런데 반란군들은 도리어 "우리한테 와서 항복하라."고 반발했다. 상황이 이렇게 되자 위 소령은 송 중위에게 돌격 명령을 내렸다. 일순 송 중위는 적진에 돌격을 감행했는데 뒤따르는 자가 불과 몇 명이었다. 당황한 송 중위는 엉겁결에 반란군을 향해 "차렷!"하고 호령을 하고 "너희들은 완전 포위되었다. 모두 총을 버리고 항복하라."고 외쳤다. 반란군은 도깨비에 홀린 듯 총을 버리고 항복했다. 그 수는 무려 1백87명이었다.

제12연대 제2대대장 김희준 대위는 제5중대를 야산으로 올려 보내 도로로 진격하는 중대를 엄호하라고 명령했는데, 어떻게 된 셈인지 제5중대는 진격을 못하고 있었다. 대대장이 예비중대를 투입했는데도 진척이 없었다. 제5중대장 김응록 중위가 공격이 좌절되었으니 대대장이 와서 수습해달라는 요청을 해왔다. 대대장은 본부 요원을 데리고 야산 쪽으로 전진했다. 기관총 사격이 심하여 포복으로 겨우 야산 밑까지 도달했지만 수 명의 부상자가 났다. 이때 5중대장이 발을 삐어 대원들에게 업혀 산에서 내려왔다. 대대장은 김한주 중위에게 제5중대를 지휘하도록 했다. 나중에 안 일인데 제5중대장 김응록은 고의로 작전을 기피하고, 수습해달라고 대대장을 유인해놓고 기관총 사격을 가한 것이었다.

이윽고 반란군의 주력은 퇴각하였는데, 지방 민간 반란자들과 학생들의 저항이 무모하고도 완강했다. 반란군과 민간 반란자들의 만행이 워낙 처참했기 때문에 진압군의 감정 또한 격화되어 있었다. 그리하여 저항한다고 보이면 대부분 총살해버렸다. 어린 남녀 중학생들이 카빈총을 들고 게릴라전을 했다.

"국군 아저씨, 우리 집에 와서 물 잡숫고 가세요."하고서 골목으로 유인하면 숨어 있던 자들이 사격을 하는 등 지능적인 수단을 쓰기도 했다. 나이가 어린데도 그들의 오장육부가 붉은 사상에 감염된 탓일까? 총부리 앞에 쓰러지면서도 인민공화국 만세를 불렀다. 진압군의 감정도 그런 만큼 에스컬레이트 되었다.

22일 밤엔 전투사령부가 기습 아닌 기습을 당하였다. 사령부는 승주 군청에 있었는데 헌병보초가 너무나 긴장하여 담을 넘어가는 고양이를 폭도로 착각하고 사격한 것이 도화선이 되어 경찰서와 군청 등에 배치되어 있는 우군들끼리 새벽 4시까지 사격전을 전개한 촌막극 같은 것을 연출하기도 했다. 순천을 점령한 전투사령부는 22일 제4연대의 일부 병력을 광양에 파견하여 적정을 살피도록 했다. 학구 방면의 터널을 경비 중이던 제4연대의 1개 중대가 이 임무를 맡았다. 제1소대장 문중섭 소위와 제4소대가 선발되었다.

야간작전이 처음인 대원들은 공포감에 사로잡혀 전진하질 못했다. 소대장은 전진하며 정신훈화를 하고 수시로 정지해선 동태를 살폈다. 언제 누가 반역행동을 할지 몰라 작전의 목표보다 대원들의 행동에 소대장의 신경은 집중되었다. 제4소대장은 "소대장은 소대를 위한 소대장이기 때문에 좌익 우익을 논하지 않는다. 너희들의 의사를 존중하겠다."면서 광양읍 2백 미터까지 와서 확인했을 때엔 대부분의 대원들이 탈주하고 4, 5명이 남아 있을 뿐이었다. 문 소위가 제4소대장에게 부하들이 행방불명되었으니 나의 소대와 같이 행동하자고 했으나 그는 말없이 다른 곳으로 가버렸다.

문 소위는 자기 소대만을 지휘하고 광양읍으로 들어갔다. 주요 건물과 집집마다에 인공기가 꽂혀 있었다. 문 소위는 반란군이 점거하고 있는 군청과 경찰서를 2개 반으로 나누어 공격을 개시했다. 교전 몇 분 만에 4, 5명의 부상자가 발생하자 대원들은 그때부터 적극적인 공격을 하게 되었는데, 어느새 후방으로 민간 반란자들이 죽창과 막대기에 일본군의 대검을 달고 육박해왔다. 문 소위는 사격으로 위협하여 15세 이상의 남녀는 모조리 체포하여 집결시켰다. 그런데 그들은 문 소위의 소대를 반란군으로 오인하고 "인민공화국 만세!"를 불렀다. 경찰서와 군청을 소탕하여 반란군 20여 명을 포로로 했다. 여기서 반란군과 민간 반란자들이 작성한 서류를 압수하였다. 그것은 보안대, 행동대, 유격대, 인민위원회, 암살자, 자위대 등의 명부와 불온 삐라였다. 이 명부를 가지고 반란자들을 체포해둔 광장에 가서 7, 8명의 반란자 간부를 색출하여 즉결처분했다.

오후에 문 소위는 병력을 광양 외곽으로 철수시킨 후 자신은 작전보고 차 순천으로 갔다. 24일 아침 장갑차의 지원을 얻어 광양에 돌아와선 압수한 문서에 의해 반란자들을 색출하여 즉결 처분하고, 용의자들은 우익인사의 협조 하에 체포하여 구속했다. 문 소위의 1개 소대에 의해 광양은 완전 탈환되었다. 사살된 반란군은 약 80명가량이었고 포로가 약 60명이었다.

김희준 대위의 제12연대 제2대대는 23일 광양으로 차량 행진을 하던 도중, 인공기와 플래카드를 들고 순천 방면으로 오는 수백 명의 대열과 만났다. 그들은 김희준 대위의 부대를 반란군인줄 알고 "인민공화국 만세!"를 부르며 "동무들 수고하십니다."라고 했다. 이들은 순천에 있을 인민대회에 참가하기 위해 간다며 방명록과 함께 성금까지 내놓았다. 어리석은 촌민들은 어쩔 수가 없었다. 그들은 반란군이 선전한 말을 그대로 믿고 인민대회에 참가할 작정으로 나선 것이었다. 김 대위는 주동자를 색출하여 호통을 치고 나머지 어리석은 촌민들에겐 "앞으론 어떤 선동에도 속지 말라."고 일러 돌려보냈다.

24일 여수탈환의 작전이 개시되었다. 전투사령관 송호성 준장이 진두에 서서 여수를 향해 진격했다. 반란군은 미평(美坪) 북방의 교량 일대에 포진하여 완강하게 저항하는 바람에 더 이상 전진할 수 없었다. 반란군의 사격으로 송호성 사령관은 자동차에서 떨어져 허리를 다치고 고막을 상하여 순천으로 후송되었다.

반란 근거지인 여수가 반란 발생 이래 6일간이나 방치되어 있었다는 것은 국제, 국내적으로 중대한 일이었다. 육군부대는 순천에서 남하하여 미평에 집결하고, 7척의 경비정과 부산 제5연대의 1개 대대병력이 적진 상륙하여, 해륙 양면에서 공격하기로 했다. 제12연대의 2개 대대는 시가 동쪽을 담당하고, 제3연대 1개 대대는 엄호부대로서 종고산을 점령하기로 하고, 제2연대의 일부 병력은 예비대로서 해안 방면을 경계하면서 시가지로 진격하도록 계획이 짜여졌다. 반란군의 주력은 24일 야음을 이용하여 여수에서 탈출하기 시작하였고, 25일엔 앞으로 닥쳐올 반란군과 진압군의 전화를 모면하기 위해 시민들이 안전지대로 대피하는 소동이 벌어졌다.

26일 오후 3시 구봉산, 장군산, 종고산을 진압군이 점령했다. 시가지에 대한 박격포의 공격이 시작되었다. 백인엽 소령은 장갑차를 타고 시내로 돌입하여 민가와 시민들을 닥치는 대로 수색했다. 제12연대 제2대대는 서국민학교를 점령하고 이곳에 시민들을 집결시켰다. 반란군의 주력은 사실상 빠져나갔고, 해상 탈출을 기도하던 선박들은 해안 경비대의 봉쇄를 뚫지 못했다. 시내엔 민간 반란자들과 남녀 학생들이 날뛰고 있을 뿐 조직적인 저항은 거의 없었다.

함병선 소령이 박도경 중위와 함께 신항 부두 쪽을 진격하고 있을 때 99식 소총을 가진 남녀 학생들의 저항에 부딪쳤다. 함 소령은 과감하게 지프차로 달리면서 사격하여 여학생 약 1백 명을 사로잡아 무장을 해제시켰다. 부두 방면의 저항은 치열했다. 신항 앞바다에선 제5연대를 실은 LST가 상륙을 기도하고 있었다. 27일 공격을 재개하여 시가 소탕전에 들어갔다. 제5연대 1개 대대는 신항에서 상륙을 기도했으나, 반란군의 저항을 받고 일시 후퇴했다. 제5연대는 LST 위에서 81밀리 박격포를 쏘았는데, 그 때문에 엉뚱하게도 제12연대의 제5중대장과 씨름선수 안성수 하사가 그 총탄을 맞고 죽었다.

도처에 화재가 났다. 국군의 진입과 더불어 지하에 숨어 있던 생존 경찰관, 청년단원, 관공서원들이 나와 그들 자신이 반란자들의 적발에 나섰다. 여수에 머물고 있던 제14연대 부연대장 이희권 소령은 숨어 있던 수챗구멍에서 나왔다. 송석하 소령의 제3연대 1개 대대는 중고산 방면에서 시가지로 들어왔는데, 여학생들이 환영을 가장하여 국군을 사살한 몇 건의 사건이 있었다. 함 소령이 1개 소대 병력으로 여수여중을 수색한 결과 여수반란의 민간 총지휘자가 그 학교 교장인 송욱(宋郁)이란 사실을 알았다.

진압군 본부를 여천군청에 설치하고 헌병대와 수도경찰대는 중앙국민학교를 본거로 하여 반란자들을 적발 처단했다. 제5연대 대대장 김종원 대위는 일본도로 직접 참수 처분하기도 했다. 여수의 치안이 완전히 회복된 뒤에도 반란자들의 처단은 상당 시일 계속되었다. 혼란과 무질서를 타고 군경부대에 의해 무고한 양민들이 적지 않게 희생되었다.

좌익들이 얼마나 무자비했는가? 군경이 한 짓이 얼마나 무자비했는가? 사건의 현장과는 아득히 먼 서울의 다방에서도 여수, 순천의 소식이 흘러들어올 때마다 낮은 소리로, 혹은 공공연하게 큰소리로 토론이 벌어지고는 했는데, 그런 좌석의 옆에 앉아 있을 때면 박갑동은 얼굴을 들 수 없었다.

군대와 경찰이 한 짓이 무자비한 것이라면 결국 그것은 좌익들의 무자비한 짓이 유발한 것이 아닌가? 그렇다면 참극의 원인은 남로당에 있다고 해야 옳을 것이 아닌가? 허전하기 이를 데 없어 박갑동은 전옥희의 행방을 찾았지만 알 수가 없었다. 과연 그녀의 입에서 어떤 말이 나올지 그것도 궁금했다. 그러나 비극은 아직도 끝나지 않을 것이었다. 전남의 산하에선 혈투가 계속되고 있었다. 그 지방에서 반공가(反共歌)가 생겨났다는 편지와 함께 적혀 온 가사는 이러했다.

「보아라 북한의 암담한 하늘을 / 보아라 전남의 참담한 산하를 / 진리를 찬탈한 적구의 정체여 / 아아 거기에 정의가 있는가 / 아니다. 모략이다 가면을 벗겨라」

제24장
역풍(逆風)

지리산으로 들어간 이현상이 본격적인 보고서를 당 중앙에 제출한 것은 1949년 1월이었다. 보고서에 기재된 일자는 1949년 1월 1일이었고, 김삼룡이 그것을 받은 것은 1월 15일이었다. 이현상은 김지회와 홍순석의 작전활동을 구체적으로 기록하고, '천재적인 전술가', '영웅적 투사'란 칭찬을 아끼지 않았다. 이현상은 보고서 말미에 자기의 참고의견을 첨부하였는데, 그 내용은 다음과 같았다.

"남조선 혁명의 기지로서 지리산은 극히 중요하다. 그러므로 이 기지를 확대하기 위해서 당은 최대 최선의 노력을 경주해야 할 것이다. 동시에 태백산, 소백산 등 동해 지구의 산악에도 지리산과 같은 기지를 설치할 필요가 있고, 부안, 순창 등 서해 지구의 산악에도 이와 같은 구상을 할 필요가 있다.

각지에 야산대를 육성하는 데엔 이러한 기지가 절대 필요하다. 남조선 단정 하의 당 활동은 이러한 방식을 통할 수밖에 없다. 물론 도시 게릴라의 중요성을 무시하는 것은 아니다. 도시 게릴라의 강화도 지리산 같은 기지가 있기 때문에 효과적일 수 있는 것이다. 가급적 당원을 많이 포섭해서 파르티잔 예비 세력을 만들어야 한다. 입산을 권유하는 선전 선동이 필요하다. 유명하고 역량 있는 당원으로 문화공작대를 만들어 가급적 빨리 지리산에 보내주길 바란다. 재산(在山) 파르티잔의 사기를 돋우고 인접한 지역의 인민들을 문화적으로 계몽시켜 우리의 심파로 삼기 위해서 문화공작 활동 이상이 없다고 생각하기 때문이다.

많은 의료 관계 당원들의 확보가 시급하다. 의사도 필요하고 간호원도 필요하고 의약품도 필요하다. 동상(凍傷) 기타 구급에 필요한 약을 캄파를 통해서 모아 보내주길 바란다. 평양의 위원장에게 장차 본격적인 무기원조를 요구할지 모르니 미리 다량의 무기를 확보하도록 요청해두길 바란다. 식량, 피복 등은 현지에서 조달할 수밖에 없으나 무한정 그렇게만 하고 있을 수 없으니 자금이 필요하다. 자금은 다다익선이므로 무슨 방도를 강구하더라도 항구적인 자금 루트를 만들어야겠고 당 중앙의 원조가 절실히 요망된다.……"

이 마지막 부분에 가서 김삼룡은 상을 찌푸렸다.

"이 사람, 중앙당의 사정을 뻔히 알면서 무슨 소릴 하는 건가? 최소한의 연락비가 없어서 쩔쩔매는 판인데."

아닌 게 아니라 당 중앙의 재정 상태는 극도로 악화되어 있었다. 우선 당 요원들의 생활비가 궁핍한 상황이었다. 탄압 하의 지하당 운동은 자금 없인 불가능한 것이다. 돈이 없으면 기동력이 둔화되고, 긴박했을 경우엔 매수공작도 필요한 것인데 돈이 없으면 그런 일을 엄두도 내지 못한다.

그러나 이현상의 보고는 경솔하게 다룰 문제가 아니었다. 김삼룡이 즉각 간부회의를 소집했다. 지리산을 남조선 혁명의 기지로 한다는데 의견의 일치를 보았고, 다른 지역에 기지를 설치하는 문제에 대해선 당분간 사태의 추이를 보아가면서 결정하기로 하고 당해 지구의 자연 발생적인 기지화를 도운다는 정도에서 그 이상의 문제는 보류하기로 했다.

파르티잔 요원을 위한 당원 포섭사업을 적극적으로 추진하되 현재 각 지구당이 거의 궤멸되어 있어서, 우선 산일(散逸)된 지하당원을 독려하여 입산시키도록 하는 방침을 정했다. 그리고 지구당 재건에 전력을 집중하도록 했다. 의약품의 보급 문제는 계통을 세워 계획할 수가 없으므로 지리산 주변의 지하당원 또는 성과에 의존할 수밖에 없다는 결정도 있었다. 그런데 박갑동에게 주어진 과업이 엄청났다. 문화공작대를 구성하는 임무가 맡겨진 것이었다. 선전활동 부문을 맡은 책임자이고 보니 당연히 맡아야 할 일이긴 하였으나, 파르티잔 투쟁의 장래에 대해선 다소 회의적인 박갑동의 마음은 무거웠다. 그러나 당의 명령엔 거역할 수가 없었다.

그날의 회의에서 가장 중요한 것은 앞으로의 당 사업을 산악지대 파르티잔 투쟁과 도시 게릴라 활동으로 이원화하되 중점을 산악지대에 둔다는 데 있었다. 산악지대 파르티잔의 세력을 확대 강화함으로써 도시게릴라의 활동도 활성화한다는 것이었는데, 그 구체적 계획은 모호할 수밖에 없었다. 결국 회의는 원점으로 돌아가 궤멸된 각 지구당을 어떻게 재건하느냐 하는 문제가 토의되었다. 가장 절실한 문제는 당원의 당성을 판별하는 일이었다. 기왕의 당원이라고 해서 무작정 신뢰할 수 없었기 때문이다. 예컨대 남로당 서울시당 부위원장이 경찰 사찰분실장이라고 하는 현상이 눈앞에 있었던 것이었다.

문화공작대 구성의 임무를 맡은 박갑동은 문화 전술에서 고문 역할을 맡고 있는 김태준(金台俊)을 만나보기로 했다. 김태준은 유명한 국문학자이며 일정 때 연안(延安)으로 가서 해방 직후 돌아온 사람이었다. 가급적이면 그런 인물은 온존하는 게 당의 방침이었지만 정세가 그렇게 허락하지 않았던 것이었다. 김태준의 누상동 아지트를 찾아내는 데 이틀이 걸렸다. 누상동 아지트는 김태준의 제자 집이었다. 그 제자는 군정청의 관리였다가 정부가 수립되고 난 후엔 어느 미군 기관에 근무하고 있었던 관계로 그의 집은 감시권 밖에 있었다. 구식 한옥의 골방에서 책을 읽고 있던 김태준은 당에서 찾아온 사람이 박갑동이란 것을 알자 활짝 얼굴을 펴고 반겼다.

"박군이 이종택이었던가? 나는 이종택이란 사람이 찾아온다고 하기에 무슨 일인가 했지."

김태준은 초라한 방석을 권하고 화로의 주전자를 들어 차를 권하고 나더니 대뜸 "요즘 당 사정이 어떤가?"하고 물었다. 김태준의 질문엔 정직하게 답하지 않을 수 없었다. 그런데 박갑동이 놀란 것은 김태준이 지리산 파르티잔의 성공을 전적으로 믿고 있다는 사실이었다. "결국 공산혁명은 파르티잔 투쟁에 의해 성취될 수밖에 없다."며 김태준은 중공의 예를 장황하게 들먹이고 나서 "정치협상으로 혁명을 하려고 했으니 그게 될 말이기라도 한가?"하고 해방 직후의 공산당 전술을 날카롭게 비판했다.

"한국의 보수 세력을 얕잡아 보는 건 금물이야. 한국의 보수 세력은 끈덕진 기회주의 근성에 결부되어 있어요. 그런데 그 기회주의 근성은 진보적 세력과는 좀처럼 결부되지 않아. 기회주의 근성은 민족의 고질이야. 이게 바로 사대주의 사상의 바탕 아닌가? 우리 민족이 정신을 차리려면 좀 더 큰 시련에 시달려야 해. 민족의 간부가 양성되어 그들이 민족을 이끌어나가야 하는데, 파르티잔 투쟁으로 인해 쟁취될 승리도 물론 큰 보람이지만, 긴 안목으로 볼 땐 민족의 간부를 양성한다는 의미에 더욱 큰 웨이트가 있는 것이야."

김태준은 이렇게 웅변하기도 했는데, 박갑동은 그가 자주 들먹이는 민족의 개념에 대해 살큼 궁금증을 느꼈다.

"선생님은 민족을 내세우시는데, 인민과 민족을 어떻게 구별하고 계십니까?"

"민족은 곧 인민 아닌가? 내가 굳이 민족이란 말을 쓰는 것은 조선 인민은 조선 인민으로서의 주체성을 가져야한다는 것을 강조하기 때문이오. 공산주의라고 해서 그저 보편적인 것만은 아니거든. 원칙은 공산주의지만 실천은 조선적이어야 할 것 아닌가? 우리에게 필요한 건 조선의 공산주의야. 중국의 공산주의도 아니고 소련의 공산주의도 아닌, 우리의 공산주의지. 그러니 내가 쓰는 민족이란 말은 케케묵은 민족주의자들이 쓰는 말과는 전혀 달라. 민족의 에센스는 인민이거든. 민족반역자, 부패한 지주, 악랄한 자본가들이 민족일 수 없지 않은가? 내가 쓰는 민족이란 말은 바로 조선 인민이란 말일세."

"선생님의 말씀에 저도 전적으로 동감입니다."

이렇게 해놓고 박갑동은 이런 사상을 가진 어른이 북조선에 있어야겠다는 생각을 얼핏 해보았다. 북조선에선 좋은 뜻에서의 민족적 개념이 없어지고 경박한 인민의 개념이 미만하고 있다는 느낌을 가지고 있었기 때문이다. 그래서 오늘 김태준을 방문한 목적과는 전혀 이탈된 말을 했다.

"선생님은 북조선에 가 계시는 게 좋을 듯 싶은데요."

"그건 왜?"

김태준의 얼굴에 놀란 빛이 있었다.

"선생님 같은 분은 안전지대에 모셔야 할 것 같아서요."

"박군, 무슨 소리를 그렇게 하는가? 나는 내 일신의 안전은 바라지 않네. 오직 혁명을 바랄 뿐이야. 그러기 위해선 나도 투사로서 행동해야겠어. 은둔생활에 들어가긴 아직 일러."

"선생님의 은둔을 바라고 드린 말씀이 아니고, 오래오래 사시며 혁명을 지도하셔야 한다는 뜻으로 드린 말씀입니다. 북쪽의 노선이 너무나 소련 일변도로 되는 것 같아 선생님이 북쪽에 계셨으면 하는 겁니다."

"내가 북조선에 간다고 소련 일변도가 고쳐질 거라고 생각해? 그 그릇된 노선을 고치기 위해서도 남조선의 파르티잔 투쟁이 성공해야 하는 거야. 셀프 메이드(자주적으로 단련)된 민족의 간부가 대량으로 배출되었을 때 우리 조선의 혁명이 완수될 것이 아닌가? 이론으로써, 토론으로써, 황차 분파운동으로써 될 일이 아니오. 파르티잔의 승리를 통해서만이 가능한 일이오. 우리 힘으로 남조선을 해방시켰을 때 우리의 공산주의 혁명을 성공시킬 수 있는 거요."하고 김태준은 다시 중공의 예를 들었다. 중공은 자기들의 투쟁을 통해 오늘을 만들었기 때문에 비로소 그들의 혁명을 완수할 수 있게 되어 있다는 것이었다.

"선생님은 중공이 중국을 통일할 수 있다고 믿고 계십니까?"

박갑동은 모택동이 국민당 정부에 대해 화평 8개조를 제시했다는 것과, 그것을 장개석이 수락하지 않을 것이란 신문 기사를 읽고 있었기 때문에 한 질문이었다.

"중공은 중국을 통일한다. 시기의 조만(早晩)은 있을지 모르지만 기필코 그렇게 된다."

김태준이 힘주어 말했다.

"그처럼 간단하게 될까요? 혹시 연립정부면 몰라도."

박갑동의 솔직한 의견이었다.

"두고 보게나. 중공의 일방적 승리로 끝날 것이니까. 왜 그렇게 되는가? 중공은 셀프 메이드된 당이기 때문이야. 소련의 도움으로 된 조직이 아니기 때문이야. 만일 중공이 소련의 도움으로 된 당이고 조직이면 미국은 끝끝내 장개석을 도울 테지만, 그렇지 않으니까 미국은 불원 중국에서 손을 떼게 돼. 미국이 손을 떼는 날이 중공이 승리하는 날이지."

신념으로써 하는 말을 의견으로써 반박할 순 없었다. 박갑동은 잠자코 있을 수밖에 없었다.

"그런데 무슨 말인가? 당이 박군을 내게 보낸 목적이 뭔가?"

김태준의 질문에 이어서 박갑동은 며칠 전 있었던 간부회의의 결정을 전하고 "문화공작대를 만드는 데 선생님의 교시를 받고 싶어서 왔습니다."라고 했다.

"그것 좋은 안이군. 파르티잔 투쟁의 일환으로 문화공작대는 필수적인 거야. 파르티잔의 사기를 돋우고, 그 사명감을 주입하고, 인근 주민들을 파르티잔의 둘레에 모으기도 하고……."

이렇게 김태준은 열렬한 지지를 표명했다.

"그 구성을 대강 어떻게 했으면 좋겠습니까?"

"시인, 소설가, 평론가, 음악가, 연극인, 무용가, 화가, 즉 예술의 각 분야를 망라하는 게 좋을 건데……."

"너무 규모가 크면 행동하기가 곤란하지 않겠습니까?"

"너무 커서도 안 되겠지. 비전투원의 수가 많으면 전투원의 부담이 커질 테니까."

"선생님이 인선을 하신다면 대강 누가 좋겠습니까? 책임자로서 말입니다. 대원은 그 책임자가 선택하기로 하구요."

"박군."하고 불렀다.

"예."

"만일 내가 가겠다고 하면 어떨까? 당이 반대할까?"

너무나 뜻밖의 말이어서 박갑동이 어리둥절했다. 얼른 말이 나오지 않았다.

"당이 반대할까?"

김태준이 다시 한 번 물었다.

"천만의 말씀입니다. 왜 당이 반대하겠습니까? 그러나 선생님이 직접 나선다는 것은 무리가 아닐까요? 나이로 보나 체력으로 보나."

"내 나이는 아직 50 안팎일세. 건강도 양호해. 게다가 나는 이 골방 생활을 견딜 수가 없어. 바람을 쐬고 싶어. 산과 들을 달려보고 싶어."

"그러나 선생님은……."

"그러나 어떻단 말인가?"

"당에서 길이 보전해야 할 어른이니."

"쓸데없는 소리 말게. 나는 골동품 되긴 싫네. 내 가슴엔 뜨거운 피가 흐르고 있어. 문화공작대 말고라도 나는 파르티잔으로서 활약할 수 있는 정열과 체력이 있어. 돌아가서 의논해보게. 꼭 내가 문화공작대에 끼일 수 있도록 주선해주게."

박갑동은 그렇게 해보겠노라는 대답을 하지 않을 수 없는 궁지에 몰렸다. 그리고 물었다.

"만일 선생님이 가시게 된다면 누구누구를 데리고 갈 작정입니까?"

"그걸 당장 어떻게 말할 수 있겠나? 연예인이라도 당성이 강한 연예인이라야 할 텐데 별로 아는 사람도 없구. 데리고 가고 싶은 사람이 꼭 하나 있어. 본인이 승낙한다면."

"그게 누굽니까?"

"유진오 군일세."

"유진오라면 시인 유진오 말입니까?"

"물론이다. 열혈 시인 유진오가 문화공작대에 참가한다면 금상첨화가 될 거라."

"선생님의 의사를 당에 보고하고 유진오 씨와 기타 연예인의 문제는 문련(文聯)의 간부들과 의논해보겠습니다."하고 박갑동이 일어섰다. "전송하진 못하겠네."하며 일어서서 김태준은 "내가 내 몫을 할 수 있도록 당에 잘 부탁해 주게."하고 박갑동의 손을 꼬옥 잡았다.

박갑동의 보고를 받자 김삼룡은 "역시 김태준 선생이군."하고 문화공작대의 조직을 서둘라고 독려했다. 문련, 즉 문화단체총연맹의 간부와 김태준과의 연석회의가 있었고, 유진오와의 절충도 타결을 보았다. 그렇게 하여 김태준, 유진오를 근간으로 하여 구성된 15명의 문화공작대가 지리산으로 떠났다.

박갑동은 그들을 떠나보낼 때 자금 염출을 위해 무진 고생을 했다. 간부들이 도망 다니는 바람에 문련의 재원은 바닥이 나 있었고 당 역시 간부들의 교통비가 옹색할 지경이었는데, 1백만 원 가까운 돈을 마련하자니 진땀이 빠졌다. 파르티잔들을 위문하는 목적이 있었고 보니 최저한도의 자체 경비 이외에 약간의 위문품을 준비하느라고 1백만 원 가까운 돈이 필요했던 것이었다. 기왕의 심파는 찾을 길이 없어 박갑동은 친척, 또는 당 외의 친지들을 찾아가서 기만 원씩을 모아 그 필요액을 채웠다. 그리고 깨달은 바가 있었다. 당 사업에서 가장 어려운 게 자금을 모으는 일이란 것을…….

한편 자금 모으는 일의 난이(難易)로써 당의 위신, 당의 실력을 측정할 수 있다는 것도 알았다. 한때 당의 위력이 강했을 땐 자금 같은 것은 걱정하지 않아도 좋았다. 어디서 나오는 것인지도 모르게 빳빳한 신권으로 필요에 따라 돈이 쏟아져 나왔던 것이었다. 적어도 당 중앙만은 돈 걱정하지 않아도 되었다. 그런데 당의 위세가 줄어듦에 따라서 자금 사정이 극도로 나빠졌다. 딴 이유에서가 아니라 남로당은 자금의 고갈 때문에 자멸할 위기에 놓였다. 그런 만큼 문화공작대를 보내고 나니 태산 같은 짐을 벗은 홀가분한 기분이 되었다.

그런데 그 공작대가 떠난 지 1주일 후에 박갑동은 기겁할 만큼 놀랄 사실을 발견했다. 공작대를 지리산에까지 인도하는 역할을 맡은 우동규라는 사람이 돌아왔다. 그 복명(復命)을 박갑동이 받으라는 지시가 있어서 청진동 곰탕집에 지정된 시간에 나갔더니 그 우동규란 사람이 바로 박갑동의 고등학교 시절의 친구인 이현규였다. 두 사람은 그 기우에 놀라기도 하고 반기기도 했다. 이현규는 당 오르그로서 대전 지구에서 오랜 동안 활약하다가 정부 수립 후 당 중앙 군사부에 소환되어 각지의 연락책을 맡고 있었는데, 이번 문화공작대의 입산 책임을 지게 되었다는 것이었다.

그것만 해도 놀랄 일인데 식사가 끝난 후 이현규가 "이번 간 공작대원 가운데 자네를 잘 아는 여대생이 있더라."고 하며 "박갑숙이란 여대생을 아느냐?"고 했다. 박갑동은 공작대 명단에 그런 이름을 보고 자기 이름과 비슷하다는 생각을 얼핏 해본 기억이 있었다. 박갑동은 공작대의 구성을 김태준과 문련 책임자에게 전적으로 맡기고 김삼룡과 이주하의 인준을 받은 역할을 했을 뿐 구성원 전부를 만난 적이 없었다. 그런 뜻의 말을 했더니 이현규는 "자네가 그 여자를 모를 까닭이 없는데……."하고 고개를 갸웃했다.

"모르는 걸 어떡하나?"

만날 기회가 있다면 꼭 안부를 전해달라는 부탁이 있었다면서 이현규는 그 박갑숙이란 여자의 얼굴의 윤곽과 몸맵시를 그려 보이며 "난 그런 미녀를 나고 처음 봤다."고 했다. 박갑동은 순간 박갑숙이 전옥희의 변명이라는 느낌이 들었다.

"그래 그 여자는 무엇을 한 대? 문화공작대 대원이면 무슨 전문이 있을 것 아닌가?"

"기타를 한다고 했지, 아마?"

기타라고 듣고 박갑숙이 전옥희임이 틀림없다고 판단했다. 언젠가 전옥희와 그 친구들과 어울린 자리에서 어느 여자가 "저래 봬도 전옥희 씬 기타의 명수예요."하는 말을 들은 적이 있었던 것이다.

'전옥희가 지리산으로 들어갔다?'

도무지 믿어지지 않는 일이었지만 그 가능성을 전혀 배제할 수도 없었다. 긴가민가한 기분으로 며칠을 지내다가 공작대의 인선을 한 문련의 간부를 만날 기회가 있었다. "공작대원 가운데 박갑숙이란 여자가 있던데 연예인도 아닌 그녀가 어떻게 끼이게 되었소?"하고 물었다.

"아마 그 사람……."

문련의 간부는 곧 박갑숙을 기억해냈다.

"유진오 시인 있지 않소? 유진오 시인의 간청이었소. 그 여자를 끼우지 않으면 자기도 안 가겠다는 거예요. 아시다시피 김태준 선생은 유진오 씨를 꼭 데려가고 싶어 했고, 그런데 그 여자의 기타 솜씨가 보통이 아니더군요. 그 기타 갖고 보통의 가곡의 반주는 다 되겠어요. 그래서 끼워 넣은 거요. 본명은 전옥희라고 했지, 아마."

정열 시인 유진오와 정열의 여인 전옥희. 근사한 한 쌍의 애인이란 생각이 들었다. 놓쳐버린 꿈이란 상념이 아슴푸레 박갑동의 가슴에 서렸다. 유행가 문틀에 있듯 전옥희는 박갑동에게 '사랑해선 안 될 사랑'에 속하는 대상이었다. 그러기 때문에 언제나 불가근 불가원한 태도를 취해온 것이 아니었던가? 그런데도 가슴의 일각에 풍 뚫려 공동(空洞)이 생겼다. 그 공동을 2월의 차가운 바람이 회오리를 일으키며 지나갔다.

신문의 보도만으로도 파르티잔이 된 반란군 부대는 꽤 활발하게 움직이고 있었다. 남원을 습격했다. 구례를 습격했다. 제12연대의 하사관 교육대를 전원 납치해갔다. 12연대의 연대장이 반란군의 포위망에 걸려 자살했다 등등……. 그러나 박갑동이 보기엔 파르티잔의 세위는 줄어들어만 갔지 확대될 가망은 없었다. 한국 정부의 전 병력, 전 경찰력이 동원되어 있는데, 그것을 감당할 능력이 계속될 수 있을 것 같지 않았다.

국군의 다른 부대가 반란을 일으킬 것이란 기대는 날이 갈수록 무너져갔다. 당의 공작원은 군대에 접근할 수조차 없었다. 군대의 숙군 작업이 대대적인 진행되고 있었던 것이다. 숙군의 직접적인 동기가 된 것은 제주도에 주둔하고 있던 제11연대의 대대장 박진경 대령이 1948년 6월 18일 동 연대 소속의 문장길 중위가 조종하는 일당 4명의 좌익분자들에 의해 피살된 사건이었다. 그러나 군대 전반에 걸친 좌익계의 색출은 엄두도 내지 못했다. 대(大) 숙군의 결정적인 동기가 된 것은 여순 지구의 반란 사건이었다. 육군 본부 정보부 소속의 빈현철 대위가 지휘하는 조사반(이세호, 김창용, 박평래, 양인석, 이희영)은 대대적으로 군대 내의 좌익 색출에 착수했다. 그러나 그 규모나 진행 과정을 남로당이 알 순 없었다. 그 조사가 가혹하리만큼 엄격하다는 사실만을 알 수 있었을 뿐이었다.

2월 중순의 어느 날 박남수(朴楠洙)가 이중 삼중의 레뽀를 통해 박갑동에게 연락을 했다. 두 사람은 남산에서 만나기로 했다. 여간 중요한 일이 아닐 것 같아서 이편에서 주위를 살필 수가 있고 외인들의 눈은 가릴 수 있는 장소를 택한 것이었다. 박남수는 남로당에서 민주독립당에 파견한 프락치였다. 민주독립당의 당수는 벽초 홍명희였다. 박갑동과는 홍명희의 아들 홍기문(洪起文)을 매체로 하여 서로 친교가 있었다.

"중대한 정보요."

박남수는 자기의 이종 사촌이 육군본부 정보국에 있는데 그로부터 들은 얘기라며 "군대 내에서 줄잡아 5천 명 이상의 좌익분자를 색출해서 현재 구속 조사 중인데, 그 내용을 당에 보고하려고 해도 도대체 선이 잡히지 않아 박 동지에게만이라도 얘기하고 싶어서 찾았소."하고 말했다.

"구체적인 게 뭐 있소?"

박갑동이 물었다. 박남수가 가늘게 구겨진 종이를 꺼냈다.

"지금 색출된 주요 인물의 명단이 여기 있소. 빨리 당 중앙에 보고하여 이들과 관련 있는 공작원들을 피신시켜야 할 거요."

박갑동이 그 종이를 펴보려고 하자 "여기선 안 되오. 집에 가서 보시오."했다. 그리고 나서 박남수는 이렇게 말했다.

"당이 여순 사건을 일으킨 것이라면 참말로 큰 과오를 저지른 거요. 내 이종사촌의 말에 의하면 좌익분자는 물론이고 그 근처에 있는 사람들까지 모조리 제거할 작정이라고 합니다. 그렇게 되면 군대 내에서 당의 뿌리가 완전히 뽑혀버리는 것 아뇨? 그렇게 되면 어떻게 되겠소? 아무 소리 말고 당의 세력을 감추어 두었다가 북쪽과 호응해서 일시에 일어나면 그로써 대세가 결판나는 건데 말이오."

북쪽과 호응한다는 대목만 빼면 박남수의 의견이 곧 박갑동의 의견인 것이었다. 박남수는 얘기를 계속했다.

"무지무지한 고문을 한대요. 일단 걸려들기만 하면 자백을 하든지 죽어서 나오든지 할 밖에 없다는 거요. 그런데 도대체 당은 무슨 대책을 세우고 있습니까?"

"그건 군사부에서 할 일이라서 나는 전연 알 수가 없소."

"당에선 대강이라도 이런 사실을 알고 있는 건가요?"

"군사부엔 군을 대상으로 하는 공작원이 있을 것이니 대강은 알고 있겠지요."

"몇 번이나 되풀이하지만 여순 사건을 일으킨 사람은 결정적인 해당분자(害黨分子)요. 두고 보시오만 뒤에 크게 문제가 될 거요."

"덕택으로 파르티잔 투쟁이 활발하게 진행 중에 있지 않소? 당은 파르티잔 투쟁에 큰 기대를 걸고 있는 것 같소."

"턱도 없는 소리."하고 박남수는 흥분했다.

"지리산의 파르티잔이라고 해보았자 대국적으로 보면 어린애들의 숨바꼭질이오. 그 숨바꼭질하려고 군대 내에 심어놓은 다이너마이트를 미리 철거해버려요? 도대체 당의 전술 책임자가 누굽니까? 참말이지 당을 믿지 못하겠다는 생각이 하루에도 몇 번씩 솟곤 합니다."

"우리 흥분하지 맙시다. 일이란 될 대로 밖엔 안 되는 것이니까."

"박형은 속도 좋소. 나는 지금 민주독립당의 일을 보고 있지만 대세

돌아가는 꼴이 그렇고 보니 아무것도 손에 잡히지 않아요. 민주독립당의 내부와 향배가 어떻게 되었기로서니 그게 대세에 무슨 영향을 미칩니까? 홍명희 당수는 북쪽에 가버렸고 민주독립당은 껍데기만 남았어요. 나는 북쪽으로 가든지 다른 부서로 옮기든지 해야겠어요."

박갑동이 슬그머니 장난기가 생겼다.

"박남수 동무, 어떻소, 지리산에나 가볼 생각 없소?"

"박형 무슨 소릴 그렇게 합니까? 자멸할 게 뻔한 곳으로 뭣 하러 갑니까? 지리산 파르티잔은 불을 보고 달려드는 여름밤의 부나비 같은 것이오."

박남수의 말이 과히 어긋난 말은 아닌데도 박갑동이 발끈했다.

"박남수 씨, 말조심하시오. 파르티잔은 목숨을 내걸고 싸우고 있소. 결과야 누가 알겠소만 지금으로선 우리 당의 최고의 투사들이오. 그들을 모독하는 말을 하지 마시오."

"잘못했습니다. 숙군한다는 소식을 듣고 흥분한 탓입니다. 용서하시오."

"날보고 용서를 빌 것까진 없소. 당에 대해 갖가지 불만이 있겠지만 지금은 어쩔 수 없는 일 아니오? 이 상황 속에서 최선을 다해야지요."

"그렇습니다."하는 박남수의 말에 힘이 없었다. 박갑동은 이 사람도 멀지 않아 당을 떠날 사람이라고 느꼈다. 그래서 간단하게 연락할 방법이 없겠느냐고 한 박남수의 말이 있었지만 "이번에 한 연락 방법 그대로 외엔 달리 방법이 없소. 피차 몸조심해야 할 것 아니요?"하고 얼버무렸다. 박남수와 헤어져 비탈길을 내려가면서 박갑동은 그가 한 말이 귓전에서 떠나지 않았다.

"파르티잔은 불을 보고 덤비는 부나비와 같다."

참으로 그럴는지 몰랐다. 그렇다면 전옥희는 지리산 속에서 죽어 없어져야 할 운명이 아닌가? 김태준의 모습이 눈앞에 선했다. 달리 바깥에서 할 일도 없었다. 박갑동은 아지트로 돌아가자마자 아까 박남수로부터 받은 쪽지를 폈다. 그 쪽지에 다음과 같은 이름이 깨알처럼 나열되어 있었다.

최남근 중령, 조병건 소령, 김종석 중령, 오일균 소령, 최상빈 소령, 오규범 소령, 나학선 소령, 이상이 군사영어학교 출신이었고 육사 제1기생으로선 김학림 소령, 김창영 소령, 안영길 소령, 최창근 대위, 태용만 대위, 제2기생으로선 노재길 대위, 강우석 소령, 안홍만 대위, 최정호 대위, 유병철 대위, 황택림 대위, 표무원 소령, 최형모 소령, 남재묵 대위, 노완섭 대위, 강태무 소령, 김연 대위, 김보원 대위, 김병환 대위, 강용찬 중위, 김경회 중위. 그런데 제3기생은 김응록, 이기종, 정양, 김남조 중위를 비롯하여 60여 명의 이름이 기록되어 있었다.

그러나 박갑동은 제3기생 가운데 좌익이 그처럼 많다는 데 놀란 것은 아니었다. 그가 놀란 것은 명단에 제2기생인 강태무의 이름이 있었기 때문이었다. 강태무는 박갑동의 친구 동생이며 도쿄에 있었을 때 데리고 있었던 중학생이었다. 김구 선생의 추천장까지 받아 사관학교에 입학시켰을 때 박갑동은 누누이 부탁한 바가 있었다.

"어떻게 해서라도 좌익에 가담해선 안 된다. 자네는 극우의 사상을 가진, 대한민국의 모범사관이 되어 앞으로 국군의 총사령관이나 참모총장이 되어야 한다."

이렇게 말했을 때 박갑동에겐 나름대로의 꿈이 있었다. 강태무의 이름에 시선을 쏟으며 박갑동은 '아아'하고 신음했다. 가장 믿었던 사람에게 배신을 당한 것 같은 서글픔이었다.

제25장
피바람

체면(體面) 몰수, 인연(因緣) 몰수, 이유(理由) 몰수, 사정(事情) 몰수. 이를테면 계급의 고하도, 친교의 인연도, 어떤 이유도, 어떤 사정도 참작하지 않고 한 오라기라도 붉은 의혹이 있으면 가차 없이 처단한다는 단호한 방침 아래 숙군 작업은 진행되고 있었다.

"적색사상을 가진 자라고 하면 비록 대통령의 아들, 아니 대통령이라도 용서하지 않겠다."는 것이 숙군 담당자의 결의였다. 이렇게 숙군 작업은 가혹한 정도를 넘어 처참했다. 1만 명 이상의 장병이 이미 구속되었다는 말이 나돌고 총살당한 장병만도 5천 명이 넘는다는 풍문이 돌기도 했다. 남로당은 숙군 작업의 전모를 알 길이 없었으나 편편(片片)의 정보만으로서도 그 처참함을 추측하고 있었다.

'구금되어 있는 장병들을 구출할 방법이 없을까?' '군대 내의 우리 거점이 일소되는 상황을 보고만 있을 것인가?' '무슨 단호한 대책이 있

어야 되지 않겠는가?'

이런 문제를 걸고 몇 번이나 비상 중앙상위가 열렸지만 언제나 문제의 심각성을 통감할 뿐으로 해답을 얻지 못했다. 해답이 나타날 까닭도 없었다. 박갑동은 그런 회의를 고양이 목에 방울을 달자는 쥐새끼의 회의라고 보았다. 부질없이 시끄럽기만 한 회의!

"어떻게 만들어놓은 군대 내의 거점인데……."

"서툰 짓 하지 말고 우리 세력을 확대하는 공작만 하고 있었더라도……."

"저렇게 뿌리가 뽑히면 군대의 반동화는 필지의 사실인데……."

이렇게 전제만 있고 매듭이 없는 말들만 오가고 있다가 "누가 책임을 질 거냐?"는 말이 불쑥 나왔다간 이주하의 간벽(癎癖)이 서린 눈초리에 부딪치면 쑥 들어가 버렸다. 여순 반란사건은 국군을 결정적으로 우익화시키는 계기가 되고 말았으므로 그 사건을 획책한 사람은 마땅히 해당(害黨) 행위자로서 엄중한 문책을 받아야 할 것이지만, 그런 사정이 못 되는 것은 반란을 일으킨 당사자들이 지금 지리산에서 싸우고 있기 때문이었다. 숙군 대상자로서 검거된 장병 가운데 4천7백49명이 처형되었다는 것이 국군의 기록에 나타나 있다. 다음은 국군의 기록이다.

「여순 반란사건을 조사한 결과 좌익의 군내 계보가 밝혀졌다. 이 계보에 따라 전군에 걸쳐 각 부대별로 연루자들을 색출 구속하고 조사를 시작했다. 조사 방법은 증거주의가 아니고 고문으로 자백을 강요하는 방식이었다. 이러한 고문 결과 동기생이나 술친구를 끌어들이는 결과가 되기도 하여 무고한 장병들이 억울한 꼴을 당한 실례가 적지 않았다. 좌익계 조직책들은 조직 세포를 확대하기 위하여 만든 연명부에 포섭 대상자들의 이름을 나열하고 있었는데, 이들이 혐의를 풀기 위해선 심한 고문과 옥고를 견디어내야만 했다.

좌익 계열은 또한 군 내부를 조직적으로 파괴하기 위하여 남조선경비대 민족해방운동과 명부를 만들었다. 이것은 연대 본부에 침투한 좌익 세포인 인사 계들이 장교 봉급 지불 때의 인장(印章)을 도용하여 임의로 만든 명부였는데, 그 적백을 가려내는 것도 여간 어려운 일이 아니었다. 총살당하는 마당에서도 대한민국 만세, 이승만 박사 만세를 외친 사람이 있었으니 상당한 수의 억울한 희생자가 있었다고 보아야 한다. 군대 내에서의 좌익 계열의 공작 목표는 다음과 같다.

① 불편부당한 이념을 적극 찬양하여 경비대 내에 대두되기 시작한 반공 이념을 말살한다. ② 경찰 보조기관이라는 경비대의 성격에 대한 미 당국과 경무부장의 시사를 이용하여, 경비대가 경찰을 적대시하도록 선동하고 군경을 충돌시켜 군경 간의 이간을 노린다. ③ 불평불만을 조장시켜 장교와 사병을 분리시키도록 획책한다. 특히 보급, 재정, 급식에 대한 불평을 선동하여 사병의 장교에게 대한 악감정을 조장한다. ④ 반미감정을 선동하고 유사시엔 미국과 정부에 적대하도록 유도한다.

숙군당한 장교들 가운덴 특히 육사 제3기생이 많았다. 그 원인은 제3기생은 각 연대 창설 시에 입대한 사병 출신들이었는데, 입대 전 좌익사상에 감염된 자가 많았기 때문이다. 사관학교에서 교육을 받을 때, 생도대장 오일균, 구대장 조병건, 김학림, 그리고 김종석 등이 이들을 지도했는데, 그 간부들이 모조리 좌익이었다. 그들은 제3기생들을 개별적으로 불러다가 사상 교화를 시켰다. 그렇게 하여 제3기생들이 군대 내 좌익 계열의 핵심이 되었다. 그 대표적 인물이 제주도에서 박진경 연대장을 암살한 문상길이며 여순 반란사건의 주모자인 김지회, 홍순석, 김남근, 이기종 등의 극렬분자이다. 제3기생 2백81명의 임관자 중 2백58명이 조사를 받았고 60여 명이 총살당했다.

숙군이 진행되는 동안 갖가지 모략이 있었다. 채병덕 육군 참모총장, 정일권 참모부장, 백선엽 정보국장, 강문봉 작전국장, 원용덕 행정참모까지 모략의 대상이 되었다. 이것은 숙군과정의 어려움을 말하는 사례이다. 가족이나 친척 중에 좌익계가 있으면 그 연루로 하여 희생되기도 했다. 또한 해방 후 사설 군사단체인 국군 준비대의 초창기에 관련되었다가 그 단체가 좌경할 즈음 탈퇴하여 우익단체에서 활동한 경험을 가진 사람도 좌익 계열의 세포라고 해서 화를 입었다. 이렇게 되니 조사의 범위는 전군으로 확대되었고, 조사대상이 안된 장교가 없을 정도였다. 심지어 숙군을 담당한 합동조사반 내에서도 좌익분자가 적발되었으니 그때의 상황이 어떠했는가를 대강 짐작할 수 있다.

숙군이 과감했기 때문에 무고한 희생자가 많았다는 사실은 자인하지 않을 수 없으나 숙군 책임자인 백선엽, 빈철현, 김득용, 정강, 송대후, 이왕석, 정호석, 정인택, 김창용, 신철, 김안일, 이세호, 박평래, 양인석, 이희영, 이영순 등은 생명을 다한 숙군의 공로자들이다.……」

이렇게 기록한 후 다음과 같이 덧붙이고 있다.

「숙군의 본격적 계기가 된 여순 반란사건, 대구 반란사건 등이 만일 야기되지 않고 북괴 남침 시에 군대 내에서 봉기사건이 있었더라면 대한민국이 어떻게 되었을까 함은 자명한 일이다. 이러한 관점에서 볼 때 반란사건과 숙군은 대한민국을 구했고 국군을 반석 위에 서게 하였던 것이다.」

(그런데 이 국군의 기록은 숙군 대상자 명단과 군법회의 기록이 북괴 남침 시 소각되었으므로 구체적인 사례는 생략한다고 쓰고 있다.)

남로당은 여순 반란사건이 결과적으로 해당행위라고 판단했음인지 초기의 반란사건 예찬론은 온데간데없어졌다. 그들의 기관지 〈노력인민〉은 그 사건엔 언급조차 안 하게 되었다. 그 대신 남로당은 여순 반란사건을 계기로 확대된 파르티잔 투쟁에 그들의 운명을 걸지 않을 수 없게 되었다. 다음은 남로당 군사책 이주하가 1949년 3월 중순에 열린 당 중앙상임위원회에서 한 보고 내용이다.

"현재 당은 4개의 유격전구(遊擊戰區)를 가지고 있습니다. 호남 유격전구는 전남의 야산지대와 전북의 일부 야산에 본거를 두고 활발하게 움직이고 있습니다. 지리산 유격전구는 남조선 정부에 대한 장기적이며 조직적인 항쟁을 계속하기 위해 지리산에 설치한 전구입니다. 이 전구는 남으론 백운산, 북으론 덕유산을 연결하여 전남북과 경남의 산악지대를 장악하고 있습니다. 경남의 산청, 함양, 거창, 합천, 창녕, 하동, 진주, 함안, 사천, 남해를 망라하고 있으며 전남북의 무주, 장수, 임실, 남원, 순창, 구례, 곡성, 고창, 장성, 영광, 무안, 함평 등이 우리 세력권에 들어 있습니다.

태백산 유격전구는 강릉과 삼척을 중심으로 하여 북으론 오대산과 연결된 매봉산, 계방산, 그리고 남으론 소백산, 국망봉 등을 거점으로 정선, 평창, 영월, 횡성, 홍천을 커버하고 있습니다. 영남 유격지구는 안동, 청송, 경주, 영천, 영일, 청도, 경산과 경남의 양산, 울산, 밀양, 동래, 부산을 관할하고 있습니다. 앞으로 당 군사부는 이상 4개의 전구를 확대하여 우리가 목표로 하는 혁명이 성공적으로 완수될 때까지 싸울 결의를 공고하게 하고 있습니다.

다음 당 중앙군사부의 특수 활동에 관해 말씀드리겠습니다. 지난해 12월 중앙군사부는 서울에 '특수행동대'를 조직 발족했습니다. 이 조직은 총사령관 밑에 사령관, 부사령관, 서기장, 부관이 있고 그 밑에 대대, 중대, 소대, 분대의 편제로 되어 있습니다. 각 책임자의 이름은 생략하겠습니다. 이 조직의 윤곽을 말씀드리면 'K대' '보안대' '서울 유격대'로 나뉘어져 있습니다. 'K대'는 중점적, 집중적인 투쟁단체입니다. 당이 그때그때 필요에 따라 파괴해야겠다고 판단한 적 기관, 제거해야겠다고 인정한 반동분자의 괴수들을 당의 지령에 따라 처리하는 가장 요긴한, 이를테면 당 직속의 친위대라고 할 수 있습니다. 각 구당(區黨)별로 조직되었고 대대, 중대, 소대, 분대의 편제로 되어 있는데, 현재 1개 분대원은 10명가량입니다. 필요에 따라 확충할 예정으로 있습니다.

'보안대'는 역시 각 구당별로 조직되었는데, 일단 유사시의 치안을 담당하는 과업을 맡고 있습니다. 예컨대 서울이 혼란 상태에 빠졌을 때 인민생활의 질서를 유지하고, 특히 애국 애당 동지의 가족들의 보호를 위한 기관입니다. '서울 유격대'는 우리 당의 심파인 민학련 서울시위원회가 당의 지령에 따라 만든 것인데, 정식 명칭은 '남로당 서울시당 청년부 학생과 민학련 유격대'입니다. 이 조직은 '행동대'와 '조사대'로 나뉘어져 있는데, 조사대에서 숙청과 파괴의 대상을 구체적으로 조사하고 그 조사한 결과에 따라 행동대는 실제 행동을 하게 돼 있습니다. 조사대는 A, B, C, D의 4개조로 편성되어 있고, 행동대 역시 A, B, C, D 4개 조로 되어 있는데, 각 조의 인원은 3명 내지 5명입니다. 이밖에 경기도당에서 각 군당 별로 조직한 '석수대(石水隊)가 있습니다. 이것은 K대, 보안대, 유격대의 성격을 아울러 가진 것입니다.

또 한 가지 보고드릴 것은, 강동 정치학원에서 훈련을 받은 당원 동지 약 2백 명이 최근에 남파되어왔다는 사실입니다. 이들을 각 유격전구에 배치했는데, 그 중 30명가량을 당 중앙에 남겨 두었습니다. 이처럼 우리 군사부는 태세를 정비하고 치밀한 계획 아래 사업을 진전시키고 있습니다.……"

이주하의 보고가 끝나자 질문이 있었다. 어느 위원이 "유격대원의 총수가 얼마나 되느냐?"고 물었다. "현 단계에서 그것을 밝힐 순 없습니다. 밝힐 필요도 없습니다."하는 이주하의 답변이었다. "서울에 있는 특수행동대의 인원수는 얼마나 됩니까?"하는 또 다른 위원이 있었지만 이주하는 "군사기밀에 속하는 일입니다."하고 답변을 회피했다.

그러자 김형선이 "이주하 동지, 조직의 규모는 근사한데 현재 서울에선 특수행동대가 활동하고 있는 흔적이 전혀 없지 않습니까?"하고 물었다. "당신의 눈에 보이지 않으면 활동한 흔적이 없다 해도 되는 것이오?"하는 이주하의 관자놀이가 부풀어 올랐다. 흥분만 하면 그렇게 되는 것이 이주하의 특징이었다.

"강동 정치학원에서 2백 명이 남파되었다고 하는데, 그들이 대한 심사는 어떻게 되었소?"하는 누군가의 질문이 있었다. "박헌영 위원장과 이승엽 동지가 추천한 당원들인데, 새삼스럽게 어떤 심사를 하란 말이오?"하고 이주하가 신경질을 냈다.

"위원장과 이승엽 동지의 보증이 있다고 해서 무조건 신임할 순 없습니다. 강동 정치학원 출신 가운데 변절한 사람이 있다는 것을 나는 들어서 알고 있습니다. 지난 1월 옹진반도 쪽에서 남하한 세 사람이 있었는데, 이들이 자진 남조선 경찰서에 출두했다는 정보를 듣고 있습니다. 그들이 경찰의 스파이로서 나타나는 일이 없다고 누가 단언할 수 있겠습니까?"

민태호라고 하는 가명인 그 중앙위원을 박갑동은 잘 알지 못했으나 이주하를 겨누고 당당한 발언을 하는 것을 보면 어떤 비밀공작에 종사하다가 당에 복귀한 사람이라고 짐작할 수 있었다.

"아시다시피 강동 정치학원엔 당원이라고 해서 누구나 들어갈 수 있는 곳이 아닙니다. 적어도 군당 위원장과 부위원장급 이상의, 당성이 강한 간부당원만이 들어갈 수 있습니다. 그럼 사람들을 믿지 못하고 당 사업을 어떻게 하겠습니까? 심사를 한다고 하면 어떤 방식으로 합니까? 옹진에서 넘어와 남조선 경찰에 자진 출두한 사람들의 정보는 나도 듣고 있습니다. 내가 생각하기론 강동 정치학원 출신이 아닐 것입니다. 철저한 조사를 현재 진행 중입니다."

민태호와 이주하 사이에 입씨름이 벌어지자 잠깐 지켜보고 있은 후 김삼룡이 "건설적인 방향으로 문제를 돌립시다."하고, 이어 말했다.

"당이 날로 쇠퇴하고 있는 것은 사실입니다. 그런 만큼 유격전구에 역점을 두어야 할 것은 당연합니다. 그러나 앞으로 그 전력을 강화할 방책이 막연합니다. 각자 그 방책을 연구하고 검토해봅시다."

이곳저곳에서 각가지 제안이 있었다. 하나같이 현실성이 없는 제안들이었다. 아닌 게 아니라 철통같은 경찰의 감시 하에 제대로 용신(容身) 할 자유도 없으면서 백 가지의 계획을 세워본들 무슨 소용인가 하는 마음이 들어 박갑동은 입을 다물고 말석에 앉아 있었다. 강동 정치학원에서 남하한 사람들을 어떻게 배치했으며 남겨놓은 30명을 어떻게 활용할 것인가 하는 토론이 시작되었다. 박갑동은 건성으로 토론을 들으며 그들을 현재 어떻게 수용하고 있는가, 그들의 생활은 무슨 재원으로 지탱하고 있는가를 막연하게 생각하고 있었다. 박갑동의 생각은 자연 강동 정치학원의 존재이유에 미쳤다.

남로당이 합법적으로 활동할 수 있었을 때엔 간부 양성을 위해 서울에 '정치학교'를 설치하고 있었다. 당이 비합법적인 태세로 들어가자 남로당은 중앙간부는 모스크바의 고급 당학교에 파견하고, 기타 간부는 평남 강동군 승호면 입석리에 정치학원을 만들어 그리로 보냈다. 그런데 1948년 4월의 남북 연석회의, 같은 해 8월 20일의 인민대표자대회에 참가한 남로당과 좌익단체의 간부들이 이 학원에 입교하게 된 때문에 그 규모가 갑자기 커졌다.

강동 정치학원엔 3개월 코스와 6개월 코스가 있었다. 1개 반은 2부로 나뉘어져 있었다. 제1부는 약 60명으로 남로당 간부로서 앞으로 당 공작을 맡을 사람들이고, 제2부는 근로인민당을 비롯한 여러 좌익정당과 사회단체의 간부들을 수용했다. 남로당 간부들은 정치학습과 함께 군사훈련을 받았다. 제2부 학생은 정치학습만을 받았다. 그 학습 내용은 '소련당사', '해방투쟁사', '인민투쟁사', '경제지리', '군사훈련' 등이었다. 특히 군사훈련에 중점을 둔 것은 남한에서의 무장투쟁을 예상하고 있었기 때문이다.

1949년에 들어서자 강동 정치학원은 간부 양성의 기관이라고 하기보다 유격투쟁 요원의 양성기관이 되었다. 지하당 공작요원 양성을 위한 '정치반', 유격대 요원을 양성하기 위한 '군사반', 정치와 군사를 배합한 '혼합반'의 3개 반으로 구분하고 각 반을 중대, 소대, 분대로 편성했다. 1개 분대는 15명, 그 중 4, 5명이 여자였다. 8개 분대가 1개 소대, 2, 3개 소대가 1개 중대로 되어 있었다.

1949년엔 약 1천2백 명의 훈련생이 있었다. 한 과목 90분 수업을 하루 4시간 하고 나머지는 유격훈련이었다. 과목은 '마르크스 레닌주의 철학', '해방투쟁사', '당 건설책', '정치경제학', '소련공산당사', '조선역사', '신민주주의(모택동)', '유격전술', '사격술', '공병학' 등이었다. 교원은 서철(徐哲)을 비롯한 군사교관이 20명, 일반 정치교원이 15명이었다.

강동 정치학원의 원장은 소련계의 박 니콜라이란 사람이었고, 정치부 원장은 박헌영 직계의 박치우(朴致祐), 군사부 원장은 북로당 계열의 서철이었다. 박치우는 경성제대 철학과에서 박종홍(朴鍾鴻) 교수와 동기생이었다. 훈련생은 철저한 군대식 규율 속에 당 세포 생활을 했다. 사상 강화의 한 방법으로서 모택동의 「자유주의 배격 11훈」을 벽에 붙여놓고 기회 있을 때마다 낭독하고 암송하여 남로당원의 생활신조로 삼았다. 모택동의 「자유주의 배격 11훈」이란 다음과 같은 것이다.

① 동창, 친지, 부하, 동료의 잘못을 알면서 책하지 않고 방임하는 것 ② 전면에서 말하지 않고 배후에서 말하는 것. 회의에선 말하지 않고 회의 후에 난의(亂議)하는 것 ③ 타인을 책하지 않고 말하지 않는 것이 명석한 보신술이라고 치고 침묵하는 것 ④ 간부라고 해서 자기 의견만 고집하는 것 ⑤ 개인공격을 함부로 하여 보복하는 것 ⑥ 반혁명분자의 말을 듣고 보고하지 않는 것 ⑦ 선전 선동하지 않고 당원의 임무를 망각하는 것 ⑧ 군중의 이익에 해가 되는

행동을 보고도 격분하지 않는 것 ⑨ 업무에 충실하지 않고 하루를 되는대로 지내는 것 ⑩ 노선배 연(然)하며, 대사(大事)는 할 능력이 없고 작은 일은 하기 싫어하는 것 ⑪ 자기의 과오를 알면서 개정하지 않고, 또는 자기를 책하되 비관과 실망에 그치고 마는 것.

그런데 이 강동 정치학원은 남로당의 중앙당학교라고 불렸던 만큼 종파성이 강했다. 박헌영을 위대한 지도자로 우상화하고 "김일성 만세!" 대신 "박헌영 만세!"를 부르게 했다. 박갑동은 이런 사실에 일말의 위구를 느끼고 있었다.

회의에서 남조선 국회에 대한 대책 문제가 제기되었으나, 당 일부에만 유관한 일이고 미묘한 성격의 문제이니 이 자리에서 공개토론 할 필요가 없다고 하여 의제에 오르기 전에 각하되었다. 그때 박갑동은 민태호가 대(對) 국회 공작자란 사실을 알았다. 민태호는 이런 말을 했다.

"작년 5·10선거를 완전 보이콧한 것이 큰 실수였다고 봅니다. 한쪽에선 반대하고 한쪽에선 의석을 차지하는 공작을 벌이는 양면작전을 취했어야 옳지 않았을까 해요. 뭐니뭐니 해도 국회는 남조선의 정치정세에 결정적인 의미를 가지고 있습니다. 그 속에 전혀 발판을 가질 수 없다는 것이 우리 당 최대의 약점입니다. 내년 선거엔 방침을 고쳐야 할 것 같습니다. 당에서 미리미리 연구해두어야 할 것입니다."

이 말에 반대하는 발언은 없었다. 김삼룡은 유격전 전개를 다시 한 번 강조하고, 재정상의 곤란에 대해 언급하고, 회의의 종료를 고하고는 덧붙였다.

"앞으로 언제 상임위원회를 열 수 있을지 지금으로선 말할 수가 없소. 점과 점, 선과 선의 연결로서 당은 운영될 것이오. 각자가 당의 원칙과 이익을 그때그때 상기하고 최선을 다해주기 바라오. 내가 새삼스럽게 말할 필요는 없을 것 같으나 여러분, 명심해주시오. 연락 방법은 통상선과 비상선 두 가지밖에 없습니다. 그 이외의 방법은 위험하니 삼가주어야겠소."

통상선이란 지속적인 상하 관계로서만 이어지는 연락 방법이고, 비상선은 통상선이 단절되었을 때를 예상하고 미리 만들어놓은 연락 방법으로 A라인, B라인, C라인까지 있었다.

상임위원회가 있은 후 박갑동은 기관지 〈노력인민〉의 편집에 전념하게 되었다. 정태식으로선 박갑동을 정식으로 이론진, 기관지부 블록 부책으로 등용할 요량이었고, 김삼룡도 반승낙쯤 하고 있었던 모양이지만 막상 인선을 하고 보니 그들의 뜻대로 안 되는 사정이 생겼던 것 같다. 남로당의 인사엔 특히 성분과 인맥이 중시되었다. 박갑동의 당성과 능력은 충분히 인정할 수 있었지만 대지주의 아들이란 것이 첫째 장애가 되었고, 당 간부에 인맥적으로 연결되는 사람이 없을 뿐 아니라, 반당 행위자로 낙인이 찍힌 이우적과의 관계가 둘째 장애였다. 이러한 사정을 박갑동 자신이 잘 알고 있었기 때문에 그는 별반 불쾌할 것도 없이 자기의 맡은 바 일에 최선을 다했다.

정태식 직속의 이론진, 기관지부 블록 이론진 담당 부책으로 발탁된 것은 김장한(金章漢)이었다. 김장한은 구한말 중신(重臣)이었던 김윤식(金允植)의 가문 출신이며, 이승엽의 직계인 안영달의 처남이다. 그는 해방 전 인쇄공장에 취직해 있었다는 경력으로 하여 성분이 '노동자 출신'이었다. 인맥으로 이승엽과 안영달에 통하고 성분이 노동자이고 보면 당적 지위에서 박갑동을 앞지를 수밖에 없었다. 또 하나 정태식 직속의 이론진, 기관지부 블록 기관지부 담당 부책으론 권태섭(權泰燮)이 임명되었다. 권태섭은 안동 출신으로 권오직의 친척이었다. 그는 『조선경제의 구조』라는 책을 출간할 만큼 경제 문제에 밝은 사람이었다.

박갑동은 이 두 부책 하에 있는 기관지부 책임자였다. 지하에서 신문을 만들어내는 일이 얼마나 어려운 일인가? 그것도 마음대로 만들어내는 것이 아니라 일자일구(一字一句), 그 배치에까지 상부의 지시를 받아 제작하는 것이어서 상부와의 연락을 취하는 것만으로도 어려웠고, 하부의 각 레뽀와의 연락도 여간 신경을 써야하는 것이 아니었다. 상부와의 연락은 김장한, 권태섭 두 부책이 담당하고 있었는데 5월 들어 어느 날 돌연 연락이 끊겼다. 블록의 기관지부 부책이 나타나지 않으면 신문을 제작할 수 없는 것이다. 경우에 따라선 아지트를 옮겨야 할 필요마저 있었다.

박갑동은 초조한 마음을 달래면서 하루를 기다렸다. 김장한, 권태섭이 체포되었다는 것과 정태식이 위기일발 겨우 체포를 모면했다는 정보가 날아들었다. 박갑동은 침착하게 비상조치를 취했다. 김장한과 권태섭이 자백할 경우를 예상하여 중요한 문건을 챙겨 아지트를 옮겼다. 며칠 뒤에야 다음과 같은 사정을 알았다.

당시 정태식의 아지트는 수도극장(지금의 스카라극장) 근처에 있었다. 정태식은 밤에 김삼룡과의 연락선에만 나가고 그 외의 연락은 김장한과 권태섭이 맡아 있었다. 그런데 김장한이 수사기관의 그물망에 걸렸다. 김장한에겐 고개를 조금 기울이고 다니는 특성이 있었다. 지하생활에서 경찰의 눈을 피하고 대중 속에 파묻혀 일을 하려면 얼굴과 몸에 표 나는 특징이 없어야 한다. 그런데 고개를 기울인 김장한이 매일처럼 같은 시간, 같은 장소에 연락을 위해 드나들고 있었으니 경찰의 눈에 띄지 않을 수 없었다. 경찰은 그를 미행하기 시작했다. 이윽고 덜미가 잡히고 말았다.

아지트에 정태식이 혼자 자고 있었는데 어느 날 밤 경찰의 습격을 받았다. 정태식은 꼼짝 못하고 체포되었다. 정태식은 5척 단구로서 풍채는 전혀 볼 것이 없었다. 그는 심부름하는 연락원이라고 신분을 속였다. 정태식은 밤에 잘 때 만일의 경우를 위해 검은 와이셔츠를 입는 버릇이 있었다. 경찰은 볼품없는 풍채에 키가 작고 거기다 검은 와이셔츠를 입고 있는 그가 거물 정태식이리라곤 꿈에도 상상할 수 없었다. 경찰로선 큰 고기를 노리고 왔는데 피라미를 잡은 셈이 되었다.

정태식은 자기는 일개 연락원일 뿐이고, 그 아지트엔 간부 세 사람이 드나드는데 아침 9시가 되어야 온다고 했다. 경찰은 가택수색을 하여 문서와 그 밖의 증거 재료를 이불보로 두 보따리나 싸놓고 아침에 나타날 간부 세 사람을 체포할 작정을 했다. 정태식은 안전신호를 말하지 않고 버티었다. 남로당원은 아지트에 들어갈 때 반드시 아지트 키퍼의 안전신호를 확인해야만 되게 돼 있었다. 정태식은 버티다가 몇 차례 두들겨 맞고는, 자기가 문 앞에 나가 서 있어야 높은 사람들이 들어온다고 거짓말을 했다. 그것은 자기가 문간에 서 있으면 김장한, 권태섭이 무슨 변이 난 것을 알아차려 도망갈 것이라고 짐작하고 꾸민 말이었다.

아침이 되었다. 9시 가까이 되어 정태식은 경찰의 감시를 받고 아지트 문 앞에 다가섰다. 9시 김장한이 나타났다. 김장한은 깜짝 놀라 돌아서려다가 그 자리에서 붙들렸다. 조금 후 권태섭이 나타났다. 권태섭은 전혀 남을 의심할 줄 모르는 사람이었다. 문간에 서 있는 정태식을 발견하고 "왜 여기 서 있습니까?"하며 앞에 와서 묻다가 체포되었다. 정태식은 권태섭을 보고 눈을 껌벅거렸으나 눈치를 채지 못했던 것이다.

세 사람 있다는 간부 중에서 이미 두 사람은 체포했으니 한 사람만 남았다. 경찰은 마지막 한 사람까지 잡을 욕심으로 정태식을 11시까지 문간에 세워두었다. 그러나 그 마지막 한 사람은 나타나지 않았다. 나타날 까닭이 없었다. 아지트 주인도 그곳에 출입하는 간부는 세 사람이라고 했는데, 정태식을 합쳐 세 사람인 것이다. 정태식은 높은 사람이 오전 11시까지 오지 않으면 오후 1시에 오게 되어 있다고 했다.

경찰관과 정태식은 어젯밤부터 한숨도 자지 못했으니 지칠 대로 지쳐 있었다. 적산 일본식 집 현관에 양쪽 경찰관 사이에 끼어 앉아 있다가 정태식은 그 자리에서 벌렁 뒤로 드러누워 코를 골기 시작했다. 정태식이 코고는 것을 보자 양쪽의 경찰관들도 정태식 옆에 드러누웠다.

이윽고 경찰관들이 코를 골기 시작했다. 정태식이 살그머니 일어났다. 신을 살짝 신어 보았다. 그래도 두 경찰관은 코를 골고 있었다. 정태식은 현관문을 조금 열고 작은 몸을 날려 생쥐처럼 빠져나와선 냅다 뛰었다. 종로 5가로 가서 왼쪽으로 정신여학교를 쳐다보며 서울대학교 문리과대학 쪽을 향하여 달렸다. 문리과대학 정문을 지나 바른편 골목길을 들어가면서 뒤돌아보고는 아무도 따라오는 사람이 없는 것을 확인하고야 처음으로 숨을 내쉬었다. 그리고는 동숭동의 어느 2층 양옥집 문을 두드렸다. 채항석(蔡恒錫)이란 문패가 달려 있는 집이다. 문을 연 30세가량의 여자는 뛰어 들어오는 정태식을 보고 이게 웬일이냐며 놀라 물었다. 정태식은 손으로 자기 입을 가려 보이며 2층으로 올라가 숨었다.

문을 열어본 사람은 채항석의 부인 장병민이었다. 장병민은 미군정시대엔 수도경찰청 청장이었고 대한민국 정부 수립 후 초대 외무부장관이었던 장택상의 딸이다. 그녀의 남편 채항석은 산업은행 계리부장이었다. 정태식과 채항석은 청주고보의 동기생이었다. 고보 시절 1, 2등을 다투는 라이벌이자 친구였다. 청주고보를 졸업하고 정태식은 경성제대로 진학하고 채항석은 도쿄제대로 진학했다. 채항석은 이른바 명문의 출신이고 정태식은 가난한 집안의 유복자로 태어나 아버지의 얼굴도 모르고 자랐다. 집안만은 한강 정구(鄭逑)의 후손으로 양반이었다. 정태식의 어머니는 과부의 몸으로 남의 집 식모, 예배당 청소부, 전도부인 등 갖가지 신산을 겪으면서 아들을 대학공부까지 시켰다. 채항석은 그런 정태식의 처지를 동정하여 물심양면으로 정성껏 도왔다.

마르크스주의엔 동지애, 또는 전우애는 있겠지만 채항석과 정태식과의 사이에 있었던 우정은 있을 수가 없다. 한편은 전형적인 부르주아이고 한편은 그 부르주아를 타도하려는 공산당의 투사이다. 그리고 채항석은 정태식의 사상엔 시종일관 비판적이었다. 그러면서도 채항석의 정태식에게 대한 우정은 변함이 없었던 것이다. 그날 체포된 김장한과 권태섭은 국방경비법 제19조에 의해 총살당했다. 그들은 간첩이 아니고 정당인이었지만 압수된 자료 가운데 참모총장 채병덕(蔡秉德)의 자택 금고의 위치와 침대의 위치까지 그려진 견취도(見取圖)가 있었다는 것으로써 간첩죄가 적용된 것이다.

그 후 정태식은 채항석의 집을 아지트로 하고 체포된 김장한과 권태섭 대신 유축운(柳丑運)을 블록 부책으로 등용하여 기관지부와 이론진을 같이 통솔하게 했다. 유축운은 남로당원 가운데서도 특출한 투사였다. 그는 8·15 해방을 청주의 사상범 예방구치소에서 맞이했다. 함경도 출생으로 일찍이 독립운동을 하던 그의 부친을 따라 만주로 가서 거기서 성장하여 항일운동에 참가했다가, 몇 번이나 체포되었지만 끝끝내 지조를 굽히지 않고 징역을 다 마쳤는데도 석방되지 않고 해방이 되어서야 예방구치소에서 풀려나왔다.

이러한 경력을 보아선 김장한, 권태섭보다 훨씬 당내의 지위가 앞서 있어야 할 것인데도 그러지 않았던 데에는 한 가지 이유가 있었다. 유축운의 아버지는 공산 운동을 하다가 일경에 체포되어 고문에 이기지 못하여 전향하고 만주의 협화회(協和會)에 관계한 일이 있었기 때문이다. 그런데 그 유축운도 경찰에 체포되고 말았다. (앞선 얘기가 되겠지만 유축운은 체포되었어도 끝끝내 고문에 이겨내어 정체를 감추고 가명으로 일관했기 때문에 징역 5년으로 낙착되었다. 6·25 동란 때 출옥한 후에 월북하여 북한의 석탄 공업상(工業相)까지 되었으나 결국 숙청당하고 말았는데, 그것도 그에게 무슨 죄가 있어서가 아니라 아버지가 협화회원으로 일본군의 김일성 토벌작전에 협력하였다는 죄까지 뒤집어 쓴 것이었다.)

유축운의 체포로 정태식과 〈노력인민〉 편집국과의 연락이 10일 이상 두절된 채로 있었다. 박갑동은 정태식이 〈노력인민〉의 아지트를 알고 있으니 곧 연락이 올 것이라고 믿고 있었는데, 정태식은 한번 체포되었다가 간신히 탈출한 경험 때문에 아지트에 숨어 외출을 하지 않았다. 뿐만 아니라 〈노력인민〉의 안전을 위해 자기의 레뽀에게도 아지트를 알리지 않았던 것이다.

그런데 어느 날 박갑동은 길거리에서 우연히 정태식의 레뽀를 만났다. 정태식의 레뽀는 성을 이가라고 하고, 해방 전 도쿄에 있는 와세다대학 제일고등학원에 다니고 있다가 해방을 맞아 서울대학교 상과대학에 다니고 있었다. 그는 와세다의 선배라고 해서 박갑동을 따르고 있었다.

이는 반가워하며 "김 선생님, 정 선생님이 선생님을 찾으려고 애쓰고 계십니다."라고 했다. 그 무렵 박갑동은 '김진국'이란 가명으로 통하고 있었던 것이다. 박갑동은 이가 안내하는 대로 따라갔다. 장춘단 고개에서 그다지 멀지 않은 곳에 큰 적산 집이 있었다. 대문을 열고 들어섰다. 꽤 넓은 뜰인데 사람의 그림자라곤 없었다. 현관 안으로 들어가도 아무 인기척이 없었다. 다시 문을 열고 넓은 응접실로 들어섰다. 그 방에 마카오 새 양복을 입은 정태식이 혼자 앉아 있었다. 말끔하게 면도를 한 갸름한 얼굴이 좋은 새 양복을 입고 있어서 그런지 정태식의 얼굴은 징그러워 보였다. 곱슬머리에 웃으면 덧니가 살짝 보이는 것이 아주 빈틈없는 인상을 주었다.

"박 동지, 반갑소이다."하고 정태식은 자상하게 얼마나 고생을 했는가, 당에선 될 수 있는 대로 고생을 시키지 않으려고 배려를 하고 있으나 계속된 사고 때문에 마음대로 되질 않아 상부에서도 고심하고 있다는 말을 되풀이했다. 이런 인사말이 끝나자 정태식은 레뽀 이군을 다른 방에 가 있으라고 이르고 자세를 고쳐 앉았다. 박갑동이 긴장을 느꼈다. 정태식의 말이 있었다.

"동무가 당을 위해 사업하는 것을 상부와 나는 주의 깊게 보고 있었소. 어떤 곤란한 일이나 남이 싫어하는 일이라도 몸을 아끼지 않고 당을 위해 전심전력 복무하고 있는 것을 잘 알고 있소. 상부에서도 동무를 대단히 높게 평가하며 신임하고 있소."

박갑동은 새삼스러운 정태식의 말에 얼떨떨한 기분이었다. 사실 박갑동은 성실하고 열성적인 당원이었다. 부장의 지위에 있으면서도 편집국 레뽀가 사고가 나서 보충이 안 될 때엔 다른 편집국원은 위험한 원고를 들고 가두 연락에 나가는 것을 싫어하는 데도 박갑동은 솔선하여 레뽀 대신 가두 연락을 한 사례가 많았다. 원고를 들고 가두에서 인쇄소의 레뽀에 전달하고, 또 교정 인쇄물을 가두에서 받아와선 교정을 하여 다시 그것을 가두에서 전달하기도 했다. 원고라고 하는 물질적 증거를 가지고 있으므로 붙들리기만 하면 변명할 여지가 없었다. 편집국 아지트를 자백하지 않으려면 죽음을 각오하고 고문을 견뎌야 하는 것이다.

한번은 체포당한 레뽀가 편집국 아지트를 자백한 것 같다는 정보가 들어왔다. 편집국 아지트는 이중벽이 되어 있어서 그 안에 자료를 감추어두었는데, 수색을 당해 그 자료를 잃게 되는 날이면 원고작성과 편집에 큰 지장이 된다. 그러니 수색당하기 전에 편집 아지트에 가서 그 자료를 가지고 나와야 하는데 아무도 움직이려고 하지 않았다. 그곳으로 간다는 것은 죽음터로 가는 것이나 마찬가지였으니까 어느 누구에게 강요할 수도 없는 처지였다. 책임자도 지명을 못하고 한 사람한 사람 얼굴만 쳐다보고 있었다. 그때 박갑동이 일어섰다.

"1초라도 빨리 가서 자료를 가지고 오겠소."하고 그는 편집 아지트로 달려갔다. 아지트의 2층 계단을 올라갈 때, 문을 열 때, 특수장치를 한 벽의 판자를 밀고 자료를 끄집어낼 때, 그것을 보따리에 쌀 때, 블록해진 보따리를 들고 대낮에 종로의 큰 집을 걸을 때, 죽음의 공포가 오싹오싹 몸을 저몄다. 그때 체포되면 여지없이 죽게 되어 있는 것이다. 편집국 아지트에 나와 본 적이 없는 정태식이 이런 사실은 모를 줄 알았는데 그는 그 일을 알고 있었다. 정태식뿐만이 아니라 김삼룡도 알고 있다는 얘기였다. 정태식으로부터 이 말을 들은 박갑동은 "제가 당연히 해야 할 일을 한 것뿐인데 뭐 대단한 것 있습니까?"하고 말했다.

"아니오. 동무는 어떠한 곤란이라도 극복하고 나갈 수 있는 사람으로 보았소. 그래서 나는 동무를 중앙상임위원으로 발탁하여 나를 보좌하는 정식 부책으로 임명할 것을 상부에 상신하였더니 이제 그 비준이 내렸소. 이 직책은 중앙위원이라야만 맡을 수 있는 것인데, 우리 당은 1946년 이래 당 대회를 열지 못했기 때문에 동무와 같은 우수한 동지를 정식으로 중앙위원에 선출하지 못했던 것이오."

정태식의 말은 엄숙했다. 박갑동은 자기도 모르게 침을 삼켰다. 그의 뇌리에 갖가지의 상념이 떠올랐다. 김장한, 권태섭은 총살당했고 그 후임 유축운은 지금 고문에 시달리고 있다.

'나도 언젠간 체포되고 말 것이 아닌가?'

박갑동의 이마엔 기름땀이 솟았다. 정태식의 말이 다시 있었다.

"우리 블록은 우리 당의 두뇌이며 입이오. 우리 블록이 정책을 입안하고 선전하고 있어요. 46년 합당 당시의 중앙위원으로서 현재 활동하고 있는 동무는 넷밖에 남지 않았어요. 가열한 투쟁 가운데서 동무와 같은 간부가 자라났습니다."

"자 갑시다."하고 정태식이 일어섰다. 서울운동장 뒷길을 돌아 동대문을 지났다. 거기서 문리대 건물을 거쳐 동숭동 골목으로 들어갔다.

채항석의 집으로 박갑동을 안내한 정태식은 채항석 부부에게 이런 소개를 했다.

"이 분은 김진국이란 선생인데 우리 당에서 가장 중요한 인물의 하나이오. 나를 대하는 것 같이 이 분에게도 대해 주시오."

채항석은 온유한 신사였고, 그의 부인 장병민은 눈이 부실 듯한 미인이었다. 채항석 부부의 극진한 대접을 받은 후 정태식과 박갑동은 둘만 남았다. 정태식의 사업진행의 내용, 이론진의 조직과 간부들에 관한 설명이 있었다. 이론진의 부장은 김창환이었다. 그는 도쿄상과대학 출신으로 해방 직후 서울대학교 상과대학 교수로 있었다. 그는 경락의(經絡醫)로서 세계적인 권위인 김봉환의 동생이다.

김창환 부장 아래 도쿄제대 출신인 신진균, 경성제대 출신 정해진, 정태식과 경성제대의 동기동창인 김해균, 미국 컬럼비아대학 출신인 김사국 등 쟁쟁한 멤버들이 이론진을 구성하고 있었다. 박갑동은 이러한 인사들을 망라하고 있으면서 자기를 부책으로 임명한 정태식의 마음을 이해할 수가 없는 기분이 되었다. 모두 자기보다 우수한 인물들이며, 특히 김해균은 자기의 집을 박헌영의 아지트로 제공할 만큼 당 고위간부들과 밀접한 관계를 맺고 있는 사람이었던 것이다.

"모두들 우수한 분들인데, 그분들 가운데서 부책을 뽑으시는 게 현명하지 않겠습니까?"

박갑동이 이렇게 말해 보았다. 정태식은 박갑동을 쏘아보는 눈빛이 되더니 엄숙한 말투가 되었다.

"김창환 동무는 이론적으로 대단히 우수하오. 한땐 나의 후계자로 생각해본 적도 있었소. 그런데 그에겐 정치가로서, 정당의 지도자로선 적당치 못한 점이 있습니다. 정당은 정권을 잡기 위한 전투의 참모본부인데, 당의 최고 지도부인 중앙상임위원회의 지도자가 되려면 물론 최고 수준의 이론과 지식이 있어야 되지만 그 외엔 과단성, 용감

성, 치밀성, 대담성, 침착성, 게다가 고결한 품성을 아울러 가져야 합니다. 그런 점에서 보아 김창환 동무를 발탁하지 않은 겁니다. 내가 박 동무를 부책으로 뽑은 것은 나와 동무가 친해서가 아닙니다. 동무 자신도 나와 절친한 사이라곤 생각하지 않을 것이오. 체포당하면 나는 끝장이오. 그러니 나에겐 내가 없더라도 당을 지도해 나갈 든든한 후계자를 등용해놓을 의무가 있는 겁니다. 김삼룡 동지는 지금 우리 당이 위기에 처해 있으니 과거의 파벌관계에 구애되지 말고 객관적으로 보아 인물본위로 하라는 지시를 내게 내렸습니다. 엄격하게 말하면 동무는 지주이니 그게 실격될 조건이고, 반당분자 이우적과 개인적으로 친밀하니 그것도 문제가 됩니다. 그러나 동무의 사업내용을 볼 때 그런 것을 문제시하지 않아도 된다는 확신을 가질 수 있었소. 동무를 가장 중요한 지위에 등용한데 대해선 위원장 동지에게도 당당하게 의견을 진술할 수가 있어요.

간부의 등용, 이것이 가장 중요한 문제입니다. 당은 사람에 의해 운영되는 것이고 적재(適材)가 등용되지 못하면 당은 그때 파산하는 겁니다. 나의 간부 등용은 여태껏 잘못이 없었다고 자부하고 있어요. 김장한, 권태섭은 당의 비밀을 고수하고 사형선고를 받았어요. 훌륭하지 않습니까? 그들의 당성이 약했더라면 오늘날 이렇게 내가 여기 앉아 있겠어요? 그리고 유축운 동무, 유 동무는 이 집을 알고 있습니다. 그래도 나는 유 동무를 믿기 때문에 이 집에서 피하지 않고 아직 이 집을 아지트로 쓰고 있는 겁니다. 나는 동무를 유축운 동무와 같이 믿고 있기 때문에 동무가 만일 체포당하는 일이 있더라도 나는 이 아지트에서 움직이지 않을 작정이오."

박갑동은 참으로 무거운 짐을 진 셈이 되었다. 그는 사람 구실을 하려면 절대로 체포되는 일이 없어야 하겠고, 만일 체포되었을 경우엔 스스로 목숨을 끊을 수밖에 없다고 마음을 다졌다. 하기야 박갑동은 벌써부터 그런 각오로 있었다. 박갑동은 벨트의 버클에 특수한 장치를 해놓고 그 장치 속에 청산가리의 캡슐을 언제나 준비하고 있었던 것이다. 새삼스럽게 맹세할 필요가 없었다. 박갑동은 정태식의 말을 주의 깊게 듣고 간단하게 한마디했다.

"알았습니다."

정태식은 생각에 잠긴 듯 눈을 감고 있더니 눈을 뜨고는 "이건 비밀인데, 박 동무만 알아둬요."하고 전제하고 이런 말을 했다.

"지난 6월에 남북의 노동당이 합당되었다고 합니다. 위원장 동지로부턴 한마디 말도 없었는데, 김삼룡 동지가 모종의 루트를 통해 확인한 일이오."

박갑동으로선 청천에 벼락이었다.

"그럼 누가 위원장입니까?"

"뻔하지 않소? 김일성이지."

"남로당이 없어졌다는 말인가요?"

"박헌영 위원장을 부위원장으로 하여 방편상 남로당의 조직은 그냥 남겨두도록 한 모양입니다."

"합당대회도 열지 않고 어떻게 합당이 됩니까?"

"합당할 수 있게끔 잠정적인 조치를 취했겠지요."

"정 선생님, 아니 김삼룡 선생께선 합당을 인정하십니까?"

"인정하고 안하고가 없지요. 정식으로 통고해오지 않았는데 미리 의견부터 말할 필요가 없지 않겠소?"

"당원들이 알면 동요하지 않을까요?"

"그러니까 비밀이란 겁니다. 앞으로의 문제는 우리들 손에 달렸소. 어떻게든 조직을 키워야 합니다. 남조선의 문제는 우리가 이니셔티브를 잡아야 해요. 통일이 되었을 때 우리의 발언권을 강하게 하기 위해서도 혼신의 힘을 다해야지요. 그런 일이 있었다고만 알고 그 문제를 두고 동요할 것까지 없습니다. 위원장 동지께서 얼마나 괴로우실까, 그것이 걱정이지만 우리가 실력을 가꾸기만 하면 해결 못할 일도 아닙니다."

정태식의 말은 그랬으나 이 어려운 난국에 당이 어떻게 실력을 가꿀 수 있단 말인가? 박갑동의 마음은 암담했다.

이론진 블록의 부책이 됨에 따라 박갑동의 일상은 자연 변경되었다. 낮엔 기관지부의 책임자 변귀현을 만나 기관지 제작에 관한 지시를 하고, 이어 이론진의 책임자 김창환, 신진균, 기타 이론진의 멤버를 필요에 따라 만나선 임무를 지시하기도 하고 보고를 받기도 해선 밤에 정태식의 아지트에 가서 그날의 보고를 하고, 지시를 받고선 저녁식사를 같이하고 아지트로 돌아오는 것이다.

지방 당이 대부분 궤멸되었다고 해도 당 중앙의 일은 복잡하기만 했다. 그때그때 정세를 분석하여 비밀투표를 통해 지방당에 지시를 해야 했고, 지방당의 보고를 받아 정세분석의 참고로 해야 했으니 작업량은 엄청 많았다. 거기다 기관지의 제작과 배포가 또한 만만찮은 일이었다. 경찰 기타 수사기관의 철통같은 감시망을 피해 암약해야 하는 것이니 언제나 공중에 걸린 줄을 타는 심정이고 칼날 위를 걷는 전율을 동반했다.

아무리 조심해도 밤 사이에 불려갈 사건이 생길지 몰랐다. 그럴 경우에 대비해서 오전 9시에 정태식의 비서와 박갑동의 비서는 돈암동 삼선교에서 안암동으로 흐르는 개울을 사이에 두고 이쪽저쪽으로 걸으면서 서로 얼굴을 확인하기로 되어 있었다. 오전 9시에 서로의 얼굴을 확인하면 밤 사이에 사고가 없었던 것이고, 한쪽이 나오지 않으면 나오지 않은 편에 사고가 난 것을 의미하는 것이다. 특별히 긴급한 일이 있으면 손을 올려 머리를 긁는다. 그러면 한쪽이 다리를 건너가서 얘기를 듣게 되어 있었다. 그때 정태식의 비서는 채항석의 생질로서 서울대학교 문리대 학생이었다.

박갑동의 직책의 정식 명칭은 이론진 블록 통제지도 부책이었다. 그 아래 이론진책 김창환, 신진균, 기관지부책 변귀현 등이 있었다. 박갑동이 그 직책을 맡은 지 얼마 안 되어 중앙선전부도 이론진 블록에 편입되었다. 그 무렵 선전부장 남일우(南一佑)가 중앙상임위원회 연락책으로 발탁되어갔기 때문에 박갑동은 그 후임으로 최길수(崔吉秀)를 임명했다. 최길수는 만주 건국대학의 출신이었다.

얼마 되지 않아 중앙상임위원회 연락책으로 발탁되어간 남일우가 체포되어 고문 도중에 죽었다. 매일처럼 얼마간의 당원이 체포되고 더러는 고문에 의해 죽기도 하는 것이 일상의 내용이었다. 고문으로 죽은 남일우의 후임으로 중앙상임위원회의 연락책이 된 사람이 황보영(皇甫永)이었다. 박갑동은 〈노력인민〉의 창간을 위해 기금 모집으로 대구에 갔을 때 그를 만난 적이 있었다. 그때 황보영은 경북도당의 선전부장이었다. 그 후 박갑동이 황보영을 정태식의 레뽀인 이군의 신당동 집으로 데리고 가서 정태식과 만나게 한 적이 있었다. 그런 연고가 있고 보니 박갑동은 그를 만난 것이 무척이나 반가웠다. 험담할 처지는 아니었지만, 기회를 만들어 박갑동이 황보영을 통해 대구 제6연대 반란사건의 경위를 소상하게 들을 수가 있었다. 다음은 황보영의 얘기를 간추린 것이다.

「대구 제6연대에선 1948년 7월 10일에 8백50명, 그로부터 1개월 후인 8월 14일에 3백50명, 두 차례에 걸쳐 1천여 명의 병력이 제주도 토벌전에 파견되어 연대의 병력이 줄어 있었다. 그런데다 여순 사건이 발생했다. 이때에도 제6연대는 얼마간의 병력을 차출하게 되었다. 이런 상황을 이용해서 6연대 내의 남로당 조직은 여순 반란에 호응하는 투쟁을 계획했다. 조직책인 특무상사

곽종진의 지시를 받은 세포원 이정택 일등상사가 봉기를 지도했다. 이정택은 대원을 선동하여 병기고의 무기와 탄약을 탈취했다. 불응하는 장병 7, 8명을 그 자리에서 사살했다.

그리고 대구에 진격할 참이었는데, 군 상부의 설득공작으로 1백50명이 자진 무장해제를 하고 해산해버렸다. 그러나 나머지 수십 명이 이정택의 지휘 하에 김천 방면으로 갔다. 김천에서 그곳에 주둔해 있는 6연대 일부 병력과 합류할 작정이었는데, 김천 파견중대에 포위되어 대부분이 체포되었다. 이정택 외 수 명만이 간신히 도주할 수가 있었다.……」

그런데 당시 합동통신은 반란군이 대구시내에 들어와 진압군과 치열한 시가전을 벌였다고 되어있었다. 이 사실을 상기하고 박갑동이 "사실이 그렇다면 합동통신의 보도는 어떻게 된 거냐?"고 물었다. "그럼 〈노력인민〉의 기사는 합동통신을 그대로 베껴 쓴 것이로군요."하고 황보영은 웃으며 "사실관 전혀 다르다."며, 그 때문에 그 기사가 실린 〈노력인민〉을 대구시와 경북에선 배포하지 않았다고 했다.

"문제는 그 다음 사건입니다. 이정택의 사건이 있자 6연대에서 숙청 선풍이 불었어요. 이런 상황을 함양지구에 출동 갔던 장병들이 알게 된 거죠. 당 세포원인 장병들은 부대에 들어가면 숙청 대상이 될 것이라고 짐작하게 된 거지요. 약 3백80명의 병력이 트럭으로 귀대하는 도중, 달성군에 이르렀을 때 지휘반의 하사관 이동백을 비롯한 당원들이 인솔 장교 9명을 사살하고 반란에 호응할 것을 종용했던 모양입니다. 그런데 대부분의 병정들은 호응하지 않고 본대로 돌아갔지요. 본대에서 그 소식을 듣고 반란자를 추격했는데, 이동백 동무가 인솔한 42명은 팔공산으로 도망쳐버렸어요. 지난해 12월 6일의 사건입니다."

"그 사람들은 그 뒤에도 무사한가요?"

"지금 동해지구에서 활약하고 있는 파르티잔의 주력이 그들입니다."

"그래요?"

"이와 비슷한 사건이 포항에서도 있었지요. 포항에 파견되어 있었던 것은 제4중대였는데, 연대본부에서 제3중대와 교체하려고 했던 모양입니다. 제4중대 내의 당원들은 연대본부에 돌아가면 불리하다는 것을 알았지요. 1월 30일 당원 동무들은 잔무정리 중인 중대장을 시내 요정에 유인한 다음 소대장과 하사관 1명을 사살하고 제4중대 장병들에게 봉기할 것을 호소했지만 대부분이 불응했던 모양입니다. 포항에선 그 지구의 당원들과 긴밀한 관계가 있었던 것 같아요. 부대 내에 들어오게 해서 무기고의 무기를 탈취하도록 했거든요. 당원들의 수는 약 30명이었다고 해요. 근처의 산으로 들어갔다는 겁니다."

"그들도 무사한가?"

"아직은 무사한 것 같습니다. 영덕, 평해 지방을 근거로 유격전을 벌이고 있겠지요."

말하는 것으로 보아 황보영은 신중한 성격인 것 같았다. 사태를 과장하지 않고 냉정하게 설명하고 있었기 때문이다. 박갑동은 황보영에게 느낀 호감을 이렇게 표현했다.

"황보 동무, 연락책 특히 중앙상임위원회의 연락책은 특히 중요한 직책이오. 절대로 붙들리지 않게 하시오. 같은 길 같은 장소 같은 시간을 되도록 이용하지 마시오. 황보 동무는 풍채가 좋고 키가 훤칠하게 크고 얼굴이 잘났으니 눈에 뜨이기가 쉽소. 체포당하면 그만이요. 체포당하면 그 순간에 당원으로선 실격이오. 체포당하지 않는다는 것, 그것이 바로 동무의 승리요 따라서 당의 승리가 되는 것이오."

그런데 결국 이 사람도 체포되고 말았다.

경상남도의 군사책으로 내려간 안영달이 체포된 것도 그 무렵의 일이다. 안영달이 체포된 사건은 당 중앙으로선 커다란 타격이었다. 군사부책 이주하는 물론이고 김삼룡도 그 소식을 듣고 대단히 낙심하고 있다고 박갑동은 정태식을 통해 들었다.

안영달은 대구고보에 재학하고 있을 때부터 공산주의 운동에 가담한 사람이다. 일경에 체포되어 대구형무소에 수감되어 있었을 때, 그때 그 형무소에서 복역하고 있던 이승엽을 알았다. 이승엽은 중학생의 몸으로 공산주의 운동에 가담한 안영달을 가상하다고 생각한 모양으로 음으로 양으로 그의 배경이 되어주었다.

안영달은 형무소에 드나드는 바람에 나이를 먹고 도쿄 조치(上智)대학에 다니고 있었을 땐 이미 30세가 넘어 있었는데, 운수 사납게도 학병으로 끌려가 일본의 병정 노릇을 했다. 공산당 당원으로선 그 경력이 치명적인 것인데, 일본 군대 내에서 공산주의 서클을 만들었다는 자신의 석명(釋明)을 그냥 그대로 당이 받아들여 해방 직후 별로 어려움 없이 공산당원이 될 수 있었다. 그렇게 된 이유 가운덴 물론 이승엽의 비호가 있었다.

체포된 안영달이 경찰에 의해 지리산으로 끌려갔다는 소식이 뒤따랐다. 경찰에 의해 지리산으로 끌려갔다고 하면 그것은 즉결처분을 의미하는 것이다. 경찰이나 수사기관이 남로당원을 체포하여, 남로당원이란 사실이 밝혀지기만 하면 재판에 회부하는 번거로움을 피해 지리산 근처에 주둔하고 있는 토벌대에 넘겨 총살해 버리는 것이 예사였다. 이런 사정은 경북, 충청도, 전라남북도에서도 마찬가지였다. 근처의 적당한 산으로 끌고 가서 즉결처분해 버리는 것이다.

경남지구와 전남북지구에선 나중엔 지리산에까지 끌고 가지도 않았다. 지리산으로 가는 도중에 대개 처치했다. 그래서 '함양 산청 가는 길은 골로 가는 길'이란 말까지 생겨난 것이다. 그런데 뜻밖에도 안영달이 살아 돌아왔다. 당 중앙에선 반갑기 한량이 없었으나 한편 이상하다는 생각도 가졌다. 그러나 살아왔으니 환영할 수밖에 없었다.

안영달이 정태식을 만나보고 싶어 한다는 소식이 중앙상임위원회의 레뽀를 통해 박갑동에게 전해졌다. 박갑동이 정태식의 의사를 타진했다. 정태식은 별로 생각하는 빛도 없이 "만나보고 싶다."고 했다. 장소는 신당동에 있는 레뽀 이군의 집으로 하기로 하고 시간과 연락방법을 정했다. 안영달은 정태식과의 인사말이 끝나자 "정말 이번엔 죽을 뻔했소."하고 자기가 살아나온 이야기를 다음과 같이 늘어놓았다.

　"놈들은 돈이라고 하면 사족을 못 쓰는 놈들이오. 그 근성을 알았기 때문에 지리산으로 끌려가는 도중 대담하게 제안을 했지요. 날 풀어주면 돈 30만 원을 주겠다고. 그들의 월급은 1만 원도 채 안되는데 30만 원이면 눈이 둥그레질 것 아닙니까? 아닌 게 아니라 반응이 있었습니다. 그러나 말은 엉뚱하게 하더군요. 50만 원? 네 생명의 값이 기껏 50만 원이야? 이러더란 말예요. 맥이 있다 싶으데요. 그래 백만 원 내겠다고 했지요. 말이 없었어요. 나 같은 피라미는 보잘것없는 존재인데, 이런 피라미 하나 풀어주고 돈 백만 원 생긴다면 해볼 만한 일 아니냐고 중얼중얼했지요. 그때까지 내 신분을 감추고 있었으니까요. 그들은 나를 도당의 레뽀 쯤으로 알고 있었죠. 한참 말이 없어 틀렸는가 했지요. 그런데 자기들끼리 눈짓을 하고 있더니 하나가 말하길 2백만 원쯤 내면 생각해보겠다는 거예요. 두 놈인데 하나가 백만 원씩 가질 요량을 한 거겠죠. 나는 좋다고 했습니다. 2백만 원을 만들기란 여간 힘드는 일이 아니겠지만 해보겠다고 한 겁니다. 그럼 어떤 방법으로 돈을 낼 거냐고 물었어요. 진주에 도착하거든 여관에 들자마자 여관에서 아내를 불러 돈을 가져오게 하면 될 게 아닌가, 이렇게 말했더니 놈들이 내 말을 들어주었어요. 진주에서 여관을 잡고 부산에 내려와 있는 아내에게 연락을 했습니다. 돈 만드는데 1주일이 걸렸습니다. 처가에서 백만 원, 우리 친척들이 모아 백만 원, 이렇게 해서 놓여나온 겁니다. 놈들에게 신념이 있을 까닭이 없고, 나라에 대한 충성심이 있을 까닭도 없고 보니 돈이면 다 되는 겁니다. 즉결처분해버렸다고 보고하면 그만이니까요. 이쪽저쪽으로 즉결처분이란 건 편리한 것입니다. 그들로서도 재판 없이 사람을 죽였다는 증거를 남기기 싫은 것이니 절차도 간단해요. 이놈 데리고 가서 죽여라 하면 예 그러겠습니다 해놓고 풀어주든지 즉결처분하든지 해놓고, 죽였습니다 해버리면 그만이니까. 그러고 보니 비합법 투쟁엔 돈이 있어야 해요. 더욱이 남조선 정부 같은 것을 상대로 하려면 돈이 있어야 해요."

옆에서 듣고 있으면서 박갑동은 안영달의 말이 구차스럽다고 느꼈다. 돈 주고 놓여나왔다면 그만일 것을 말이 너무 많은 것이 마음에 걸렸다. 고개를 끄덕이며 듣고 있던 정태식은 "구사일생했으니 안동지는 오래 살겠다."고 꼭 한마디했다. 정태식의 심중에도 의혹은 있던 모양이다. "아무튼 살아왔으니 반가운 일이다."하고 수수께끼와 같은 말을 보탰다.

"이승엽 동지의 신임을 받는 사람이니 우리도 신임을 해야지."

박갑동은 안영달이 풀려나온 경위를 여러 가지로 검토해보는 마음이 되었으나 결국 돈으로 수사관을 매수하는 방법 이외를 짐작할 수가 없었다. 그가 체포된 후 당에 끼친 피해라는 것도 없었고 그로 인해 화를 입은 사람이 하나도 없었기 때문이다. 돈으로 매수한 이외의 방법으로 그렇게 깨끗한 처리가 될 방도를 생각할 수 없었기 때문이다. 그런데 그게 아니었다는 사실이 곧 밝혀졌다. 경찰의 수사기술은 날로 늘어만 가는데 반해 남로당의 지하활동은 날로 저조되어 갔다. 경찰은 다른 정당, 정부기관, 기타 사업체에 침투하고 있는 남로당의 프락치를 교묘하게 적발했다.

박갑동이 이론진 블록의 부책이 되고 난 후에 검거된 사건만 해도 '한독당 프락치 사건', '민족공화당, 민주독립당 프락치 사건', '조선 신화당 프락치 사건'이 있었고, 남로당 산하의 전우동맹이 뿌리째 뽑힌 사건, 남로당 산하의 공업기술동맹이 일망타진된 사건이 있었다. 남로당 부산시당이 전멸되고, 경상남도 당의 특수부가 궤멸되었다. 남로당 성균관대학 세포가 검거되었고, 남로당 영등포지구당이 박살이 났다. 손진태(孫晉泰) 서울사대 학장을 습격한 사건으로 말미암아 많은 당원이 검거되고, 김성학 경위를 습격한 일 때문에 역시 많은 당원이 검거되었다.

남로당 동대문구당도 뿌리가 뽑혔다. 서울시당 사건, 서울인민위원회 사건이 연달아 발생했다. 전국적인 규모로서 보면 남로당원이 체포되지 않는 날이 하루도 없을 정도였다. 각 레뽀의 보고를 취합한 이런 사건을 박갑동은 일일이 보고하지 않을 수 없었는데 정태식이 하루는 "이런 식으로 나가면 앞으로 1년 못 가서 당은 완전히 궤멸되겠다."고 한숨을 쉬었다. 그리고 "각 유격전구의 상황도 좋지 못하다는 소식을 김삼룡 동지로부터 들었다."는 말끝에 지리산에 파견된 문화공작대가 덕유산에서 지리산으로 이동하는 도중 매복되어 있던 경찰에 고스란히 붙들렸다고 말했다. 박갑동의 뇌리를 전옥희의 모습이 스쳤다. 가슴이 뜨끔했다. 그러나 전옥희의 안부를 물을 순 없었다.

"김태준 선생도 붙들렸다고 했습니까?"

"그 분도 붙들렸다오."

"유진오 시인은 어떻게 되구요?"

"그도 붙들렸답니다. 뿐만 아니라 문화공작대 전원이 몽땅 붙들렸다는 거요."

"부상은 입지 않았는가요?"

"비전투원들이 돼 놓으니까 경찰에 부딪치자마자 손을 들어버린 모양이오."

"그들은 어떻게 되겠습니까?"

"군법회의에 회부될 모양이니 살아남긴 어려울 것 같소."

박갑동의 망막에 전옥희가 클로즈업되었다.

"그런데 그 체포된 사람들 가운데 조경순이란 여자가 있다고 했소. 조경순은 김지회의 애인이라고 해요."

"김지회는 어떻게 되었는가요?"

"죽었다더군요. 홍순석 중위도 죽었다는 얘기요."

"그것을 〈노력인민〉의 기사로 할 것 없겠지요?"

"조경순을 붙들고야 그 분들이 죽었다는 것을 확인한 모양이니 곧 부르주아 신문에 대서특필로 나겠지요."

그런 것도 모르고 당에선 김지회, 홍순석이 지리산에서 맹활약을 하고 있을 것이라고 생각하고 있었던 것이다.

"우울한 얘기요."

정태식이 풀이 죽은 투로 중얼거렸다. 국군의 기록에 의하면 홍순석과 김지회가 죽은 상황은 다음과 같다.

「제3연대 제1대대 정보과 선임하사관 김갑순 일등 상사는 대원 2명을 데리고 남원군 산내면 반선리 부락에 침투하여 주막집 과부에게 화장품 몇 개를 주고 "반란군이 오면 술도 주고 밥도 해주며 가능하면 재우도록 하라."고 부탁하고 입석리 본부로 돌아왔다. 김 상사가 자고 있을 때(4월 9일의 새벽 3시) 반선리 부락의 청년단장이 와서 "지금 반란군 30여 명이 와서 밥과 술을 달라고 하고 있다."고 일렀다.

대대장 한 대위는 본부요원 60명을 트럭 1대와 스리쿼터 1대에 태우고 6킬로미터 거리인 그곳으로 갔다. 반군들은 차량 소리를 듣고 도주하기 시작했다. 그것을 발견하고 집중사격을 했다. 날이 밝았기 때문에 사람을 식별하는 덴 별반 지장이 없었다. 홍순석은 김갑순 상사에 의해 사살되었다. 그의 시체에서 인장이 나왔기 때문에 곧 확인할 수가 있었다. 여기서 홍순석을 비롯하여 정치부장, 후방부장 등 17명을 사살하고 반군의 문화부장과 그 밖의 7명을 생포했다.

4월 13일 덕동리의 달궁 부락에 여자를 포함한 반군 수 명이 밥을 얻어먹으러 왔다는 정보를 받고 김갑순 상사는 2명의 대원과 2명의 경찰을 데리고 그곳에 가서 잠복하고 있다가 김지회의 애인 조경순(간호부, 제주도 출신 20세)을 무난히 체포하였다. 그 후 작전을 계속하여 김지회의 행방을 찾았으나 알 수가 없었다. 김갑순 상사는 반선리에 가서 부락민에게 까마귀 모이는 곳이 없더냐고 물었던 바, 연정리 골짜기에 까마귀가 모였더라는 대답이 있었다. 김갑순이 그 일대를 수색했다. 이윽고 1구의 시체를 발견하긴 했는데 부패가 심하여 인상을 판별할 수가 없었다.

남원에 수용되어 있는 조경순에게 김지회의 신체적 특징을 물었더니, 화개장 전투에서 등에 맞은 총상이 있다고 했다. 과연 그 시체에 그것이 있어 김지회라는 것을 알았으나 상부에선 신용하지 않았다. 시체해부까지 하고 조경순에게 보였더니 그의 남편임을 확인하고 얼굴을 돌리며 눈물을 흘렸다. 김지회는 기습을 받고 부상당하여 단신 도주하다가 그곳에서 6백 미터 떨어진 곳에서 숨지고 말았기 때문에 조경순이나 그의 부하들이 행방을 알 수 없었던 것이다. 김지회와 홍순석은 반란을 일으킨 뒤 6개월 만에 죽었다. 한편 반선리의 주막집 과부는 그 후 내습한 반란군에 의해 처참하게 살해되었다.……」

이현상은 지리산에서 파르티잔의 사기가 날로 높아간다는 내용의 편지를 보내왔지만 박갑동은 김지회와 홍순석의 운명에서 파르티잔의 운명을 보는 느낌이 들었다. 그러나 그런 것은 한갓 센티멘털리즘에 불과했고 박갑동의 관심은 오로지 전옥희에게만 있었다. 어느 날의 신문을 봤더니 군법회의에 기소된 문화공작대의 명단에 전옥희의 이름이 빠져 있었다. 박갑숙이란 이름도 없었다. 안도의 숨을 내쉬었지만 불안은 여전히 가시지 않았다. 어떤 젊은 헌병장교와의 사이에 사랑이 싹 터 그 헌병장교와 결혼함으로써 전옥희가 기소를 면했다는 사실을 박갑동이 알게 된 것은 훨씬 후의 일이다.

김태준이 조경순과 더불어 사형선고를 받고 총살된 것은 그 해 9월에 있었던 일이다. 박갑동은 가끔 회의에 사로잡힐 때가 있었다. 과연 이러한 희생을 치를 만한 일을 하고 있는 것인가 하고, 이런 희생을 치르고도 목적을 달성하지 못한다고 하면 너무나 원통한 일이 아니겠는가? 자꾸만 목적이 멀어져가는 것 같아서 그는 자주 허탈감에 빠졌다. 그러나 곧 입을 악물었다. 마음속으로 결의를 다졌다.

'결단코 승리하고 말겠다.' '동족끼리 이렇게 싸워선 안 되는 것이다' 하다가도 테러에 관한 갈등 같은 것을 느끼기도 했다. 교수대에서 죽고, 총 맞아 죽고, 고문에 의해서 죽은 그 누누한 시체가 눈앞에 아른거리면 스르르 테러에의 유혹이 박갑동의 가슴속에 회오리를 일으켰다. 하지만 참아야 했다. 견디어야만 했다. 일시적인 흥분으로써 처리될 일이 아닌 것이다. 황차 승리에의 길이 그렇게 해서 트일 까닭이 없는 것이다.

제26장
조락(凋落)의
계절

1949년의 가을이 깊었다. 가을을 조락의 계절이라고 하지만 남로당으로선 그야말로 조락의 계절이었다. 정태식이 스카라극장 부근, 즉 초동(草洞) 아지트에서 일단 체포되었다가 요행으로 탈출했다는 것은 이미 말한 바 있지만, 이 같은 사건이 당원에게 미치는 영향은 자못 심각하였다. 일반 당원은 물론이고 고급 간부들 가운데도 탈락하는 사람들이 더러 있었고, 아직 탈락까지 안 해도 그런 경향을 보이는 사람들이 늘고 있었다.

정태식과 박갑동이 이끄는 이론진 블록은 그야말로 남로당의 최고 브레인을 망라하고 있었는데, 이 조직에도 틈서리가 나기 시작했다. 신진균과 정해진은 김일성이 여운형과 백남운을 추켜 당의 주도권을 탈취하려고 이른바 3당 합당을 서둘렀을 때 중간에서 동요한 적이 있었기 때문에 정태식은 그들을 기회주의 근성의 소유자라고 보고 별반 기대를 하고 있지 않았다. 그러나 감창환만은 정태식이 높이 평가하고 따라서 아끼고 있었다. 정태식은 박갑동에게 가끔 이런 말을 했다.

"김창환 동무는 당엔 절대로 중요한 인물이오. 그의 경제이론은 추종을 불허할 정도이오. 그런데 난점이 있어. 용기가 부족하단 말이오. 그러니 박 동무가 신경을 써서 그의 사기를 북돋우어 주어야 하오."

이미 말한 바 있지만 김창환은 일본 야마구치고상(山口高商)을 거쳐 도쿄상대를 나온 사람으로서 경제이론과 아울러 경제의 실제에도 밝은 사람이었다. 그런 만큼 약삭빠른 데가 있었고, 자칫 정세를 비관적으로 보는 경향이 없지 않았다. 그런 까닭에 박갑동은 김창환을 위태롭게 보고 있었다.

그러던 차 김창환이 "건강이 좋지 못하니 휴식해야 하겠다."는 쪽지를 전해놓고 모임에 나타나지 않았다. 박갑동은 그대로 보고하지 않을 수 없었다. 정태식이 대경실색하여 "이 때가 어느 땐데 휴식을 하다니. 젖 먹을 때의 힘까지 내야 할 판국이 아닌가? 박 동무가 찾아가서 엄중히 훈계하시오. 만일 말을 듣지 않거든 비상수단을 쓰시오. 단호하게 처리하시오."

휴식하겠다는 말은 곧 당에서 탈락하겠다는 뜻이고, 탈락은 필요에 따라 전향할 수도 있다는 의사표시였다. 이론진의 중추적 역할을 한 사람이 만일 전향이라도 한다면 당의 치명상이 될 수도 있는 것이었다. 단호한 수를 써야만 했다. 박갑동은 김창환의 아지트를 알고 있는 레뽀를 파견하여 만날 장소와 시간을 정하려고 했는데, 파견한 레뽀의 말이 "아지트를 옮겨버려 찾을 수 없다."는 것이었다.

일이 이렇게 되면 사태는 더욱 곤란했다. 박갑동은 김창환의 아지트를 찾느라고 한동안 애를 먹어야만 했다. 김창환은 해방 이후 서울상대의 교수를 했기 때문에 제자가 많았다. 이전의 아지트도 그의 제자 집이었다. 박갑동은 그의 제자들의 집을 탐색함으로써 남대문 근처의 어느 제자 집에 은신하고 있는 김창환을 찾아냈다.

"내게까지 아지트를 비밀로 하는 이유가 뭐요?"하고 박갑동이 따졌다. "숨긴 것이 아니라 이 집 저 집으로 전전하는 바람에 연락을 할 수 없었소. 아지트가 결정되면 곧 알리려고 했소. 오해 마시오."하고 김창환은 극구 변명했다.

"그건 그렇다고 해둡시다. 그런데 건강이 나빠서 쉬겠다는 게 대관절 어떻게 된 말이요?"

박갑동이 날카롭게 찔렀다.

"사실 건강이 나쁩니다."

"건강을 들먹이면 우리들 동지 가운데 양호한 건강을 가진 사람이 어디에 있소? 우선 정태식 선생은 건강한 줄 아시오? 정 선생의 건강은 속으로 썩고 있소. 나부터도 그렇소. 내게는 항상 미열이 있소. 한관영(韓寬永) 동무가 폐병을 앓고 있다는 사실을 아시죠? 김창환 동무는 당원 아뇨? 당원의 책무가 뭐죠? 지금 당이 어떤 처지에 있죠? 그걸 모르시오? 전투 중이오. 그것도 백병전이오. 이런 판국인데 일반 당원도 아닌 간부 당원이 건강을 이유로 전열에서 이탈해요? 피를 토하면서도 싸워야 하는 것이 당원의 의무요. 동무는 당을 저버릴 작정이요?"

"아닙니다, 박 선생. 당에 대한 나의 충성은 변함이 없소. 죽을 때까지 충성은 변하지 않을 것이오. 그러나 지금의 나의 건강은 참으로 말이 아니오. 오죽하면 내가 그런 말을 했겠소? 정 선생의 내게 대한 기대와 신임을 생각하더라도 알 수 있지 않소?"

"그렇다면 좋소. 의사를 불러와서 치료하게 할 터이니 휴식한단 말은 취소하시오. 치료를 받으면서 일할 수도 있지 않겠소? 지나치게 부담스러운 과업은 주지 않을 테니 그리 알고 조직에서 이탈하진 마시오."

박갑동이 이렇게 나오자 김창환은 눈물을 흘리고 "부끄러운 말을 해야겠소."하고 이런 호소를 했다.

"박 선생, 사실을 말하면 난 자신이 없습니다. 붙들리기라도 하면 심신이 쇠약해서 당의 비밀을 고수할 자신이 없습니다. 그래서 나 자신이 두려운 겁니다. 겁이 납니다. 이런 심리상태로 어떻게 일을 하겠습니까?"

김창환의 뺨은 눈물에 흥건히 젖어 있었다. 애처로운 광경이었다. 박갑동이 말소리를 부드럽게 했다.

"그럼 어떻게 하면 좋겠소?"

"나를 일본으로 보내주시오. 일본에 가서 요양할 수 있도록 당에서 편리를 보아주시오."

"그런 이유로 도피하는 것을 당에서 승인할 까닭이 없소. 그러나 저러나 나 개인의 생각만으로 결정할 수 없는 일이니 돌아가서 정 선생과 상의해보겠소."

박갑동이 정태식에게 보고했다. 정태식은 한참을 생각하고 있더니 박갑동에게 "어떻게 하면 좋겠소?"하고 물었다. "정 선생님께서도 아시지요? 김경남이란 사람을 재정 공작 차 일본에 파견한 일 말입니다. 그런데 김경남이 일본으로 간 지 거의 반년이 다 되었는데도 소식이 없습니다. 그 김경남의 재정 공작을 독려하는 임무를 맡기면 명분이 서지 않겠습니까?"하고 대답했다.

"그렇겠군."

정태식이 고개를 끄덕였다. 박갑동은 정태식의 그런 태도로 보아 그가 김창환을 얼마나 아끼고 있는가를 알 수가 있었다. 이어 김창환을 일본으로 보내기 위한 방법의 연구가 있었다. 그것은 간단한 문제였다. 얼마간의 돈을 준비해서 부산에 내려 보내기만 하면 부산시당의 공작부가 일본까지의 밀선을 알선하게 되어 있고, 남로당의 신임장만 있으면 일본의 조총련과 접선하게 되어 있었던 것이었다. 그렇게 해서 김창환은 그 해의 12월 무사히 일본으로 건너갈 수가 있었다.

문제는 연이어 발생했다. 이론진의 멤버 중의 한 사람인 이철(李哲)이 경찰에 체포되었다. 이철은 검찰총장과 법무부장관을 역임한 바 있는 이인(李仁)의 동생이었다. 이철은 그의 조카, 즉 이인의 아들인 이옥(李玉)과 더불어 이인과 사상적으로 투쟁까지 벌이며 열성적으로 당 활동을 한 사람이었는데, 경찰의 고문에 못 이겨 탈당 성명서를 발표하고 풀려나온 것이었다. 정태식은 김창환과 마찬가지로 이철을 사랑하고 있었다. 그런 만큼 이철의 탈락은 안타깝게 생각하고 있었다. 정태식은 박갑동을 불러 "어떻게든 이철을 만나 이미 발표한 탈당 성명을 부인하는 성명을 내고 당으로 돌아오도록 하시오."하는 명령을 내렸다.

박갑동이 와세다대학에 다니고 있을 때 이철은 도쿄 주오(中央)대학에 다니고 있었다. 그런 연고로 두 사람은 도쿄에서부터 친숙한 사이였지만 당 간부가 전향자를 만난다는 것은 위험천만한 일이었다. 한편의 성명서만으로 전향이 인정되는 것이 아니고 전향자가 지켜야 하는 경찰과의 약속에 의해 전향이 인정되는 것이었다.

그 약속의 내용이 어떤 것인지 알 수는 없지만 능히 짐작이 되었다. 전향자에겐 경찰의 감시가 있다고 보아야 했다. 그러니 전향자에 접근하는 것은 스스로 사지(死地)에 접근하는 거나 마찬가지였다. 그런 사정을 모를 리 없는 정태식이 이런 과업을 맡긴다는 것은 그만큼 박갑동의 수완을 믿고 있기 때문이긴 했지만 박갑동으로선 달갑지 않은 일이었다.

그러나 명령이니 거역할 수가 없었다. 박갑동은 이철과 친하게 지내고 자기와도 친숙한 사람을 물색하여 한번 만나자는 전갈을 보냈다. 이철로부터 회답이 왔다. 장소는 남산 밑에 있는 모 변호사 집을 지정하고 날짜와 시간을 알려왔다. 지정된 시간 전에 그 근처를 배회하여 경찰의 배치가 없다는 것을 확인하곤, 시간을 한 시간쯤 늦추어 그 장소로 갔다.

이철은 응응 흐느껴 울며 박갑동을 맞았다. 박갑동도 이철을 껴안고 같이 울었다. 그러면서 당을 배반한 것은 조국을 배반하는 것이니 당으로 돌아오라고 호소했다. 이철은 "용서하시오."를 몇 번이나 되풀이하고는 자기가 약해서 범한 과오라며 "당에서 받아주기만 하면 복귀하겠소."라는 의사를 밝히고 "앞으론 당원으로서 죽겠소."하고 맹세했다. 이 인연으로 6·25 당시 박갑동은 이철을 중앙방송국에 배속시키게 되는 것이지만 이건 앞지른 얘기이다.

정태식을 우두머리로 한 이른바 이론진 블록은 당의 실정을 파악하기 위한 조사작업에 착수했다. 당의 실정을 파악하지 못하곤 시기적절한 이론의 구성이 불가능하거니와 모처럼 만든 이론이 제구실을 못하게 되기 때문이었다.

첫째, 지난 6월 '남조선 민주주의 민족전선'과 '북조선 민주주의 민족전선'이 통합하여 만든 '조국통일 민주주의전선'(조국전선) 내에서의 남로당의 위치가 어떻게 되어 있느냐를 규명해야 했다.

"남로당과 북로당이 합당하여 조선노동당으로 되었다지만 결국 북로당에 흡수된 것으로 보아야겠지요?"

하나하나 따져드는 셈으로 박갑동이 이렇게 물었다.

"대등한 입장에서의 합당이라고는 할 수 없지요. 그러나 우리가 미리 그렇게 생각할 필요는 없을 거요."

정태식이 텁텁하게 말했다.

"그러나 사실상 북로당 주도 하의 대남 전략을 따를 수밖에 없는 것이 아닙니까?"

"대남 전략은 박헌영 위원장의 승낙을 거쳐야 하는 것이니 아직은 우리의 독자성이 있다고 봐야지요."

정태식이 이렇게 말했지만 사정을 모르고 한 소리일 뿐이었다. 법통상으론 그 시점에 남로당은 독자성을 잃고 있었던 것이다. 김남식 씨의 『남로당』을 인용해 그 당시의 상황을 적어본다.

「남북을 통틀어 단일한 정치세력으로 통합하는 구상은 1949년 4월 중순께부터 구체화되었다. 먼저 남북의 통일전선 기구를 합치는 것부터 시작했는데, 남로당을 비롯한 남한의 몇 개 좌익정당에서 먼저 제의하는 형식을 취했다. 1949년 5월 12일 남로당, 민주독립당, 조선인민공화당, 근로인민당, 남조선청우당, 사회민주당, 남조선민주여성동맹, 전평 등의 공동명의로 '북조선 및 남조선 제정당 사회단체 여러분에게'라는 표제로 '조국통일 민주주의전선'을 결성하자고 제의했다. 이들의 제의내용은 다음과 같다.

"조선 인민의 당면한 간절한 과업은 하루속히 미군을 우리 강토로부터 철퇴시키는 것이며 국토를 통일시키는 것이다. 미군의 계속 주둔은 조선 인민을 죽음으로 끌고 가는 길이다. 미군 철퇴와 조국통일을 위한 투쟁에 전 인민을 총궐기시켜야겠다. 모든 정당, 사회단체는 자기들의 역량을 총집결하여 한층 광범한 전 조선적 민족통일전선을 결성할 시기가 박두했다. 그 시기는 닥쳐왔다.…… 만약 당신들이 조국 이익을 중히 여기고 동포를 사랑하고 조국의 운명을 근심하고 자주독립과 민주개혁을 원한다면 이에 열렬히 찬동하리라 확신한다. 이에 우리는 단일한 '조국통일 민주주의전선'을 결성하고 미군 철퇴와 통일을 위한 투쟁에 더욱 조직적으로 일치 협력할 것을 제의하는 바이다. 당신들의 이에 동의하는 회답을 우리는 기다리고 있다."

남로당을 비롯한 남한의 8개 정당, 사회단체로부터의 '조국전선' 결성에 관한 제의 서한을 받은 북조선 민전에서는 5월 16일 '민전' 중앙위원회를 열고 이를 토의했다. 이 회의에서 '조국전선' 결성을 전적으로 찬동하고 속히 실천에 옮기기 위해 결성준비위원회를 조직할 것과, 준비위원회의 제1차 회의를 5월 25일 평양에서 소집할 것을 남로당과 기타 정당에 통고했다. 이때 '조국전선' 결성준비위원회 북한 측 명단은 다음의 23명이었다.

김두봉, 김일성, 허가이, 장순명(이상 북로당), 최용건, 정성언(이상 북조선 민주당), 김달현, 박윤길(북조선 청우당), 최경덕(연맹), 강진건(농민동맹), 현정민(민청), 박정애(여맹), 한설야(문예총), 이기영(조소문화협회), 김일호(애국투사 후원회), 이병제(공업기술연맹), 김창하(농수산기술연맹), 이호림(보건연맹), 조흥희(소비조합), 강양욱(기독교연맹), 신태은(공업회), 이동영(적십자사), 김세율(불교연맹).

한편 남조선 민전 측에서 선출된 준비위원은 다음과 같다.

허헌, 박헌영, 김삼룡, 이기석(이상 남로당), 김원봉, 성주식(이상 인민공화당), 허성택(전평), 이구훈(농민총연맹), 유영준(여성동맹), 조희영(민애청), 김남천(문예총), 김창준(기독교민주연맹), 김응섭(유교연맹), 박경수(협동조합), 정홍석(반일운동자구호회), 정운영(반파쇼투위), 송성철(재일본조선인연맹).

'조국전선' 결성준비위원회 제1차 회의는 평양 모란봉 회의실에서 열렸다. 결성대회는 1949년 6월 25일부터 28일까지 평양 모란봉 극장에서 열렸다. 남북 71개 정당, 사회단체 대표 7백4명이 모였다. 이 회의에서 채택된 결정서의 내용은 다음과 같다.

① 조국전선 결성에 관한 8개 정당 사회단체의 발기를 찬동한다. ② 통일달성에 인민의 총역량을 동원한다. ③ 북한의 민주개혁을 한층 공고히 발전시킨다. ④ 인공(人共)의 활동에 적극 협조한다. ⑤ 민주주의적 권리와 자유를 보장하기 위해 투쟁한다. ⑥ 남한에서 인민위원회 부활과 합법화를 위한 투쟁을 전개한다. ⑦ 무상몰수 무상분배의 토지개혁을 실시한다. ⑧ 일제 소유였던 기업을 국유화한다. ⑨ 투옥된 좌익계 인물들을 석방한다. ⑩ 공산국가들과의 친선을 강화한다. ⑪ 일본의 제국주의 부활을 반대한다. ⑫ 세계평화를 위해 투쟁한다. ⑬ 민족경제와 민족문화를 발전시킨다.

이 회의에서 채택된 선언서의 요지.

① 평화적 통일사 업을 조선 인민 자체로 실천하자. ② 미군의 철퇴를 요구한다. ③ 유엔한국위원단의 철거를 요구한다. ④ 남북선거를 동시에 실시한

다. ⑤ 제 정당 사회단체 대표로 구성된 위원회의 지도 아래 선거한다. ⑥ 남북 정당 사회단체 대표들의 협의회를 소집하고 선거지도위원회를 구성한다. ⑦ 입법기관 선거를 1949년 9월에 실시한다. ⑧ 선거의 자유보장책으로 정치범 석방과 좌익 정당 사회단체의 정치활동의 자유보장을 요구한다. ⑨ 선거지도위원회는 남북에 현존하는 정부와 기관에 선거준비와 실시에 관계되는 필요한 지시를 주며, 외군의 철거를 감시한다. ⑩ 남북의 경찰 및 보안기관은 선거지도위원회의 관할 아래 넘어오며 제주도폭동과 유격운동 진압에 참가한 경찰대를 해산한다. ⑪ 선거에서 수립된 입법기관은 인공의 헌법을 채택하고 정부를 수립한다. ⑫ 남북의 군대를 인공정부가 연합시킨다. 폭동 진압 및 토벌에 참가한 부대는 해산시킨다.

이 대회에서 선출된 '조국전선'의 중앙간부는 다음과 같다.

의장단; 김두봉 허헌 김달현 이영 유영준 정노식 이극로

중앙상무위원; 김일성 김두봉 허헌 박헌영 김달현 김원봉 이영 이용 최용건 박창옥 이승규 홍명희 이극로 김병제 최경덕 강진건 박정애 한설야 이기영 유영준 김남천 강양욱 현정민 서창섭 이구훈 이종만 정노식

서기국장; 김창준

부국장; 이규 김백동

조직연락부장; 장득명

부부장; 김병기

재정부장; 장권

부부장; 고재천

기관지 조국전선사 책임주필; 홍순철

'조국전선'이 남북한을 통한 실질적인 정치기구, 또는 투쟁기구라고 한다면 박헌영의 정치적 지반은 여지없이 함몰되었다고 보아야 한다. 중앙상무위원 27명 가운데 박헌영에게 동조할 사람은 본인을 빼고 불

과 2, 3명밖엔 되지 않았다. 뿐만 아니라 '조국전선'의 결정서와 선언서에 담겨진 내용이 남한의 실정과는 너무나 동떨어져 있었다. 그러나 '조국전선'의 선언서를 접수하고 남로당 서울 지도부는 지방 당에 다음과 같은 투쟁지시를 내렸다.

"결정적 시기가 불원간 도래한다. 결정적 시기를 위한 준비를 하라. 또한 인민군이 진격하게 되므로 각 도당은 '해방지구'를 1개 내지 2개 확보하라. 모든 당 조직은 군사조직으로 개편하고 결정적 투쟁을 전개하라. 돈 있는 사람은 돈을 바치고, 집 있는 사람은 집을 바쳐서 무기를 준비하라."

이와 같은 지령에 따라 서울시당은 아현, 일신, 협성, 동양흥업 등 선반(旋盤) 기계가 있는 공장을 매수하여 폭동에 필요한 수류탄을 만들기 시작했다. 그리고 서울 지도부는 ① 8월 20일에 대한민국 정권을 접수한다. ② 9월 1일에 박헌영이 선거위원장으로 서울에 도착한다. ③ 9월 20일에 총선거를 실시한다. ④ 9월 21일에 서울에 '조선민주주의인민공화국' 중앙정부가 수립된다는 등의 발표를 하고, 정권을 접수하면 은행금고가 개방될 것이니 당원들은 4개월간의 최저 생활비를 제외한 전 재산을 당에 바치라고 지령을 내리기도 했다.

이러한 지령에 반발을 느끼면서도 박갑동은 '행여나' 하는 생각을 지워버릴 수가 없었다. 조직생활에 몰두하게 되면 희망적인 관측과 현실의 인식을 혼동하여 자기 최면에 걸려버리는 경우가 있는 것이었다. 사실 무슨 기적이 일어날지도 몰랐다. 갑자기 미군이 철수한다든가, 국군 내에 대반란이 생길지도 몰랐다. 특공당원이 돌연 봉기해선 일시에 정세를 바꾸어버릴 경우가 있을지도 몰랐다. 혁명은 비약이다. 비약에 혁명이 있다. 혁명은 산술적인 합산이 아니다. 기적과 기적이 디딤돌이 되어 일거에 목적을 달성할 수도 있는 것이다. 러시아의 볼셰비키 혁명처럼……

당세가 기울어들자 박갑동은 부하 당원들을 독려하는 데에 이와 같은 비과학적인 레토릭(修辭)을 간혹 쓰게 되었는데, 그것이 버릇이 되자 자기가 자기에게 최면을 거는, 이른바 자기 최면에 빠지는 경우가 이따금 있었다. 그런데 막상 절망한 상태도 아니었다. 각지의 유격전구에서 들어온 소식 가운덴 사기를 양양케 하는 것이 적지 않았기 때문이다.

1949년이 저물어갈 무렵의 유격대 활동상황은 다음과 같았다. 인민유격대는 각 지방 별로 3개의 명단으로 편성했다. 오대산지구를 제1병단, 지리산지구를 제2병단, 태백산지구를 제3병단이라고 했다. 그 가운데 가장 큰 규모를 가진 것이 이현상 지휘 하의 제2병단이었다. 제2병단은 4개 연대로 편성되어 있었고, 각 연대는 몇 개 군을 활동지역으로 하고 있었다.

제6연대는 총사령부의 경호연대로서 지리산에 본거를 두고 산청, 함양, 구례 북부와 남원군 일대를 주 무대로 했고, 제7연대는 사령부를 백운산에 두고 순천 남부, 곡성 북부, 하동, 광양, 구례남부를 활동지역으로 하고, 제8연대는 조계산에 본거를 두고 순창, 화순, 곡성, 남부, 순천 북부를 대상으로 하고, 제9연대는 덕유산을 본거로 하여 무주, 장수, 거창 일대에서 움직이고 있었다. 제3병단은 제주도 4·3 폭동의 주모자인 김달삼을 사령관으로 하고 남도부를 부사령관으로 하여 경북의 안동, 영덕 일대를 주 무대로 움직였다.

이렇게 인민유격대가 3개 병단으로 편성되고 각 도당이 군사조직으로 개편된 후 유격투쟁은 한때 격렬해졌다. 모든 당 조직은 지구부의 일부를 자기 관내의 산악지대로 이동시켜 유격투쟁을 지휘케 했는데, 현지에서 지휘한다 하여 '현지당부'라는 이름을 붙이기로 했다.」

김남식의 기록을 좀 더 인용한다.

「지방당에서는 당 조직망을 통해 "멀지 않아 해방이 된다." "북으로부터 인민군이 넘어온다."는 등의 허위선전으로 당원들을 강제 입산시킴으로써 야산대와 인민유격대를 확장했다. 7월 21일 경북 영일군 신광면에서 43명의 좌익 청년이 마을에 내려온 수 명의 무장유격대의 강요로 입산했다. 같은 날 같은 군의 죽장면 원용 부락 청년 4명, 합덕리 부락 청년 21명이 입산했다. 23일 같은 부락에서 13명, 24과 25일 이틀 동안 기계면에서 48명, 26일 동해면과 청하면에서 26명이 강제 입산당했다.

7월 21일 경북 봉화군 재산면에서 75명이 한꺼번에 유격대에 끌려 산으로 들어갔다. 그밖에 경산, 경주, 영주, 안동, 청도, 영덕 등에서도 그러했는데, 7월 21일부터 30일까지 열흘 동안에 경북에서만 4백51명의 좌익청년이 입산하여 야산대 또는 유격대에 합류했다. 전남지구에선 7월 24일 새벽 광양군 다암면에서 29명이 입산한 것을 비롯하여 7월 30일까지 3백54명이 유격대에 들어갔다.

이들 무장유격대의 장비를 보면 처음에는 낫, 호미, 곡괭이, 죽창, 장도 같은 원시적인 것이었는데 점차 카빈, M1과 경기관총, 중기관총, 심지어 몇 문의 박격포까지 가지게 되었다. 지리산지구에선 무기를 수리하고 폭탄을 만드는 철공장을 운영했고, 무전(無電)과 촬영대가 제2병단 사령부에 배속되어 있었다. 그밖에 유격대원 복장을 만들고 수선하는 몇 대의 재봉틀과 오락용 악기들도 갖추고 있었다. 유격대 근거지에선 등사판을 이용하여 신문과 각종 인쇄물을 발행하여 무장 유격대원과 부락 주민들에게 배포하는 등 선전 선동 활동을 전개했다.

야산대와 무장유격대의 수가 늘어남에 따라 식량보급이 큰 문제였다. 초기엔 지방 당과 부락 당 세포들 사이에 연계가 있었기 때문에 그들로부터 협조를 받을 수 있었지만, 지방 당 조직이 파괴되고 모두 입산해버린 처지에선 마을에 내려와 식량이 될 만한 것이면 무엇이건 빼앗아가는 수밖에 없었다. 당시 무장유격대들이 농민들로부터 빼앗아간 식량과 돈과 옷가지 등에 대해 노동당 기관지는 마치 농민들이 자진해서 제공한 것처럼 다음과 같이 늘어놓았다.

"······남반부의 농민 대중이 각 전구의 유격대에 열렬한 동정과 원호를 하고 있다는 것은 다음의 사실로써 우리는 명백히 알 수 있다.······ 1949년 8월 인민들로부터 식량 2천여 말과 옷가지 2천6백여 점, 현금 97만 원이 자진 원조되었다. 그리고 11월에 이르러서는 식량 1만2천9백여 말, 옷가지 3천5백여 점, 그리고 현금 6천3백여만 원을 자진 원조하였다. 이승만 도당이 각처의 산간부락을 파괴, 방화하고 그곳의 농민들을 강체 축출하는 것은 기실 농민들의 유격대와의 연락을 단절하려는 발악에서 나온 것이지만, 가면 갈수록 유격대를 원호하는 농민들의 열정과 애정은 높아가고 있다."

무장 유격대는 식량을 구하기가 점점 어렵게 되자 부락을 기습하여 우익계와 중도계 농민, 또는 자기들에게 비협조적인 농민들을 '반동분자', '지주'로 몰아 숙청하거나 총칼로 위협하여 창고에 있는 곡물을 털어갔다. 이러한 식량 약탈에 대해 무장 유격대들은 토지개혁이란 명분을 내세워 합리화하는 방법을 쓰기로 했다. 유격대가 어느 부락을 습격 점거하면 그 부락 출신의 유격대원을 앞장세워 "멀지 않아 해방된다.""인공 치하가 되면 토지개혁을 해야 한다." 등으로 부락민을 선동하고 지주, 부농의 집에 불을 질러 토지문서 등을 태워버렸다. 그리고 이들의 토지를 무상으로 소작인에게 분배하고는 유격대에 식량을 바칠 것을 강요했다. 다음은 유격전구에서 농가의 방화와 토지개혁에 대해 이승엽이 선전책자에 발표한 내용의 일부이다.

"······1949년 10월에 들어 벌써 45개소의 면사무소와 많은 반동 지주의 가옥이 없어졌다. 11월에 이르러서는 경북의 봉화, 안동, 영주, 성주 등지에서 22회의 농민폭동이 일어났으며, 전남북 일대에서는 담양, 염광, 광양, 장성, 보성, 남원, 구례, 나주, 임실, 고창 등지에서 24회의 농민투쟁이 전개되었다. 11월 중 토지개혁을 위한 폭동에 참가한 농민의 수는 4만2천9백여 명에 달했다. ······10월 29일 전남 담양군 수복면의 46개 부락에서는 4천여 명의 농민들이 유격대원 70명의 원조 아래 악질 지주들을 인민재판에서 존엄하게 처단하고 토지의 무상분배를 실시했다. 같은 날 영광군 대마면에서도 농민들이 무장대에 호응하여 토지개혁을 단행했다. 11월 9일에 봉화군 선체면에서 2천여 명이, 같은 날 영덕군 지품면에서 7백여 명이, 22일에는 함평군 해보면에서 1천여 명이 유격대와 함께 봉기하여 지주의 토지를 무상으로 분배했다."

이 같은 이승엽의 글은 허위였다. 하지만 유격대가 토지개혁이란 명분으로 농민들로부터 식량을 강제 약탈했다는 것은 사실이었다. 경남북 일대, 전남북 일대에 걸쳐 무장 유격대의 움직임은 활발했고, 그 방자함이 잔인하기도 했으나 그들의 목적, 즉 남한의 정부를 약화시키겠다는 목표엔 아득히 미치지 못했다. 오히려 산간부의 농민들을 괴롭히게만 되어 그들과 인민들의 사이는 멀어지게 되었다. 인민을 위해 복무한다는 구호를 걸고 인민의 재산을 약탈하고 있었으므로 자연 민심을 잃을 수밖에 없었다.」

고향이 산청인 박갑동은 어쩌다 만나는 고향사람들로부터 유격대가 민심을 잃어가고 있다는 얘기를 여러 차례 들었다. 박갑동을 서울에서 사업을 하고 있는 사람이라고만 알고 있는 고향사람들은 전엔 약간 좌익에게 동정적인 사상을 가지고 있었던 사람마저도 "전엔 경찰을 비난하던 사람들도 요즘엔 경찰 욕을 하지 않고 파르티잔을 원망하게 되었어. 공산당이 민심을 잃어가고 앞으로 어떻게 할 건지……"하는 투로 남로당을 비판하는 것이었다. 그런 말을 들을 때마다 암담한 심정이 되지만 그런 감정을 표시할 수가 없어 "혁명하는 과정에선 그런 무리도 있게 마련 아닙니까?"하고 얼버무렸다.

1949년의 11월에 들어 박갑동에게 충격적인 사건이 생겼다. 자기가 통솔하고 있는 기관지부의 지방과(地方課) 연락책들이 경찰에 검거된 것이었다. 중앙에 주재해 있으며 지방과의 연락을 맡아 있는 책임자들은 한복수, 정명술, 오필호, 김성율, 박근일, 한진 6명이었는데, 그 가운데서 한복수, 정명술, 오필호는 체포되고 김성율, 박근일, 한

진이 가까스로 체포를 면했다. 이들은 모두 박갑동이 신임하고 있었던 사람들이었다. 하나같이 당성이 강한 활동가들이기도 했다.

한복수는 경남 창원 사람으로 일명 한 선생이라고도 불리는 사람이었다. 나이는 마흔을 넘은, 중후한 성격의 소유자였다. 본적지에서 보통학교를 졸업하고 26세 때까지 농사를 짓다가 일본으로 건너가 약 1년간 자동차 조수, 상점 점원 노릇을 하며 지내다가 해방 후 귀국해선 장사를 하고 있던 중 인민위원회에 가입하고, 김석모라는 사람의 보증으로 남로당에 입당, 그 당성을 인정받아 중앙기관 지부의 지방 연락책이 된 사람이었다.

정명술은 나이 37세로 경북 김천 사람이었다. 일본의 아자부(麻布) 중학을 나와 도쿄수의학교를 졸업하고 경북 도청의 기사로 8년간 근무하다가 1947년 3월에 민전에 가입, 1948년 4월에 남로당에 입당했다. 역시 그 당성을 인정받아 남로당 중앙기관지부 지방 연락책이 된 사람이었다.

오필호는 황해도 연백 사람으로 31세였다. 24세 때 일본 가고시마(鹿兒島)중학교를 졸업하고 도쿄물리학교에 1년 동안 재학하다 중퇴한 후 황해도 해주 스미토모(住友)제철회사에서 사무원으로 근무하다가 해방 후 민애청, 농민조합의 간부로 활동했다. 1947년 6월 남로당에 입당하여 경기도당의 38선 루트 공작원으로 가평지구를 맡아 있었다. 그러던 중 당성을 인정받아 기관지부의 연락책이 된 것이었다.

자기의 직속인 만큼 박갑동은 이들의 인적 사항을 정확하게 기억하고 있었다. 이들 연락책들은 자기가 담당하고 있는 지방의 당 내외 사정을 파악하여 신문 편집을 위한 재료를 제공하는 한편, 각종의 선전문, 격문 등을 지방에 전달하는 역할을 맡고 있었다. 때에 따라선 중앙에서 만든 연판(鉛版)을 부산, 광주, 대구 등지의 요지에 직접 운반하는 일도 맡아야만 했다. 신문을 운반하려면 부피가 크기 때문에 연판을 이용하면 운반이 간단한 것이다.

불행 중 다행인 것은 중앙기관지부 지방과 책임자, 즉 이들의 상위 자(上位者)인 김성율이 체포를 면했다는 사실이다. 박갑동은 그 사건의 세부를 알기 위해 김성율과의 접선을 시도했다. 1주일 후에 박갑동은 김성율을 청계천 순댓국집에서 만날 수 있었다. 이때 김성율이 한 보고는 다음과 같았다.

"한복수 동무는 나의 충실한 레뽀였습니다. 정명술은 기관지부 지방과의 영남 블록 책임자였고, 오필호는 정명술의 레뽀였습니다. 박근일은 지방과의 경북 연락원이고, 한진은 경남 연락원입니다. 모두들 빈틈없는 당원들인데 어디서 틈서리가 났는지 아직은 알 수가 없습니다. 한 가지 마음에 걸리는 것은 오필호가 경찰에 낯이 익은 사람이었다는 사실입니다. 오필호는 38선의 루트 책임자로 있을 때 몇 번인가 검거된 적이 있습니다. 그럴 때마다 고문을 이겨내어 신분을 숨겼기 때문에 구류처분 이상을 받은 적이 없었지요. 그러나 낯이 익은 형사가 있지 않겠습니까? 미행을 당한 거지요. 이건 나의 추측이지만. 그런 사람을 영남 블록 책임자의 레뽀로 썼다는 게 잘못이었죠. 그러나 오필호의 당성은 의심할 수가 없습니다. 오필호는 〈노력인민〉의 연판을 십수 차례 지방에 운반한 적이 있지만 한 번도 실수하지 않았으니까요. 이번에도 그들은 아무런 증거도 몸에 붙이고 있지 않았으니까 고문을 잘 이겨내기만 하면 별 탈은 없을 줄 압니다."

박갑동은 레뽀와 연락장소를 바꿀 것을 전제로 하고 김성율을 기관지부의 지방과책으로 유임시키기로 했다. 이 사건이 있은 지 얼마 안되어 서울시당 선전부 출판과의 간부들, 이종표 선전 출판과책을 비롯하여 강갑수, 이만석, 이종욱, 김봉열의 5명이 체포되었다는 보고가 날아들었다. 그러나 이 사건에 놀라고 있을 틈도 없이 대사건이 터졌다. 남로당의 중앙조직부의 중견간부를 비롯한 26명이 일망타진된 것이었다.

얼마나 다급했으면 김삼룡이 정태식을 통해 박갑동에게 사건의 전모를 알아달라고 부탁했겠는가? 박갑동은 부득이 법무부장관 동생인 이철을 이용할 밖에 없었다. 이철은 자기 형님과의 인연으로 괄시하지 못할 법원 관계의 인사에게 부탁한 모양으로, 3일 만에 다음과 같은 보고서를 박갑동에게 제출했다.

사건명=남로당 중앙조직부사건

관련자 인적 사항

① 좌혁상(46세, 일명 장동호)

　　본적; 제주도 남제주군 대정면 신도리 3032, 주소; 서울시 종로구 와룡동 15, 직업; 무직, 가입정당; 남로당(중앙조직부 수습책)

② 박상철(25세)

　　본적; 경북 청도군 금천면 신지동 242, 주소 서울시 서대문구 북아현동 산5-1, 직업; 무직, 가입정당; 남로당(중앙조직부 부책(副責))

③ 송기종(40세, 가명 오영천)

　　본적; 전남 고흥군 동강면 대강리 346, 주소; 서울시 서대문구 북아현동 1-488, 직업; 무직, 가입정당; 남로당(중앙조직부 병선 통제책(丙線統制責) 겸 재정공작원)

④ 상무상(42세, 가명 김)

　　본적; 경북 대구시 동구 상동 235, 주소; 서울시 동대문구 창신동 95-2, 직업; 무직, 가입정당; 남로당(중앙조직부 지도과책)

⑤ 곽기섭(29세, 가명 방)

　　본적; 경북 달성군 현풍면 원교리 2-1, 주소; 서울시 종로구 옥인동 14, 직업; 대동상사 사무원, 가입정당; 남로당(중앙조직부 갑선 통제책(甲線統制責))

⑥ 유창영(32세, 가명 유재갑)

본적; 전남 나주군 다시면 죽산이 917, 주소; 서울시 성동구 하왕십리
동 33, 직업; 자유노동, 가입정당; 남로당(중앙조직부 을선 통제책(乙線
統制責))

⑦ 이종호(33세)

본적; 경북 성주군 월향면 안포리 234, 주소; 서울시 동대문구 신설동
390-2, 직업; 서적상, 가입정당; 남로당(중앙조직부 간부연락원)

⑧ 이윤우(45세)

본적; 함남 북청군 낙후면 오매리 315, 주소; 서울시 종로구 동숭동
2-4, 직업; 회사원, 가입정당; 남로당(중앙조직부 간부연락원)

⑨ 정민환(45세)

본적 전남 순천군 순천읍 영동 88, 주소; 서울시 서대문구 서대문로 1가
195, 직업; 회사원, 가입정당; 남로당(중앙조직부 재정공작원)

⑩ 유성계(40세)

본적; 전남 여수군 율촌면 취적리 206, 주소; 서울시 서대문구 북아현
동 1-488, 직업; 무직, 가입정당; 무

⑪ 정원(23세, 가명 김)

본적; 경북구 봉화군 명호면 북곡리, 주소; 서울시 서대문구 홍파동 2-4,
직업; 국제화학 공장 직공, 가입정당; 남로당(중앙조직부 순회연락원)

⑫ 최규용(47세)

본적; 경기도 시흥군 동면 수산리 135, 주소; 서울시 종로구 권농동 88,
직업; 조선흥업주식회사 부사장, 가입정당; 무

⑬ 김용보(42세)

본적; 전남 보성군 벌교면 척영리, 주소; 서울시 종로구 체부동 136, 직
업; 화장품 제조업, 가입정당; 무

⑭ 김혜숙(여, 34세)

본적; 경남 부산시 동구 초량동 36, 주소; 서울시 성북구 돈암동 산 14, 직업; 무직 침모(針母), 가입정당; 남로당(중앙조직부 연락원)

⑮ 김훈종(22세)

본적; 경북 영양군 영양면 동부동 507, 주소; 서울시 종로구 누상동 166-40, 직업; 자동차 용품상, 가입정당; 남로당(중앙조직부 아지트 키퍼)

⑯ 곽경섭(27세)

본적; 경북 달성군 현풍면 원교리 1-1, 주소; 서울시 종로구 적선동 61, 직업; 무직, 가입정당; 무

⑰ 최영진(여, 41세)

본적; 전남 함평군 함평면 기각리, 주소; 서울시 종로구 서대문로 1가 195, 직업; 여관업, 가입정당; 무

⑱ 최석호(21세)

본적; 경북 예천군 예천읍 통면동 40, 주소; 서울시 종로구 서대문로 1가 195, 직업; 여관 용인(傭人), 가입정당; 무

⑲ 이금봉(여, 31세)

본적; 전남 나주군 나주읍 과원동 44, 주소; 서울시 종로구 돈의동 161, 직업; 무직, 가입정당; 무

⑳ 이동심(여, 40세)

본적; 전남 광주시 명치동 5가 61, 주소; 서울시 중구 충무로 3가 109, 직업; 주류업, 가입정당; 무

㉑ 강광희(여, 28세)

본적; 충남 논산군 성동면 삼산리, 주소; 서울시 중구 을지로 3가 225, 직업; 여급(女給), 가입정당; 무

㉒ 박천례(여, 43세)

본적; 전남 목포시 산정동 338, 주소; 서울시 중구 충무로 2가 60, 직업; 무직, 가입정당; 무

㉓ 임한종(여, 23세, 일명 임백화)

　본적; 강원도 횡성군 회성면 읍하리, 주소; 서울시 종로구 경운동 63-

　7, 직업; 기생, 가입정당; 무

㉔ 원용희(여, 19세)

　본적; 강원도 원성군 부론면 단강리, 주소; 서울시 마포구 대흥동 산

　1-57, 직업; 무, 가입정당; 남로당, 여성동맹

㉕ 이용발(38세)

　본적; 경북 청송군 진보면 이촌동 89, 주소; 서울시 종로구 누상동 3,

　직업; 회사원(기아전기제작소), 가입정당; 무

㉖ 한연자(여, 35세)

　본적; 경기도 부천군 소사읍 소사리 13, 주소; 서울시 종로구 적선동

　61, 직업; 무직, 가입정당; 무

　이철이 보내온 보고서의 인적 사항을 훑어본 정태식이 "이렇게 나열된 이름만 보아도 무슨 스펙터클(대활극)을 연상할 수 있겠군."하고 씁쓸한 표정을 지었다.

　"경찰의 조서를 그냥 베껴 쓴 것 같은데 다음의 내용도 읽어보시겠습니까?"

　박갑동이 이렇게 묻자 정태식은 "박 선생이 읽어보시면 그만일 것을 나까지 읽을 필요가 있겠소?"하고는 "중요한 요점만 말해주시오."했다. 독자들이 남로당의 일면을 인식하는데 참고가 될 것 같아서 그 기록 전부를 옮겨본다.

내용

가) 과거의 활동 상황

　*좌혁상(左赫相)은 1916년(13세 시) 제주도 대정보통학교 4년을 가정 사

정으로 중퇴하고, 1922년 일본으로 건너간 후 약 4년 동안 자유노동을 하다가 귀국하여 인삼 및 잡화행상을 하던 중, 31세 때인 1934년 9월 말일 경 전남도경에 치안유지법 위반 피의사건으로 피검, 5년간 복역 후 석방되어 미곡상을 하였고, 1945년 12월 상순 복역 중 알게 된 유혁(柳赫)의 권유로 조선공산당에 입당하여 활동하다가 1946년 3월 초순 포고령 제2호 위반 피의사건으로 광주경찰서에 피검되어 광주지법에 6개월간 미결수로 있다가 무죄 석방되었으며, 1947년 4월 중순 남로당 전남도 농림부책 겸 도농련(道農聯) 부위원장에 임명되고, 동년 12월 하순 남로당 전남도 간부책에, 1948년 9월 중순 전남도당 당책, 1949년 4월 말엔 남로당 중앙조직부 제3선 통제책에 임명된 바 있고, 1948년 10월 상경하여 활동 중 12월 하순 국가보안법 위반 피의 사건으로 서울시경 사찰과에 피검, 서울지검에서 기소유예 처분을 받은 자이다.

*박상철(朴相哲)은 1943년(19세 시) 일본 도쿄 메이지(明治)상업학교를 졸업하고 1945년 메이지대학 전문부 상과를 졸업한 후, 1946년 1월 하순 당시 대구 공산청년동맹 위원장인 황태성(黃泰成)의 권유로 조선공산당에 입당하여 동년 4월경 대구 민청 프락치책 및 대구시 민청위원장으로서 민청을 지도하다가, 동년 1월 2일 '10월 폭동사건' 혐의로 대구경찰서에 피검되었으나 동일 오후 1시경 폭동 학생대가 대구경찰서를 습격 점거하자 도주하였고, 1947년 1월 경북도당 수습 조직부원 겸 왜관, 성주, 선산 블록책으로서 3개 군당을 수습하였으며, 동년 3월 5일엔 '10월 폭동사건' 혐의로 다시 경북 왜관경찰서에 피검되었으나 7월 5일 무죄로 석방되었고, 동년 8월경 경북 달성군당 책임 오르그, 1948년 3월엔 경북 영주군당 책임 오르그로서 활동 중, 동년 5월 30일 경북 영주경찰서에 법령 제19호 4조 위반 혐의사건으로 피검되었다가 7월 30일 기소유예 처분을 받아 석방되었고, 계속하여 동년 9월경엔 경북 달성군당 수습 오르그를, 1949년 1월엔 경북 고령군 당책 대리로서 고령군당을 수습한 자이다.

*송기종(宋基宗)은 1924년(15세 시)까지 약 7년간 한문 수학을 한 후 농

사에 종사하다가 1931년까지 약 4년간 자동차 운전수로 근무하고, 26세 시인 1935년 8월경 치안유지법 위반으로 피검되어 2년6개월 간 복역 후 해방 시까지 소록도 나병요양소 사무원으로 근무하고, 1946년 4월 법령 제19호 위반으로 광주형무소에서 10개월 간 복역하고, 1947년 10월 남로당에 자진 입당하여 10월 중순 남로당 고흥군 당책으로 피임된 후 당원 모집 및 선전활동을 하였다. 이어 1948년 12월 전남도당에 소환되어 도당 부녀부책으로 전남 각 군의 여성동맹 조직과 선전 등을 감행하고 1949년 1월엔 도당 재정부책으로 전임하여 재정부원 이준용으로 하여금 담양 방면의 재정 공작을 감행토록 한 자이다.

*상무상(尙武祥)은 1928년(21세 시) 대구고등보통학교를 졸업하고, 1928년 10월 치안유지법 위반으로 피검되어 2년 5개월 간 복역 후 석방되어 본적지에서 12년 간 농업에 종사하다가, 대구과물(果物)동업협동조합 서기로 취직 근무 중 해방이 되자 노동조합을 사직하고, 1945년 10월 경북 달성군 농민조합장, 1946년 1월엔 경북도 농민연맹 총무부원으로 있다가 동년 2월 3당 합당 당시 남로당에 입당하고, 1948년 2월 상경하여 행상을 하던 중, 동년 7월엔 전국농민총연맹원으로 임명되었으며, 1949년 3월 전기 전국농민총연맹의 레뽀로서 활동하다가 동년 3월 5일 피검되어 서울지법에서 국가보안법 위반으로 2년 징역에 4년 간 집행유예를 받은 자이다.

*곽기섭(郭祺燮)은 1940년(20세 시) 대구 계성중학을 졸업하고, 1940년부터 만 3년 간 경북도청 내무과에 근무하다가 징용으로 사직하였으며, 해방 후 농사 및 상업에 종사하였으나 실패하고, 1948년 4월 상경하여 대동상사 사무원으로 취직하였고, 1947년 6월 20일 포고령 제2호 위반으로 대구경찰서에 피검되어 40일 만에 석방된 후 곧 중학 동창인 정문시의 권유로 남로당에 입당한 자이다.

*유창영(柳昌永)은 1934년(17세 시) 전남 광주농업학교 1년을 수료하고 약 10년 간 본적지에서 농업에 종사하다가, 1945년부터 약 2년 간 면사무소

서기로 있었고, 1947년 8월 20일 남로당 다시면 당책 최봉규의 권유로 남로당에 입당하여 부락 농민위원회 위원장으로서 동년 10월 15일을 전후하여 본적지 부락 내외에 5차에 걸쳐 불온 삐라 살포 및 첨부를 감행하고, 동년 10월 20일부터 본적지 부락민에게 남로당 산하단체인 농민위원회에 가입토록 선동 권유하였고, 동년 11월 25일 포고령 제2호 위반으로 피검되어 29일 간 구류 처분을 받았으며, 본적지 농위죽산 구역 오르그로서 동년 12월 10일부터 본적지 농민위원회를 강화하고, 1948년 1월 20일 다시면 농민위원회의 선전부장에 승진되어 다시면 일원에 걸쳐 농민위원회 선전사업을 적극 추진시켰고, 3·1절 기념행사를 남로당 노선에 의하여 거행하였다. 그리고 동년 4월 20일 전남 나주군당 오르그로서 본적지 면당 전체 사업을 지도함과 동시에 면민에게 5·10 선거 반대투쟁을 적극 지도하고, 동년 6월 25일 나주군 농민위원회 선전부 사업을 지도했고, 동년 8월 10일부터 전남도당 나주군 주재 보조 오르그로서 나주군당의 사업을 지도한 자이다.

*이종호(李鍾浩)는 1932년(16세 시) 성주보통학교를 졸업하고 1941년까지 농업에 종사하다가, 일본으로 건너가 약 2년 간 규슈(九州)에서 고물상을 하고, 귀국 후 대구에서 소규모의 공장을 경영하였고, 1947년 9월 초순 포고령 제2호 위반으로 피검되었으나 10일 후 훈계 방면되었으며, 동년 10월 초순 고향 친구 이수근의 권유로 남로당에 입당하려 평당원으로 있다가, 1948년 6월 초 경북도당 조직부 연락과원에 등용되고, 1949년 2월 가족과 함께 상경하여 동도서원이란 서적상을 경영 중 동년 3월 남로당 중앙조직부 문서과 연락원으로 승진된 자이다.

*이윤우(李潤雨)는 1918년(14세 시) 일본으로 가서 1927년 도쿄 영어중학교 2년을 중퇴하고 노동에 종사하다가 1949년 2월 귀국하여 부흥공무소 사무원으로 근무 중, 동년 11월 15일 일본에서 친교가 있었던 임모(일본 명 安東)의 권유로 남로당에 입당한 자이다.

*정민환(鄭珉煥)은 1926년(22세 시) 서울 중앙중학교를 졸업한 후, 1927

년 일본 히로시마고등사범학교를 입학하였으나 1년 후 중퇴하고, 귀국하여 순천 금융조합 서기로 있다가 1931년 사직하는 동시에 주조업과 목재회사를 경영하여 조선흥업주식회사 상무취체역(取締役)으로 있던 자로서, 1949년 5월 자금 융통 관계로 알게 된 남로당원 김호선의 권유로 남로당에 입당한 자이다.

*유성계(柳成溪)는 1927년(18세 시) 도쿄 도자이(東西)상업학교를 졸업, 주오대학 예과를 입학하여 1년 후 중퇴하고 도쿄고사(高師)에 입학, 1935년 동교를 졸업한 후 일본 가와사키(川崎) 다카즈(高津)의 교사로 약 3년 간 근무하다가, 니혼(日本)대학 정경학부에 입학하여 1941년 동교를 졸업, 1945년 3월 귀국하여 조선총독부 유교연합회 참사 겸 촉탁으로 근무하였고, 1946년 1월 전남 영암군수를 비롯하여 수 개 군의 군수를 역임하였으며 1948년 5월 목포 부윤(府尹)으로 전임하여 1949년 2월 동 직을 사임한 자이다.

다음은 중요하지 않으므로 간추린다.

정원(鄭元)은 1947년 남로당에 입당, 경북 상주농잠학교 세포원으로 있던 자이고, 최규용은 조선흥업의 부사장인 사업가이고, 김용보는 화장품 제조업을 하는 자이다. 김혜숙(金惠淑)은 무학으로 1930년(15세 시) 결혼하여 일본에서 거주하다가 1943년 남편과 사별하고 해방 후 귀국, 참모로 있던 중 1949년 11월 21일 동향인인 김훈종의 소개로 알게 된 유창영의 소개로 남로당에 입당한 자이다. 김훈종(金薰鍾)은 1947년 7월에 남로당에 입당한 자이고, 곽경섭(郭景燮)은 1949년 6월 구직 차 상경한 자이다.

최영진(崔寧珍)은 이혼력이 있는 여자로서 현재 여관업을 경영하는 자이며, 최석호는 그 여관의 종업원이고, 이금봉은 남로당원 김홍식과 동거하고 있는 여자이고, 이용발(李龍發)은 택시 운전사를 하다가 기아전기제작소에 근무하고 있는 노동자이다. 이밖에 이동심은 주막집 안주인, 강광희는 바 여급,

박천례는 하숙집 안주인, 임한종은 기생, 원용희는 여성동맹 마포 대흥동 분회의 세포, 한연자(韓蓮子)는 1931년 17세 때 진명여학교 3학년을 수료한 가정부인인데 곽경섭과 금전거래가 있는 여자이다.

박갑동은 그 다음에 이어진 범죄사실 기록을 보고 아연실색했다. 자백하지 않았으면 폭로될 까닭도 없는, 그야말로 어처구니없는 내용들이었다. 예컨대 "조직부대 좌혁상은 11월 28일 오후 5시 홍순루(중국음식점)에서 중앙위원 임모(미 체포)에게 경과보고를 하자 임으로부터 지도과장 상무상과 연결된 우모에 대한 특별심사를 하고 현 조직 기구에서 제거하라는 지시를 받았다."는 것이 있었다.

무슨 까닭으로 이런 소상한 자백을 할 필요가 있었을까? 박갑동은 분격을 금할 수가 없었다. 물론 고문에 의한 자백이겠지만 소상한 자백을 할수록 고문의 가혹도가 더하다는 것은 비(非) 합법당 당원이면 절대적으로 명심해야 할 일이었다. 또 다음과 같은 기록이 있었다.

「지도과책 상무상은 29일 오전 9시 30분과 10시 30분에 각각 갑선 통제책 곽기섭, 병선 통제책 송기종과 연락하고 오전 11시 30분경에는 자기 집에서 조직부 부책 박상철로부터 사업 추진의 태만에 대한 비판을 받고 유창영, 홍태진의 이력서와 정충초(미 체포)의 밀봉서를 전달했다. 중앙조직부책 좌혁상은 29일 오후 1시 30분 부책 박상철로부터 전기 유창영, 홍태진의 소환을 보고받자, 유창영을 을선 통제책으로, 홍태진을 일반 지방의 소환 간부 통제책으로 배치하고, 지도과책 보조원 최성일은 을선 통제책 유창영, 간부통제책 홍태진, 전남 통제책 최남옥을 각각 통제하도록 하고, 지도과책 상무상은 지도과책 보조원 최성일, 갑선 통제책 곽기섭, 병선 통제책 송기종 3인을 직접 통제하라는 지시를 했다.……」

여기까지 읽다가 박갑동은 "기분이 나빠 더 이상 읽을 수가 없다."
며 이철이 전달한 기록을 팽개쳐버렸다.

　"박 선생 왜 그러시오?"

　정태식이 침울한 얼굴로 물었다.

　"도대체 이 사람들 정신이 있는 겁니까, 없는 겁니까? 체포된 지 얼
마 되지도 않았는데 이렇게 고해 바쳤다면, 당의 중앙조직부는 파멸된
거나 마찬가집니다."하고 박갑동이 흥분했다. "좌혁상 씨는 그처럼 호
락호락한 인물이 아니오. 가장 귀중한 것을 숨기기 위해서 하나마나한
얘기는 죄다 털어 놓은 게 아닐까요? 혹시 삼 선생에 관한 언급이 있
을지 모르니 차분히 읽어보시오."하는 정태식의 말이 있었다. 정태식
이 말하는 '삼 선생'이란 김삼룡을 가리키는 말이었다. 박갑동은 팽개
친 기록을 다시 집어 들었다. 기록은 다음과 같이 계속되었다.

　「좌혁상은 22일 오후 10시 30분 기아(起亞) 아지트에서 박상철로부터 하부
상황을 보고받고 전남 소위에 있는 송기종을 소환하라는 지시를 내렸다. 박상
철은 23일 오전 11시 30분 상무상의 집에서 상무상에게 송기종을 소환하라는
지시를 하고 곽기섭의 하부자(下部者)인 정원, 서순용을 충북, 경남북, 충남,
전남북 블록책으로 각각 정하여 순회 레뽀를 적당하게 배치하라는 지시를 내
리고 송기종의 이력서를 받았다.

　좌혁상은 23일 오전 1시 30분 기아 아지트에서 박상철로부터 송기종의 이
력서를 받아 그를 병선 통제책으로 배치할 것과 고모 여인(미 체포)을 송기종
하부의 병선 순회 레뽀로 결정하라는 지시와 전남 소위에서 적당한 자를 선택
소환하라는 지시를 내리고, 같은 날 오후 5시 보영루라는 중국집에서 자기의
상부인 중앙위원 임모를 만나 보고했다. 임은 사업추진이 태만하다는 지적을
하고 공작비 15만 원을 좌혁상에게 주었다.

　박상철은 24일 오전 11시 30분경 상무상을 만나 아지트를 아직 구하지 못

한 데 대해 비판하고, 전남 소위에서 3명을 소환하고 송기종을 병선 통제책으로 배치함과 동시에 정상선, 예비선, 비상선을 각각 정했다. 정상선을 종로 3가에 있는 3층 집으로 하고 예비선은 낮 12시 30분 통의동 소재의 중국집 부흥루로 하고, 비상선은 다음날 오전 11시 30분 서대문 소재 금융조합연합회 2층 골마루로 정했다. 11월 9일 좌혁상은 오후 5시경 홍순루에서 중앙위원 임모를 만나 다음과 같은 지시를 받았다.

① 전 인민을 투쟁으로써 전투화시켜 대한민국 정부를 분쇄할 것. ② 실질적인 토지개혁 투쟁을 통해 대다수 농민에게 이익을 줄 것. ③ 투쟁조직은 광범한 농민을 토대로 한 농민위원회를 전면에 내세울 것. ④ 선전은 당내외의 당의 의미를 침투시키는 데, 그 방법은 삐라, 벽보, 집회, 시위 등으로 조직적 역량을 총동원할 것. ⑤ 각급 당은 구체적이며 과학적인 개혁에 의하여 투쟁을 지도할 것. ⑥ 간부 정책은 강력한 기본 출신 간부와 신임할 수 있는 간부를 등용할 것. ⑦ 비합법적 기술문제를 강화할 것.

이 지시와 함께 좌혁상은 임모로부터 공작비 15만 원을 수령했다. 좌혁상은 상부로부터의 레뽀 이종호로부터 조직 기구를 수습하라는 구두 지시를 받고, 27일 오후 1시 30분 한수공사 아지트에서 박상철로부터 송기종이 월말까지 1백만 원을 재정 공작 중에 있다는 보고를 받고 강력히 추진할 것을 지시하고, 36만 원을 지출하면 한연자의 집을 아지트로 사용할 수 있다는 곽경섭으로부터의 보고를 받았다. 박성철은 좌혁상의 지시에 따라 36만 원을 한연자에게 지불하고 아지트를 마련했다.

좌혁상은 12월 2일 오후 1시 30분 한수공사 아지트에서 박상철에게 중앙위원 임모의 레뽀 이종호에게 무슨 사고가 생긴 듯하니, 이종호가 알고 있는 한수 아지트와 적선동 아지트는 사용하지 말라는 지시와 함께 이종호의 사고 유무에 관해 조사 보고하라고 곽경섭에게 지시했다. 박상철은 12월 3일 임한종(여자)집에서 송기종을 만나 1백만 원의 조달을 독촉하고는 이종호의 사고 여부를 알기 위해 적선동 아지트로 곽경섭을 만나러 갔다가 체포되었다.

상무상은 12월 3일 을선 통제책 유창영으로부터 경남 오르그가 상경한 표지가 있다는 보고를 받았다. 경남 연락원의 상향선 표지는 경기중학교 담 모퉁이에 삼각형을 그리고 아라비아 수자 '8'을 기입해 놓는 것이다. 전북 상향선 표지는 사직공원 담 밑에 역시 그런 방식으로 하게 돼 있었다. 그 표지에 따라 유창영을 시켜 전남 오르그와 만날 자리에 보내고 자기는 아지트에 대기하고 있다가 체포되었다.

이상에 기술한 범죄사실에 직접 또는 간접으로 관련된 자로선 김훈종, 이윤우, 유성계가 있었는데, 유성계는 10월 초순 정민환으로부터 남로당의 공작비로 50만 원을 받아 송기종에게 전달했다. 조선흥업회사 부사장 최규용은 10월 중순경 공작비로 4백50만 원을 김재형(미 체포)에게 전달했다.

김혜숙은 1949년 11월 22일 중앙조직부 을선 통제책 유창영의 하부 상향선 레뽀의 임무를 맡고 그 임무를 실행했다. 여관 주인 최영진과 용인 강석호는 정민환을 은닉하는 행동을 했고, 주막집 이동심도 같은 행동을 했다. 원용희는 여성 동맹원으로서 최성일의 심부름을 한 자이고, 이용발은 김훈종의 검거를 위해 출동한 경찰관에게 거짓말을 한 자이다.……」

이 기록을 마저 읽고 박갑동은 "김삼룡 선생에 관한 언급은 없습니다."하고 정태식에게 보고했다. "그 기록엔 없어도 언급했을지 모르지."하고 한숨을 쉬고는 정태식이 중얼거렸다.

"삼 선생에게 각별히 조심하라고 일러야겠소."

"이 기록 가운데 있는 중앙위원 임모가 누굴까요?"

박갑동이 물었다.

"김형선이 아닐까 싶소."하고 정태식이 대답했다.

"그렇다면 좌혁상 씨를 믿을 만합니다. 본명을 대지 않고 끝끝내 임모라고만 버티었으니까요."

"그러나저러나 이런 식으로 나가다가 서울 지도부가 파멸되겠군."

정태식이 장탄식을 했다. 박갑동이 입 밖에 내진 않았으나 마음에 사무치는 것이 있었다. 그 기록에 나타나 있듯이 중앙조직부가 한 일이란 서로 연락하는 일 밖엔 없었다. 당원과 당원이 만나는 일에만 주력하고, 그렇게 위험을 무릅쓰고 만나 갖고는 아무것도 한 일이 없었다. 기껏 당의 방침을 알리는 일뿐이다.

'이런 일만을 되풀이해서 무엇이 되겠는가?'

불모(不毛)의 결과인 줄을 번연히 알면서도 생사를 걸고 연락만을 일삼는다는 것은 어처구니없는 일이었다. 보람 있는 일을 하고 있는 것은 그래도 기관지부 밖에 없다는 자부가 솟기는 했지만, 이처럼 경찰의 사찰이 엄중한 가운데서 언제까지 기관지부를 지탱할 수 있을지 자신이 없었다. 박갑동은 정태식에게 〈노력인민〉의 발행을 부정기간(不定期間)으로 하되 특수한 일이 있을 때만 신문을 발행하자고 제의했다.

"〈노력인민〉만이 산산이 흐트러진 당원을 엮어 매는 유일한 유대인데……."하고 아쉬워하면서도 정태식은 박갑동의 의견에 동의했다. 얼마 되지 않아 '남로당 동대문구당 사건'이 터졌다. 최봉윤 위원장을 비롯한 8명의 간부가 체포되고, 14명의 당원이 지명수배 되었다. 남로당 동대문구당은 서울에서도 가장 잘 짜인 조직으로 알려져 있었다. 그런 까닭에 동대문구당의 궤멸은 당 중앙이 팔다리를 잃은 것이나 다를 바가 없었다. 특히 최봉윤으로부터 물질적인 지원을 받아오던 박갑동에겐 적잖은 충격이었다. 최봉윤도 학력은 없었으나 총명하고 당성이 강했다. 건설업을 하고 있었던 관계로 비교적 경제사정이 윤택하기도 했던 것이었다.

이어 용산구당이 궤멸하고, 서대문구당이 궤멸하고, 남로당 서울시의 체신구당(遞信區黨)이 궤멸하고, 경기도당 조직부 간부들이 경찰에 체포되었다. 1949년 말부터 1950년 초에 걸쳐 남로당이 만신창이가 되었다는 것은 다음과 같은 사건의 목록만 보아도 알 수가 있다.

'당 중앙의 R선 사건', '남로당 중앙 당 간부 레뽀 사건', '서울시당 레뽀 사건', '남로당 중구당 사건', '남로당 종로구당 사건', '남로당 성동구당 사건', '남로당 서울시당 학생부 사건', '남로당 산하 문련(文聯) 사건', '남로당 군사부 사건', '남로당 월북안내 사건', '남로당 마포구당 사건'……

이윽고 남로당원은 무슨 공작을 한다기보다 자기 일신을 어떻게 보전하는가에 정력을 기울이지 않으면 안 되게 되었다. 체포된 당원의 수가 불어갈수록 신변이 위태로운 것이다. 그래도 박갑동의 휘하엔 약 50명을 헤아리는 당원들이 건재해 있었다. "살아 있는 것이 곧 우리의 승리이다. 체포되지 않는다는 것, 그것이 곧 당의 승리이다. 당에 복무하는 일이다. 체포되었을 땐 마지막인 줄 알아라. 용기 있는 자는 한 번 죽고 비겁한 자, 용기 없는 자는 백 번 죽는다. 체포된다는 게 곧 죽음인 줄 알아라. 죽기 싫거든 체포되어선 안 된다."하는 것이 박갑동의 입버릇처럼 되었다.

박갑동의 또 하나의 고민은 불투명한 이북의 권력구조였다. 똑바로 말해서 이북의 대남전략이 그 권력구조의 반영으로 혼선을 빚고 있었다. 예를 들면 이북은 '조국전선'의 이름으로 남로당에 통일행동을 취하도록 압력을 가하면서 그들 자신은 전혀 별도의 선(線)을 남한에 침투시키고 있는 것이었다.

북한은 내무성 직계의 대남 공작대를 남파하고 있었다. 서완석(徐完錫)을 총책으로 하는 대남 공작대는 남한의 사정을 남로당을 거치지 않고 탐지하려는 목적 이외에 남로당의 집중력을 혼란시키는 데 주력하는 듯한 행동을 취하고 있었다. 뿐만 아니라 북로당도 직계의 공작대를 파견하고는 있었다. 박은삼(朴銀三)이란 사람을 핵심으로 한 15명의 공작원은 남로당 당원을 그들의 산하에 넣으려고 공작을 벌였다. 김일성 체제가 굳어져나가고 있으므로 남로당이라고 하는 외곽지대에 머물러 있을 필요가 없다고 선동하는 한편, 그들의 조직에 들면 필요에 따라 북한에 좋은 자리를 마련해준다는 등 감언이설로 남로당원들을 자극하는 것이었다.

이것 말고도 또 있었다. 북의 중앙정보처 소속의 대남 정보반이었다. 이 조직의 핵심 인물은 김기환, 현덕철, 엄경선 등인데, 이들은 공작비로 충당하기 위해 상당량의 금괴를 가지고 왔다고 했다. 김일성 일파는 남한을 그들의 장악 하에 넣었을 경우를 예상하고 남로당, 똑바로 말하면 박헌영 계열에 발언권을 주지 않기 위해 독자적인 실적을 남한에서 만들어보자는 것이었다. 밖으론 경찰의 무시무시한 탄압을 받고 안으론 북로당의 교란 공작을 당해야 했으니 박갑동의 마음이 암울할 수밖에 없었다.

이러한 북로당의 교란 공작에 대해 김삼룡, 이주하가 어떻게 생각하고 있는지보다도 박헌영 자신이 어떤 견해를 가지고 있는지, 자기의 직접 상부인 정태식의 의견은 어떠한지 따져보고 싶은 마음이 간절했지만, 문제가 워낙 심각했기 때문에 섣불리 입 밖에 내어볼 수도 없는 노릇이었다.

이 무렵 박갑동이 거리에서 뜻밖의 사람을 만났다. 와세다대학의 동기동창으로서 같은 서클활동을 한 적이 있는 신창선(申昌善)을 만난 것이었다. "신군이 서울에 있을 줄은 몰랐군."하는 박갑동의 말에 신창선은 주위를 살피는 눈이 되면서 나직이 말했다.

"나는 평양에서 왔소."

제27장
사면초가

평양에서 왔다는 소리를 듣자 오래간만에 동창생을 만났다는 반가움이 일시에 가시고 경계하는 신경이 곤두섰다. 그러나 "우리 어디 가서 얘기 좀 하자."는 신창선의 청을 물리칠 순 없었다. 생각한 끝에 박갑동은 그를 적선동의 아지트로 데리고 갔다. 적선동의 아지트는 박갑동의 먼 친척이 살고 있는 집이었다. 집이 크고 방이 많았기 때문에 가끔 그 집을 이용하곤 했는데, 그 집 주인은 박갑동이 무슨 일을 하는지 알지 못하고 있었다. 다행히 불을 지펴놓은 방이 있었다. 좌정하자마자 신창선이 말했다.

"사실을 말하자면 내가 이번 서울에 온 목적은 박형을 만나는 데 있소."

"나를?"

놀라면 박갑동이 되물었다.

"차차 이유를 밝히겠소. 그기에 앞서 확인해둘 게 있소."

박갑동은 잠자코 다음 말을 기다렸다.

"남로당은 와해 직전에 있다고 들었는데 사정이 어떻소?"

"그런 얘긴 하기 싫은데……."

사실 정체가 무엇인지도 모르는 사람을 상대로 당 얘기는 할 수 없는 노릇이었다. 비록 오랜 친구일지라도…….

"내 신분을 의심하고 있는 모양이군."하고 신창선은 이중 가죽으로 되어 있는 밴드의 한 부분을 만지작거리더니 보통 명함의 4분지 1 크기만 한 카드를 꺼냈다. 만초(蔓草) 무늬의 도안이 새겨져 있는 네 귀에 두 줄로 세로, 또 두 줄은 가로로 나열된 아라비아 숫자가 있었다. 그걸 얼른 보이기만 하고 도로 밴드 속에 집어넣으며 신창선이 나직이 말했다.

"나는 북로당의 감찰부 소속이오."

"북로당 감찰부가 내게 무슨 상관이 있소?"

"상관이 있으니까 이렇게 찾아오지 않았소."

아까의 물건이 아니라도 분위기로해서 신창선의 신분을 의심할 필요는 없을 것 같았으나 박갑동이 "아무래도 상대를 잘못 짚은 것 같소."

"그렇게 딱딱하게 생각할 것 뭐 있소? 우리들끼리 정세를 토론해볼 순 있는 것이 아뇨?"

"정세를 논하는 것도 한계가 있겠지. 아무튼 나는 신형하구 그런 얘긴 하기 싫소."

신창선은 애매한 웃음을 띠고 박갑동을 바라보고 있더니 "그럼 얘기는 나만 할 터이니 들어나 주시오."하고 "우리 당에서 수집한 정보로는 현재 남로당의 조직은 90%까지 파괴되었더군요. 10%정도가 남아 있다고 할 수 있는데, 그것도 기능이 마비되어 있다면서요?"

"그런 엉터리없는 소리 하지도 마시오."

박갑동은 맹렬한 반발심에서 이렇게 응수하지 않을 수 없었다. 그러자 신창선은 최근 발생한 검거사건을 열거해나갔다. 전남도당, 전북도당 사건, 경상남북도에 걸친 사건, 충청도당의 검거 사건, 경기도당, 서울시당, 당 중앙이 당한 갖가지 검거 사건을 들먹이고 나서 "남로당은 반신불수가 되었다고 해도 과언이 아니겠죠?"했다.

"남로당이 그처럼 호락호락하진 않을 거요. 내가 듣기론 남로당은 제3선까지 조직되어 있다고 합디다. 제1선이 무너졌다고 해서 마비되진 않을 거요. 당은 아직 건재하다고 들었소."

"혁명은 허세로써 되는 것이 아니오. 우당(友黨)끼리 허세를 부릴 필요가 없지 않소. 나는 남로당을 도우러 온 사람이지 비판하러 온 사람이 아니오. 남로당의 내용을 정확하게 파악하고 혁명과업에 지장이 없도록 하고 싶어서 파견된 사람이오, 나는……. 그리고 엄밀하게 말하면 북로당 남로당 할 것도 없소. 작년에 통합이 되었으니까. 우선 편의상 남로당 서울 지도부의 독자성을 인정하고 있을 뿐이오."

박갑동이 잠자코 있을 수밖에 없었다. 신창선의 말이 계속되었다.

"남로당은 북로당의 도움 없인 해나갈 수 없다는 판단이 섰소. 북로당의 도움 없이 해나갈 수 있는 자신이 있소?"

도움 없어도 되니까 방해만 말아달라는 말이 목구멍에까지 차올랐으나 박갑동은 참기로 했다.

"유격대 활동만 해도 그렇소. 동해지구와 태백지구에 출동하고 있는 유격대는 명목은 남로당 계열로 되어 있지만 사실을 북로당 지휘하에 있소. 장비나 비용 전부가 북로당에서 나왔소."

"그러니까 어떻게 하겠다는 거요?"

"가장 이상적인 방안은 차제에 북로당과 남로당의 공작을 단일화 하는 것이오. 현지에서 실질적으로 당 통합을 하자는 것이오. 이 취지에 따라 서울 지도부를 개편하는 것도 방법이오."

"그런 얘기라면 평양에서 할 일이지, 나 같은 사람과 접촉한들 무슨 소용이 있겠소?"

박갑동은 되도록 자기의 처지를 애매하게 해둘 의도로 말했다.

"남쪽의 실정을 파악하는 동시에 남로당 당원들의 의사를 참고로 하기 위해서요."

"그렇다면 대단히 잘못이오. 정당한 신임장을 가지고 와서 당 수뇌부와 당당하게 접촉하는 게 도리가 아니겠소?"

"지금 이 판국에 도리를 찾아 일하게 돼 있소?"

"이 판국이 어떻단 말이오?"

"남로당이 와해 직전에 있는 판국이 아니오?"

"그렇다고 치면 더욱 정당한 절차를 밟아야 하지 않소?"

신창손의 얼굴에 붉은 빛이 돌았다. 딴에는 흥분한 모양이었다.

"박형."

"말씀하시오."

"남로당이 이런 꼴로 된 덴 원인이 있을 것 아뇨?"

"어떤 현상이건 원인은 있겠죠."

"그 원인이 뭣이죠?"

"정세 탓이겠죠."

"만사를 정세에만 돌리면 될까요?"

"남조선의 정세를 평양에선 정확하게 파악하지 못할 것이오."

"혁명정당이면 그런 정세에 효과적으로 대처할 줄도 알아야 할 것 아뇨?"

"남로당은 최선을 다해 대처하고 있으리라고 보는데요."

"최선을 다해 대처한 결과가 이런 꼴이오?"

"이런 꼴인지 저런 꼴인지 잘 모르겠소만 지금의 정세가 남로당에 불리한 것만은 사실인 것 같소."

"그런 상황까지도 미리 예상하고 극복할 수 있어야만 혁명정당으로서의 위신과 실질이 갖추어지는 것이오. 이만한 정세를 예상하지 못했다고 하면 당으로서 낙제한 거나 마찬가지요. 예상을 했으면서 미리 대처할 방안을 강구하지 못했다면 태만이오. 어차피 현재의 지도부가 책임을 져야 할 일이오. 그 최고 책임자가 박헌영 씨 아뇨? 박헌영 씨의 지도 능력이 부족했다는 증거가 아뇨? 백만 당원을 과시한 남로당이 지하로 들어갔다고 해서 이처럼 맥을 추지 못하게 되었다면 그 책임소재는 뻔한 것 아닐까요? 그러고도 당의 헤게모니를 쥐고 놓지 않겠다면 어떻게 되는 거요? 남로당이 박헌영 씨의 사당이던가요? 남로당을 진실로 걱정하는 처지에서 하는 말이오. 꼭 그 사람의 신임장을 받아왔어야 했나요?"

박갑동은 울분을 견딜 수가 없었다.

"신형은 그럼 박헌영 위원장과 남로당을 이간시키기 위해 서울에 왔소?"

"이간을 시키다니……. 박헌영 씨의 영도력을 확인하고 그 책임 소재를 확실히 하는 것뿐이오. 박형은 남로당이 그냥 이 꼴로 혁명정당으로서의 목적을 달성할 수 있다고 생각하오?"

"설혹 남로당이 현재 도탄에 빠져있다고 해도 그 책임은 박헌영 위원장에게 있는 것은 아니오. 첫째는 당원 전체의 노력이 부족한 탓이오. 책임 소재 운운하지만 정세를 미리미리 파악하여 효과적으로 대처하지 못하게 된 데는 복합적인 이유가 있을 거요. 그 이유 가운덴 북조선의 태도도 있소. 소련군이 들어와 있는 북조선의 정세에만 맞는 정책을 남조선에 강요한 적이 없었는가, 그 때문에 본의 아니게 무리를 하다가 정세를 걷잡을 수 없게 만들어버린 사례가 있지 않았던가, 북조선의 지도자들도 이런 점을 반성해야 하지 않을까요? 아무튼 남로당의 현재에 대해 박헌영 위원장께 책임을 뒤집어씌우는 덴 나는 반대요."

"오랜만에 만나가지고 괜히 입씨름만 하게 되었군."하고 신창선은 표정을 부드럽게 하며 웃고는 화제를 바꾸었다.

"박형은 북조선에 가본 적이 있소?"

"없소."

"박형 같은 분이 북조선에 오셨더라면 건설적인 일을 많이 할 수 있었을 텐데. 유감이오. 북조선으로 가실 생각 없소?"

"나는 남조선에 남아 있는 것을 영광으로 생각하고 있소. 북조선에 갈 생각은 없어요."

아닌 게 아니라 박갑동은 남조선에 남아 있게 된 것을 만족하게 여기고 있었다. 박헌영이 입북할 무렵, 북으로 갈 사람과 남한에 남아 있을 간부를 선별할 때, 건강하고 지조가 강하고 능력이 빼어나다고 해서 박갑동은 남조선에 남아 있게 된 것이다.

"모든 길은 로마로 통하는 것 아닙니까? 여기 있으나 평양에 가나 조국과 인민에 복무하는 건 매양 한 가진데, 가능하다면 박형의 소양과 능력을 충분히 발휘할 수 있는 곳에 가서 활약하는 게 더욱 효과적이 아닐까요? 위험을 무릅쓰고 지하당 활동을 한들 노다공소(勞多功少)일 뿐이고."

"나는 당분간 서울을 떠날 수가 없소."

"박형이 놀랄 이야기 하나 할까요?"

"뭔데요?"

"김일성 장군께서 박형을 잘 알고 계시오. 뿐만 아니라 높이 평가하고 계시오."

"나를 어떻게 알아서요?"

"박형은 모르고 계시겠지만 남로당에 관한 것은 일보(日報)로서 김일성 장군에게 들어갑니다. 그 일보를 장군께선 빼놓지 않고 읽으시지요. 그 일보에 박형의 동정도 자주 나옵니다. 남로당 이론진 블록에서 중대한 역할을 맡아 있는 것도 그 일보를 통해서 알고 계시는 거지요."

박갑동은 자기가 이론진 블록의 일을 하고 있는 사실을 신창선이 알고 있다는 것만으로도 놀랄 지경이었는데, 김일성까지 알고 있다는 덴 경악을 금할 수가 없었다. 그렇다면 북로당의 프락치가 당 중앙에 깊숙이 파고 들어와 있다는 얘기가 아닌가? 그렇다면 이론진 블록 내부에도 북로당 프락치가 있다고 보아야 했다.

　'그게 누굴까?'

　박갑동은 아찔한 기분이었다. 남로당이 와해 직전에 있다고 한 것도 신창선이 넘겨짚어서 한 말이 아니었던 것이다. 박갑동의 두뇌는 바쁘게 움직였다. 신창선이 북로당 감찰부 일꾼임을 의심할 여지가 없다. 김일성이 남로당에 관한 보고를 세밀하게 읽는다는 것도 사실일 것 같았다. 그렇다면 그 목적은? 실질적으로 남로당을 자기의 장악 하에 넣기 위해서가 아닌가? 통일의 날이 오면 남로당의 업적을 그냥 그대로 북로당의 업적으로 탈바꿈하기 위한 공작을 시작하고 있는 게 틀림없었다. 신창선은 그 공작의 일부를 담당하고 남파된 것이다.

　'지금 나와 접촉하고 있는 것도 그 공작 가운데의 일환이다.'

　생각이 여기에 이르자 박갑동은 분개했다기보다 무력감의 엄습을 받았다. 박헌영의 고독한 모습이 선히 눈앞에 보이는 것 같았다. 신창선은 모스크바, 레닌그라드를 거쳐 크리미아까지 가보았다고 자랑스럽게 얘기를 늘어놓더니 "소련은 참으로 위대합니다. 앞으로 10년쯤 지나면 세계를 손아귀에 넣을 것이오. 전후 복구가 빠르기도 합디다. 세계 각국에서, 특히 동구라파 제국이 물심양면으로 소련에 대해 충성을 다하고 있는 것은 눈물겨운 광경이었소. 이제 중공이 중국을 통일했으니 그 두 나라가 손을 잡으면 앞으로 탄탄대로가 트일 것이오. 우리나라도 빨리 통일을 해서 그 세계 사업에 참여해야지요. 스탈린 원수의 김일성 장군에 대한 신임은 대단합니다. 그 신임에 보답하기 위해서도 김일성 장군은 통일을 서두르고 있소. 남조선을 북조선에 통합함으로써 명실공히 김일성 장군은 조선의 대표적 지도자가 되는 거죠. 그러니 우리 모두 힘을 합쳐서 김일성 장군의 위신을 세우도록 해야 하오."하고 "박형이 평양으로 가면 아주 중요한 자리를 맡을 수 있을 것입니다."하며 박갑동의 눈치를 슬금슬금 보았다. 박갑동이 어이가 없어 속으로 웃었다. 그런 얄팍한 술책에 넘어갈 것이라고 짐작하고 있는 듯한 신창선이 가소로웠다. 생각 같아선 따끔한 면박이라도 주어 헤어지고 싶었으나, 앞으로 일이 어떻게 전개될지도 모르는데 북로당에서 온 사자를 가볍게 대할 순 없었다.

"평양엘 간다고 해도 명령 계통을 밟아야 할 것이니까 내 마음대로 결정할 수가 없소."

기껏 이렇게밖엔 말할 수가 없었다.

"박형의 의사만 결정된다면 김일성 장군이 박헌영 씨에게 지령을 내리도록 하겠소."하는 신창선의 말엔 박갑동이 펄쩍 뛰었다.

"그건 안 됩니다. 알고 있는 모양이니 말하겠소만 나는 지금 당에서 대단히 중요한 일을 맡고 있소. 이론진 블록의 일 말고도 내가 할 일이 많소. 신형은 남로당이 와해 직전에 있다고 하지만 그건 잘못된 정보요. 위기에 직면하고 있는 것은 사실이지만 당의 정수분자는 고스란히 남아 있소. 목하 지하조직을 견고하게 확대하고 있는 중이오."

박갑동은 남로당을 경시하지 못하도록 약간 과장된 표현을 하기도 했다. 남로당의 기틀이 무너지면 박헌영의 위치가 위태롭게 될 것이란 짐작조차 들었다. 그러면서 슬그머니 신창선의 계획을 알아봐야겠다는 속셈이 생겼다. "신형이 서울에 온 지 얼마나 되었소?"하고 넌지시 물었다.

"약 2주일 되오."

"그동안 무슨 일을 하셨소?"

"남조선의 동향을 이것저것 살펴보았지요. 박형과 선을 이을 궁리도 하구요.”

“김삼룡 선생이나 이주하 선생을 만나볼 생각은 없소?”

“아직은 그럴 요량 없어요.”

“지금 어느 곳에 머물고 있지요?”

“친척이 있소. 친척집에 신세를 지고 있소.”

“북로당에서 파견된 사람이 꽤 많은 모양이죠?”

“글쎄요.”

“얼마 전에도 북로당원으로서 남조선 경찰에 체포된 사람들이 있었다고 들었는데, 당 중앙과 연결하지 않고 북로당이 독자적으로 움직이고 있는 이유가 뭐요?”

“서울 지도부, 아니 남로당을 믿지 못하는 까닭이겠지요.”

“남로당을 믿지 못한다면 남조선에서 누굴 믿을 작정이오? 북로당을 남조선에 옮길 작정인가요?”

“정확하게 말하면 북로당이란 건 없어요. 편의상 알기 쉽게 북로당, 북로당 했지만 조선노동당이오.”

“그렇다면 서울에 있는 당 중앙과 연결해야죠. 당 중앙과 연결하지 않으니까 혼선이 생기는 거요.”

“그 혼선을 없애려고 내가 왔소.”

“남로당을 불신임하면서요?”

“남로당이 불신임당할 요소를 청산하면 혼선이 없어지겠지.”

“지금 남로당을 불신임하고 있는 이유가 뭐요?”

“가장 큰 이유를 말하면 남로당의 고질이 되어 있는 섹트주의요.”

“당이 지하로 들어간 뒤엔 섹트주의는 없어졌소.”

“천만에, 없어지지 않았소. 평양에 있으면 섹트주의가 환하게 보여요. 훌륭한 일꾼을 모두 거세하지 않았소?”

“반당분자, 해당분자를 거세한 적은 있어도 훌륭한 당원을 거세한 적은 없을 건데요."

"박형이 아무리 변명해도 할 수 없소. 남로당 내의 사정을 전체적으로 파악하고 있는 것은 아마 내가 박형보다 나을 거요. 아까 박형은 북로당이 왜 남조선에서 독자적인 행동을 하는지를 비난 섞인 말투로 말했지만, 남로당이 거세한 훌륭한 일꾼을 평양에서 포섭하고 있으니까 자연 독자적인 행동으로 될 밖에요. 왜 북로당이 남조선에까지 진출하고 있는가 하는 의혹을 가질지 모르지만 그 이유는 딱 한 가지요. 남로당에서 탈락한, 또는 거세된 훌륭한 당원을 포섭하기 위해서요. 혁명을 완수하기 위해선 인재가 필요한데, 남로당은 인재를 너무나 낭비했소. 당원 5배가 운동까지 해갖고 반동분자를 흡수하여 사자심중(獅子心中)의 벌레를 만들고 있으면서 정작 훌륭한 당원을 거세한다는 건 이치에 맞지 않는 일 아니오?"

"그럼 북로당에선 최고 지도부에 항거하는 분자를 전부 용납하고 있소?"

"북로당엔 최고 지도부에 항거하는 당원이 없소. 항거하는 당원을 만들었다는 사실 자체가 최고 지도부의 실책 아니면 영도력의 부족을 말하는 것 아니겠소?"

"북로당이란 존재, 즉 남로당에 항거해도 갈 데가 있다는 사정이 남로당에 대한 반당 행동자를 만드는 이유가 되어 있다는 사실을 생각지 않소?"

"또 싸움이 되겠구먼."하고 헛웃음을 웃곤 신창선이 이런 말을 했다.

"박형. 현실을 직시하시오. 어차피 일국일당이오. 조선노동당 이외의 당이 조선에 존재할 수가 없소. 조선노동당의 영도자는 스탈린의 절대적인 신임을 받고 있는 김일성 장군이오. 이때가 박형이 공을 세우는 좋은 기회요. 서울 지도부가 자진 평양의 지도체계에 합류하도록 하시오. 중진 간부의 일치된 의견으로 현재의 지도부에 압력을 주는 거요. 그렇게 해서 새로운 지도부를 만들어 김일성 장군과 박헌영 씨에게 동시에 보고하면 마지막 결정은 평양에서 하게 될 게 아니오? 본인 스스로 꺾지 못하는 고집을 그런 방식을 써서라도 꺾어야 하오. 그게 당을 통일하는 첩경이고, 남북을 통일하는 길이오. 평양은 박형의 능력을 높이 평가하고 있소. 박형 밑에 수십 명의 정예 당원이 있다는 것도 평양은 파악하고 있소. 김일성 장군은 박형의 공로를 잊지 않을 것이오."

"그래 날더러 반란을 일으키란 말이오?"

"반란일 순 없지요. 아래로부터 정풍작업을 일으키는 거니까요."

"신형은 그런 짓을 내가 할 거라고 믿고 왔소?"

"나는 박형이 합리적인 사고방식을 하는 사람이고 믿고 있소. 당의 유일하고 최고인 영도자는 김일성 장군이란 인식만 갖게 되면 못할 일이 아니지 않소?"

신창선은 능글능글한 태도로 바뀌어 있었다. 더 이상 불쾌한 대화를 할 수 없다는 생각이 들자 박갑동이 일어섰다. 그리고 시계를 보며 "나는 지금 바쁘게 연락할 일이 있소."하고 방문을 열었다. "앞으로 연락할 장소와 시간을 정합시다."하는 신창선의 말이 있었다.

"신형의 거처를 말하시오."

박갑동의 말이 퉁명스럽게 나왔다.

"종로 2가, 종각 쪽으로 '시몬'이란 다방이 있소. 그곳 레지에게 목포에서 온 신 선생을 찾는다는 쪽지를 남겨놓으면 이튿날쯤 연락할 장소를 알리겠소."

신창선의 대답이었다. 대문을 나와선 동서로 갈라졌다. 박갑동은 뒤도 돌아보지 않고 걸음을 빨리 했다. 불쾌한 현장에서 되도록 얼른 멀어지고 싶었다.

"무슨 일이 일어났거나, 무슨 일을 꾸미고 있거나, 아무튼 평양에서 무슨 일이 있는 거로군."

정태식은 긴 한숨을 쉬고 말했다. 박갑동은 그날 신창선과의 사이에 있었던 사실을 소상하게 보고했던 것이다. "이상하다고 느낀 것은……"하고 박갑동이 신중하게 말을 골랐다.

"북로당이 반당분자들과 어울려 공작을 하고 있다는 사실은 공공연한 비밀이긴 했지만 그처럼 노골적으로 나오는 태도에 대해섭니다. 지금 이 정세에 위원장 동지의 권위를 정면으로 무시해버리는 그런 태도를 취할 수 있겠습니까?"

"그러니까 하는 말이오."

정태식의 말도 무거웠다.

"위원장 동지의 권위를 빨리 실추시키려고 드는 덴, 그리고 그처럼 조급하게 서두는 덴 반드시 원인과 동기가 있을 것인데, 그 원인과 동기가 무엇인지 그것을 알아내야 하는 건데……."

"혹시?"하고는 박갑동이 망설였다.

"무엇 짚이는 게 있소?"

"신창선이 몇 번이나 강조한 말에 김일성이 스탈린의 절대적인 신임을 받고 있다고 했습니다. 새삼스럽게 그런 걸 들먹이는 것으로 보아, 혹시 크레믈린 내부에 김일성을 반대하는 세력, 세력까진 아니더라도 그런 무슨 기맥이 생겨난 것 아닙니까? 반대로 위원장 동지를 두둔하는…… 그러니까 위협을 느껴 위원장 동지의 권위를 실추시켜버려야겠다는……."

말의 매듭을 짓기엔 박갑동의 추측은 애매했다. 그러나 정태식은 박갑동이 무슨 말을 하고자 하는가를 곧 알아차렸다.

"그럴는지 모르지. 서울의 지도체제가 북로당 중심으로 개편되든지, 개편까지 되지 않더라도 내분이라도 생기면 박 위원장의 권위를 문제 삼을 재료가 될 수 있는 거니까."

"무슨 대책이 있어야 하지 않겠습니까?"

"우리의 짐작이 옳다고 해도 어쩔 수 없는 일 아니겠소? 당원들의 자각과 단결을 촉구할 밖에 없지."

"신창선의 노골적인 행동에 대해선 무슨 문제 제기가 있어야 하지 않겠습니까?"

"북로당, 아니 평양에 항의라도 하자는 얘기요?"

정태식이 쓸쓸하게 웃고는 "섣불리 항의할 수도 없을 뿐 아니라, 항의를 한댔자 김일성이 그런 지령 내린 적이 없다고 하면 그만이고, 거꾸로 우리가 생트집을 잡는다고 되물리고 말 것이 뻔한 일일 거요."

"그렇다면 북로당이 하는 짓을 보고만 있어야 하나요? 당원들의 자각과 단결을 촉구할 땐 구체적인 사례를 들어서 해야 할 것 아닙니까?"

"그러니까 딱하다는 얘기가 아니오? 북로당의 꼬임에 들지 말라는 말은 나와 박 동지 사이에선 할 수 있어도 다른 당원들 앞에선 할 수 없는 일 아니겠소? 북로당을 비난하는 것 같은 말을 했다간 북쪽에 있는 동지들의 처지를 곤란하게 만들 뿐이고, 우리들이 배신자로 몰릴 재료를 제공할 뿐이오. 그런 까닭에 당 중앙에서도 되도록 이 문제를 회피하려고 하고 있는 것이오."

"그러나 이대로 방관할 순 없습니다. 남조선의 경찰에 의해 당이 파괴되기 전에 북로당 때문에 당이 망가지게 되겠습니다. 당이 망가진 책임은 결국 우리에게 돌아오구. 신창선이 말했어요. 남로당이 와해 직전에 있는데 그 책임이 어디에 있느냐구요. 지도부의 책임이라고 했어요."

"하지만 어떻게 합니까? 박 동지, 가만 생각해보시오. 우리 당원 대부분이 지금 버티고 있는 것은 북쪽을 믿고 있기 때문이오. 그 믿음이 사라지면 그야말로 당은 와해되고 말 거요. 분명히 북로당은 우리 당 내부의 적인데, 적을 적이라고 치지 못하는 데 고통이 있는 거요. 이건 참으로 어처구니없는 딜레마요. 하기야 우리의 잘못도 있었지."

"뭣이 잘못된 것이었지요?"

"정세가 이렇게 될 줄 알았더라면 계파에 구애하지 말고 집단지도체제로서 당을 운영했어야만 했소. 박 위원장을 상징적인 존재로만 모셔 올리고 당의 헤게모니를 고집할 필요가 없었단 얘기요. 당의 헤게모니에 집착한 나머지 김일성에게 놀아나는 사람들을 만들게 되었고 우리는 고립무원한 상태가 되었소."

"그렇게 되었어도 지금과 결과는 마찬가지 아니었을까요? 되레 당이 흐려져서 이만큼 버티어 있지도 못했을 겁니다."

"그럴지도 모르지. 그러나 남조선 경찰의 탄압을 받는 것은 매한가지였다고 해도 평양으로부터의 수모는 덜 받았을 것이 아닌가 해요."

"이제 와서 그런 말을 하면 뭣합니까?"

"그렇소. 쓸데없는 소리요. 그러나 낙심하지 맙시다. 어떻건 이 고비만 넘겨놓고 보면 전망이 달라질 것이오. 원래 조선반도는 중국 대륙의 영향권이 있는 곳이니까, 중공 지배 하의 중국이 커 가면 남조선 인민의 의식에 결정적인 변화가 생길 것이오. 게다가 스탈린의 심정이 어떻게 변할지도 모르는 것 아니겠소. 영도자로서의 자격으로 봐선 박선생이 김보다 월등하다고 스탈린이 인정하면, 그로써 우리 당이 봄을 맞이할 수도 있을 것이니까."

정태식의 이 말에 박갑동은 서글픈 기분이 되었다. 사기를 돋우기 위해 한 말인진 몰라도 멀리 있는 봄을 기다리는 마음만으로 엄동설한을 견디긴 힘든 것이다. 하물며 봄이 오기 전에 생명을 잃어버리는 나무들이 얼마나 많은가? 그 서글픈 마음에서 벗어나기 위해 박갑동이 제안했다.

"〈노력인민〉의 다음 호에 당원의 경각을 촉구하는 논문을 썼으면 합니다."

"좋습니다. 쓰시오."

"그 골자는 당 중앙의 지령 이외의 어떤 행동도 해선 안 된다는 겁니다. 당 지령 이외엔 어떤 서클에 가담해서도 안 되고, 어떤 서명운동을 해서도 안 되고, 어떤 정치적 의견을 말해서도 안 된다는 겁니다. 당을 파괴하려는 악한 세력이 사방에서 몰려오고 있으니 철저하게 경계하라, 이렇게 쓰면 어떻겠습니까?"

"당연한 얘긴데, 북로당을 빗대고 쓴 것 같은 내음이 풍겨선 안 됩니다. 그 점만 유의하면 괜찮을 것 같소. 게다가 조선을 대륙의 운명과 같이한다고 강조하고 중공의 승리를 높이 찬양하는 것을 잊지 마시오."

정태식의 이 말에 박갑동이 쓴웃음을 웃었다. 북로당의 침투를 경계하라는 뜻으로 논설을 쓸 참이었는데, 그런 내음을 풍기는 것은 쓰지말라고 못이 박히고 보니 어이가 없었던 것이다. 박갑동인들 어찌 노골적으로 북로당을 경계하라는 글을 쓸 수 있을까만 그래도 뭔가 암시는 해야겠다는 충동은 어찌 할 수 없었다. 그런 암시조차 할 수 없다면 쓰나마나한 일이다.

〈노력인민〉의 다음 호라고 했지만 언제 그것을 발간할 수 있을지 몰랐다. 이미 발간된 것도 태반이 압수되어 당원에게 골고루 배포되지못했을 뿐만 아니라, 그 〈노력인민〉으로 인해 적잖은 당원들이 체포되는 사건이 연이어 발생하고 보니 〈노력인민〉을 계속 발간하는 것이당을 위해 유리한 것인지 불리한 것인지 가늠하지도 못할 사정이었다.

이런저런 얘기 끝에 정태식이 "요즘 이론진의 동태는 어떻소?"하고물었다. "동요 없이 잘 하고 있습니다."하는 말끝에 박갑동이 "아까도언급했습니다만 아무래도 우리 이론진 안에도 북로당의 프락치가 있는 것 같습니다."

"짐작이 가는 사람이 있소?"

"전혀 알 수가 없습니다."

"그렇다면 그걸 문제로 하지 마시오. 북쪽에 관한 이야기는 전혀 하지도 말고 당 사정을 알리지도 말구."

"알았습니다. 달리 지시는 없습니까?"

박갑동이 일어설 차비를 했다. 시계가 10시를 가리키고 있었다. "조금 기다리시오."하더니 정태식이 잠깐 얼굴을 숙였다가 다시 고개를 들고 "박 동지 재정난이 말이 아니오."

새삼스럽게 말하지 않아도 박갑동이 알고 있는 사실이었다.

"얼마 전 삼 선생을 만났는데, 당에선 한 푼의 돈도 지출할 수 없을 만큼 재정이 고갈되었답니다."

"……"

"이 집의 밥값도 주지 못할 형편이 되었소."

"……"

"내가 개인이라면 공밥을 얻어먹어도 상관이 없지만 명색이 당 기관에 있는 처지로선 참으로 면목이 없는 일이오. 물론 이 집에서 돈을 챙길 까닭도 없지만 그럴수록 미안하단 말이오."

"……"

"용돈까지 얻어 쓸 형편이니……."

박갑동은 정태식의 속셈을 알았다. 박갑동의 입에서 돈을 구해 보겠다는 말이 나오도록 기다리고 있는 것이다. 박갑동은 난처했다. 한두 번 자금을 구해댄 것이 아니다. 당적으로 또는 개인적으로. 그러니 자금원이 바닥이 났다. 자금원에 대한 자신도 없이 섣불리 돈을 구해 보겠다고 할 수는 없는 형편이었다. 정태식은 체면상 말을 하고 있는 것이지 채항석, 장병민 부부의 집에 있는 한 개인적으론 돈 걱정을 할 필요가 없었다.

장병민의 아버지 장택상은 군정 땐 수도경찰청장, 정부수립 후엔 외무장관을 지냈을 뿐 아니라 이름난 부자이다. 그리고 그 외가는 임진왜란 때 영의정이었던 유성룡(柳成龍)의 집안이며, 그녀의 외종(外從)은 이승만 대통령의 두터운 신임을 받고 있는 주일공사 유태하(柳泰夏)이다. 남편은 은행의 과장, 그러니 돈 걱정은 전혀 없는 집안이다. 정태식이 걱정하고 있는 것은 이론진에 속해 있는 사람들과 선전부서에서 일하고 있는 당원들의 생활비와 사업비였다.

"막연합니다만 구해 보도록 하지요."하는 말을 안 할 수가 없었다. 박갑동은 이것저것으로 해서 무거운 마음을 안고 그 집에서 나왔다. 거리엔 차가운 바람이 몰아치고 있었다. 그 이튿날 박갑동이 이론진 블록 동지들과 세계정세에 대비하여 국내정세를 토론하고 긴급한 지시 몇 가지를 해놓고 여느 때와 마찬가지로 정태식의 아지트로 갔다. 정태식이 "박헌영 위원장으로부터 김삼룡 선생에게 특별지시가 내려왔다."고 했다.

그 지시의 내용은 빨치산의 월동 문제에 관한 것인데, 특히 지리산 파르티잔의 월동 문제를 검토하여 어떻게 하면 무사히 월동할 수 있겠는지 긴급히 대책을 세우고 보고하라는 것이었다고 한다. 박갑동은 신문사에 다니는 사람을 통해 지리산 파르티잔이 겨울을 지나는 동안 그 반수는 궤멸될 것이라고 듣고 있었다. 북조선에 있는 박헌영도 그런 소식을 듣고 가슴 아픈 심정으로 특별지시를 내렸을 것이라고 짐작할 수 있었다.

해방 전 '서울 콤 그룹' 시대 박헌영의 직계로서 꼽히는 사람이 셋 있었다. 김삼룡, 이관술, 이현상이 그들이었다. 이 가운데 이관술은 위폐사건으로 체포되어 옥중에 있고 남은 것은 김삼룡과 이현상이고 보니, 이현상과 그가 이끄는 빨치산에 각별한 관심이 쏠릴 것도 당연했다. 원래 빨치산은 군사부 책임자인 이주하의 소관이지 이론진과는 관계없는 일이었다. 그런데도 정태식에게까지 자문을 구한 것은 박헌영의 특별지시가 간곡했기 때문이 아닌가 싶었다. '이제 와서'하는 마음이 들었다.

박갑동은 원래 파르티잔 전술엔 회의적이었다. 그는 학생 시절 '전쟁론'의 세미나에 참석한 일이 있어 일본, 독일, 중국, 소련의 병서를 읽은 적이 있었고, 특히 모택동의『지구전(持久戰)을 논함』이란 책을 숙독했다. 미국과 일본 사이에 전쟁이 붙었으니 어쩌면 한반도에 미군이 상륙할지 몰랐다. 그때 유격전을 전개하여 일본군의 후방을 교란하면 미국의 작전에 도움이 될 것이라는 진실 반, 공상 반의 기분으로 격전의 근거지를 찾는답시고 지리산, 묘향산, 설악산을 답사한 적도 있었다.

그 회상 속에 설악산을 찾은 날이 있었다. 간성(杆城)에서 기차를 내려 건봉사(乾鳳寺)를 향해 송림 속을 걸었는데, 소나무 껍질이 붉은색이어서 먼 곳에서 보았을 때엔 푸른 산이 속에 들어가니 만산이 빨간 빛이었던 것이 선명한 그림처럼 기억 속에 새겨져 있는 것이다. 경치를 감상하는 것과 전술을 엮는 마음이 같을 순 없었다. 중국 공산군은 경상남북도와 전라남북도를 합친 것보다도 더 넓은 정강산(井崗山), 서금(瑞金) 일대를 유지하지 못해서 2만5천 리를 도망하여 연안(延安)까지 가지 않았던가. 그런 넓은 땅이고 보니 "적의 전선을 후방으로 만들고, 적의 후방을 전선으로 만들어 먼저 농촌을 해방하여 근거지로 하고 도시를 포위한다."는 등의 모택동의 전술이 가능했던 것이다.

즉 패하면 몇 만 리라도 도망칠 수 있는 넓은 나라여야만 유격전술이 보람을 거둘 수 있다는 얘기다. 그런데 우리나라는 1백 리를 도망칠 수 있는 후방을 가지지 못했다. 그런데서 토벌군의 항공력을 곁들인 공격을 어떻게 감당할 수 있겠는가? 말은 이렇게 하지 못했지만 박갑동은 유격대를 불원 궤멸될 운명에 있는 것이라고 보고 있었다. 그런데도 유격대에 기대하는 마음을 지우지 못하고 가끔 자기가 죽을 곳은 지리산이 아닐까 하는 센티멘털한 기분에 빠지기도 했었다.

"파르티잔의 월동 문제는 물론 중요합니다만, 그게 특별지시로 내려왔다는 덴 배후에 무슨 사정이 있는 게 아닙니까?"

"글쎄, 그것까진 난 모르겠소. 지시가 있고 해서 내가 대강 만들어본 보고인데……."하고 정태식이 원고지 20장 가량의 분량을 박갑동에게 넘기며 한번 읽어보라고 했다. 처음 지리산 유격대의 인원과 장비에 관한 설명, 그들의 전과(戰果)에 관한 기술이 있었다. '이건 이미 군사부에서 보고했을 것이니 하나마나한 설명이다' 싶었지만 계속 읽어 내려갔다.

월동대책에 관한 구체적인 언급은 한 군데도 없고 일반적인 추상론만을 전개한 것인데 요약하면 "우리 조선 인민의 역량은 무궁무진하니 어떠한 곤란도 극복하고 반드시 월동에 성공할 것이다."란 내용이었다. 박갑동이 하마터면 실소를 터뜨릴 뻔했다. 천진난만한 학생이라도 이렇게 서툰 작문은 하지 않을 것이라는 생각이 들었다. 당을 움직이는 경륜과 어려움에 굴하지 않는 지조를 알고 있지 않았더라면 박갑동은 정태식에 대해 완전 실망을 했을지 모른다.

한편 아무리 정교한 월동 대책을 세워보아도 현 시점에선 어떻게 할 수 없는 사정을 알고 있기 때문에 다른 주(註)를 달 것도 없이 원고를 넘겨주고는 한마디 했다.

"파르티잔이 겨울을 넘기는 덴 곤란이 많을 겁니다. 우선 동상약이라도 구해서 보내주면 어떻겠습니까?"

"그거 좋은 생각이오. 그러나 당의 재정이 바닥이 나 있다고 하니 약을 살 돈이 있겠소?"

"당원끼리라도 캄파를 해보면 어떻겠습니까?"

"김삼룡 선생과 이주하 선생께 의논을 해봅시다."

이 때 식모아이가 와서 "두 분 선생님 바쁘시지 않으시면 내려오시라고 합니다."하는 전갈이 있었다. 장병민 여사는 "오늘 노량진 아버지 집에서 무초 대사를 초청한 파티가 있었습니다."하고 그곳에서 들은 얘기를 하겠노라며 커피를 끓여 내놓았다. 오랜만에 맡아볼 수 있는 커피의 향내가 우선 반가웠다.

"무슨 얘기를 합디까?"

정태식이 영합하는 듯한 미소를 띠우고 물었다.

"여러 가지 얘기가 있었지만 저는 호스티스 입장이어서 들락날락 하느라고 전부를 듣진 못했어요. 단편적으로 들은 것을 종합하면 무슨 방법을 써서라도 한국의 공산화를 막을 방침을 미국 정부가 굳혔다는 얘기였어요."

"제국주의의 야심이겠죠. 그러나 그게 어디 자기들 마음대로 됩니까? 중국을 보시오. 그들이 포기하고 싶어서 중국에서 손을 떼었겠습니까? 인민의 힘을 계산하지 못하니까 그런 잠꼬대 같은 소리를 하는 겁니다."

"그런데 무초의 말로는 한국 인민의 절대 다수가 공산주의를 원하지 않는 것을 알았다고 하고, 이대로 가면 대한민국의 정부가 건실한 뿌리를 내려 공고한 정부가 될 것이라고도 했어요."

"남조선 인민이 공산주의를 원하지 않는다는 것을 그들은 어떻게 알았던가요? 터무니없는 소립니다."

"지난번의 선거를 통해서도 알았고 쇠퇴일로에 있는 남로당의 상황을 보고서도 알았다는 얘기입니다."

"수박 겉만 더듬은 얘길 뿐입니다."

"무초의 얘기론 남조선 내부의 좌익세력 갖고는 공산화는 불가능하게 되었다는 것이고, 소련의 힘을 업은 북쪽이 무력을 발동할지 모르지만 2차 대전 때 피폐할 대로 피폐한 소련이 북쪽을 도울 여력이 있을 것 같지 않으니, 그럴 가능성은 없을 것이란 말도 있었어요."

이에 대해 정태식은 절대로 그렇지 않다는 설명을 하기에 바빴다.

만일 장병민 여사가 무초의 말에 자극을 받아 공산주의의 장래에 희망을 갖지 않게 된다면 우선 자기의 처지가 곤란하게 될지 모르기 때문인지도 몰랐다.

1950년 1월 2일에 있었던 일이다. 설날과 그 이튿날엔 당 사업은 쉬기로 되어 있었다. 박갑동의 블록도 그 예외가 아니다. 설날이라고 해서 자유스럽게 놀러갈 수 있는 처지가 아닌 박갑동은 집안에서 이틀 동안 푹 쉬기로 했다. 대문 밖을 나가기만 하면 위험하게 되는 나날이었다. 수사망이 어디에 쳐져 있을지도 모르고, 언제 무슨 일이 있을지 몰랐다.

남로당원의 하루는 그야말로 빽빽이 깔려 있는 지뢰밭을 지나가는 긴장감 속에서 지낸다. 아침밥을 먹을 때엔 이것이 최후의 밥이란 생각을 늘 한다. 하룻밤을 무사히 자고나면 오늘도 살아있구나 하는 감회를 갖고, 아무 일 없이 아지트에 돌아오면 아아 살아 돌아왔구나 하며 깊은 숨을 내쉰다. 그런 만큼 이틀을 집안에서 쉴 수 있다는 것은 이틀 동안 생명이 연장되었다는 뜻이 된다.

그런 때문에 쓸쓸했지만 설날의 이틀 동안을 집에서 쉴 작정을 하고 있었는데, 정태식의 레뽀인 이군이 박갑동을 1월 2일 밤 자기 집으로 초대했다. 하도 권하는 바람에 박갑동은 그 초대를 받아들이기로 했다. 날이 저물어서야 약속대로 이군의 집 앞에 섰다. 2층 끝 방의 유리창을 쳐다보았다. 램프불이 켜져 있었다. 그것이 안전신호였다.

이군의 집에 들어섰다. 이군의 집은 채항석의 집보다도 훨씬 큰 2층 양옥이었다. 전형적인 부르주아 가정이란 느낌이 들었다. 꽤나 부유한 집인 것 같았다. 아래층 이군의 부친 방엔 초청객이 많이 와 있는 모양으로 벌써 술잔치가 시작되어 있었다. 담소하는 소리가 떠들썩했다. 이군은 박갑동을 2층 자기 방에 안내해놓고 술상을 가지러 내려갔다. 이군의 아버지가 아들이 정태식의 레뽀 노릇을 하고 있다는 사실을 알고 있을까 하는 생각이 들었다. 알고 있으면서 아들의 그런 행동을 용인할 까닭이 없었다. 만일 알게 된다면 큰 소동이 벌어지게 될 것이다. 그런 생각을 하며 약간 복잡한 기분이 들고 있었을 때였다. 이군이 눈을 둥그레 가지고 뛰어올라왔다. 떨리는 목소리로 외쳤다.

"큰일 났습니다. 포위당했어요. 체포하러 옵니다."

박갑동은 반사적으로 일어나 뒷 창문을 열고 뒷집 지붕으로 뛰어 오르려고 했다. 그러나 지붕 처마에 손이 닿질 않았다. '체포당하러 내가 여기까지 왔구나'하는 상념이 그의 뇌리를 스쳤다. 이군은 울상이 되어 있었다. 마치 박갑동을 체포케 하기 위해 초청한 것처럼 되어버린 것이다.

"선생님, 선생님은 우리 누이 방으로 가세요. 자형 친구라고 하세요. 저는 잡혀가겠어요."하고 이군은 박갑동을 아래층 자기 누이 방으로 밀어 넣고는 문을 닫아버렸다. 어디선가 문을 부수는 소리가 들려왔다. 문을 열어주지 않으니 수사관들이 문을 부순 모양이었다.

"내가 이재호요."하는 이군의 소리가 있었다. 동시에 이군의 모친인 듯한 여자의 통곡 소리가 났다. 온 집안은 삽시간에 발칵 뒤집혔다. 이군의 집은 큰 집이라서 가운데 복도가 있고, 그 양켠에 방이 늘어 있고, 앞뜰에 면한 쪽에는 복도가 된 마루청이 있었다. 가운데 복도는 현관에 직결되어 있었다. 수사관들은 가운데 복도를 따라 양쪽 방을 차근차근 수색해오는 것 같았다.

박갑동이 앞뜰 쪽의 마루로 나섰다. 막다른 쪽에 도어가 있었다. 도어를 여니 부엌으로 통하는 복도였다. 박갑동이 부엌으로 뛰어들었다. 그러곤 엉겁결에 독 안에 들어가 숨었다. 순간, 수사관들이 부엌에 들어오면 반드시 독 안을 들여다볼 것이란 생각이 들었다. 그러나 숨을 만한 곳이 달리 눈에 띄지 않았다.

이리저리로 살피는데 수도꼭지 밑에 그릇을 씻는 대가 있고 바로 그 밑에 궤짝 같은 것이 있었다. 독에서 나와 얼른 그 궤짝의 문을 열어보았다. 안은 비어 있었다. 평소 때엔 그릇을 보관하고 있는 곳인 듯싶었는데, 그날은 잔치가 있어 몽땅 그릇을 들어낸 때문이었다. 박갑동은 재빨리 그 속으로 비집고 들어가 문을 닫았다. 바깥에서 보면 사람이 숨을 수 있는 곳으론 보이지 않는데, 안에서 장방형으로 되어 있어서 겨우 용신할 만했다. 이윽고 부엌에도 수사관들이 들이닥쳤다. 독 속까지 샅샅이 살피는 동정이었다.

박갑동은 전에 네 번 포위되고 추격당한 적이 있었다. 그때마다 교묘히 탈출할 수 있었다. 한번은 체포당하고 경찰서로 연행되는 도중에 달리는 차에서 뛰어내린 일도 있었다. 그러나 그땐 일개 평당원이어서 붙들려본들 대단할 게 없었다. 지금은 달랐다. 이군이 그가 당의 요직을 맡고 있다는 것을 알고 있었으므로 만일 불기라도 하면 사태는 만만치 않게 될 것이었다. 아직 대학생이고 훈련도 채 되지 않은 그가 어떻게 고문을 견디어낼 것인가?

박갑동은 붙들리기만 하면 정태식의 아지트, 선전부, 기관지부, 이론진의 아지트와 그 간부들의 아지트를 전부 불도록 강요당할 것이었다. 그 가혹한 고문을 견디느니 죽는 것만 못한 일이다. 그는 최후의 순간을 생각하고 항상 휴대하고 다니던 청산가리가 든 은단통을 만지려 하다가, 아차 하는 소리를 지를 뻔했다. 설이랍시고 한복으로 갈아입는 바람에 그것을 챙겨 넣는 것을 깜박 잊은 것이다.

체포된다는 공포보다 그것을 잊었다는 데 따른 공포가 더 컸다. 천지신명에 빌고 싶은 마음이 되었다. 무엇에 대해선지 딱히 말할 수 없으니 실지로 빌었다. 비는 마음이 통했는지 바로 자기들 옆에 숨어 있는 박갑동을 발견하지 못하고 수사관들은 "틀림없이 한 놈 더 있었는데." "2층 그 놈 방에 방석이 있었거든." "계단 앞에 새로 차린 술상이 있었구." "내뺄 구멍도 없는데 이상한데."하는 말들을 주고받다가 부엌에서 나가버렸다.

일단 안도의 숨을 쉬긴 했지만 불안은 그냥 남았다. 수사관들이 집안에 그냥 남아 있을지도 모르고 집 주위에 매복하고 있을지도 몰랐다. 실히 한 시간 반쯤은 지났을 때였다. 궤짝의 문을 열고 귀를 기울였다. 집안은 조용했다. 근처에 인기척라곤 느껴지지 않았다. 살며시 궤짝에서 나와 한쪽의 동정을 살폈다. 수사관들이 집안에 없는 것이 확실했다.

박갑동이 골마루를 걸어 현관으로 나갔다. 바로 옆방에 넋을 잃고 앉아 있던 이군의 어머니가 박갑동을 보더니 자지러질 듯 놀란 얼굴이 되었다. 이군의 어머니는 박갑동이 붙들려갔거나 도망쳤을 것이라고 생각했던 모양이다.

"아드님은 별로 한 일이 없으니 곧 나오게 될 겁니다. 곧 석방될 겁니다. 내일 돈을 20만 원쯤 전달하겠습니다. 우리도 힘을 쓸 것이니 부모님께서도 석방 운동을 하십시오."하는 정중한 말을 남겨놓고 박갑동이 그 집을 나왔다. 신경이 고슴도치의 바늘처럼 곤두섰다. 빠른 걸음으로 1백 미터쯤 거리로 그 집에서 멀어져서야 숨을 고르고 하늘을 보았다. 하늘엔 휘엉청 만월에 가까운 달이 차갑게 걸려 있었다. 음력 14일의 달이다.

"음력 11월 14일."하고 나직이 중얼거려 보았다. 방금 사지를 벗어났다는 안도감이 허탈감으로 바뀌었다. 남조선 일대 방방곡곡의 감방에 수많은 동지들이 신음하고 있을 것이란 생각에 가슴이 메었다.

'아까 붙들려 간 이군은 지금쯤 모진 고문을 당하고 있겠지. 빨리 사실을 알려야지.'

의무감이 솟자 허탈감은 말쑥이 가셔버렸다. 동숭동을 향해 걸음을 빨리 했다. 당원의 초보적 의무로서 아무리 심한 고문을 당해도 관련 있는 아지트는 24시간 안에 불어선 안 되게 되어 있다. 체포되었다는 소식이 전해져 관련자가 피신할 수 있게 하기 위해서다. 레뽀 이군이 체포되었다고 듣자 정태식의 얼굴이 핼쑥해졌다.

"아지트를 옮겨야 하지 않겠습니까?"

"글쎄."

심각한 표정이더니 정태식이 탄식을 섞어 말했다.

"어디 적당한 곳이 있어야지."

사실 그랬다. 장병민 여사의 집 이상으로 안전한 아지트가 서울 바닥에 어디 있겠는가?

"그래도 적당한 곳을 찾아야죠."

박갑동은 자기 머릿속에서 정태식의 아지트를 찾아보려고 했으나 마땅한 곳이 생각나질 않았다. 정태식의 무거운 말이 있었다.

"설마 이군이 내 아지트를 불기야 하겠소?"

듣고 보니 그도 그랬다. 남로당 제3인자의 레뽀라고 하면 이군은 살아남지 못한다. 아직 학생이고 당원으로서의 훈련이 덜 돼 있다고 해도 그만한 지각쯤은 있을 것이었다. "잘 생각해서 하십시오." 하고 다음의 연락방법을 정하곤 박갑동이 자기의 아지트로 돌아왔다. 그러나 계속 그를 괴롭힌 의혹은 어떻게 이 밤 경찰이 이군의 집을 포위했느냐 하는 데 있었다. 만일 이군이 정태식의 레뽀인 줄 알고 밀고한 것이라면 일은 중대했다. 정태식의 아지트를 불든지 고문에 의해 죽든지 해야 할 것이니까.

아무리 생각해도 그 아지트가 노출될 리가 없었다. 그렇다. 정태식이 그 아지트를 쓰고 있다는 것을 아는 것은 안영달이다. 박갑동 자신이 안영달을 그 아지트로 안내한 적이 있었다. 정태식의 지시로……. 그러나 설마 안영달이? 박갑동은 고개를 내어저었다. 이튿날 챙겨보니 대강 수집된 정보에 의해서만으로도 설날 2일간에 30수 명의 당원이 서울 시내에서 검거되었다.

1월 2일의 사건이 있고나선 박갑동은 자기를 중심으로 수사망이 좁혀드는 것 같은 공포를 느꼈다. 정태식의 아지트를 찾아가는데도 그야말로 살얼음을 밟는 기분이었다. 레뽀인 이군이 붙들렸다는 사실이 문득문득 검은 구름처럼 가슴을 스쳤다.

1월 5일 밤이었다. 안전신호를 보고 정태식 아지트의 벨을 눌렀는데도 반응이 없었다. 여느 때 같으면 벨을 세 번 누르면 누군가가 나와 이편의 이름을 묻고 들어가 분부를 받고는 다시 나와 문을 열게 되어 있었는데, 세 번씩 세 번을 눌러도 아무도 나타나지 않았다. 다시 안전신호를 보았다. 안전신호는 그대로 있었다. 이상하다고 여겨 돌아서려는데 샛문이 소리 없이 열렸다.

"빨리 들어오시오."

정태식 본인이 문을 열었던 것이다. 정태식은 현관 앞을 지나 집 뒤를 돌았다. 장독대 근처에 가더니 거적을 걷고 장독대 밑의 문을 열었다. 그 문을 들어서며 정태식이 나직이 말했다.

"옛날의 방공호요."

안에 들어서니 전등이 환하게 켜져 있고 고즈넉한 방이 나타났다.

"장병민 여사의 솜씨요. 내가 아지트를 옮기겠다고 하니까 한사코 만류하면서 이런 곳을 만들어줬어요."

"장 여사는 보이지 않던데요."

"오늘 밤 부부동반해서 나들이 간다고 합디다."

"식모 아이는 어디로 갔구요?"

"자기들이 집에 없을 때엔 누가 와도 문을 열어주지 말라고 했답니다. 그래 내가 귀를 기울이고 있었는데, 방공호 안에까진 벨소리가 들리지 않아요. 시간이 다 되었는데 싶어 나가보았더니 마침 박형이 오셨소."하고는 바깥 동향을 물었다.

"계속 붙들려갑니다. 이 해에 들어 서울에서 붙들린 당원만으로도 수십 명입니다."

"우리 블록에 희생자가 있소?"

"없습니다."

"그것 다행이군. 앞으로도 조심하시오."

박갑동이 속으로 웃었다. 이론진에 속한 사람들은 가두연락을 해야 할 일도 없고, 기관지를 발행할 엄두도 내지 않고 아지트에만 틀어박혀 있으니 붙들릴 까닭이 없는 것이다.

"이군의 소식을 들었소?"

"돈을 20만 원 전했을 뿐 소식은 듣지 못했습니다."

"잘 견디고 있는 모양이죠?"

체포된 후 3, 4일이 경과했는데도 파문이 일지 않으면 관련자들은 대강 안심해도 좋았다.

"중대한 일이 있소."

정태식이 자세를 고쳐 앉았다.

"지난 1월 2일 밤 이주하 선생이 평양에서 돌아왔소."

"평양에 가셨던가요?"

"작년 12월 초순에 갔었지요. 남로당의 현황을 보고하고 앞으로의 지침을 의논하기 위해서였소."

정태식이 말을 끊었다가 다시 시작했다.

"우선 요점만 말하겠소. 앞으론 서울의 지도부가 남조선의 정세에 맞추어 독자적인 결정권을 갖게 되었소. 김삼룡 선생의 표현을 빌면 창발력을 갖게 되었소. 독자적이라고 하면 김일성 장군의 오해를 살까 해서 창발력이란 말로 바꾼 것 같소. 다음은 이번 5월에 예정하고 있는 남조선 국회에 대한 대책이오. 2년 전의 5·10선거에선 전면 보이콧 전술을 썼지만 이번에 적극적으로 참여하자고 결정되었소. 적극적으로 참여한다고 해보았자 당원이 공공연하게 입후보할 순 없을 것이 니까 당의 심파를 내세워 남조선 의회를 장악하자는 것이오. 믿을 만한 심파가 없는 지역에선 반(反) 이승만계를 미는 것이오. 되도록 앞으로 포섭 가능한 사람을 말이오."

'5·10선거 때 진작 이런 전술을 썼더라면' 하는 말이 입안에 있었지만 박갑동은 잠자코 듣고만 있었다.

"국회의원 선거에 대한 본격적인 대책은 김삼룡 선생이 짜겠지만 이론진 블록에서도 거들어야 할 거요. 선전 선동의 방법도 강구해야 하겠지만 보수정당, 중도정객 등과 교류해서 유리한 전술을 만들도록 해야할 거요. 박 동지가 특히 친숙한 보수정객이나 중도정객이 있습니까?"

"찾아보면 있을 겁니다."

"그 가운데 특히 친한 사람이라기보다 접근할 수 있는 사람은 누구죠?"

박갑동의 머리에 떠오르는 사람이 있었다.

"민세 안재홍 선생입니다."

"군정 때 민정장관을 한 사람이지?"

"그렇습니다."

"그 사람과 무슨 인연이라도 있소?"

"와세다대학 선배입니다. 두 번쯤 만난 적이 있는데, 대학의 후배라고 해서 극진한 대접을 받았습니다."

"터놓고 말할 수 있는 사인가요?"

"예."

"그렇다면 한번 접촉해보시오. 김삼룡 선생도 안재홍 씨에게 얼마간의 기대를 걸고 있습니다. 가능하다면 당선 후 남로당의 합법화를 추진하겠다는 약속을 받을 수 있는 데까지 가면 성공이지만 노골적으로 그런 말은 못할 것이고……. 아무튼 근사한 분위기만 만들어도 되는 거니까. 물심양면의 지원을 하겠다고 다짐하고 안재홍 씨의 정당을 이용하도록 합시다. 그 사람의 정당이 뭐였죠?"

"아마 국민당일 겁니다."

"김삼룡 선생과 다시 의논해보겠지만, 우리 당의 심파들을 그 간판 아래 모으는 것도 하나의 방법이겠소."

"연구해보겠습니다. 그런데 위원장 동지와 김일성 씨 사이는 어떻더라고 하시던가요?"

"김씨의 태도에 다소 변화가 있는 모양이라고 합니다."

"구체적으로 그런 징조가 보이던가요?"

"이번 결정한 서울 지도부의 독자적 결정권도 김씨가 순순히 승낙한 거랍니다. 이남의 정세에 맞추어 남로당은 독자적인 전술을 세워 잘해 보라고 김씨가 격려까지 했다니까요."

"혹시 그거 가면 아닐까요?"

"그렇지 않을 것 같다는 얘기였소."

"신창선 같은 사람을 남파하고 있는 터에 어떻게 그처럼 태도가 변했을까요? 남로당의 이북화가 그의 목적이었는데요."

"정세의 변화가 있었소. 박헌영 위원장이 이때까진 경쟁자의 위치에 있었는데, 지금은 제2인자의 자리에서 흡족하다는 태도를 보이고 있는 모양입니다. 게다가 박헌영 위원장 골수 추종자로 알려져 있던 이승엽 동지가 요즘엔 박헌영 위원장에게보다 김일성 씨에게 더 많은 경의를 표하고 밀착하고 있더랍니다. 그리고 조선노동당 정치위원회의 구성이 박헌영계 두 명인데 김일성계는 셋입니다. 박헌영계는 위원장 자신과 이승엽이고, 김일성계는 허가이, 김두봉, 본인, 이래서 3명 아닙니까? 그러고도 이승엽 동지까지 여차하면 포섭할 가능성이 있고 보면 김씨의 태도가 누그러진 이유를 알 수 있지 않겠소?"

납득이 가는 얘기였다.

"어쨌건 그렇게라도 되어 북로당이 남로당의 일에 방해하지만 않았으면 좋겠습니다."

박갑동이 진심으로 한 얘기였다. 그러나 이 가냘픈 희망도 짓밟히고 말았다. 김일성은 입으론 서울 지도부를 돕겠다고 해놓고 한 푼의 돈도 서울 지도부를 위해 쓰려고 하지 않았다. 당의 재정난은 경찰의 탄압과 더불어 당을 몰락의 시궁창으로 몰아넣고 있었다. 만일 당의 재정이 고갈되지만 않았더라도 경찰의 탄압을 이겨냈을지 모른다.

"국회의원 선거에 적극적으로 참여하면 의석을 얼마쯤 얻을 수 있을까?"

정태식이 뚜벅 이런 말을 꺼냈다.

"글쎄요. 당의 조직이 강했을 때엔 몰라도 지금의 형편으로선 신통치 않을 것입니다."

"과반수 얻을 수 없을까?"

이렇게 말하는 정태식을 박갑동은 빤히 쳐다보았다. 철이 들지 않은 아이라도 그런 소릴 하지 않았을 것이었다. 박갑동이 잠잠해 버렸더니 정태식이 중얼거렸다.

"과반수 의석만 차지할 수 있으면 단번에 공산당 합법화시키고 미군의 완전철수를 결의하고……"

듣다 못해 박갑동이 "정 선생님, 다른 사람 앞에선 그런 말씀 마십시오. 괜한 오해를 사겠습니다."

"박 동지 앞에서니까 해보는 소리요."

정태식은 박갑동이 한 말의 참뜻을 모르고 있었던 것이다.

"그러나저러나 박 동지, 이번의 선거 대책만은 치밀하고 효과적으로 한번 세워 봅시다."

그 말투로 보아 정태식은 다가오는 5월 선거에 큰 관심과 기대를 가지고 있는 모양이었다.

"너무 큰 기대는 마십시오."

"선거 결과만 좋으면 탄압의 강도를 줄일 수 있지 않겠소. 이런 정도로 탄압을 계속 받으면 우리 당원의 씨를 말리겠소."

그 소리는 비통했다. 정말 경찰의 탄압은 가차 없었다.

"박 동지."

"예?"

"이중업 동지가 체포된 것이 언제였죠?"

"지난해 2월입니다."

"벌써 1년이 다 되어가는군."

이중업은 체포 당시 당 조직부장이었다. 정태식과는 각별한 사이라고 들었다.

"윤순달 동지가 체포된 것은?"

박갑동이 수첩을 꺼냈다. 자기만 알 수 있게 암호로 적어둔 수첩이었다. 그것을 들여다보고 대답했다.

"작년 8월 25일입니다."

"조용복은?"

그것도 역시 수첩에 있었다.

"작년 12월 7일입니다."

"박 동지는 그런 걸 모두 수첩에 적어놓고 있소?"

"난 신문기자 출신 아닙니까? 당사(黨史)의 자료로 하기 위해 중요한 건 죄다 적어놓고 있습니다."

"혹시 곤경에 빠졌을 때엔 어떻게 하려구?"

"보십시오, 이것. 나 아니곤 아무도 모르게 되어 있습니다."하고 글자가 깨알처럼 적힌 수첩을 보였다. "참으로 대단하군, 박 동지는."하더니 정태식이 혼잣말처럼 말했다.

"지금 유격대는 어떻게 되어 있을까?"

"아주 저조한 모양입니다. 그러나 작년 4월부터 11월까지의 전과는 대단합니다."

"그것도 수첩에 있소?"

"있습니다. 읽어드릴까요?"

"읽어보시오."

"연 동원 인원은 37만6천4백1명입니다. 교전 회수는 6천7백68회입니다. 사살자는 1만1백 명이구요. 각종 무기를 약탈한 수는 4천2백60정이구요. 약탈한 탄환은 31만1천7백 발입니다."

"거창한 숫자로군. 우리 편의 사상자는 얼마나 되오?"

"우리 쪽에서 발표한 것은 없습니다."

"경찰이 발표한 것은 있소?"

"3만 가량으로 되어 있습니다. 그러나 이건 경찰이나 군대가 체포하여 직결 처분한 숫자를 합친 것일 겁니다."

"3만이라!"

정태식이 신음하는 소리를 내었다.

어느덧 1월도 막바지에 접어들고 있었다. 공포 속에서 나날을 보내다 보니 잊고 있었던 일이 있었다. 집안의 소식을 알기 위해 한 달에 한 번은 꼭 들르는 친척집이 있었는데, 어쩌다 보니 그곳에 못 가본 지가 석 달이 넘어 있었다. 그 사실을 상기하자 괜히 박갑동의 가슴이 떨렸다. 집안에 무슨 불상사가 있지 않을까 해서다. 박갑동과 자기 집과는 가명을 써서 우편을 보내기로 되어 있었다. 해가 저물기를 기다려 신설동의 그 집을 찾아갔다. 몇 통의 편지가 있었는데 모두가 안부편지이고 별 탈이 없다는 것이어서 비로소 안심할 수가 있었다. 종수(從嫂)되는 분이 쪽지에 적힌 전화번호를 보였다.

"진주에서 왔다며 이 전화번호로 꼭 연락을 해달라고 합디다. 벌써 오래됐어요."

그 집엔 마침 전화가 있었다. 전화를 걸었다 "누구세요?"하는 여자 목소리가 있었다.

"진주에서 온 사람을 찾는데요."

"댁은 누구신데요?"

"단계의 박이라고 하면 알 겁니다."

잠깐 사이가 있더니 "선생님."하는 소리가 튀어나왔다.

"누구지?"

"저 서병윤입니다."

"서병윤이면……."

"서병걸의 동생입니다."

"아 그래."하는데 와락 목이 메었다.

"형은 잘 있나?"

그 말엔 대답하지 않고 "당장에라도 선생님을 만나야 하겠습니다." 하고 다급했다. 서병걸의 동생이면 위험이 없겠지만 그래도 안심할 수가 없어 "자네 혼자 왔나?"하고 물었다. "예. 혼자 왔습니다."하는 거리낌 없는 답이 돌아왔다.

"그럼 그곳이 어딘지 모르지만 전차를 타고 종로 2가 화신 앞까지 오너라. 정확히 9시 반까지."

2시간쯤 그 장소가 보이는 곳에서 살피면 상대의 동태를 파악할 것이기 때문에 그렇게 시켰다. 서병걸을 닮아 있었기 때문에 가등 아래에서도 서병윤을 곧 알아볼 수 있었다. 아무도 그를 뒤따르는 사람이 없다는 것도 확인했다. 인사동으로 빠지는 골목을 나란히 걷기 시작했다. 서병윤의 나직한 말이 있었다.

"형님은 죽었습니다."

"뭐라구?"

"박창남이란 친구와 지리산에 입산하러 가다가 붙들려 죽었습니다."

"……"

"잘 아는 놈이 밀고한 거라예. 설민수란 놈인데예."

나직이 말해 놓고 울먹거렸다. 박갑동은 '아아 그때가 마지막이었구나'하고 지난 해 가을 진주 상봉동 친척집에서 서병걸과 주고받은 말들을 조각조각 상기했다. 그는 진주시당의 감찰책으로 있었는데, 민애청 맹원들을 지리산으로 보내도록 하는 당 군사부의 지시에 반발하는 말을 했었다. 그 말 가운덴 "아직 당원이 되지 못한 민애청 청년들, 학생동맹의 아이들을 야산대로 보내라, 지리산으로 보내라 하고 당 군사부가 지령을 내리고 있으니 견디어낼 수 없는 심정이다."

"당이 옳다는 대전제를 믿을 수가 없다. 승패는 병가지상사라고 하지만 당은 백전백패하고 있지 않은가?"

"게다가 테러를 당의 사업으로 하려고 하고 있다. 테러를 통해 나타난 결과가 뭔가? 노골적인 당의 악의이다. 공포 분위기다. 그런데 일관된 공포 분위기는 강제력을 갖기도 하지만 지금 당이 조작하고 있는 공포 분위기는 당이 민중들의 미움만 살 뿐이다."

"내가 당을 떠날지 모른다고 했지만 그게 쉬운 일인가? 한 가지만은 약속하겠다. 내가 만일 이승만의 경찰에 붙들리면 어떤 경우라도 당을 떠나지 않겠다. 아니 전향하지 않고 죽겠다. 내가 전향할 때엔 내 자유의사가 충분히 허용되는 자유로운 환경에서다. 내가 지금 바라는 것은 당이 테러전술을 버리라는 것이다."

이처럼 박갑동의 마음에 깊이 새겨진 것이 있었다.

'참으로 총명한 청년이었는데.' '기막힌 자질을 가진 사람이었는데.'

박갑동은 30년을 살아오면서 서병걸에게처럼 애착을 느껴본 사람이 없었다는 것을 확실하게 인식했다. 지리산으로 들어갈 때 그의 마음이 어떠했을까? 붙들려 죽게 되었을 때 그의 마음이 어떠했을까?

당이 그의 죽음을, 아니 그와 같은 죽음을 과연 보상할 수 있을 것인가 없을 것인가? 어둠이 다행이었다. 줄줄이 흐르는 눈물을 닦으려고도 하지 않고 박갑동은 걸었다.

제28장
와해의
역정(歷程)

　　이데올로기는 반드시 적대되는 이데올로기를 낳게 마련이다. 악착같은 공산주의적 이데올로기는 이에 못지않은 반공 이데올로기를 낳았다. 대한민국의 경찰은 반공 이데올로기로써 철저한 사상적 무장을 갖추게 되었다. 따라서 그 전술도 월등하게 진보했다. 그 투쟁적 열성 또한 공산주의자에 지지 않았다. 남로당은 설이라고 해서 이틀 동안을 쉬었는데, 남로당을 추격하는 경찰은 설이고 추석이고 없었다.

　　남로당은 곳곳에서 포위되었다. 그 섬멸은 시간의 문제로 되었다. 1950년 3월 초순 현재 서울과 경기도의 남로당은 완전 궤멸했고, 강원도당과 충청도당도 궤멸했고, 대구시당과 경북도당은 팔공산으로 잠적했고, 경남도당과 전남북도당은 지리산으로 들어갔고, 충남도당은 위원장 이주상(李冑相)이 대전 모처에 숨어버렸기 때문에 마비상태에 있었다. 그럭저럭 잔명(殘命)을 보전하고 있었던 것이 남로당 서울 지도부였는데, 이것도 풍전등화의 운명에 있었다.

이 무렵, 즉 3월 초 김삼룡으로부터 정태식에게 긴급 지령이 내려 졌다. 이것은 평양에 있는 박헌영의 직접 지령에 따른 것이라고 했다. 박헌영이 이 지시를 내린 것은 적어도 2주일 전일 것이었다. 그 당시 38선을 사이에 둔 서울과 평양과의 연락이 대단히 곤란하게 되었기 때문에 그만한 시일이 걸려야만 했고, 김삼룡과 정태식과의 연락도 2 주일에 한 번, 3주일에 한 번씩밖에 없었다. 남로당의 세력이 약화된 반면 수사기관의 세력은 월등 강화되어 있었기 때문이다. 물론 상임위 원회의 레뽀를 통한 연락은 매일 있었지만 중요한 지시는 김삼룡이 직 접 정태식을 만나서 했다.

김삼룡이 정태식에게 내린 지시는 '남로당 지하당의 남북통일에 관 한 정책입안의 건'이었다. 기일은 3월 25일까지. 정태식으로부터 이 지시를 전해 듣고 박갑동은 의아스러운 느낌을 금할 수 없었다. 남로 당의 통일방안은 남북의 제 정당 사회단체의 회담에 의하여 평화적으 로 성취한다고 되어 있었다. 그런데 새삼스럽게 이러한 문제 제기는 무슨 까닭일까? 혹시 북쪽에서 무력을 사용할 작정이 아닌가?

그렇게 되면 남로당은 딜레마에 빠진다. 남조선 정부의 혹심한 탄압 하에 있는 남로당은 뭔가 돌파구를 찾지 않으면 배겨내지 못하게 되어 있었다. 그런 뜻에서 북쪽의 무력에 기대하고 싶은 마음의 경사가 없 지 않았다. 그러나 전혀 무력을 갖지 않고 북한의 무력에 의해 통일되 었을 경우 남로당은 설 자리를 잃게 될 것이 명약관화한 일이었다. 긴 안목으로 볼 때 무력에 의한 침공은 당으로선 바람직하지 않았다. 보 고서는 이론진 블록의 책임자인 정태식이 직접 집필했다. 그 내용은 대강 다음과 같은 것이었다.

국제정세

미국은 중국대륙에서 중공의 세력에 밀려 완전히 손을 떼었다. 금년 1월 12일 애치슨 미 국무장관은 "미국의 태평양 방위선은 알래스카－일본－류큐 열도(琉球列島)이다."라고 했다. 이 성명 가운덴 남조선이 포함되어 있지 않다. 그렇다고 해서 미국이 남조선을 포기했다고 속단해서는 안 될 것이다. 중국대륙을 포기한 미국이 남조선과 같은 사소한 지역을 지킬 까닭이 없다고 판단하는 경향도 있으나 이것은 너무나 안이한 희망적 관측이다.

미국의 경우 중국과 조선은 다르다. 중국은 2차 대전 때 미국의 연합국이며 미국의 우방이다. 미국이 점령한 곳이 아니다. 군사 간섭을 할 명분이 없었다. 이와 반대로 조선은 국제적인 성격을 가진 38선에 의하여 각각 미·소 양 진영에 속한 2개의 국가로 분할된 지역이라서 미국은 그 반분을 합법적으로 장악하고 있는 것이다.

국내정세

① 1949년 6월 말로 미군은 남조선 지역에서 철퇴하였다. ② 이승만 정부는 대중으로부터 고립되어 있으며, 또 내부의 분열, 반목 등에 의하여 금년 5월에 예정되어 있는 총선거도 치르기 어려운 지경에 빠질 것이다. 만일 총선거를 실시한다 하더라도 이승만을 지지하는 세력은 미약하여 국회 안의 소수파가 될 가능성이 있다. ③ 금후 2년 내지 4년 안에 언론, 출판, 결사의 자유를 보장하는 부르주아 민주정부를 수립할 가능성이 있다고 본다.

통일방안에 관하여

① 남로당의 평화통일 노선을 변경할 필요가 없다. ② 북조선 쪽에 의한 38도선의 외부로부터의 무력통일은 절대 금물이다. 이것은 극좌 모험주의로서 외국군의 간섭을 초래할 위험이 있다. 그리고 또 그렇게 된다면 그것은 남북 간의 지역적 감정을 자극하여 지방주의에 의한 파장으로 번질 우려가 있으며,

조국의 장래 운명에 큰 해독의 근원을 만드는 것으로 될 것이다.

이 보고서를 김삼룡에게 전달하기로 한 날짜는 3월 27일이었다. 정태식과 박갑동은 저녁밥을 먹고 채항석의 집을 나섰다. 정태식은 점퍼를 입고 스키모를 쓰고 박갑동은 낙타 오버에 영국제 신사모를 쓰고 일류 신사의 차림을 하고 있었다. 지정한 시각에 지정한 장소에 갔으나 김삼룡이 나타나지 않았다. 시간이 흘렀다. 30분이 지났다. 그래도 김삼룡은 나타나지 않았다.

"5분만 더 기다려 보자."

"또 5분만 더 기다리자."

가두 연락에서 절대로 범해선 안 될 위험을 무릅쓰며 초조한 마음을 억누르고 근처의 골목을 두 사람은 빙빙 돌았다. 바람이 차가운 밤이었다. 먹칠을 한 것 같은 어둠이었다. 약속시간을 50분이나 경과했을 때 박갑동이 정태식에게 돌아가자고 제의했다. 정태식은 미련이 남은 듯 머뭇거렸으나 그곳을 떠날 수밖에 없었다. 무슨 사고가 났거나 시간과 장소가 어긋났거나 하지 않고선 그럴 리가 없는 것이다.

정태식과 박갑동이 맥 풀린 기분으로 돌아오는데, "누구얏!"하는 소리가 나더니 카빈 총구가 박갑동의 앞가슴을 찔렀다. 무장 경찰관이었다. 수명의 무장 경찰관이 달려들어 정태식과 박갑동의 몸수색을 했다. 박갑동의 양복주머니에서 꺼낸 악어 지갑을 경찰관이 손전등을 켜고 비춰 보았다. 지갑에서 수만 원의 지폐와 함께 상공부장관의 명함, 판사 검사의 명함이 나왔다. 신분을 위장하기 위해 일부러 가지고 다니는 명함이었다. 무장 경관의 태도가 공손해졌다.

"직업이 무엇입니까?"

"그 명함에 씌어 있는 대로요."하고 광산회사 사장 명함을 가리켰다. "광산회사 사장이시군요."하고 경찰관이 지갑을 돌려주고는 "이 사람은 누구요?"하며 정태식을 가리켰다. "우리 회사 사원이오."

이렇게 하여 정태식과 박갑동은 검색을 무사히 통과했다. 그 장소는 동대문 앞이었다. 종로 5가와 혜화동 로터리로 가는 길을 돌아 이화동 근처에 이르렀을 때 또 검색에 걸렸다. 이번에도 박갑동의 지갑에 들어 있는 명함이 그들을 구해 주었다. 낙타 오버에 영국제 중절모자 차림의 도움도 있었을 것이다. 동숭동 아지트에 돌아와 보니 시간은 벌써 11시에 가까웠다. 갑자기 무장 경관이 거리에 깔리게 된 이유가 무엇일까? 그것과 김삼룡이 나타나지 않은 것과 무슨 관련이 있는 일일까? 두 사람은 이리저리 추리를 했지만 결론을 얻을 수 없었다. "내일 정보를 수집해서 보고하겠습니다."하는 말을 남겨놓고 박갑동은 자기의 아지트로 돌아갔다.

그 이튿날 하부조직을 동원하여 정세를 알아보았다. 당 최고간부 2, 3명이 체포되었다는 것이었다. 김삼룡과 이주하가 체포된 것이 틀림없다고도 했다. 밤에 정태식에게 보고했다. 박갑동의 보고를 듣자 정태식은 핼쑥하게 질린 얼굴이 되더니 눈을 감고 울음을 참는 모양이었다. 그러더니 박갑동에게 일렀다.

"박 동무, 김삼룡 동지를 탈환할 작전을 세우시오."

도저히 불가능한 명령이었다. 삼엄한 경찰의 방비를 뚫고 어떻게 그 일이 가능할 것인가? 박갑동은 멍청히 정태식을 바라보았다. 박헌영, 김삼룡, 정태식은 같은 충청도 출신이어서 그들의 우애는 동지애를 훨씬 넘은, 일종의 운명적 유대감으로써 맺어진 사이였다. 그렇더라도 김삼룡을 탈환하라는 명령은 무모했다.

그러나 상부의 명령을 거역할 순 없었다. 박갑동은 경북 팔공산에 있는 빨치산 2개 소대를 서울로 불러올려 김삼룡을 탈환할 계획을 세웠다. 이튿날 그 계획을 실행하기 위해 박갑동이 원효로의 비상선으로 나갔다. 거기서 황보영을 만날 작정이었다. 황보영은 경북도당 선전부장으로 있다가 중앙 상임위원회의 연락책으로 서울에 와 있었다. 그는 경북 팔공산 빨치산과의 연락선을 가지고 있었다. 원효로 비상선에 황보영은 나타나지 않았다. 그 이유는 곧 밝혀졌다. 황보영도 전날 체포되어 그때엔 경찰서 유치장에 있었던 것이다.

남로당 총책 김삼룡과 남로당 군사부책 이주하가 체포됨으로써 남로당은 창당 3년 만에 사실상 와해되었다. 어떻게 하여 신출귀몰이란 평을 받던 그들이 체포되고 말았는가? 한마디로 이 사건은 남로당의 생리와 병리를 그냥 그대로 표출한 것이었다고 해도 과언이 아니다. 당시 경찰은 김삼룡, 이주하를 체포하기 위해 혈안이 되어 있었다. 그런데 그들의 얼굴을 아는 사람이 경찰 진영엔 없었다. 김삼룡은 그의 평생에 사진 한 장 찍어본 적이 없는 사람이었다. 이주하도 마찬가지였다. 게다가 두 사람은 철저한 지하 잠행자로서 당 사업에서도 극히 제한된 사람들과 접촉을 가졌을 뿐이었다.

그런데 1949년 9월 16일 김삼룡의 심복이며 서울시당의 제1부위원장인 홍모(洪某)가 검거되었다. 홍은 검거되자 전향의사를 밝힌 동시에 경찰에 적극 협력할 것을 맹세했다. 그는 또한 1949년 9월 20일에 예정된 폭동 책임자로서 당 간부들의 얼굴은 물론 당의 조직선을 알고 있었다.

홍은 서울시경 사찰과 경위가 되어 처음에 한 것이 김삼룡의 비서인 김형육과 그 아내를 체포한 일이었다. 홍은 김형육의 아내를 설득하여 김삼룡이 예지동의 아지트에 있다는 것을 알아냈다. 홍은 서울시경 사찰과 형사 20명을 동원하여 예지동 아지트를 습격했다. 그 아지트엔 이성희(李星熙)란 문패가 붙어 있었다. 아담한 세 칸짜리 한옥인데, 문간방은 잡화상 가게로 쓰고 있었다.

그런데 3월 26일 밤 12시에 경찰대가 들이닥치고 보니 옆집이었다. 한동안 소란을 피우다 정작 아지트를 들추었을 때엔 김삼룡은 이미 도피한 후였다. 그 아지트는 김삼룡과 이주하가 은신해 있으면서 지하당 본부처럼 쓰고 있던 집이었다. 문간방에 차려놓은 구멍가게는 감시를 목적으로 하고 있었다. 김삼룡과 이주하는 각각 방을 차지하고 우직한 시정인처럼 부부생활을 하고 있었다.

안방에 누워 있던 중년남자는 '대한 청년단 특별회원'이라며 매달 단비를 낸 영수증까지 제시하며 시치미를 떼었다. 그러나 홍모가 나타나자 금새 안색이 달라지며 고개를 떨구었다. 그가 바로 이주하였던 것이다. 그 현장에서 아지트 키퍼로 구멍가게 일을 보고 있던 이세범(李世範)도 체포되었다. 이주하를 연행하는데 이주하의 걸음걸이가 휘청거리고 갑자기 말을 더듬기 시작했다. 누군가가 "약을 먹었다!"고 소리 질렀다.

수사관들은 근처의 수도로 이주하를 끌고 가서 수돗물을 코로 흘려 넣는 등 서둘러서 약을 토하게 했다. 이주하는 만일의 경우에 대비해서 환약으로 된 극약을 언제나 몸에 지니고 있었던 것이다. 이주하는 검거된 후 묵비권을 행사하는 등 반항적이었으나 건강을 회복하면서부터 태도가 누그러져 약 20일이 지났을 때엔 전향의 의사를 표시하고, 1950년 5월께에 이르러선 대북방송을 하겠다고 자청하기도 했다고 한다.

한편 김삼룡은 수사관들이 바로 옆집을 헛짚었을 때 아지트 키퍼 이세범의 연락을 받고 사다리를 타고 뒷집으로 도망을 쳤다. 그때 담장 위의 철조망에 한복바지가 걸려 찢어져 다리에 상처를 입고 심한 출혈을 했다. 일단 경찰의 포위망을 벗어난 김삼룡은 북아현동으로 갔다. 그곳에 자기의 비밀 비서인 안영달의 아지트가 있었다. 김삼룡은 스스로 함정에 빠져든 셈이다. 안영달은 지난해 경찰에 체포되었을 때 김삼룡을 잡아주겠다는 조건으로 풀려나왔었다. 안영달은 교묘하게 양다리를 걸쳐 행동하며 김삼룡이 걸려들기를 기다리고 있었던 것이다.

이윽고 안영달의 연락을 받고 경찰이 북아현동의 아지트를 습격했다. 경찰이 들이닥쳤을 때 김삼룡은 전날 도망치다가 다친 다리를 치료받고 있었다. 그는 도망치려 했으니 곧 체념하고 순순히 수갑을 받았다. 홍을 보자 김삼룡은 홍을 껴안고 울먹거렸다.

"자네가 전향했다는 소식을 들었을 때 나는 오늘이 있을 것을 예감했다. 이로써 남로당은 끝장이 났다."

한동안 이렇게 감상적이었지만 정작 조사를 받게 되자 김삼룡은 "우리 냉정하게 적과 적으로서 대하자."고 싸늘하게 말했다. 김삼룡에겐 당시 부인 이금순과의 사이에 네 살 난 사내아이가 있었다. 그것을 미끼로 수사관들이 "아이도 있고 하니 전향해서 같이 살면 어떠냐?"고 종용했지만 처자 얘기가 나올 때마다 "괴롭다."는 짤막한 말로 상대방의 입을 막곤 했다는 얘기다. 김삼룡의 부인 이금순은 그때 같이 붙들려 옥살이를 하고 있다가 6·25때 풀려나와 아들과 함께 월북했다고 한다.

김삼룡과 이주하의 검거는 1950년 4월 1일 경찰 발표로 처음 일반에게 알려졌고, 그때서야 말로만 들어오던 김삼룡과 이주하의 얼굴 사진이 처음으로 신문지상에 공개되었다. 김삼룡과 이주하가 체포되었으므로 남로당의 책임자는 당연히 정태식인 것이다. 그런데 정태식은 당을 수습할 생각은 하지 않고 김삼룡을 탈환할 생각에만 골몰하고 있었다. 경북 팔공산의 파르티잔을 서울로 데리고 올 계획이 불가능하게 되었을 때 박갑동이 정태식에게 제안했다.

"김삼룡 동지의 탈환 공작은 현재의 우리 조직으로선 불가능합니다. 지금 시급한 것은 남은 조직을 어떻게 해야 할 것인가 하는 문제입니다. 앞으로의 대책을 세워야 합니다." 정태식은 묵묵부답이었다. 김삼룡이 없인 당 활동을 할 수 없다는 체념에 사로잡혀 있음이 확실했다. 박갑동은 "정 선생님, 정신을 차려야 합니다. 당을 정비해야만 후일에라도 김 동지의 탈환 공작을 할 수 있을 것이 아닙니까? 이대로 나가면 당은 분해되고 맙니다. 대구나 부산에 안전한 아지트를 설정해드릴 테니 그리로 가셔서 우리 지하당이 갈 길을 연구해 보심이 어떻겠습니까?" 해도 정태식은 "방법이 없지 않을 것인데."하고 입맛을 다셨다. 김삼룡 탈환에 대한 미련을 끊지 못하는 것이다. 그렇게 해서 시간은 무위로 흘러갔다. 정태식도 초조했지만 박갑동도 초조했다.

4월 1일은 김삼룡과 이주하 사건에 관한 경찰 발표가 있었던 날이었다. 박갑동이 동숭동 아지트에 갔더니 뜻밖에도 정태식은 생기가 넘치는 얼굴을 하고 박갑동을 맞이했다. 정태식은 박갑동의 손을 끌다시피 하여 자기 옆에 앉히더니 대뜸 이렇게 말했다. "박 동지, 좋은 일이 있소. 내 시키는 대로 이것을 꼭 집행하시오."하고 말을 이었다.

"S라는 검사가 있어요. 그는 일제 때 만주에 가서 검사 노릇을 하였소. 그때 그는 만주에서 소련 공작원과 많은 애국투사들을 다루었어요. 해방이 되자 소련군에게 체포되었지. 총살당할 뻔했는데, 소련군과 모종의 협약이 이루어져 풀려나온 거지요. 그는 서울에 와서 미군정청의 검사가 되었고 지금 현직에 있소. 그 S검사가 이번 나에게 김삼룡 동지의 건에 관하여 중요한 프로포즈를 해왔다, 이거요. 미국의 모 기관이 자기의 정체에 관해 무슨 냄새를 맡은 것 같다는 얘기였소. 이대로 서울에서 검사 노릇을 하긴 위험해졌다는 거죠. 그런데 마침 자기가 김삼룡을 취조하는 한 사람이 되었으니 이북으로 가는 루트만 보장해주면 김삼룡을 데리고 비밀 취조실로 간다는 핑계를 대고 탈출하겠다는 말을 전해 왔어요."

솔직한 얘기 같지가 않아 박갑동은 정태식의 얼굴을 말끄러미 쳐다봤다. 그러나 정태식은 박갑동의 마음엔 아랑곳없이 "박 동지가 나를 대신해서 S검사를 만나주시오."하고 제의했다. 박갑동은 잠자코 있었다. 그러자 박갑동의 승낙을 재촉하는 듯 "S검사는 사람의 깐을 잘 보는 사람이니 박 동지가 그를 만나러 갈 때엔 점잔을 피우며 관록을 과시해야 할 것이오."

박갑동이 한마디 안할 수 없었다.

"저는 이 얘기를 이해할 수 없습니다. 현직 검사가 김삼룡 동지를 빼돌려 탈출하겠다니 그게 말이나 되는 얘깁니까? 저의 상식으로선 도무지 이해할 수 없습니다. S의 말대로 과거에 그런 일이 있었다고 칩시다. 그는 우리들까지 유도 체포하여 미국의 모 기관에 충성을 표시할 작정으로 있을지도 모르는 일 아닙니까? 제 분석이 어긋날 것일까요?"

"그건 아닙니다. 박 동지는 자세한 내막을 모르니까 그런 말을 하는 거요. 사실을 말하면 S는 나의 대학 시절의 후배요. 학생 시절엔 무척 나를 따른 일이 있었소. 그 점 그 사람을 믿을 만합니다. 미국이 그를 의심하게 되었다면 당연히 위험을 느낀 것 아닙니까? 막다른 골목에 선 사람이란 못할 짓이 없는 거요."

이렇게까지 말하는 덴 박갑동이 재차 S를 의심하는 듯한 말을 할 수가 없었다. 구체적인 얘기를 듣기로 했다. S의 프로포즈를 정태식에게 전한 것은 정태식의 개인비서인 H였다. H는 서울대학 학생으로 채항석의 생질이었기 때문에 채항석의 집엔 무상출입이었다. 그래서 정태식은 그를 심부름꾼으로 쓰고 있었다. H가 다니고 있는 대학의 한 반에 S검사의 동생이 다니고 있었다. S검사의 동생이 그 내용을 H에게 전하고, H가 정태식에게 전한 것이다.

거듭 설명한 정태식의 말에 의하면 S검사는 소련의 공작선에 달려 있는 게 확실했다. 뿐만 아니라 정태식은 S의 비밀을 장악하고 있는 듯했다. 박갑동은 반대할 이유를 발견할 수 없었다. 그러나 박갑동은 그 일에 적극적으로 참여할 심정으론 되지 않았다.

"아무리 제가 점잔을 뺀다 해도 31세밖에 안 되는 저는 당의 대간부로 보이진 않을 겁니다. 이 중요한 사업을 성공시키려면 S보다 훨씬 나이가 많은 사람을 보내어 인격적으로 상대방을 압도할 수 있도록 해야 할 겁니다.”

“그럼 누구 적당한 동무가 있어요?”

“변귀현(邊貴鉉)이가 어떻겠습니까?”

“변귀현? 그래 참, 변귀현이 좋겠군.”

정태식이 즉석에서 동의했다. 변귀현은 이승엽의 계열이며 맹종호(孟宗鎬)의 친구였다. 맹종호는 남로당 유격대 제10 지대장으로서 후일 김일성에 대하여 쿠데타를 음모했다는 죄목으로 북한에서 총살당한 사람이다. 변귀현은 그때 〈노력인민〉 공장책으로 있다가 기관지 부책임자로 옮아와 있는, 나이는 44, 5세의 중년 남자이다.

박갑동은 이튿날 변귀현을 만나 사업의 내용을 자세히 설명했다. S와의 접선 일시는 4월 4일 오후 6시였다. S가 김삼룡을 빼돌려 나오면 일시적으로 피신시킬 아지트까지 마련해두었다. 박갑동은 이 작전의 현장에 나가야만 했다. 변귀현이 정태식의 개인비서인 H의 얼굴을 몰랐기 때문이다. H가 S의 동생을 데리고 나오고 박갑동이 변귀현을 데리고 나가 두 사람을 접선시켜주어야 하는 것이다.

4월 4일 오후 6시. 박갑동은 변귀현을 데리고 혜화동 로터리에서 명륜동을 향하여 남쪽 보도로 걸어가기로 하고, H는 S의 동생을 데리고 서울대학병원 뒤쪽의 명륜동에서 혜화동 로터리를 향하여 남쪽 보도로 걸어가기로 되어 있었다. 이에 앞서 박갑동은 동소문 밖 한국은행 사택 앞 소나무 옆에서 변귀현을 만났다. 수염이 짙은 변귀현은 면도를 말끔하게 하고 스프링코트에 신사 모자를 쓰고 미리 와서 기다리고 있었다.

박갑동과 변귀현은 동소문 고개에서 혜화동 로터리 쪽으로 주의 깊게 주위를 살피며 천천히 걸었다. 약속 시간의 정각에 맞추기 위해서다. 앞으로 무슨 사태가 발생할지 예측할 수 없는 노릇이었다. 불안과 희망이 엇갈리는 가슴을 진정하며 박갑동이 경학원(經學院) 입구에까지 왔을 때 H가 키가 큰 청년을 데리고 오는 것이 보였다.

"저 애요, 저 애. 둘이 나란히 오는 저 애들."

박갑동이 변귀현에게 나지막이 속삭여놓고는 변귀현의 뒤로 돌아 보도에서 자동차 도로로 내려섰다. 변귀현이 H에게 다가가서 말을 건네는 것을 확인하고 박갑동은 도로를 횡단하여 경학원 쪽으로 뛰었다. 혜화동 쪽으로 빠져 한국은행 사택 있는 곳을 지나 삼선교로 나왔다.

마침 전차가 돈암동 종점을 향해 출발하는 찰나였다. 박갑동이 뛰어 그 전차에 올라탔다. 자기가 마지막으로 탄 승객이었으므로 미행자가 없다는 것을 확신할 수 있었으나 그래도 다시 한 번 확인하기 위해 다음 정거장에서 전차가 발차하려고 할 때 맨 마지막으로 내렸다. 전차에서 뛰어내리는 사람은 없었다. 박갑동이 비로소 안심하고 골목길을 골라 걸어 안암동의 아지트로 돌아갔다.

그 이튿날, 즉 4월 5일 박갑동은 자기의 비서를 돈암동 개천둑길에 내보냈다. 그곳이 정태식의 비서 H와 만나 밤 사이의 안전을 확인하는 장소였다. 그런데 얼마 후 돌아온 비서가 정태식의 비서 H가 안전 확인선에 나와 있지 않았다고 보고했다. 박갑동의 가슴이 덜컥 내려앉았다. 어젯밤에 H가 체포된 것이 아닐까 하는 생각과 동시에 그렇다면 정태식은 어떻게 되었을까, 밤에 H가 보고하러 가지 않았으면 정태식이 미리 피했을지 모른다고 희망적 생각을 해보려고 했으나 마음이 진정되지 않았다.

12시에 복선(複線)이 있었다. 복선에 나갔던 비서는 H가 역시 나타나지 않았다고 했다. 필시 무슨 사고가 난 것이었다. 박갑동은 산업은행으로 채항석을 찾아가려고 했는데, 그날은 마침 식목일이었다. 하는 수 없이 하루를 불안 속에 넘기고 4월 6일 산업은행으로 가보았다. 2

층에 있는 채항석의 방은 비어 있었다. 직원에게 물었다. 채항석은 결근했다는 것이었다.

'큰일났구나. 몽땅 잡혔구나.'

박갑동의 눈앞이 캄캄했다. 침착해야 한다고 마음을 다지고 박갑동은 돈암동에 있는 어느 집을 찾아가보기로 했다. 채항석의 부인 장병민의 친구 집이었다. 남편은 대학교수이며 반공사상이 철저했으나 부인은 남로당에 동정적이란 이야기를 우연히 그 집 앞을 같이 지나며 장병민으로부터 들은 적이 있었다. 그 집에 가서 채항석의 집 소식을 들을 요량이었다.

대문을 열고 박갑동의 얼굴을 보자 부인은 대경실색하고 집안으로 인도하며 "아이구 선생님, 큰일 났어요. 그저께 밤에 정 선생과 채씨 부부가 잡혀갔다지 않습니까. 이제 선생님 하나만 잡으면 다된다고 서울 시내에 형사대가 쫙 깔렸대요. 낯이 희고 곱상하게 생기고 경상도 사투리를 쓰는 사람이면 모조리 다 잡아간대요. 그런데 이렇게 나다녀도 됩니까?"하고 걱정을 했다.

"겁이 나면 이런 일하고 다니겠습니까?"

억지로 태연한 척 꾸미고 박갑동이 그 집에서 나왔다. '일은 다 틀렸다.' 한숨이 나왔다. 맥이 풀렸다. 기진맥진한 기분으로 아지트로 돌아오며 박갑동은 정태식의 어머니를 상기했다. 그보다도 정태식의 정황을 생각했다. 정태식은 경성제대 재학 시절 최모라는 부호의 딸과 결혼했다. 그런데 그의 처는 1948년에 경찰차에 치어 죽었다. 장례식에 정태식이 나타날 것이라고 경찰이 대기하고 있었기 때문에 장례식엔 참석할 수가 없었다.

부인이 죽은 뒤 아이들은 외가에서 맡아 키우게 되었으나 정태식의 어머니가 갈 곳이 없었다. 딱한 사정에 동정한 장병민 씨가 자기 아는 집에 그 노파를 맡겼다. 정태식이 가끔 그 집에 들러 어머니를 만나곤

했었는데, 수도극장 근처의 아지트에서 체포되어 천행으로 탈출한 후엔 정태식이 자주 외출할 수가 없어 수개월 동안 어머니를 찾아가지 못했다.

설날이 가까워 오자 정태식의 어머니는 아들 얼굴을 한번만 보았으면 좋겠다고 보챘다. 그 정상이 딱해서 박갑동이 정태식의 노모를 채항석의 집까지 업고 와서 모자 상면을 시킨 적이 있었던 것이다. 정태식이 경찰에 붙들렸으면 십중팔구 살아 돌아올 순 없을 것이라고 생각하니 새삼스럽게 그 노모의 운명이 측은하기만 했다. 그 감정은 또한 박갑동 자기의 노모에 대한 감정이기도 했다.

김삼룡, 이주하, 정태식 등이 모조리 체포되었다는 것은 사실상 남로당이 궤멸되었다는 것을 뜻한다. 누가 명령하는 것도 위임한 것도 아니지만 서울 중앙지도부의 명맥을 이어갈 사람은 박갑동 밖엔 없었다. 지리산에 이현상이 있고, 경북 팔공산에 배철이 있다고 하지만 그것이 남로당의 구심점이 될 순 없었다.

다행히도 박이 장악하고 있는 이론 선전 기관지 블록엔 당원 약 50명이 온존되어 있었는데, 이것이 남한에서의 도시 조직으로선 최대의 것이었다. 박갑동은 이 조직을 바탕으로 당 지도부의 재건을 시도해보았다. 그러나 평양에 있는 박헌영과의 연락선은 김삼룡이 검거됨으로써 단절되었고, 각 지방에 얼마간의 잔존 세력이 있었을 것이지만 난도질을 당한 실꾸리처럼 되어 있어서 당원의 재규합이란 도시 무망한 노릇이었다.

50여 명의 당원이 온존되어 있었다고는 하나, 하나 같이 이론 면에서만 일한 사람들이 돼 놔서 활동력이 부족했다. 유일하게 박갑동의 의논 상대가 될 수 있는 사람은 한관영(韓寬永)이었다. 한관영은 함흥 태생으로 함흥고보 시대부터 사상운동을 시작해서 보전(普專) 시대엔 독서회를 조직하기도 한 일제 이래의 투사였다. 그의 이론과 변설은 칼날과 같았고 활동력도 대단한 사람이었지만 폐병을 앓고 있어서 격무를 담당할 처지가 못 되었다.

한관영은 경찰관의 집 아랫방에 세 들고 있었다. 집 주인인 경찰관은 그가 남로당의 주요 간부란 것을 눈치 채지 못했다. 그만큼 그는 조심스럽게 행동하고 있었던 것이다. 정태식이 체포된 얼마 후 박갑동은 한관영과 조용한 자리에서 만났다. 한관영이 심한 기침을 하고 있었다.

"한형, 내 조용한 곳을 마련해줄 테니 당분간 휴식을 취하시오."

"지금도 쉬고 있는 거나 마찬가지 아닙니까?"

"공기 좋은 데 가서 휴양하란 말이오. 한형의 건강을 위해서 하는 말이오."

"고맙소. 그러나 내 건강 걱정은 마시오. 나는 시한부 인생이오. 이왕 좋은 세상 보긴 틀렸는데 오래 살아 무엇을 하겠소."

"한형, 너무 낙심하지 맙시다. 죽을 고비에서도 솟아날 구멍은 있다고 하지 않소."

"박 선생, 나에게 억지말 마시오. 이런 말 들어본 적 있습니까? 섰다 하면 예배당이 섰다는 거고, 깨졌다 하면 계가 깨진 거고, 붙들렸다 하면 남로당원이 붙들렸다는 뜻이랍니다. 왜 솟아날 구멍이야 없겠소만 우리들에게 솟아날 구멍이란 꼭 하나밖에 없을 것 같소."

"그게 뭔데요?"

"북쪽에서 밀고 내려오는 일."

"한형, 그건 안 돼요."

"되고 안 되고가 아니라 우리가 살아남을 길은 그것밖에 없는 것 아니오?"

"그러나 그런 걸 바라서도 안 될 일이고, 그런 일이 있어서도 안 될 일이고, 그런 일이 있지도 않을 것이오."

"그렇다면 남로당 당원은 한 사람 남기지 않고 다 죽는다는 얘길 뿐이지요."

한관영은 다시 한바탕 쿨룩거렸다. 한관영의 기침이 끝나길 기다려 박갑동이 "나는 한형이 그처럼 비관론자인진 몰랐소. 어떤 난관이라도 박차고 전진할 동지라고 믿고 있었소. 그런데 오늘 말하는 것을 들으니 정말 실망했소. 한형, 그럼 우리는 어떻게 해야 옳겠소? 당을 이지경으로 팽개쳐두고 도망이라도 칠까요?"하고 침울한 표정을 지었다. 한관영이 고개를 떨구고 있더니 입을 열었다.

"박 선생, 미안하오. 김삼룡, 이주하, 거기에다 정태식 선생까지 체포되고 나니 비감이 드는군요. 그래서 감상적인 말을 해본 건데…….
내겐들 밸이 왜 없겠소? 당을 위해 죽을 각오도 있습니다. 박 선생의 지시를 따르겠습니다. 지금 우리가 기둥으로 삼아야 할 분은 박 선생 아닙니까? 박 선생만 믿겠습니다."

"고맙소. 어쨌건 당을 방치할 수야 없지 않소. 당을 재건해야 되지 않겠소? 한형의 짐작으론 지금 경찰에 노출되지 않은 당원이 몇이나 되겠소?"

"짐작가지고 말할 수가 있겠습니까? 그리고 그 짐작이 지금 무슨 소용이겠습니까? 구슬이 서 말이라도 꿰어야만 보배란 말이 있지 않습니까? 조직할 수 없이 산재된 당원은 벌써 당원이 아닙니다."

"그래도 나는 대강의 짐작이라도 해보고 싶소. 조직으로 묶을 순 없더라도 심정적으로 우리 편이 될 수 있는 숫자를 알고 싶단 말이오."

"뭣 하게요?"

박갑동은 5월 30일에 있을 대한민국의 총선거를 겨냥하고 있었다. 남로당원은 아닐지라도 남로당에 동정하는 사람을, 아니 남로당의 주장의 일부만이라도 동조할 수 있는 사람을 되도록 많이 국회에 진출시켜, 그 세력을 이용해서 당을 기사회생시킬 방책을 강구해보자는 것이었다. 박갑동이 이런 뜻의 말을 했더니 한은 "요원한 계획이시군요." 하고 씁쓸하게 웃었다.

"그밖에 달리 도리가 없지 않소? 남로당의 지하세력이 강하다면 하기에 따라선 이번 선거에 결정적인 영향을 미칠 수 있지 않겠소? 그래서 그 숫자를 대강이나마 알아보자는 것이오. 한형은 요원한 계획이라고 했지만 그렇지도 않을지 모르지 않소. 어쩌면 남로당을 합법화시킬 수 있는 계기가 의외로 빨리 올 수 있을지도 모르구요."

한관영은 속으로 무언가를 생각하고 있는 모양이었지만 말은 하지 않았다. 박갑동이 힘주어 말을 계속했다.

"사실을 말하면 김삼룡 선생, 정태식 선생도 이런 복안을 가지고 계셨소. 평양의 박헌영 위원장으로부터 그런 방향의 지시가 있었는가 봅니다."

"그렇더라도 우리가 선거운동을 어떻게 하죠? 괜히 동지들을 노출시키는 결과가 되지 않을까요?"

"그러니까 전술이 필요한 거지요. 그럴 만한 중도 정당을 선택해선 그 당 간부들과 사전 교섭을 하는 겁니다. 우리 당의 당원 일부가 그 정당에 가입하는 방법도 있겠죠. 그래서 노출되지 않은 당원의 숫자를 알고 싶은 겁니다."

"괜찮은 안입니다."

한관영은 비로소 긍정적인 대답을 했다. "그러기에 앞서 우선 상부의 지시를 받아야 하지 않겠습니까?"하고 말했다. 당연한 질문이었다.

"그러나 상부라고 하면 박헌영 위원장뿐인데, 지금 형편으로선 연락할 수 없으니 당분간 독자적인 노선을 세워 행동할 수밖에 없지 않소?"

"잘못했다간 당에 반역했다는 죄를 뒤집어 쓸 위험이 있군요."

한관영의 말은 옳았다. 뾰족한 결과가 없고 보면 당원을 함부로 동원했다는 책임 추궁을 면하지 못할 것이었다.

"책임 문제는 그때 가서 감당할 요량을 하고 소신껏 행동해보는 거지 달리 도리가 없지 않소? 이번 선거엔 먼젓번처럼 보이콧 전술을 쓰지 말고 지금이라도 당에 유리한 방향으로 선거를 이용하자는 건 이미 당에서 정한 방침이니까요."

"이현상 선생하고 의논해보는 것이 어떨까요?"

"지리산에까지 가서?"

"뭣하면 내가 가지요."

"그건 안 되요. 이 문제는 어디까지나 서울 지도부가 책임지고 추진하기로 합시다."

"좋습니다. 박 선생의 소신대로 합시다. 나는 최선을 다해 박 선생의 지시를 따르도록 하겠습니다."

일단 한관영의 지지를 얻은 후 박갑동은 이론진 블록의 회의를 열었다. 그 자리에서 박갑동이 "이번의 선거로 구성되는 국회가 2년 후에 대통령을 선거하게 된다."는 설명으로부터 시작해서 "그러니 가능한 한 우리에게 유리한 사람이 대통령으로 선출되도록 이번 국회의원 선거에 우리의 영향력을 행사해야겠다."고 말하고, 바람직한 대통령 감으로서 안재홍과 조소앙(趙素昻)을 들어 토론을 전개했다.

안재홍은 군정 때 민정장관을 한 사람이지만 중도 정치 노선을 견지했다. 좌익에 대한 태도가 이승만이나 한민당과는 달랐다. 그런데다 대학의 선후배 관계로 박갑동과도 비교적 친숙한 사이였다. 회의의 결론은 안재홍의 세력과 조소앙의 세력이 국회에 대거 진출할 수 있도록 하자는 데 낙착되었다.

박갑동은 한관영에게도 알리지 않고 안재홍과 접촉하기 위해 그의 선거구인 평택으로 내려갔다. 그런데 박갑동의 심정은 복잡했다. 박갑동의 의도는 안재홍에게 남로당을 합법화시키도록 권할 참이었는데,

그 결과에 대해 전혀 자신이 없었다. 일언지하에 거절할지 몰랐다. 거절하진 않더라도 남로당이 북쪽과의 관계를 끊을 것을 조건으로 제시할지 몰랐다. 확실한 것은 안재홍은 반드시 남로당이 대한민국의 헌법을 준수할 것을 요구하고, 불법행동이 없도록 하라고 주장할 것이었다.

만일 박갑동이 그런 제의를 받아들인다면 그는 북으로부터 반역자의 낙인이 찍힐 것이었다. 성과는 없고 불안요소만 있을 교섭을 걷어치우고 되돌아가고 싶은 심정을 억지로 참고 박갑동은 새벽 산책에 나온 안재홍을 들길에서 만났다.

안재홍은 예나 다름없이 박갑동을 반갑게 맞이해 주었다. 그리고 국내의 정세를 담담히 얘기하며 나라의 앞날을 걱정하는 것이었지만 박갑동은 자기가 남로당 책임자란 신분은 밝힐 순 없었다. 어디까지나 자기를 후배로서 대하는 안재홍을 선배로서 대할 수밖에 없었다.

박갑동은 안재홍의 정치적 신념을 묻는 척하면서 "한국이 민주주의 국가가 되려면 언론, 출판, 결사의 자유가 보장되어야 하지 않겠습니까?"하고 말을 꺼냈다. "당연한 얘기지. 그러나 북쪽의 공산당과 남로당 때문에 당장 그런 자유를 보장하긴 곤란해."하고 안재홍이 잘라 말했다.

"선생님이 만일 대통령이 되신다면 남로당을 어떻게 하시겠습니까? 지하당으로 몰아넣어 언제 무슨 짓을 할지 모르는 위험을 걱정하느니보다 합법화시켜 법률적으로 보호도 하고 법률적으로 견제도 할 수 있게 하는 것이 위험이 덜할 뿐 아니라 떳떳하지 않을까요?"

"남로당이 대한민국의 헌법과 제 법률을 지키는 동시에 대한민국 정부가 한반도의 유일한 합법정부란 것을 인정한다면야 당연히 합법화시켜야지. 그러나 어디 그렇게 되겠나? 듣자니 남로당은 북로당과 합당했다며? 그렇다면 문제가 달라. 이 나라를 나라로서 인정하지 않는 정당을 어떻게 합법화시키겠나. 어림도 없는 소리지."

"선생님은 통일을 어떻게 생각하고 계십니까?"

"유엔에 의존할 수밖에 없지. 우리 사정을 우리 마음대로 못하니 딱하긴 하지만 어떻게 하나? 남한은 남한대로 북한은 북한대로 자꾸만 경화된 노선을 걷고 있으니 딱해. 새 국회가 성립되면 이곳 국회와 그곳 최고인민회의와 합동회의를 가지고 통일문제를 토의해보자고 주장할 작정이지만 내 주장이 먹혀들어갈지. 아무튼 남한의 극우적인 정치인들도 문제이고, 북한의 극좌적인 편향도 문제야. 이렇게 나가다간 어떤 불행이 닥칠지 몰라."

박갑동은 화제를 선거운동으로 돌리고 "아무쪼록 건강에 조심하십시오."하는 인사를 마지막으로 안재홍 선거사무소 앞에서 헤어졌다.

5월 23일 박갑동은 동숭동 채항석의 집을 찾아갔다. 그만한 시일이 경과했으면 경계가 완화되었으리란 짐작이 들었기 때문에 김삼룡, 이주하, 정태식의 그 후의 소식을 알고 싶어 찾아간 것이다. 채항석 부인 장병민 여사로부터 들은 얘기를 종합하면 정태식의 체포 경위는 다음과 같았다.

생질인 H가 변귀현을 S검사의 동생에게 연결시켜주고, 미행당하고 있는 것도 모르고 정태식에게 보고하고 돌아가는 길에 체포되었다. H는 혹독한 고문을 이기지 못하고 모든 사실을 자백하고 말았다. 그날 밤 아홉 시쯤 "전보 왔어요."하고 문을 두드리기에 문을 열었더니 난데없이 형사대가 들이닥쳤다.

아래층 안방에서 채항석과 얘기하고 있던 정태식은 엉겁결에 벽에 걸린 커튼 속에 숨었다. 채항석의 집에선 겨울동안 벽에 남색 비로드 커튼을 치고 있었다. 몸이 작은 정태식이 두터운 비로드 커튼 뒤에 숨어 있었기 때문에 표가 나지 않았다.

채항석 부부만 붙들려갔다. 채항석 부부는 정태식이 며칠 전에 집을 나가 돌아오지 않았다고 딱 잡아뗐는데, H와 식모가 오늘 저녁밥을 채항석과 같이 먹고 정태식이 방안에 있었다고 자백했기 때문에 형사대는 다시 채항석의 집을 수색하게 되었다. 지하실, 천장, 지붕까지 뒤졌으나 정태식을 발견하지 못했다.

밤이 깊어 새벽 3시나 되었을 때였다. 정태식은 5, 6시간 이상 커튼 뒤에 서 있었으므로 지칠 대로 지쳤다. 커튼 틈으로 보니까 형사 하나가 방 한가운데 앉아 있었는데 꾸벅꾸벅 졸고 있었다. 정태식은 졸고 있는 형사 뒤를 돌아 옆방 지하실로 들어갔다. 가까스로 발을 뻗고 숨을 내쉬었다.

그때 경찰은 다시 한 번 수색을 해보고 없으면 철수할 양으로 행동을 시작했다. 정태식은 지하실은 몇 번이나 뒤졌을 것이니까 다시 경찰이 들어오지 않겠지 하고 느긋한 기분으로 있었던 모양이다. 정태식은 이윽고 체포되고 말았다. 장병민 부인은 친정아버지 장택상이 전 수도경찰청장, 전 외무장관이었기 때문에 범인은닉 혐의를 받지 않고 풀려나왔던 것이다. 다음도 장병민 여사로부터 들은 얘기이다.

1950년 5월 17일 김삼룡, 이주하, 정태식 등에 대한 특별 군사재판이 열렸다. 민간인으로서 그 재판을 방청한 사람은 채항석, 장병민 부부 두 사람뿐이었다고 했다. 김삼룡은 체포당할 때 입고 있던 한복 차림 그대로였고 찢어진 바짓가랑이가 너덜너덜했다. 입정할 때 잠시의 틈을 타서 김삼룡이 이주하와 정태식에게 무슨 말인가를 했다. 김삼룡은 이미 사형을 각오하고 있는 듯 태연했다. 그는 자기들 세 사람이 체포됨으로써 남로당 지하당의 조직과 지도 체제가 궤멸되었다는 것을 자인했다.

들은 말에 의하면 김삼룡은 이주하와 정태식에게 전향할 것을 간곡하게 권했다. 한국 정부에 대한 죄책과 박헌영에게 대한 책임은 자기 자신이 한 몸에 지고 처형되어도 좋으니 이주하, 정태식은 전향하여 살길을 찾으라는 것이었다. 이들의 변호는 최경진(崔慶進)이 맡았다. 최경진은 미군정 때 경무부 차장으로 있었던 사람이다. 조병옥의 다음 가는 경찰 부책임자였다. 대한민국 수립된 후 변호사를 개업하고 있었다. 이 사람을 변호사로 선임한 것은 장병민 여사의 권고에 의해서였다.

정태식에 대한 재판이 먼저 시작되었다. 증거품으로 〈노력인민〉이 쌓여 있었다. 검사는 정태식에게 살인, 방화, 파괴를 선전 선동한 자라고 준열하게 고발했다. 판사가 물었다.

"현재의 심정은 어떠한가?"

정태식에게 마지막으로 전향의 기회를 준 것이다. 정태식은 "만일 나에게 앞으로 생명이 허용된다면 대한민국 안에서 대한민국의 국민으로서 이 나라의 민주화와 발전을 위해 노력해볼까 합니다."하고 눈물을 흘렸다.

다음은 이주하 차례였다. 그에게도 검사의 준엄한 논고가 있었다. 재판장이 "할 말이 없는가?"라고 물었다. 이주하는 해방되던 해 섣달 북한의 원산을 떠나 서울로 왔었다. 그때는 독신이었다. 1946년 이주하는 원산에서 친하게 지낸 처녀를 서울로 불러와서 결혼했는데, 그가 체포되었을 당시 두 살인가 세 살인가 되는 아이가 있었다. 그는 그 아이를 지극히 사랑했었다. 이주하의 마지막 말을 이랬다.

"할 말은 많습니다. 그러나 단 한마디로 내 심정을 표현하면 나의 아이는 앞으로 절대로 정치가가 되게 하진 않겠다는 것입니다."

끝으로 김삼룡의 차례였다. 재판장이 최후진술의 기회를 주자 그는 "내겐 아무런 할 말도 없소."하고 입을 다물어버렸다.

김삼룡과 이주하에겐 사형언도가 내리고, 정태식에겐 20년 징역이 언도되었다. 김삼룡과 이주하의 체포 과정에 관하여 김남식 씨는 김삼룡과 이주하의 체포를 직접 지휘했던 사람은 전 치안국 사찰과 중앙분실장 백형복(白亨福)이라고 하고, 그의 저서 『남로당』에 다음과 같이 기록하고 있다.

백형복은 월북 후 1953년 재판을 받을 때 김삼룡과 이주하의 체포 과정을 다음과 같이 진술했다.

「……안영달이 경남도경에 체포되었을 때의 일이다. 그는 문초를 당하다가 '나는 김삼룡과 같이 일하는 중앙당 간부인데, 김삼룡을 체포해줄 테니 석방 시켜 달라'고 청했다. 그래서 경남도경에서 안영달을 데리고 서울에 와서 나에게 그 사실을 말했다. 나는 그가 유숙하고 있는 여관에 가서 안영달을 만나 요릿집에 가서 식사를 하면서 그의 속을 떠봤다. 안영달은 나보고 조용복을 만나게 해주면 김삼룡을 체포해주겠다고 말했다. 나는 안영달을 정식으로 경남도경 사찰과로부터 인계받고 그에게 박일원(朴馹遠)과 같이 남로당 비판서를 쓰라고 하였더니 그는 약 60페이지에 달하는 남로당 총비판서를 썼다. 안영달이 쓴 비판서를 읽고 보니 주요 재료가 많이 나왔다. 안영달과 조용복과의 연계를 맺게 하기 위해 안영달을 조용복의 집에 들여보내고 문 밖에서 들어보니 '내일 낮에 집으로 오라'는 조용복의 처 말소리가 집안에서 들려왔다. 다음날 안영달을 조용복의 집에 다시 보냈더니 조용복은 얼마 전 종로경 찰서에 검거되었다고 했다. 그러므로 나는 상부에 '우리를 믿고 조용복을 석 방해달라'고 요청하여 그를 석방시켰다. 그 뒤 조용복을 안영달에게만 맡겨둘 수 없으므로 우리가 직접 조용복을 포섭하기로 결정하고 안영달과 함께 1월 초순께 밤에 조용복을 찾아갔다.

거기서 나는 조용복에게 내 신분을 말하고 나에게 협력해달라고 하니까 조 용복은 처음엔 응하지 않았다. 이때 안영달이 '당 비서(이승엽)도 양다리를 걸 치고 있는데, 우리 따위가 뭘 그리 고집하오?'라고 하니까 조용복은 '당 비서 가?'하며 맥이 풀린 듯 머리를 숙였을 때에 내가 위협하니 나중에 수락을 했 다. 그 뒤 조용복의 공작으로 김삼룡과 안영달이 연결되어 안영달이 김삼룡의 아지트를 정해 주었다. 그때부터 나는 김삼룡의 일체 행동과 공작 상황을 그 의 옆방에서 듣고 볼 수 있었고 얼굴도 볼 수 있었다. 1950년 2월 김삼룡은

'안영달은 당을 수습하고 조용복은 이북 연락을 맡으라'는 지시를 내렸다. 이 때 안영달은 '김삼룡을 더 둘 필요는 없다. 김삼룡의 기반은 다 없어졌다. 지금 그를 체포하면 이승엽이 오거나 그렇지 않으면 박헌영이 올 것이니 곧 체포하자'고 제의했다. 그러나 나는 이를 반대하여 검거하지 않고 있다가 1950년 3월 27일 서울시경 사찰분실에서 김삼룡 체포에 착수하고 있음을 알고 우리들의 공로를 빼앗길 것을 겁내어 내가 직접 안영달과 형사들을 지휘하여 김삼룡을 체포했다.」

이것은 박갑동의 소견을 토대로 내가 쓴 기록과는 엄청나게 다르다. 김삼룡과 이주하의 체포 경위에 관해서 오제도 검사가 쓴 『붉은 군상』 속의 기록이 있다. 그것도 내용이 약간 다르다. 그러나 그들의 체포에 안영달이 개재되어 있었던 사실만은 일치되어 있다. 아무튼 김삼룡과 이주하가 체포되어 재판을 받고 처형된 것은 사실이다. 그런데 안영달이란 인물은 어떻게 되었는가? 앞지르는 얘기가 되겠지만 김남식 씨의 기록을 다시 인용한다.

「김삼룡과 이주하가 검거되자 북에 있는 이승엽은 이들이 체포된 경위를 조사하기 위해 김용팔을 서울에 내려 보냈다. 이때 안영달과 조용복은 자기들과는 아무런 관련이 없는 것처럼 얘기를 꾸며 보고했다.……」

이처럼 김삼룡과 이주하를 체포하는 데 결정적인 역할을 했던 치안국 사찰과 중앙분실장 백형복과 안영달, 조용복은 5월 2일 월북할 것을 모의하여 5월 7일 가족과 함께 북에 있는 이승엽을 찾아 입북했다. 이들의 월북에 대하여 훗날 노동당에서 발행한 책자에는 다음과 같이 적혀 있다.

「안영달과 조용복은 자기들이 그냥 서울에 남아 있으면 이북에서 의심을 품을 수 있기 때문에 아무래도 북조선에 들어가 활동하는 것이 유리하다고 생각했다. 그런데 그들은 그저 들어가기보다 치안국 사찰과 분실장인 백형복을 '의거 입북자'로 가장시켜 데리고 들어가면 상부에서도 그 공로로 큰 신임을 할 수 있을 것이라고 타산했었다.」

안영달이 김삼룡을 체포케 한 사실은 1950년 6월 28일 서울이 인공 치하에 들어갔을 때 폭로되었다. 박헌영, 이승엽 일파는 6·25 때 안영달을 경기도 인민위원회 위원장으로 임명했었다. 그런데 서대문 형무소에서 나온 좌익들의 입에서 안영달이 김삼룡을 잡아주었다는 사실이 밝혀지자, 이승엽은 안영달이 자기 계열이었기 때문에 입장이 난처해져 남진하는 파르티잔 중 '임종환 부대'의 정치위원으로 안영달을 배치시켜 전선으로 내어보내 살해해 버렸다.……

김삼룡과 이주하의 체포는 북에 있는 박헌영과 이승엽에게도 커다란 충격이었다. '조국통일 민주전선' 중앙위원회의 이름으로 그들을 고문 또는 처단하지 못하도록 하는 협박 성명서를 5월 24일 발표했다. 「공화국 남반구의 애국적 지도자들과 애국적 지사에 대한 이승만 매국도당의 야수적 학살과 박해에 관하여」라는 긴 표제가 붙은 성명의 내용은 다음과 같다.

① 3월 27일 열렬한 애국투사 김삼룡과 이주하를 체포하고 고문과 박해를 가하고 있다. ② 김삼룡과 이주하는 일제 때부터 애국운동을 해온 투사이다. ③ 이승만 일파가 이들을 체포한 것은 매국 매족적 음모를 수행하는데 가장 큰 장애가 되기 때문이다. 김삼룡과 이주하에 대한 체포와 고문에 대하여, 그리고 수천수만의 애국적 인사들을 검거, 고문, 학살한 데 대하여 이승만 도당은 반드시 대답하여야 하며 인민의 심판을 받아야 한다. 한 애국자를 체포하

고 학살하면 몇 백 몇 천의 애국적 인민들이 그들의 뒤를 이어 궐기할 것이란 것을 기억해 두라!

조국 전선에 망라된 정당 사회단체의 당원, 맹원들과 인민들은 미제(美帝)의 침략정책을 걸음마다 파탄시키며 이승만 도당을 타도하고 조국의 평화통일을 쟁취하기 위하여 한층 치열한 구국투쟁을 전개할 것이며, 감옥과 고문실에서 신음하는 애국적 지도자들과 인사들을 석방하기 위한 각종 투쟁을 다할 것이다.……

이 성명은 박갑동이 주재하는 이론진 회의에서 하나의 의제가 되었다. "각종 형식의 투쟁이란 무엇을 의미하는 것일까?" "지금 남한엔 저항할 세력이 전무한 상태가 아닌가?" "파르티잔도 그 세가 점점 줄어들어 저항하기커녕 자체 보존마저 불가능한 양상으로 되어가고 있지 않은가?" "이런 허세는 역효과만 낳을 게 아닌가?" "말만 크게 하고 실행이 따르지 않으면 성명이 권위만 실추시킬 뿐이다." "지금 선거운동이 한창인데 그런 성명을 귀담아들을 사람이 있을라구." "아니다. 이건 남조선의 무력해방을 은근히 시사한 것인지 모른다."는 의견이 나왔다. 한관영의 의견이었다. 그런데 그 의견이 환영을 받았다.

"조종(弔鐘)은 울렸다. 우리가 바라볼 곳은 북쪽 하늘뿐이다."

가끔 시인을 자처해보는 친구가 한 말이었다. 박갑동은 당원들의 가슴마다에 전쟁이 나길 기대하고 있는 마음을 발견했다. '이런 심리상태인데다가 평화통일을 외쳐보았자 소용없는 노릇이다'하고 3월 27일 김삼룡에게 수교하기로 되어 있었던 통일방안의 내용을 상기했다.

5·30선거는 무소속의 압도적인 승리로 끝났다. 의석 2백10석에 무소속 1백26명, 민국당 23명, 대한국민당 22명, 대한청년당 10명, 국민회 10명이었다. 이 결과를 놓고 분석할 때 이승만을 지지하는 세력은 50명 이내라고 단정할 수 있었다. 이러한 의석 분포는 2년 후에

국회에서 있을 대통령 선거에서는 이승만이 재선될 수 없다는 것을 짐작케 하는 것이다.

그러나 곧 남로당에 유리할 것은 없었다. 이승만을 반대하는 세력이 압도적이었지만 대부분이 자유민주주의를 지지하는 반공주의자들이었다. 하지만 앞으로의 2년 동안 어쩌면 정세가 남로당에 유리하게 전개될 지 몰랐다. 그리고 2년 후 안재홍 같은 사람이 대통령이 되면 타협의 여지가 트이기도 할 것이었다.

가냘픈 희망적 관측이긴 했으나 박갑동은 이러한 예상에 매달리지 않고선 견디기 어려운 하루하루였다. 김삼룡, 이주하, 정태식이 없는 현재로선 박갑동이 사실상으로 당의 중심이었고 그런 만큼 책임을 통감했다. 칠흑의 밤에 살얼음을 밟는 것 같은 긴장의 연속이었을 뿐 무엇을 어떻게 해야 할지 망연했다. 어려운 재정사정에서 50명가량의 당원을 온존하고 독려하며 정세를 분석해보는 것이 고작이었다.

6월 7일 북쪽에서 남북한을 통한 총선거를 제의해왔다. 며칠 전 총선거를 끝낸 남한에 대해 이런 제의를 한다는 건 난센스에 지나지 않았다. 그런데 박갑동은 그러한 제의에 무슨 양동(陽動)같은 것을 느꼈다.

'무엇을 목적으로 한 양동일까?'

이것이 이론진의 의제에 올랐을 때 한관영이 뚜벅 말했다.

"아무래도 북쪽에서 무슨 일을 꾸미고 있는 것 같아. 그러지 않고서야 어린애의 잠꼬대 같지도 않은 제안을 하겠는가?"

한관영의 의견이 옳을는지 몰랐다. 아무런 의도 없이 공산당이 무슨 성명을 발표한다거나 제의를 하거나 할 까닭이 없기 때문이다.

'그렇다면 북쪽은 무슨 일을 꾸미고 있는 것일까?'

그건 남침일 것이었다. 그러나 박갑동의 판단으로선 북쪽의 군사력이 상당히 증강되어 있다고는 하지만 전쟁을 일으킬 정도는 못 될 것이었다. 소련이 원조가 되어야 할 것인데, 소련은 전후 복구사업에 현재 영일이 없을 사정이 아닌가?

이런 추측보다도 박갑동은 앞으로 2년 동안을 기다려보고 싶었다. 지금에라도 당장 숨구멍이 뚫렸으면 하는 충동이 없지 않았지만 전쟁이 몰고 올 재화를 예상하면 만에 하나라도 그런 사태를 바라서도 안 되고, 있어서도 안 된다는 것이 그의 신념이었던 것이다.

6월 9일 유엔한국위원단의 감시반이 38선 전역을 시찰하고, 10일 여현역 구내에서 이북 대표와 회담하자고 제의했으나 북쪽은 이 제의를 거부했다. 이것이 또한 해괴한 일이었다. 남북을 통한 총선거를 제의한 사람들이 어떻게 해서 유엔한국위원단의 회담하자는 제의를 거절할 수 있겠는가? 박갑동은 총선거 제안은 일종의 양동이라고 거듭 판단했다.

14일엔 김수임(金壽任)에 대한 중앙 고등군법회의 재판이 있었다. 이튿날 김수임에게 사형이 선고되었다. 김수임은 월북한 이강국의 애인으로서 알려져 있는 여자이다. 그녀는 미 헌병사령관과 동거하며 북쪽의 간첩으로서 활동했다는 죄목으로 단죄된 것이다.

박갑동은 꼭 한번 김수임을 만난 적이 있었다. 이강국이 민전의 사무국장을 하고 있을 때였다. 모두들 김수임을 빼어난 미모와 총명을 가진 여자라고 했지만 박갑동의 생각은 달랐다. 미모라고 하지만 깊이 있는 미모는 아니고, 총명하다고 하지만 번뜩이는 재치에 불과하다고 보았다. 그러나 그 여자가 사형을 받았다고 하니 애련한 감회가 없을 수 없었다. 하기야 남로당원으로서 애련한 운명을 밟는 여자가 어디 한둘이었던가? 박갑동은 언제인가 평화가 오면 『남로당 주변의 여자들』이란 제목으로 한 권의 책을 썼으면 하는 기분이 되다가 곧 그 생각을 자조의 웃음과 더불어 지워 버렸다. 투쟁하는 사람으로선 센티멘털리즘은 절대로 금물이다. 박갑동은 자기 속에 아직 청산 못한 소시민 근성이 있는 탓이라고 반성했다.

김수임에 대한 사형 언도 기사가 크게 보도된 그 신문지상에, 조만식 선생을 김삼룡, 이주하 양인과 교환하자는 북쪽의 제의에 조건부로 찬성한다는 이승만 대통령의 담화가 실려 있었다. 이 대통령은 조만식 선생을 먼저 보내주면 김삼룡, 이주하를 북쪽으로 보내겠다고 했다.

　20일, 북쪽은 이승만의 조건부 교환 제의를 거부했다. 이것 역시 박갑동으로선 납득이 안 가는 처사였다. 김일성과 박헌영이 그들의 말대로 김삼룡과 이주하를 진정한 애국자라고 생각하고 있다면 그들을 구출하는 데에 만전을 다해야 할 것이 아닌가? 조만식이 감금해두어야 할 위험인물이라면 이 기회에 그를 석방시켜 그 반대급부로 두 애국자를 살린다는 것은 얼마나 떳떳한 일인가? 이승만의 발언을 믿지 못한다고 할지 모르나, 아무리 이승만이 표리부동한 사람이라고 해도 만천하에 언명한 약속을 저버릴 순 없지 않은가? 비록 속는다고 해도 동지이며 애국투사인 사람을 구하기 위해 만전을 다했다는 태도표명으로써 국민 앞에나 당원 앞에 떳떳할 수 있지 않겠는가?

　어쩌면 김삼룡과 이주하가 살아날지 모른다는 한 가닥의 꿈이 깨어지고 보니 박갑동은 그저 허전하기만 했다. 당의 장래도 암담하고 조국의 장래도 암담했다. 이승만은 23일에도 조만식 선생을 보내면 김삼룡과 이주하를 보내겠다고 거듭 언명했는데, 바로 이틀 후, 즉 6월 25일 사단은 드디어 터지고 말았다.

　6월 25일. 박갑동은 약간 감기 기운이 있어 안암동 아지트에서 쉬고 있었다. 그날은 일요일이기도 해서 오랜만에 느긋한 기분이기도 했다. 점심 때에 비상선에 나갔다가 돌아온 아지트 키퍼인 아주머니가 헐레벌떡 돌아와서 38선에서 전쟁이 붙은 것 같다고 했다. 박갑동이 바깥에 나가보았다. 미아리 고개를 넘어 피난민이 몰려들고 있었다. 노인 하나를 붙들고 박갑동이 물었다.

　"어떻게 된 거요?"

"우린 포천 사는데 인민군이 몰려들어왔어요."

"국군이 대항하지 않았소?"

"대항이 뭐요? 대부분의 국군은 외출했는데요. 국군은 싸움도 못해 보고 밀리고 있어요."

노인은 한시 반시가 급하다는 듯 가족을 따라 총총한 걸음으로 가버렸다. 좀 더 구체적인 것을 알고 싶어 이 사람 저 사람 붙들고 물었지만 인민군이 38선을 넘어왔다는 것뿐 모두들의 답이 요령부득이었다. 박갑동이 아지트로 돌아와 천정에 숨겨놓았던 제니스 라디오를 꺼냈다. 이 라디오는 단파방송을 들을 수 있는 고성능 라디오였다. 박갑동이 이 라디오를 숨겨둔 것은 너무 호화로운 라디오는 남의 눈을 끌기 쉬운 까닭이다.

박갑동은 무더위를 무릅쓰고 방문을 잠가 놓고 방에 처박혀 라디오 청취에 몰두했다. 북쪽이 본격적으로 남침하고 있다는 사실은 곧 확인할 수 있었다. 그 이튿날도 박갑동은 종일토록 라디오 앞에 매달렸다. 앞으로의 전망을 파악하기 위해서다.

김일성의 맹렬한 연설이 있었다. 한국군이 북침했기 때문에 전 전선에 걸쳐 반격 명령을 내렸다는 것이고, 이 기회에 남북통일을 이룩해서 인민공화국을 만들어야 한다고 말했다. 박갑동은 남한이 북침했다는 사실을 믿을 수가 없었다. 북침할 군대가 어째서 사병들에게 휴가를 주었을까?

그러나저러나 박갑동은 김일성이 승산이 있어서 한 짓일까, 과연 승산이 있을까를 판단하는데 온 신경을 집중했다. 그 판단의 재료를 라디오 방송을 통해 수집할 수 있을 것이었다. 박갑동은 미국이 어떻게 나올 것인가를 알아보려는데 주의를 집중시켰다. 미국이 본격적으로 맞서 싸울 작정을 한다면 김일성이 비록 기습작전으로 초전에 어느 정도 성과를 얻는다고 해도 막판에 가선 당하지 못할 것이 뻔했다.

그런데 미국은 25일에 벌써 맥아더 장군에게 한국에 무기원조를 한다고 명령했다지 않은가? 존슨 국방장관의 연설은 의미가 심장했다. "만일 소련이 북한에 실질적인 원조를 하는 것이 명확하다면 미국은 주저없이 출격할 것이다."라고 했다. 이북 방송은 인민군이 의정부에 도착했다고 하고 문산을 점령했다고 했다. 포성은 이미 서울에까지 울려오고 있었다.

단파방송은 미국의 유엔 대표 그로스가 안보리(安保理)에 다음과 같은 결의안을 채택해 달라고 요망한 사실을 전했다.

① 유엔은 적의 행동은 평화에 대한 위협이라고 규정할 것. ② 유엔은 쌍방에 대하여 즉시 무력충돌을 정지하고, 북한군이 38선까지 퇴거하도록 요청할 것. ③ 유엔 한위에 대하여 북한군의 38선까지의 철퇴를 감시하고 그 결의 실행에 대하여 안보이사회에 보고할 것.

이상과 같은 미국의 제안은 안보이사회에서 9대 0으로 통과되었다. 공교롭게도 소련 대표는 결석이었고 유고슬라비아는 기권했다는 것이다.

26일 하루를 꼬박 아지트에서 지낸 박갑동이 남한 정부가 대전으로 옮겼다는 뉴스를 듣고 거리로 나가보았다. 고려대학 부근에서 박격포 소리가 울려왔다. 박갑동이 을지로 4가의 연락선으로 나가보았다. 아무도 나타나지 않았다. 서울 거리는 앞으로 어떤 사태가 닥칠지 모르는 불안을 안고 술렁거리고 있었다. 박갑동은 김일성의 모험이 결국 실패로 끝나지 않을까 하는 예감을 가지면서도 이왕 밀고 내려 왔으니 응분의 협력을 해야 할 것이란 각오를 굳히지 않을 수 없었다. 비록 비극 속의 한 분자가 될망정 이승만과 미국에 동조할 순 없는 것이다.

우왕좌왕 군중들이 붐비고 있는 거리를 걸어 박갑동이 동숭동 채항석의 집으로 갔다. 채항석은 보이지 않고 장병민이 반갑게 박갑동을 맞이했다. "김 선생님이 소원하던 날이 왔네요."하는 말에 박갑동이 귀가 번쩍했다. 그러나 장 여사를 상대로 자기 마음속에 있는 딜레마를 털어놓을 수가 없었다. "정부를 대전으로 옮겼다지요?"하고는 장병민이 투덜댔다.

"서울을 사수하겠다고 해놓고선 침이 마르기도 전에 그 무슨 꼴이에요?"

"아버지 소식은 들으셨소?"

"정부를 따라 대전으로 옮기신 모양입니다."

"장 여사는 서울에 계실 작정입니까?"

"버텨볼 대로 버텨보지요, 뭐. 김 선생님께서 우릴 보호해주실 텐데요."

장병민은 그때까지도 박갑동을 김진국으로 알고 있었다. 아무렴, 보호해드려야지, 하고 마음속에 다짐하면서도 왠지 불안이 남았다. 남하한 자들이 자기를 어떻게 대접할까 하는데 약간의 불안이 없지 않았던 것이다.

"정태식 선생은 무사하겠지요?"

"아직 살아 계시다면 무사할 것입니다. 내일쯤 형무소에 가보아야겠습니다."

"위험하지 않을까요?"

"지금 정세로 보아 내일쯤엔 서울이 인민군 장악 하에 들어갈 겁니다."

"김삼룡 씨와 이주하 씨는 어떻게 되었을까요?"

"글쎄올시다. 살아계신다면 천행인데 벌써 처단해버렸을 것이란 말이 있던데요."

"저도 그렇게 들었어요."하고 장병민이 중얼거렸다.

"이럴 줄 알았으면 재판을 연장하도록 수를 썼으면 좋았을 것인데……."

"부질없는 한탄입니다. 이승만이 24일에도 조만식 씨와 교환하자고

한 것을 보면 아직 살아계실 것도 같구."

"참 안됐어요."

장병민의 말소리가 떨렸다. 장병민은 이처럼 다정다감한 여성이었
다. "몸조심 하세요."하고 박갑동이 일어섰다.

"어떻게 연락하면 되죠?"

장병민이 물었다.

"제가 찾아오도록 하지요."

박갑동이 대문을 나섰다. 그 길로 아지트에 들러 대강의 짐과 라디
오를 챙겨들고 을지로 4가 국도극장 맞은편에 있는 어느 무대배우 집
으로 아지트를 옮겼다. 안암동 아지트 키퍼 아주머니보고는 자기가 피
난 갔다고만 하고 누가 물어도 자기의 신분을 밝히지 말하고 일렀다.
안암동 아지트 근처의 사람들에겐 언제까지나 박갑동이 우익적인 성
향을 가진 상인으로서 남아 있고 싶었다. 언제 어떻게 정세가 변할지
모른다는 예감에 따른 배려였다.

제29장
배신의
일일(日日)

1950년 6월 28일. 파리똥이 묻은 달력을 보았다. 수요일이다. 하늘은 잔뜩 찌푸리고 있었다. 금방 비라도 올 것 같은 무더위였다. 라디오는 행진곡을 곁들여, 국방군은 이미 한강을 건너 도주 중이라고 방송하고 있었다. 박갑동은 광화문으로 나가보았다. 중앙청 꼭대기에 인공기가 축 처진 모양으로 걸려 있었다. 정문엔 탱크가 있었다. 1개 분대쯤으로 보이는 인민군이 경비하고 있었다.

박갑동이 가까이에 가서 보초에게 자기의 신분을 알리고 책임자와의 면회를 청했다. 보초 하나가 달려갔다 오더니 들어가 보라면서 입구를 가리켰다. 중앙청 복도엔 이른 아침인데도 꽤 많은 사람들이 서성거리고 있었다. 대기실에 들어서니 모시 두루마기를 얌전히 입고 파나마모자를 쓴 초로의 사람들이 수 명 소파에 앉아 있었다. 그 가운데 벽초 홍명희의 동생이 보였다. 서로 면식이 있는 사이라서 박갑동이 인사를 하고 "무슨 일로 오셨습니까?"하고 물었다. 그는 "사령관에게 인사를 하고 형님 소식을 물어볼 겸 왔소."하고 대답했다.

바로 이웃방이 사령관실이다. 차례가 되어 박갑동이 그 방엘 들어갔다. 중성(中星) 세 갠가 네 개를 단 사나이가 정복을 입은 그대로 서서 양치를 하고 있었다. 양치를 끝내고 그 중성의 사나이는 "국방군 아이들의 도망질이 어떻게나 빠르던지 그걸 쫓아오느라고 양치할 시간이 없었소."하고는 박갑동에게 물었다.

"무슨 일로 왔지요?"

"나는 남로동 지하당의 책임자입니다. 내게 무슨 할 말이 있지 않을까 해서 왔습니다."

"우린 군사만을 전담할 뿐이고 당과는 현재 아무런 관계가 없소. 곧 정치공작을 맡을 일꾼들이 올 것이니 그들과 의논하도록 하시오."

이렇게 말하고는 돌아가라는 시늉을 했다. 박갑동이 물었다.

"당 일꾼들이 서울에 들어와 있습니까?"

"나는 모르오. 그러나 우리 부대가 맨 처음 서울에 입성한 것으로 알고 있소. 정치공작을 맡은 일꾼들은 아직 들어오지 않았을 거요."

납득할 수 있는 말이었다. 박갑동은 승리를 빌겠다는 말을 남겨놓고 중앙청에서 나왔다. 중앙청에서 나온 박갑동은 그를 따라 온 동무에게 "연락할 수 있는 대로 당원들에게 알려 정판사에 모이도록 하라."고 일렀다. 그리고 서대문형무소로 향했다.

서대문형무소는 텅텅 비어 있었다. 열어 제쳐져 있는 정문부터가 황량한 느낌이었는데, 옥사에 들어섰을 때 그 느낌이 더했다. 감방문은 열린 채로 있었고 이곳저곳에 쭈그러진 놋그릇이 산란해 있었다. 형무관들이 도망친 것을 깨닫자 그 놋그릇으로 감방 문을 부시려고 했던 것이라고 짐작할 수 있었다.

햇살이 내려 쪼이기 시작했는데, 형무소의 내부를 둘러보며 박갑동은 역사라는 것을 느꼈다. 자기 자신도 자칫 이곳에 와 있었어야 할 곳이었기 때문이다. 어떻게 이곳을 모면하고 살아남을 수 있었던가, 생각하면 그것도 아찔한 일이었다. 행운? 불운?

'내가 이곳에 있지 않았다는 것은 과연 행운일까 불운일까?'

박갑동의 생각은 번져나갔다.

'일제 때 이곳엔 독립 운동가들이 꽉 차게 수용되어 있었다. 1945년 8월 15일 옥문이 활짝 열렸다. 그때 이곳은 텅텅 비었다. 얼마 되지 않아 이곳은 다시 꽉 차게 되었다. 주로 좌익들로서. 그리고 5년. 이제 또 이 옥문이 열렸다. 지금 황량한 이 감옥! 얼마 되지 않아 이 감옥은 다시 꽉 차게 될 것이 아닌가!'

감옥이 있으면 거기에 수용될 사람은 있게 마련이고, 감옥이 없으면 새로 감옥을 만들어야 한다. 이렇게 정치와 감옥은 불가분의 관계에 있다. 아니 국가라는 것은 필연적으로 감옥이 필요하다. 국가의 구성 요건 가운데서 가장 으뜸인 것이 감옥이다. 국가론은 감옥론에서부터 시작되어야 한다.

이런 격에 맞지 않는 생각을 하지 않을 수 없을 만큼 그날의 서대문 형무소가 풍기는 인상은 강렬했다. 서대문형무소에서 나온 박갑동은 거의 무인의 거리가 되다시피한 거리를 느릿느릿 걸었다. 한때 내려쬐던 햇살은 어느덧 구름 사이로 가려지고 무더위가 정신과 육체를 한꺼번에 짓누르는 듯했다. 염천교 근처에 갔을 때이다. 60세를 넘어 보이는 노파가 포대 위에 참외 몇 개를 앞에 놓고 앉아 있었다. 너무나 어처구니없는 정경이었다. 박갑동이 말을 걸었다.

"할머니, 난리가 난 줄 아세요?"

"난리가 났다 하대요."

"그런데도 참외 팔려고 이렇게 앉아 있어요?"

"난리가 나도 먹고 살아야 할 것 아닌 개비여?"

"이 판국에 참외 살 사람이 있을 것 같소?"

"없으면 굶어 죽지요, 뭐."

하도 어이가 없어서 박갑동이 다시 물었다.

"할머니 집은 어디요?"

"수색이오."

"난리가 난 줄 아시고 오셨소?"

"들어오면서 알았시유."

박갑동이 자기의 호주머니를 털어보았다. 7천 원 가량의 돈이 있었다. 그 가운데서 3천 원을 집어 할머니에게 내밀었다.

"이걸 갖고 빨리 집으로 돌아가시오. 이러고 있을 때가 아니오."

그러고는 참외 두 개를 집어 들고 그 자리를 떠났다. 뒤돌아보니 할머니는 그냥 그 자리에 앉아 있었다. 남대문 옆을 돌아 한국은행 앞으로 해서 소공동의 정판사로 갔다. 박갑동이 시계를 보았다. 오후 1시.

지령을 내린 시간을 짐작하면 단 몇 사람이라도 모여 있어야 할 것인데 정판사 앞에도 내부에도 사람의 그림자라곤 없었다. 조직이 이처럼 쇠퇴했는가 하는 생각을 하며, 북쪽에서 내려왔으면 더더구나 우리의 단결을 과시해야 하는 것인데, 이게 무슨 꼴인가 하는 침울감에 빨려들었다.

정판사 입구에 서 있으니까 부득이 조선호텔의 담벼락을 보아야만 한다. 그 담벼락 저편에 조선호텔의 건물이 있고 그 사이에 창창한 녹색으로 우람한 거목이 있다.

'저 조선호텔을 앞으로 어떻게 이용해야 할까?'

이런 터무니없는 생각을 하고 있는데, 눈앞으로 가끔 사람이 지나갔다. 그럴 때마다 신경을 곤두세우곤 했지만 그가 기다리는 사람들은 아니었다. 2시를 넘어서였다. 어떤 청년이 가까이에 오더니 "박 동무, 왜 여기 서 있소?"했다.

"아이구 모르시고 계시네요. 평양에서 높은 사람이 왔시오. 이승엽 동지라고 하던가요? 지금 서울 시청에 있어요. 빨리 그리로 가보세요. 나는 임무를 맡고 남산으로 가는 길입니다."하고 청년은 달려가 버렸다. 왠지 박갑동의 가슴이 철렁했다.

그날 아침 중앙청에서 만난 선봉대의 대장이 한 말을 그냥 그대로 받아들인 것이 잘못이었구나 하는 뉘우침이 있었지만 이제 와선 어쩔 수 없는 일이다. 정판사에서 서울시청은 걸어서도 얼마 안 되는 거리다. 박갑동이 시청으로 갔다. 시청엔 입구의 복도에서부터 사람들이 붐비고 있었다. 대부분이 어제 서대문에서 출옥한 사람들로 보였다. 창백한 얼굴들이었다. 영양실조의 징조가 완연한 몰골들이었다. 그 가운데서 "박 선생님!"하는 소리가 있었다. 이건호였다. 한때 기관지부의 레뽀를 하다가 붙들린 당원이었다. "무사해서 다행이다."하며 박갑동이 그를 안았다. 자기도 모르게 눈물이 쏟아졌다.

"선생님도 무사하셔서서 다행입니다."

"언제 나왔지?"

"어제 나왔어요."

"그럼 몸조리를 해야지."

"그러나 가만 있을 수 있어야죠."

"그래도 건강에 조심해야지."

"앞으로 선생님과 같이 일을 했으면 해요."

"나도 그러길 바란다."

"선생님 뜻대로 될 게 아녜요?"

"글쎄."하고 박갑동은 이건호에게 잠깐 기다리고 있으라고 했다. 빨리 이승엽을 만나야 했기 때문이다. 경비원이 가리키는 대로 지하실로 통하는 계단을 내려가다가 올라오는 정태식을 만났다. 반가움에 복받쳐 "정 선생님, 이게 웬일입니까?"하고는 목이 메었다.

"박 동지, 반갑소."

정태식도 감개무량한 모양이었다.

"언제 나오셨어요?"

"어제."

"참으로 다행이었군요."

"장복생이가 석방해주었소."

장복생은 CIC 문관으로서 장병민 여사의 먼 친척이다.

"지금 어디로 가십니까?"

"박 동지를 찾으려고……."

"저를요?"

"뜻밖의 일이 생겼소.

"뜻밖의 일이라니요?"

정태식은 "일단 바깥으로 나갑시다."하고 박갑동을 재촉했다. 호젓한 그늘에 가서 정태식이 전한 말은 정말 뜻밖이었다. 이승엽이 노발대발하여 박갑동을 붙들기만 하면 당장 총살해버릴 것이라고 벼르더라는 것이었다.

"왜 나를 총살하겠다는 거지요?"

"이승엽 동지는 아침에 도착했어. 그러고는 서울시청으로 모이라고 지령을 한 것이야. 그런데 박 동지가 정판사로 모이라고 지령을 내렸다며? 오늘 아침에. 그래서 노발대발하고 있어."

"총살할 양이면 총살해보라지요."

박갑동의 분통이 머리끝까지 올랐다. 지하에서 고생한 데 대한 위로는 없고 대뜸 총살이라니 될 말이기나 한가 말이다.

"총살을 어디 함부로 하겠소? 말이 그렇지. 그러니까 흥분하시지 말구."

"흥분 안 할 수 있습니까?"

"이승엽 동지는 오해를 한 거요. 당장 자기를 찾아와 지시를 받아야 할 사람이 나타나진 않고, 자기가 내린 지령을 무시한 지령을 내린 것으로 보아 박 동지가 자기를 반대할 책동을 하고 있다고 짐작한 거지. 그러니까 오늘은 만나지 않는 게 좋아. 나도 그건 오해일 것이라고 충분히 얘기했고, 조두원 동지도 극구 그럴 까닭이 없을 거라고 말했으니 하루쯤 지나면 성이 풀릴 거요."

조두원이란 박헌영의 동서이고 조일명이라고도 하는 사람이다.

"조 동지도 오셨어요?"

"왔어요."

조두원이 와 있으면 별반 대사에 이르진 않을 것이라고 생각되긴 했지만 박갑동의 분한 마음은 쉽게 풀리질 않았다. 정태식과 조두원이 사이에 들어 박갑동에게 대한 이승엽의 오해는 풀리긴 했지만 그 사건을 계기로 이승엽의 박갑동에게 대한 태도는 계속 싸늘했다. 이승엽의 이러한 태도가 박갑동을 살리는 계기가 되기도 하는 것인데 그건 또 다른 얘기이다.

박갑동으로선 도저히 석연할 수가 없었다. 석연할 수 없었던 것은 박갑동뿐만이 아니다. 남한에 있는 남로당원이 모두 그렇게 느꼈다. 인민군대가 밀고 내려왔으면 그 점령지역을 어떻게 처리해야 하는가에 대한 문제도 이곳에서 당 사업을 한 남로당원에게 물어서 처리하는 것이 도리이며 상식이다. 그런데 북쪽에서 내려온 이른바 정치 일꾼들은 전혀 그렇게 하지 않았다. 자기들이 이미 결정한 바대로 처리하면서 필요에 따라 남로당원을 징발하여 수족처럼 부려먹는데 그쳤다.

처음엔 전쟁 중이니 혹시 그럴 수가 있겠거니 했지만 시일이 지나도 북쪽에서 내려온 사람들의 태도는 바뀌지 않았다. 한마디로 북쪽에서 내려온 사람들은 남한의 인민들을 점령지구의 피점령 인민으로 다루었다. 말로는 동무라고 하면서도 남로당원을 포로처럼 다루는 느낌이 없지 않았다. 요컨대 남로당을 완전히 무시하는 것이었다.

북쪽에서 〈노동신문〉의 멤버가 서울에 도착한 것은 6월 29일이다. 일제 때의 경성일보사를 6·25 전엔 동아일보사가 쓰고 있었던 것인데, 그 사옥을 〈해방일보〉가 접수하고, 서울신문사의 사옥은 〈조선인민보〉가 접수했다. 사장은 서울시 인민위원장 이승엽이 겸임하고, 주필은 〈노동신문〉 계열의 장모이고, 편집국장은 이원조(李源朝)였다.

박갑동은 논설위원에다 〈해방일보〉의 서기장을 겸했다. 〈해방일보〉의 논설위원은 북쪽에서 온 사람을 합하여 6명이었다. 그 가운데 김영제는 〈동아일보〉 영업국에 근무하고 있었던 사람으로 김두봉의 사위였다. 정태식도 논설위원의 일원이 되었다. 남로당 제3인자가 〈해방일보〉의 주필이면 또 모르되 논설위원의 자리밖에 차지하지 못했다는 것은 분명히 전락이다.

그들의 말로는 정태식이 체포되어 재판을 받을 때 전향의 뜻을 비쳤다는 것이 문제라고 하지만, 따지고 보면 남로당의 서열은 깡그리 무시하겠다는 노골적인 태도 표명이었다. 뿐만 아니라 〈해방일보〉 내부의 공기도 원활하지 못했다. 북쪽에서 온 사람들은 월급 외에 출장 수당, 전시 수당하여 남로당 출신 봉급액의 두 배를 받았다. 남로당 출신이라고 해서 집이 서울에 있는 것도 아니고 똑같이 전시에 생활하고 있는 것이니 이러한 불공정이 순순히 소화될 까닭이 없었다.

"이건 일제 때 일본 놈들보다 더한 짓이 아니냐?"하고 투덜대는 사람이 있었다. 일제 때 일본인은 꼭 같은 직위에 있는데도 조선인보다 60%의 가봉(加捧)을 받았었다. 북쪽에서 온 사람은 꼭 같은 직위인데도 남한 출신 사람보다 월급을 배나 더 받는 것이니 투덜댈 만도 했다.

박갑동은 신문을 만드는 일 이외에도 바빴다. 당원 재등록을 하는 덴 박갑동의 보증이 있어야 했던 것이다. 그 이상으로 전체 당원을 파악하고 있는 사람이 달리 없었기 때문이다. 각 기관을 맡을 사람이 부족한 점도 있고, 후보자의 성분을 모르는 점도 있어 인사 배치를 하는 데도 박갑동의 조언이 있어야 했다. 대강의 경우 인사 배치는 박갑동의 마음대로 되기도 했다. 장병민 여사의 남편 채항석을 조선은행 부총재로 등용하게 된 것은 박갑동의 천거에 따른 것이었다.

그러나 박갑동은 이와 같은 것이 당이 자기를 신임하기 때문이 아니고 서투른 인사를 했다간 다음에 무슨 책임을 추궁 당할지 모른다고 겁을 먹은 당의 중간 간부들이 자기를 방편삼아 쓰고 있다는 것을 알았다. 머지않아 나름대로의 질서가 잡히면 박갑동이 천거한 인물들은 일조에 몰락할지도 몰랐다.

평양방송은 인민군이 파죽지세로 남하하고 있다고 흥분하고 있었다. 그러나 웬일인지 박갑동은 그런 승전의 뉴스에 신이 나질 않았다. 미국방송을 듣고 있기 때문이기도 했지만 박갑동의 나날이 불쾌의 연속이었기 때문이다.

회현동에서 살고 있는 사업가 김수동이 〈해방일보〉로 박갑동을 찾아왔다. 인민위원회선가 당에서 자기 집을 접수하러 왔는데, 박갑동이 그 일을 만류해주도록 부탁하러 온 것이었다. 김수동에겐 남로당이 이만저만 신세를 진 것이 아니었다. 그는 주로 김삼룡 동지의 자금원이었다. 김삼룡과 김수동 사이에 박갑동이 몇 번을 왔다 갔다 했는지 모른다. 박갑동은 김수동의 이러한 당적 업적을 기억할 수 있는 데까지 소상하게 쓰고 "이런 분의 재산은 적극 보호하는 것이 당의 도의적인 책임."임을 강조하여 관계 기관의 선처를 바라는 문서를 만들었다. 김수동은 좋아라고 그 문서를 들고 갔다. 10일쯤 아무 말이 없기로 잘되었거니 짐작하고 있었는데, 나중에 알고 보니 그것이 아니었다. 집은 집대로 빼앗기고 두들겨 맞기까지 하여 한길에 내쫓겼다.

"다시 한 번 찾아와 의논이라도 할까 했지만 놈들이 서두는 폼으로 보아 박 선생에게 누가 미칠 것 같았습니다. 그래 그만두었지요. 이런 경우 없는 행패가 얼마나 계속되려는지요."

이렇게 말하는 김수동 앞에 박갑동은 얼굴을 들 수 없었다. 좋은 날이 오면 열 배, 백 배로 보상해줄 듯이, 이른바 양심적인 사업가로부터 돈을 거둬 써놓고 결과가 이렇게 밖에 될 수 없다면 바로 사기꾼의 노릇이 아닌가? 김수동 같은 경우가 다음다음으로 나타났다. 보람이 없는 줄 알면서도 박갑동은 열심히 뛰었다. 구구한 설명과 더불어 심파를 이렇게 대접해선 앞으로의 당 사업에 지장이 있을 것이라고까지 극론하여 그들을 보호하려고 했다. 싸늘한 냉소를 받고 끝난 정도이면 다행한 편이다.

"이 동무 썩어빠진 소시민 근성을 아직도 청소하지 못했구먼. 아오지라도 한번 가봐야 알간? 지금이 무시기 땐데 낡은 인도주의 설교야?"

북쪽에서 온 젊은 기관원들은 당장에라도 비상수단을 취할 듯이 덤볐다. 이들에겐 남로당 간부 같은 것은 안중에도 없었다. 박갑동은 그들이 기왕 남로당에 협조한 사람들을 고의로 괴롭히는 것이 아닌가 하는 생각을 하게 되었다. 일반대중과 남로당을 괴리시키기 위해서, 아니 남로당의 권위를 떨어뜨리기 위해서 수단 방법을 가리지 않는다고 밖엔 생각할 수 없는 작태가 빈번했기 때문이다. 지하당 시절 물심양면으로 당을 도왔던 사람들이 억울하게 당하는 꼴을 보고도 속수무책일 수밖에 없는 처지처럼 한스러운 상황이 다시 있을 수 있을까? 박갑동의 얼굴에서 웃음이 사라져갔다.

그러한 어느 날이었다. 박갑동이 정태식과 단둘이 있게 된 기회가 있었다. 그 무렵 정태식은 완전히 의기 저상하여 그러지 않아도 볼품없는 사람이 더욱 볼품없이 시들어 있었다. "정 선생님."하고 박갑동이 조용히 불렀다. 이제 와선 〈해방일보〉의 논설위원으로 동격이 되어 있었지만 박갑동은 그에게 대한 존경의 태도는 계속 지니고 있었다. 정태식이 고개를 들어 박갑동을 보았다. 박갑동의 입에서 이런 말이 나왔다.

"도대체 어떻게 되어가는 겁니까?"

"8·15 기념일까진 부산을 점령한다니까 잘 되어가는 것 아니겠소?"

혼잣말처럼 정태식이 중얼거렸다.

"그런 걸 묻고 있는 게 아닙니다. 북쪽에서 온 사람들은 우리 남로당이 한 일을 깡그리 무시하려고 드는데, 도대체 어떤 속셈이 있어서 그러는 겁니까?"

"난들 어떻게 그 속셈을 알겠소?"

"이승엽 동지나 조두원 동지를 만나는 기회가 있으면 한번 물어보시지요."

"그들도 모두 제정신이 아닌 것 같습니다. 물어보나마나 아니겠소?"

"남조선을 전리품처럼 생각해도 좋겠지요. 그들이 정복자의 기분이 되어 있는 것도, 어떻게 해야만 당원들의 사기를 돋을 수 있을지, 그런 것쯤은 생각하고 서둘러야 할 것 아닙니까?"

"박 동지, 성급하게 판단을 내리려고 하지 맙시다. 지금은 전시가 아니오? 만사를 전시 식으로 처리하려니까 무리도 생기는 것이오."

"그렇다고 해서 우리가 지하당 시절에 신세를 진 사람들을 골라내어 골탕을 먹이는 태도까지 수긍해야 합니까?"

"설마 골라내어 그렇게야 하겠소? 어찌 하다가 보니 그렇게 된 거지."

"정 선생님, 저는 피곤합니다. 선생님은 최고 간부로 있어서 접촉한 사람이 적으니까 모르시겠지만 저는 중간 간부로서 자금 캄파를 위해 많은 사람들을 만나야만 했습니다. 그런데 그들의 집을 몰수당하고 있습니다. 일단은 저를 찾아옵니다. 남로당에 대한 대접으로서는 제가 보증을 서면 선처해주어야 할 것 아닙니까? 그런데 제가 나서면 일이 악화됩니다. 세상에 이런 일이 있을 수 있는 일입니까?"

"사실이 그렇다면 문제 제기를 해볼 만한 일이오."

"사실이 그렇다면이 아니라……."하고 박갑동은 자기가 겪었던 십수 개의 사례를 들고 이승엽에게 담판을 해달라고 부탁했다. 잠자코 있더니 정태식이 말했다.

"박 동지, 사실을 말하면 이승엽 씨의 태도엔 납득이 가지 않는 구석이 있소. 첫째 생각해보시오. 〈해방일보〉의 편집국장으로 말하면 〈해방일보〉의 인연으로서나 관록으로 보아 박 동지가 맡아야 할 자리가 아니오? 그런 걸 몇 편의 문학평론을 썼다지만 신문엔 초심자에 불과한 이원조를 갖다놓았다는 점이라든가, 정책 결정의 모임에서 나와 박 동지를 제외하고 있는 점이라든가, 도무지 납득이 가질 않아요. 우리가 논설위원으로 있게 된 것도 누군가의 말에 의하면 이승엽 씨의 본의가 아니라는 겁니다. 그래 나는 생각해본 거요. 지하당 시절에 이승엽 씨가 저지른 큰 과오가 있었던 것이 아닌가 하구요. 이승엽 씨는 해주와 평양에 있으면서 지하당 운영에서 뭔가 실수를 한 거요. 그걸 김삼룡 선생은 알고 있었소. 그러나 김 선생은 우리에게 말하지 않았는데, 이승엽 씨는 김삼룡이 우리에게 말했을 것이라고 지레 짐작을 하고 우릴 거세할 작정을 하고 있는 것 같소. 박 동지를 총살해야겠다고 설치던 것도 이제야 납득이 가요. 그렇지 않소? 지하당 시절에 생긴 엄청난 반당 행위는 거의 이승엽 씨 계열에서 발생한 일이오. 서울시당 부위원장으로 있던 홍모가 경찰의 사찰분실장이 되지 않았소? 그 홍모는 이승엽 씨의 심복이오. 안영달, 조용복도 이승엽 씨의 심복이오. 박 동지, 우리 지금 참읍시다. 매사에 신중하게 대처합시다."

박갑동은 정태식도 나름대로 생각하는 게 있었구나 하는 기분으로 마음을 놓았다. 앞으로 무슨 일이 있으면 서로 의논하여 결정하자며 그날은 헤어졌다.

7월 7일. 박갑동은 새벽에 들은 미군 방송을 반추하며 광화문에서 마포 쪽으로 걸어가고 있었다. 박갑동이 반추하고 있었던 미군 방송의 내용은 다음과 같았다. 한국군을 재편성하는 책임자로서 존 처치 준장이 임명되었다는 것이고, 워커 장군이 최초로 한국 전선을 시찰하고 일선 지휘관과 국군사령관과 회담했다는 내용에 이어, 인민군이 삼척, 포항의 서남방에 진출하고 있고, 인민군이 충주를 점령했고, 미국의 B-29편대가 원산과 진남포를 맹폭했다는 것이다.

그 정도로선 승패의 행방을 점칠 순 없겠으나 미국이 끝까지 싸울 의사를 가지고 있다는 사실만은 확인할 수가 있었다. 그런데 그것이 중요한 것이었다. 미국이 끝까지 싸울 의사를 가지고 있다는 것은 김일성의 오판을 의미한다. 그것이 오판이란 것이 밝혀진 이상 김일성에겐 승리가 없다. 전국을 불바다로 만들어놓고 기대할 것이 뭔가?

박갑동의 심정은 암담하게 물들어갔다. 그런데 동양극장 앞을 지날 때 이상스런 광경을 목격하고 우뚝 서 버렸다. 아래위로 흰 내복만 입은 7, 8명의 국군 포로가 철삿줄에 묶여 건너편 가로수 밑에 서 있었다. 어느덧 사람들이 모여들었다. 인민의 원수들을 처단한다는 뜻의 선동연설이 있었다. 박갑동은 사람들의 틈을 비집고 도망치려 했지만 발목에 쇳덩어리가 매어달린 것처럼 좀처럼 용신이 되질 않았다.

사격명령이 있고 한바탕 콩 볶는 듯한 소리가 났다. 건너편 가로수 쪽을 보았다. 피를 뿜어낸 시체가 즐비하게 쓰러져 있었다. 일순 박갑동은 눈을 감았다. 보아선 안 될 것을 본 느낌이었다. 포로를 저렇게 죽일 순 없는 것이다. 문득 생각이 났다. 어젯밤 이승만은 "포로에 대해선 인도적인 처우를 하라."고 호소하고 있었는데, 그 방송에 대한 반발인가 하는 생각을 얼핏 해보았다.

그날 오후 박갑동은 중앙당 간부부 부부장 이범순(李範淳)에게 불려 갔다. 이범순은 뒷날 대남 공작부 책임자가 된 이효순(李孝淳)의 동생이다. 말하자면 이승엽의 행정 책임자이고, 이범순은 당 사업을 하며 이승엽의 감시 역으로 파견되어 왔었다. 당시 중앙당은 서울중학교에 본거를 두고 있었고 이범순의 사택은 삼청동, 지금의 국무총리 관저에 있었다.

박갑동은 그곳에서 진수성찬의 대접을 받았다. 이범순은 "그동안 시일이 촉박해서 남로당 지하당 책임자의 의견을 충분히 듣고 정책을 세우지 못한 것이 유감이오."하고 누누이 변명한 후 "앞으로는 남로당원 가운데서 유능한 인물을 기용하여 인재 등용에 유감이 없도록 하겠다." 며 박갑동의 협력을 구했다. 박갑동은 되도록 말을 절약하여 남로당 지하당을 지켜온 일꾼들에게 보람 있는 일을 하게끔 기회를 달라고 했다.

이범순은 시종 너그러운 웃음을 띠고 박갑동의 말을 주의 깊게 듣고는 박갑동에게 빨리 자서전을 써내라고 했다. 자서전이란 이력서를 뜻한다. 한국에서 통용되고 있는 이력서와 다른 것은 출생 이래 현재까지 단 하루도 빠짐없이 설명되어야 하는 데 있다.

이범순과의 대화가 있고부턴 약간 숨구멍이 트인 기분이 되어 맡은 일에 성의를 낼까 하고 있었는데, 돌연 정태식이 파면을 당한 사건이 생겼다. 이유는 본인도 몰랐다. 확실한 건 이승엽이 직접 그를 파면시켰다는 사실이었다. 정태식의 성격은 음성적인 동시에 집요한 데가 있었다. 그를 푸대접하는 이승엽을 결코 그는 용서하지 않았을 것이며, 그 이유를 이승엽 자신의 과오에다 돌리고 기회 있을 때마다 은근히 그런 기분을 풍겼을 것이었다. 그것이 이승엽에게 반작용을 일으켜 그런 결과가 되었다는 것은 그다지 빗나간 추측이 아닐 것이었다.

그러나 박갑동이 이런 데 신경을 쓰고 있을 겨를이 없었다. 〈해방일보〉의 서기장이기도 한 그에게 어마어마한 당명이 하달되었다. 〈해방일보〉 사내에 있는 지하 남로당원 전원을 의용군으로 내보내라는 지령이었다. 박갑동은 이것도 김일성의 오판에 따른 결과라고 판단했다. 전쟁을 시작하여 얼마 되지도 않았는데, 의용군으로서 병력을 보충해야할 상태에 이르렀다는 것은 전쟁론의 서문조차도 읽지 못한 사람들의 태도이다. 인민군이 파죽지세를 보인 것은 서전 10일간쯤이고, 그때부터 각 전선은 교착상태를 보이기 시작했다. 다시 말해 미군이 본격적으로 개입하게 되자 인민군의 진격은 둔화되지 않을 수 없었고, 앞으로는 더욱 그렇게 될 것이었다.

7월 10일경 허가이가 전선을 시찰하고 돌아갔고, 7월 20일엔 김일성이 서울에 와 삼청동에서 자고 갔다. 의용군을 모집해야겠다는 것은 그 전에 이미 결정된 사안이었다. 박갑동은 세심하게 라디오를 들었다. 그리고 7월 25일, 즉 개전 한 달 후의 상황을 파악했다. 맥아더는 "적(인민군)은 환경 이용의 유리한 기회를 놓쳐버렸다."고 했다. 각 전선에서 혈투가 벌어지고 있다는 것은 서전에서와 같은 승리도 앞으론 있을 수 없다는 것을 시사하고 있었다.

무엇보다도 중요한 것은 미국의 항공력이 월등하다는 것과 미국의 여유작작한 태도였다. 미국은 국부 전투의 양상엔 그다지 신경을 쓰는 것 같지 않고 어떤 급격한 상황전환을 꾀하고 있는 것 같았다. 또한 영국이 한국에 지상군을 파견하기로 결정했다는 것은 더할 나위 없이 중요한 사건이었다. 신중한 영국이 승산 없는 한국에 지상군을 보내겠는가? 박갑동은 전쟁 발발 약 1개월의 시점에서 대강 이와 같이 전쟁의 귀추를 판단했다.

인민군 점령지역의 당 사업과 행정의 총책을 맡은 사람은 이승엽이었다. 박헌영은 평양에 발이 묶여 38도선 이남에는 와보지도 못했다. 김일성이 그것을 허용하지 않았기 때문이다. 점령지역에서의 당 재건은 행정구역에 따라 서울, 각 도, 각 시, 각 군, 각 면의 순위로 하향식 조직에 의해 당 위원회를 조직했다. 이를 총체적으로 지도하는 것은 서울 지도부였다.

점령지역이 확대되자 서울 지도부의 성원 일부를 대전에 파견하여 '대전 출장소'라고 했다. 이때의 당 간부들은 ① 북에서 파견된 북로당계 ② 남로당계로서 월북했던 사람 ③ 출옥한 남로당 간부 ④ 유격대 출신 ⑤ 현지에서 지하에 잠복해 있던 남로당원들이었는데, 실권은 북로당계가 장악했다. 당은 재건되었지만 옛날의 당이 아니고 남로당원은 몸채를 빼앗기고 행랑채에 나앉은 어색한 기분이었다. 남한 사정에 어둡고 비합법적 당 활동에 경험이 없는 북로당의 관료주의적 작풍이 남로계 당원들의 반발을 샀다. 중앙당으로부터 임명된 각 도당의 책임 간부는 다음과 같았다.

서울시당 위원장: 김응빈, 경기도당 위원장: 박광회, 충북도당 위원장: 이성경, 부위원장: 정해수, 충남도당 위원장: 박우헌, 부위원장: 유영기(6·25 직전에 남파된 이주상은 도책을 북로계 박우헌에게 인계하고 당시 의용군으로 조직된 충남 대전 여단장이 되었다.), 전북도당 위원장: 방준표, 부위원장: 조병하, 전남도당 위원장: 박영발, 부위원장: 김선우(6·25 전의 위원장), 경북도당 위원장: 박종근, 부위원장: 이영삼(6·25 전 도책이었던 배철은 중앙당에 소환되었다.), 경남도당 위원장: 남경우, 부위원장: 김삼홍

이 명단을 놓고 박갑동은 한동안 생각에 잠겼다. 김삼룡이 살아있었더라면 결단코 이런 진용으로 될 순 없었으리라는 생각이 들었기 때문이다.

7월 14일엔 선거 실시에 관한 정령이 발표되었다. 선거라고 했자 눈 감고 아웅 하는 식이다. 각급 인민위원회는 이른바 대표자대회를

열어 거수 방법으로 책임자를 선출했다. 미리 작성된 시나리오대로 위원장은 그 지방 출신이고, 서기장은 이북에서 파견된 공작원들이었다. 한마디의 불평할 여유도 없이 남한은 이북의 식민지 체제를 갖추게 된 것이다.

각 지방의 인민위원회가 조직되는 대로 토지개혁이 시작되도록 되어 있었다. 토지개혁의 내용은 무상몰수 무상분배를 원칙으로 하고, 미제와 이승만 정부 및 지주의 토지는 일체 몰수하고, 자작농은 5~20정보까지 인정하며, 토지개혁의 담당자는 이(里) 농촌위원회인데, 고용 농민, 토지 없는 농민, 토지 적은 농민 등의 총회에서 5 내지 9명을 선출하여 조직하는 것으로 되어 있었다. 땅 없는 농민에게 땅을 준다는 그들의 선전과 선동이 소기의 목적을 달성할 수 없었던 것은, 얼마 전 이승만정부에 의하여 불완전하게나마 이미 농지개혁이 실시되고 있었기 때문이다.

노동당은 토지개혁에 이어 현물 세제(現物稅制) 실시를 공고했다. 이 결정에 의하면 조기 작물, 즉 보리, 감자, 옥수수 등에 관해서 1950년도에 한하여 면세 조치를 하고, 만기 작물, 즉 벼, 콩, 팥 등은 북한에서 실시하고 있는 것처럼 총 수확고의 25%를 징수한다는 것이었다.

현물세법을 공포하자마자 북한에서 파견된 공작원들이 지방당원들을 동원하여 과세기준이 될 총 수확고의 조사에 착수했다. 그런데 그 조사방식이 너무나 철저하고 가혹했다. 벼알, 콩알 하나하나를 헤아렸다. 뿐만 아니라 뜰에 감나무가 있으면 그 감의 수효를 헤아렸다. 1백 개가 열렸으면 25개를 나라에 바쳐야한다는 것이었다.

"일제 때 공출이 심했지만 이렇지는 않았다." "가혹한 소작료보다도 비싸다." "이렇게 지독할 수가 있는가?" 등등의 원성이 농민의 입에서 튀어나왔다. "토지 없는 너희들에게 토지를 주었으니 그만한 부담은 해야 할 것 아닌가?"하고 우기려고 들었지만, 농민들은 그들의 덕으로 토지를 얻었다고는 아무도 생각하고 있지 않았으므로 계산착오라고 말할 밖에 없었다.

현물세와 마찬가지로 잔인한 정책은 이른바 동원사업이었다. 7월 1일 최고인민회의 상임위원회는 전시 동원령을 내렸다. 동원 대상은 만 18세부터 36세까지. 동원령이 내린 7월 1일 당일 북한에서 의용군 지원자가 11만5천 명이었다고 발표했다. 서울에서도 6월 28일 이후 7월 초순까지는 유격대 또는 선무공작대 등 소규모 부대를 만들어 인민군에 합류시켰다. 이들은 대부분 서대문형무소에서 출옥한 지방 출신의 남로당계와 서울에서 피신하고 있던 지방 당 간부들이었다.

학생을 충동하여 학생 의용대를 조직하기로 했다. 7월 3일 상오 11시 서울운동장 앞에 약 1만6천 명을 모으고 "전선을 지원하자."는 구호를 외치며 시가행진을 하게 했다. 이날 오후 2시에는 동대문과 광화문에서 '애국학생 궐기대회'를 강행했다.

① 서울시내 청년학생은 파르티잔 투쟁에 참가하자! ② 전국 학생은 인민군을 적극 지원하며 학생의용대를 조직하자! ③ 의용군에 참가하여 전선에 출동하자!

이와 같은 긴급 동의를 가결시키고 그 자리에서 의용군을 편성했는데, 이때 지원한 학생은 남학생이 3백25명, 여학생이 68명이었다. 의용군 모집은 7월 6일 당 결정이 내린 뒤부터 본격화되었다. 이때 내려진 당 결정은 이러했다.

① 의용군은 18세 이상의 청년으로 하되 빈농민, 청년을 많이 끌어들일 것. ② 각 도에 할당한 징모 수는 반드시 책임 완수할 것. ③ 전 남로당원으로서 변절자(보도연맹 가입자)는 의무적으로 참가시킬 것.

이 결정에 따라 각급 당 조직은 의용군 모집을 위한 구체적인 계획을 짜서 민청을 비롯한 사회단체에 시달했다. 각 사회단체에서는 제각기 군중집회 또는 궐기대회를 열고 맹원들을 모두 의용군에 들어가도록 강요했다. 학생들은 18세 미만만 등교하고 나머지는 민청에 가입시켜 의용군에 입대하도록 조종했다. 서울 거리의 요소엔 민청원이 배치되어 지나가는 청년들을 연행하여 강제 입대시키는 것이 당연한 현상처럼 되었다. 이렇게 하여 모은 의용군이 40만 명이었다고 한다.

박갑동은 〈해방일보〉 내의 남로당 지하당원은 거의 전부가 서대문형무소 출신이며, 따라서 건강을 회복하지 못하여 병역을 감당할 수 없다는 사유를 상부에 보고하는 한편, 의용군사령부에 있는 유축운(柳丑運)에게 개인적으로 매달려보기로 했다. 의용군사령부는 안국동 소재 남선전기주식회사 건물에 있었다. 유축운은 한때 이론진에서 박갑동과 같이 일한 적이 있는 사람이었다. 그 개인적인 인연에 희망을 걸고 혼자 가려고 하다가 문득 생각이 바뀌어 편집국장 이원조에게 동행를 요청했다.

이원조는 박갑동의 말을 건성으로 들었는지 멍청한 표정이어서 다시 설명을 시작하려고 하자 "박 동무, 당신 지금 제정신 똑바로 가지고 말하고 있는 거요?"하고 박갑동을 쏘아보았다.

"같은 직장에 있는 동무들의 사정이 딱하니 의논해보는 것 아닙니까?"

박갑동도 시무룩하게 말했다.

"사정이 딱하다니 어떻게 딱하단 말이오?"

"그들은 신문사에 출근하는 것도 겨우 합니다. 그야말로 나라를 위해 이를 악물고 출근하고 있는 형편입니다. 건강이 극도로 나빠요. 예외 없이 그 사정을 잘 알고 있으니 상부의 선처를 요청해보자는 겁니다."

"박 동무, 그건 월권이오. 상부의 지시대로 의용군에 보내시오."

"월권이란 뜻이 뭡니까?"

"건강이 나빠 전선에 나갈 수 없는지 있는지는 군의관이 판정할 문제란 말이오. 동무가 판단할 문제가 아니란 말이오. 월권이란 말뜻을 알아들었소?"

속이 뒤집히는 듯한 불쾌감을 박갑동은 가까스로 참았다. 그러나 잘못은 자기에게 있었다. 사람 아닌 덩치를 사람이라고 보고 그런 얘기를 꺼냈다면 책임은 자기에게 있는 것이 아닌가? 박갑동이 잠잠해버리자 장광설이 시작되었다.

"남쪽에 있는 사람들은 아무래도 조국 전쟁의 뜻을 잘못 파악하고 있는 것 같아. 이 전쟁은 이기지 않으면 안 되는 전쟁이오. 왜놈들 말이 있지 않소. 살을 베이고 뼈를 베라, 뼈를 베이고 상대방의 생명을 노려라, 바로 이거요. 이 전쟁의 성격은……. 감옥에 얼마간 갇혀 있었대서 건강이 허약하게 되었다면 그건 당원이 아니오. 그런 것쯤은 정신력으로써 보상해야지. 좋은 생각을 했어. 그런 취지의 논설을 쓰시오."

논설의 책임자는 주필이지 편집국장이 아닌 것이다. 당신이야말로 월권하지 마시오 하는 말이 목구멍에까지 차올랐지만 꾹 참고 박갑동은 편집국장실에서 나왔다. 더위에다가 불쾌한 일이 겹치고 보니 아무 데나 쓰러져 자버렸으면 싶을 정도로 지쳐 있었으나 박갑동의 성격이 그걸 용서하지 않았다. 〈해방일보〉 내의 당원들은 육친의 형제 이상의 우의로써 맺어진 사이인 것이다.

의용군에 가는 것은 불가피하다고 치더라도 사령관의 배려가 있으면 조금 나은 데 배치될 수도 있을 것이란 생각으로 안국동으로 유축운을 찾아갔다. 유축운이 박갑동을 진심으로 반기었으나 그는 몰라보게 수척해 있었다.

"어디 건강이 나쁜 데가 없소?"하고 물었다. "육체적 건강이 문제가 아니고 정신적 건강이 문제요."하고 유축운은 "3년, 4년 훈련시킨 정병들도 감당하지 못하는 전투 현장에 1주일, 2주일 겨우 사격요령만 가르쳐가지고 투입하려고 하니 가슴이 아파 견딜 수가 없소."하며 얼굴을 찌푸리고는 "이런 푸념도 박 동지를 만났으니까 해볼 수 있는 일이오."하고 쓸쓸하게 웃었다.

박갑동이 그를 방문한 목적을 솔직하게 말했다. "감옥에서 나온 지 얼마 되지 않았으면 곤란할 거야."하고 고개를 끄덕이면서도 의용군을 훈련해서 전선에 배치하는 것이 자기의 권한이자 의무일 뿐 의용군을 받고 안 받고는 자기의 책임 범위를 넘어 있다고 했다.

"그럼 배치할 때라도 배려를……."

"그런데 그게 될 일이 아냐. 어느 군단, 어느 사단, 어느 연대로 보내게 되어 있지 근무 내용까지 살펴서 배치할 수는 없어요. 그보다 말이오. 신문사에서 강력하게 나오면 어때? 신문 제작상 절대로 필요한 요원들이라구."

"그렇게 될 수 있으면 왜 내가 유 동지를 찾아와 이런 구구한 말을 하겠소? 그들이 의용군으로 가고 나면 그 후임은 북쪽에서 오게 돼 있어."

"그럼 안 되겠군."

유축운은 암연한 표정이 되었다.

"온 김에 물어보겠는데 지금 전황은 어떻소?"

"그건 신문사에 있는 박 동지가 더 잘 알 것 아니오?"하고는 "전반적으로 교착상태에 빠진 것 같소."하고 덧붙였다.

"그렇다면 8·15 기념일까지 부산을 해방한다는 건 어떻게 되는 거요?"

"8·15? 부산 해방? 그렇게 쉽겐 되지 못할 것 같아."

"그래도 승리는 틀림없겠지?"

"그거야 물론이지."했지만 유축운의 말투는 자신 있는 말투가 아니었다.

8월 들어 첫 월요일, 박갑동은 중앙당 간부부 부부장 이범순에게 불려갔다. 중앙당 간부부 부부장에게 불렸다는 것만으로 신문사 내부의 시선에 외경의 빛이 있었다. 아니꼬운 생각과 더불어 으쓱하는 기분이 없었다고 하면 거짓말이 된다. 심성이 이처럼 타락하도록 박갑동은 북에서 남파된 사람들 때문에 사사건건 골탕을 먹고 있었다.

중앙당 간부부 부부장쯤 되면 실로 대단한 위세이다. 바깥은 지글지글 타는 혹서인데 그 방에 들어서니 삽상한 가을의 계절이 있었다. 당시 중앙당 간부부장은 진반수였는데, 진(陳)은 연안파가 되어 실권이 없었고, 부부장인 이범순이 실권을 쥐고 있었다. 탁자에 수박, 토마토, 참외 등이 가득 쌓여 있었다. 냉장고에서 갓 내어 온 것인 듯 이빨이 시리도록 차갑고 달았다. 이렇게 융숭한 대접을 하고 나서 이범순이 입을 열었다.

"나로선 어떻게 하더라도 간부부 부부장 한 사람은 서울에서 구할 작정을 했소. 남로당 사정을 잘 아는 유능한 사람을 말이요. 그래서 발견한 것이 박 동지였소. 나로선 최선을 다해 당 수뇌부에 천거를 했는데, 박 동지의 자서전이 부결되고 말았소."하고 서류를 뒤지는데, 박갑동은 자기가 쓴 이력서의 두 군데에 붉은 선이 그어져 있는 것을 보았다. 박갑동의 날카로운 시선이 그것을 포착했다. 하나는 '와세다 대학'이란 부분이었고 하나는 '입당 보증인 권오직'이란 부분이었다. 가장 문제가 될 성싶었던 '대지주의 아들'이란 부분엔 선이 없었다.

사실을 듣고도 박갑동은 그다지 실망을 느끼지 않았다. 간부부 부부장이란 것은 꿈도 꾸어 볼 수 없는 큰 감투인 것이다. 만일 박갑동이 통일된 노동당의 간부부 부부장이 되었다고 하면 실력으로써 남로당원이 획득한 최고의 직위가 될 것이었다. 이범순은 "조그마한 오해가 인사 문제엔 결정적인 장애가 될 수 있어요. 내 이 다음 직접 수령님을 만나 오해를 풀도록 할 것이니 낙심 말고 종전대로 맡은 바 일에 정려해 주시오."하며 격려의 말을 잊지 않았다.

이범순의 격려는 고마웠지만 간부부 부부장의 자리는 떨어진 것으로 알았다. 입당 보증인이 권오직이라는 사실이 중대한 장애였다면 권오직이 김일성에겐 달가운 인물이 아니란 증거인 것이다.

구체적인 예감은 아니었지만 이때 박갑동은 김일성과 박헌영의 사이가 언젠가는 온전치 못할 때가 있을 것이 아닌가 하는 생각을 얼핏 해보았다. 박갑동이 이범순을 본 것은 그때가 마지막이다. 그런 대화가 있은 지 얼마 후 이범순은 대전으로 내려가 버렸다. 국군이 북상할 무렵 김일성이 도망친 후에 이범순은 당 책임자로서 평양에 남아 있다가 가르재란 곳에서 전사한다.

선전 선동을 하기 위해 평양에서 수천 명의 정치 공작원을 파견했다. 이들 가운덴 〈해방일보〉를 찾는 사람이 있었다. 이들은 김일성대학을 비롯한 각 대학에서 6·25와 동시에 차출되어 선전 선동의 내용과 요령에 관해 단기 강습을 받은 모양으로 내용이나 구변(口辯)이 판에 박은 듯이 동일했다.

6·25에 관해선 ① 이승만 정권이 북진통일 정책에 의해 남에서 도발한 것이고 ② 인민군이 반격해 나온 것은 남조선을 해방시키기 위해서이고 ③ 소련을 비롯한 진보적 민주주의 국가들의 성원이 있기 때문에 반드시 이 정의의 전쟁은 승리한다는 식으로 선전하는 것이다.

이 말을 누가 믿을까? 서울에서 변을 당한 사람들이 이 말을 믿을 까닭이 없고, 남침 준비를 서두르고 있는 현장을 목격한 북한의 주민들이 이를 믿을 까닭이 없었다. 그렇다면 이와 같은 허무맹랑한 선전은 정부의 말을 그대로 믿지 못하게 일반의 민심을 유도하는 거나 다름이 없는 것이다. 박갑동은 이와 같은 문제를 중대시했다. 중대시했지만 문제 제기를 해볼 수도 없었고 더불어 의논할 상대도 없었다. 신문은 〈해방일보〉 외에 〈민주조선〉, 〈로동신문〉, 〈조선민보〉, 〈농민신문〉, 〈투사신문〉, 〈민주청년〉, 〈조국전선〉, 〈소비에트신보〉, 〈문화전선〉 등이 있었고, 잡지는 〈인민〉, 〈태풍〉, 〈조소친선〉, 〈조선여성〉, 〈내각공보〉,

〈조국보위〉, 〈어린 동무〉, 〈활살〉, 〈농민수산〉, 〈문학예술〉, 〈과학세계〉 등이 있었다.

이 많은 일간과 월간을 골고루 뒤져보는 가운데 박갑동은 어느 날 돌연 깨달았다. 신문이나 잡지의 어느 한 페이지에도 진실된 소리가 없다는 사실을……. 스탈린과 김일성을 찬양하는 기사, 각 전선에서의 과장된 전황보도, 김일성 수령에게 애국미를 헌상하겠다고 다짐한 농부의 이야기, 반동을 적발하여 나라에 공을 세운 사람들의 이야기, 한마디로 모든 것이 전부 꾸며진 기사이며 과장된 기사인 것이다.

인민대중을 위해 복무한다는 언론은 완전히 인민대중을 선동하기 위해서 갖은 지모를 짜고 있는 정치기구에 불과했다. 모든 빛이 태양에서 나오듯 모든 진리는 김일성으로부터 흘러나오고 있었다. 진리뿐만이 아니라 모든 정의도, 모든 미학도 같은 곳에서 흘러나오고 있었다. 국유화는 곧 김일성의 독점화를 의미하는 것이었다. 그러고 보니 모든 재산도 김일성으로부터 흘러나오는 것이었다. 공산국가가 된다는 것이 이러한 상태를 뜻하는 것이었을까? 공산당 운동을 한 것이 이같은 상황을 위해서였던가?

인류의 이념이 자유, 박애, 평등에 있는 것이라면 이와 같은 상태는 그 이념의 반대의 극에 있다는 얘기가 아닌가? 이들이 만들고 있는 신문과 잡지의 어느 구석에 자유에 대한 동경이라도 있단 말인가? 박애에의 경향이 한줄기라도 있단 말인가? 평등은 물론 있었다. 죽음 앞에서의 평등이었다. 그밖에 어느 곳에도 평등의 흔적이라곤 없었다. 박갑동이 더욱 놀란 것은 어째서 이 같은 현명한 이치를 모르고 오늘날까지 살아와서 이제야 겨우 깨닫게 되었느냐 하는 바로 그 사실이었다.

일제시대도 충분히 가혹했다. 착취와 억압이 있었다. 그러나 한줄기의 희망은 있었다. 독립을 쟁취하는 날, 우리는 우리의 최선의 것을 보태어, 더욱 자유로운, 더욱 인정스런, 더욱 평등한 사회를 만들 수 있을 것이라고……. 그런데 이게 뭐냐? 모든 재산은 이른바 국유화한다고 하여 김일성 개인이 독점해버렸다. 모든 권력 또한 김일성 개인이 독차지하여 최고의 권위로서 군림하게 되었다. 관료제도라고 하는 철저한 노예기구를 만들고 이에 감시기구를 병설했다. 어느 누가 잘 살고 못 살고는 오로지 김일성의 의중에 있는 것이다. 김일성의 비위를 거스르게 되면 그때가 곧 파멸이다. 김일성이 흉악하기 때문에 공산주의를 이 꼴로 만들었느냐. 공산주의 자체에 원래 그런 함정이 있었느냐?

신문과 잡지에 한 조각의 진실조차 없다는 사실은, 일단 그렇게 보게 되자 더욱더 그렇게 확인할 수 있게 되고, 날이 갈수록 암담한 기분으로 물들어갔다. 어느 날 박갑동에게 「모든 것을 전선(前線)에」라는 논설을 쓸 임무가 맡겨졌다. 여느 때 같으면 이처럼 쓰기 쉬운 논설이란 없었다. 우리가 살 길은 승리로써 트인다. 승리의 순간이 지금 전선에서 결정지어지려 하고 있다. 그 전선에서의 결전을 더욱 효과적으로 하기 위해 우리가 가지고 있는 모든 물질을 바쳐 탄환 하나라도 더 만들고, 우리의 육체를 바쳐 조국의 방패가 되자고 쓰면 될 것이었다. 거기에 김일성 수령의 어록 가운데에서 적당한 몇 개를 골라 넣으면 광채가 날 것이기도 했다.

그런데 우리가 살 길이 과연 이 전쟁의 승리로써 트일까 하는 생각을 하게 되자 박갑동의 펜은 출발점을 잃어버렸다. 오후의 토론회 때까지 논설을 제출할 시간이 전혀 없었다. 주필을 찾아가서 말했다간 무슨 트집을 잡힐지 몰랐다. 하는 수 없이 박갑동은 편집국에 내려가 동향의 후배에게 간단히 취지를 말하고는 대필을 부탁했다. 뜻밖에도 그 글은 썩 잘 되었다. 그러나 전율을 금할 수 없었던 것은 진정이고 진실이고를 무시한 채 쓴 작문이 너끈히 통한다는 사실이었다. 박갑동의 내부에 하나의 소리가 있었다.

'조선민주주의 인민공화국은 그 출발에서부터 썩어버렸다.'

진실을 담은 신문을 가지지 않은 나라가 썩지 않을 수 없다. 설혹 전쟁에 이긴다고 해도 작품은 그대로 남을 것이니 희망은 없는 것이다. 이 무렵부터 박갑동은 전황에 신경을 쓰지 않게 되었다. 그보다도 복잡한 딜레마에 놓였다. 북조선에서 내려온 군대가 이겨선 안 된다는 한 가닥의 마음과, 만일 그들이 패퇴했을 경우 그 뒷일이 어떻게 될까 하는 두려움이 교차하게 된 것이다.

신경을 쓰지 않는다고 해도 밤중과 새벽, 미군 방송은 빼놓지 않고 들었다. 평양 방송은 의식적으로 듣지 않게 되었다. 9월 1일 트루먼 대통령이 강경한 연설을 했다.

"미국은 어떠한 일이 있어도 한국을 포기하지 않을 것이며, 빠른 시일 내에 북쪽의 침략군을 격퇴하고 한국의 통일을 도울 것이다."

대강 이와 같은 내용이었는데, 박갑동은 육감으로 미국이 새 전술을 쓸 준비가 되어 있는 것이로구나 하는 느낌을 가졌다. 이튿날 박갑동은 우연히 윤창현이란 기자와 점심을 같이 먹게 되었다. 윤창현은 평양에서 내려온, 그들의 표현을 빌면 민완기자로서 편집국장 이원조도 그를 만만히 다루지 못했다. 점심을 같이 하자고 제안한 것은 윤창현이었다. 식사를 하는 자리에서 윤창현이 "어째서 남반부의 농부들은 그처럼 뻔뻔한가요?"하고 물었다.

"뻔뻔한 농부도 있고 뻔뻔하지 않는 농부도 있겠지요."

박갑동의 대답이었다.

"아냐요. 내가 만난 농부는 전부 뻔뻔스러워."

"오늘 무슨 일이 있었소?"

윤창현은 오늘 평택엘 다녀왔다며 "그곳 농부들 몇이 김일성 수령에게 애국미를 헌납할 결의를 했대서 취재하러 갔더니, 그들의 태도가 불손하기 짝이 없었어요."하고 말했다. "구체적으로 말해 봐요."했더니 윤창현은 다음과 같은 얘기를 했다. 신문에 사진까지 큼직하게 내

주려고 카메라까지 가지고 갔는데 그중의 하나가 불쑥 말했다.

"우린 내고 싶은 생각도 없는데, 인민위원장이 자꾸 권해서 상미(上米) 한 말쯤 내볼까 하고 있었지요. 우린 다섯이니까 다섯 말 아니겠소? 그런데 인민위원장이 하는 소리가 한 사람에 석 섬씩을 내야 할 거다, 이거라요. 생각해보우. 자진해서 낸다고 하면 한 말을 내건 한 섬을 내건 내는 본인의 마음이 아니겠소? 받는 측에서 석 섬 내라 하는 건 경우가 빠지는 일 아뇨? 우린 경우에 빠지는 일은 싫수다. 우린 안 내기로 했수."

그래 윤창현은 아연실색했다는 것이다.

"농부의 말이 옳지 않소? 옳은 말을 하면 뻔뻔스러운가요?"

박갑동이 넌지시 말했다.

"수령님께 애국미를 헌상하겠다고 하고서 안 내겠다면 어떻게 되는 줄 아시우?"

"어떻게 됩니까?"

"아마 토지를 몰수당할 거요."

"그거야말로 이상한 소리군."

"이상하다뇨?"

"이승만이 극악무도하다지만 쌀을 바치겠다고 하고서 안 바쳤대서 토지를 몰수하진 않을 것이니까요."

"논설위원 동무, 방금 무슨 말을 했소?"

아차 실수했다 싶었으나 때는 늦었다.

"나는 사실을 말했을 뿐이오."

이렇게 태연하게 나오자 윤창현이 "그러나저러나 기사가 되질 않아 큰일났어요."하고 투덜댔다.

"아아니, 사실을 그대로 쓰면 훌륭한 기사가 될 게 아니오?"

"사실을 그대로 써요? 농부의 말을 그대로?"

"어느 지방엔 그런 몰지각한 농부가 있다는 것을 일반인민이 알게 하는 것도 신문의 공덕이 아니겠소?"

"논설위원 동무는 나를 시베리아로 보낼 작정이오?"

"시베리아엔 또 왜요?"

"만일 그딴 기사를 썼다고 해보우. 신문에 나진 않을 테지만 그딴 기사를 썼다는 것만으로 시베리아요. 시베리아."

"윤 동무, 어때요? 이북의 농부는 그렇지 않소?"

"북반부의 농부야 유순하기 짝이 없지. 헌상미를 내라면 자기들 먹을 양식이 없어도 꼬박꼬박 내외다. 수령님으로부터 받은 토지에 농사짓고 사는 것만으로도 고맙게 여기고 있어요. 전쟁이 끝나면 남반부의 농부들 혼쭐을 내줘야겠어요."하고는 윤창현이 돌연 화제를 바꾸었다.

"서울시의 인구가 백만이라고 하지 않았소. 그런데 그들이 다 어디로 갔어요? 지금 서울에 남아 있는 인구래야 30만 될까? 그것도 안될까?"

"다들 남쪽으로 피난을 갔겠지."

"집을 다 여기다 두고? 집이 얼마나 소중한 건지 그들은 모르는가?"

"집보다 생명이 소중했겠죠."

"집을 두고 피난가면 누가 먹을 걸 주는가요?"

"남조선에선 어디로 가도 굶어죽진 않을 만큼 돼 있소."

"그럴까요? 나는 요즘 이상스런 생각을 하게 됐소?"

"뭣을 말이오?"

"집을 포기하고 떠난 게 아니고 도로 돌아올 날이 있을 것으로 믿고 떠난 것이 아닌가 하는 생각이 들어요."

"왜 그런 생각을 했죠?"

"육감이지요. 그런 생각 없다면 경찰이나 국방군 간부나 도망갈까 일반사람들은 도망가지 못해요. 어느 편을 보아도 탕탕 막혔는데 이승만 도당이 이길 수 있다고 생각하고 있는 사람들이 있다는 게 이상하단 말이오."

박갑동은 섣불리 대꾸할 수 없어 잠자코 있었다. 그러자 윤창현이 물었다.

"혹시 논설위원 동무도 이승만이 승리할지 모른다고 생각하고 있는 것 아뇨?"

섬찟했다. 박갑동이 대답을 서둘렀다.

"그런 소리 아예 하지도 마시오. 이승만이 다시 나타나면 윤 동무에겐 혹시 살 길이 트일 수 있겠지만 나는 백의 백 총살될 사람이오."

이 말에 윤창현이 잠잠해버렸다. 박갑동이 짐작컨대 윤창현이 무슨 동기로인지 처음으로 인민군이 패배할지도 모른다는 생각을 해보게 된 것이다.

9월 들어 주변의 분위기가 이상하게 변한 것을 피부로 느낄 수 있었다. 낙동강 전선은 인민군과 의용군의 시체로서 그야말로 시산혈하(屍山血河)가 되어 있다는 소문이 서울 시내에 돌기 시작했다. 미국 항공기에 의한 서울시 폭격이 차츰 격화되어 간다는 것도 패전 기분을 돋우는 계기가 되었다. 중앙청, 시청, 한국은행, 서울역, 명동성당 등을 미군이 폭격하지 않는 것은 반드시 서울을 탈환할 자신이 미군에게 있기 때문이란 말도 돌았다.

"드디어 유엔군이 각 전선에서 주도권을 잡게 되었다."하는 워커 장군의 방송을 박갑동이 들은 것은 9월 12일이었는데, 미군의 함선이 인천 앞바다에 나타나 함포사격을 시작한 것은 9월 13일이었다. 서울 시당은 서울을 방어할 태세를 갖추라는 지시를 내렸다. 시당엔 특수부를 만들고 각 구당 별로 특수 자위대를 만들었다. 전선사령부는 후퇴 명령을 내렸다.

① 전세가 불리하여 후퇴한다. ② 당은 지하당으로 개편한다. ③ 유엔군 상륙 때 도움을 줄 만한 모든 요소를 제거한다. ④ 이용할 수 있는 군사시설은 모조리 파괴한다. ⑤ 산간지대 부락을 접수하여 식량을 비축한다. ⑥ 입산 경험자 및 입산 활동이 가능한 자는 입산시키고 기타 간부들은 일시 남강원도까지 후퇴한다.

박갑동은 인민군의 전면적인 패퇴로 보았다. 예상 외로 시기가 빨랐다는 것뿐이지 그가 예상하지 않은 바는 아니었다. 박갑동은 자기 자신의 진퇴를 결정해야만 했다. 전전반측(輾轉反側)하는 고민 가운데 며칠이 지났다. 전투는 경인가도를 중심으로 전개되었다. 포성이 서울 시내에까지 들려왔다.

9월 24일경 당과 각 기관은 남로당계 인사들에겐 행방도 알리지 않고 북쪽으로 향해 떠났다. 9월 25일 〈해방일보〉는 금곡으로 일시 옮겼다. 박갑동은 〈해방일보〉와는 행동을 같이하지 않기로 결심하고 9월 29일 의정부를 향해 걸었다. 철원에 있는 남조선 인민유격대의 사령부로 갈 작정으로 일단 그 방향을 취하긴 했지만 박갑동은 월북을 하느냐, 남한에 그냥 눌러 앉아 나름대로의 방책을 강구하느냐를 두고 아직껏 결단을 내리지 못하고 있었다.

월북이 탐탁스럽지 않았던 것은 북로당 인사들의 인간성이란 추호도 찾아볼 수 없는 관료주의 근성이 싫었기 때문이고, 남로당계라 해도 이승엽 같은 사람이 판을 치고 있다면 별 볼 일 없을 것이라고 짐작되었기 때문이었다. 그냥 눌러 앉아 있어 볼까 하는 생각을 하게 된 것은 안암동 아지트에서의 비밀 확보가 완벽한 데 따른 안심 때문이었다. 아지트를 을지로 4가로 옮기고 얼마 후 안암동에 가보았더니 아지트 키퍼의 아주머니가 이런 소리를 했던 것이다. 안암동의 민청원이 반동분자 이종택을 체포하러 왔더라고 했다. 박갑동은 아지트 키퍼에게 안암동 그 일대의 사람들이 이종택을 반동분자로 알게 내버려두라고 일렀다. 그러니 대한민국이 수복되었더라도 이종택이란 이름만 가지고 그곳에 잠복해 있으면 별 탈 없을 것처럼 생각되었던 것이다.

박갑동이 의정부에서 하룻밤의 은신처로 삼은 곳은 공교롭게도 〈조선일보〉의 사주 방응모의 별장이었다. 무인(無人)의 집에 들어가 이곳 저곳 살펴보았더니 이 방 저 방에 책이 쌓여 있었다. 그 책에 찍힌 장서인을 보고 그곳이 방응모의 별장인줄을 안 것이다.

그러나 박갑동은 결국 그 집에서 밤을 새지 못했다. 그날 낮과 밤에 미군에 의해 의정부에 대폭격이 있었다. 공중에 수십 개의 조명탄을 쏘아 올려놓고 파상 폭격을 되풀이 하는 덴 도저히 큰집 안에선 감당할 수가 없었다. 뛰어나와 남쪽으로 달려 누렇게 벼가 익어 있는 논가운데 숨었다.

새벽이 되어 주변을 살폈다. 의정부는 와력(瓦礫)의 폐허로 화해 있었다. 해가 돋을 무렵 지나가는 행인을 붙들고 물었더니 도저히 서울로 돌아갈 사정은 아니었다. 포천을 향해 느릿느릿 걸었다. 배가 고팠지만 구걸할 만한 곳도 그럴 마음의 여유도 없었다. 포천으로 가는 도중에서 뜻밖에도 이우적을 만났다. 어릴 때 독립의식을 고취해준 선배였고, 커선 사회주의의 ABC를 가르쳐준 선생일 뿐 아니라 박갑동과는 촌수는 약간 멀지만 동서지간이기도 했다.

웬만했으면 서로 붙들고 앞날을 걱정하여 울기라도 해야 할 판이었는데도 박갑동의 마음은 싸늘했다. 그의 초라한 행색을 보고도 한편의 동정심도 솟지 않았다. 이우적과 그 계열들이 꾸며낸 반당 행위 때문에 정말 박갑동은 죽을 고생을 한 것이다. 뿐만 아니라 이우적과의 사적 관계 때문에 박갑동의 당내에서의 처지가 딱하게 된 적이 한두 번이 아니었다. 아우적은 맥이 풀어져 길가에 앉아 있었다. 아는 척을 한 것은 박갑동이었다.

"어디로 가시려는 참이오?"

"평양으로 갈 참인데 자네는?"

"나도 그 방면으로 갈 작정이오."

"포천으로 해서 갈 텐가?"

"철원으로 빠질 참이오."

"그럼 동행이 안 되겠군."

"이 선생은 어떻게 가시려고?"

"우린 일행이 있어. 가평에서 만날 작정이었는데 길을 잘못 들어서……."

"바로 저 고갯길을 넘으면 춘천가도로 나설 테니까 과히 길을 잘못 든 건 아니오. 그럼 잘 가시오."

"자네도 잘 가게."

앉은 채로 있는 이우적을 그냥 두고 박갑동은 걸음을 빨리 했다. 같이 가자는 소리라도 있을까봐 겁을 먹은 것이다. 이러한 자기의 심사를 옹졸하다고도 생각했지만 성격인 것을 어떻게 할 수 없었다. 공명한 처사가 아니고선 어떤 일이건 박갑동은 싫었다.

공산주의자로서의 길을 걷게 된 자체는 끝내 실수일지는 몰랐으나 일단 공산주의자를 자부하고 의식적으로 걸은 자기의 행적엔 추호도 후회가 없었다. 자기의 처지를 좋게 하기 위해 일을 꾸민 적이 없었다. 마음에 없는 소리를 해서 상대방을 이용하려고 한 일도 없었다. 일전 일푼 금전적으로 공(公)을 속인 일도 남을 속인 일도 없었다.

'그렇다고 해서 너는 너에게 자족하고 있는가?' 하는 비수 같은 질문이 뇌를 스쳤다. '너는 뭔가?' '남로당원이다.' '그 남로당이 어떻게 되었는가?' 돌연 박갑동의 눈에 눈물이 차올랐다. 전쟁이 터진 이래 이석 달 동안 남로당은 어떻게 되어 있었던가? 구심점 하나 가지지 못한 채 북로당의 눈치만 살리는 오합지졸의 무리가 아니었던가?

지금 남로당은 어느 곳에도 없다. 지리산, 태백산의 파르티잔의 가슴 속에 이제 곧 꺼져버리려고 하는 호롱불처럼 켜져 있을까? 그 수많은 당원의 죽음! 당원 하나하나의 죽음으로 한 부분 한 부분 죽어가다가 김삼룡의 죽음으로 남로당은 이윽고 절명하고 말았다.

철원을 향하여 걸어가는데, 앞에 허수아비 같은 늙은이가 지팡이를 짚고 흔들흔들하고 있었다. 가까이 가보니 세수도 하지 않고 수염도 깎지 않은 텁수룩한 노인이었다. 그러나 어디서 본 얼굴이었다. "박동무 아니유?"하고 노인은 박갑동에게 손을 내밀었다. 깜짝 놀라 자세히 보니 이정윤(李廷允)이었다. 박갑동은 "이 선생님 아니십니까?"하고 이정윤의 손을 잡았다. 박갑동은 8·15 직후에 이우적과 같이 서울에 올라왔을 때 이정윤의 아지트에서 한 일주일 동안 밥을 먹은 적이 있었다. 이정윤은 뒤에 김일성과 손잡은 반박헌영파의 우두머리였다.

"어디로 가십니까?"

"갈 데가 없수. 박 동무는 평양으로 가지요? 평양 가서 박헌영 동지를 만나거든 김일성과는 절대 손잡지 말라고 하시유. 내 꼴 같이 된다고."

"이 선생님, 잘 알았습니다."

그때 별안간 기총소사의 폭음이 귀청을 울렸다. 박갑동은 반사적으로 땅에 엎드렸다. 쌩쌩이는 머리 위를 스쳐갔다. 뒤를 돌아보니 지프차가 불타고 있었다. 어디로 가나? 이제 뒤돌아서지도 못하게 되었다.

제30장
추풍(秋風) 속의
패주(敗走)

1950년 9월 29일. 추석 이튿날. 명절은 간 곳 없고 산하엔 공포만 서렸다. 그런데 어떻게 그처럼 드높고 맑은 하늘이었던가. 천고마비(天高馬肥)의 가을. 한 가락의 상념(想念)이었을 뿐이다. 정감(情感)으로까진 고이지 않았다.

의정부에서 포천까지 80리. 포천에서 연천까진 60리. 포플러 가로수가 양켠으로 즐비한 자동차 길을 걷기도 하고, 시골 사람들의 말을 따라 벼가 익어 누렇게 고개를 숙이고 있는 들 가운데의 지름길을 걸어 연천까지 가는데 이틀이 걸렸다.

김응빈이 있을 철원으로 갈까 하다가 박갑동은 황해도 쪽으로 발길을 돌렸다. 철원으로 갈까 했던 것은 김응빈이 인민유격대 사령관으로서 그곳에 본부를 두게 되었다고 들었기 때문이다. 김응빈은 며칠 전까지 서울시당의 위원장이었다. 박갑동과는 대학 시절에 친숙한 사이였다. 그런 인연으로 박갑동은 일시 김응빈과 행동을 같이 할까 하는 마음을 가졌었다.

그러나 전세를 보아 철원이 오래 지탱될 것 같지 않았다. 북쪽으로 가기로 작심한 바에야 빨리 평양에 도착해야겠다고 생각하고 박갑동은 황해도 길을 택한 것이다. 큰길에서 북쪽으로 향해 걸음을 바삐 하고 있는 사람들과 더러 동행이 되기도 했지만 서로들 말을 걸진 않았다. 각기의 운명을 침묵으로써 지키려고 하는 것인지 몰랐다. 무슨 금령(禁令)을 받거나 한 사람들처럼, 각기 무슨 비밀을 간직한 사람들처럼 모두들 묵묵하고 무표정이었다.

박갑동 자신도 길을 물어야 할 때나 그밖에 절실한 필요가 있지 않고선 입을 뗄 기분이 되질 않았다. 그런 만큼 기분은 침잠하게 되고, 그 침잠한 기분 속에서 마음은 과거를 찾아 헤매게 되는 것이다.

의용군으로 끌려 나간 젊은 동지들은 어떻게 되었을까? 신당동 집에서 박갑동 대신 경찰에 붙들려 간 이군은 인민군의 서울 진주 직후 서대문형무소에서 나왔으나 얼마 되지 않아 의용군으로 가게 되었는데, 인편으로 해방일보사의 박갑동에게 보낸 편지 가운덴 "전투의 고통보다 더 참기 어려운 것은 환멸의 고통입니다."하는 구절이 있었다. 박갑동은 그것이 의용군으로 끌려 나간 남로당 젊은 지하당원들의 공통된 슬픔이었을 것이라고 짐작했다. 그들이 만일 환멸 속에서 죽었다면 너무나 처참하다는 생각이 들었다.

'그러나 어떻게 해야 한단 말인가?'

과거도 암울했거니와 앞날도 막막했다. 연천에서 황해도 송정까진 장장 1백여 리. 송정에서 신막까지가 또 1백여 리. 신막서 용현을 거쳐 사리원까지가 또 1백여 리. 폐업한 주막집의 봉루방에서 자다가, 농가의 헛간에서 자다가 하는 동안에 박갑동은 날짜를 잊어버렸다.

한국군이 38선을 넘어 북진 중이라고 들었지만 전투가 치열한 곳은 주로 동부전선인 모양이고 박갑동이 걷고 있는 길은 비교적 평온했던 것이 다행이라고나 할 수 있을까. 그러나 사리원에 도착했을 때는 정신적으로나 육체적으로 박갑동은 기진맥진해 있었다. 사리원 시가는 새카맣게 불탄 자리뿐이었다.

기진맥진해 있어도 과거를 더듬는 마음의 방향은 조금도 멎질 않았다. 어느 날 그는 성 훈을 상기했다. 성 훈은 박갑동보다 4년 연상의 선배였다. 일제 말기 일본공산당 재건위원회의 조선학생부의 책임을 맡았던 사람이다. 아버지 성 진사와 의가 맞지 않아, 자기 집 광에 감금된 채 쥐약을 먹고 자살했다. 10수년 전에 있었던 일이다. 10수년 전에 있었던 일이지만 성 진사의 집안과 박갑동의 집안은 교류가 있었고 박갑동과 성 훈은 잘 아는 사이이기도 해서 그 비극적인 사건을 박갑동은 소상하게 듣고 있었던 것이다. (성 훈에 관한 이야기는 이 소설의 맨 앞 「서장」에 담겨 있음.)

그런데 여태껏 가슴 깊이 묻혀 있었던 10수년 전의 일이 왜 돌연히 이 북향 길에서 상기되는지 모를 일이다. 박갑동은 성 훈이 그때 자살하지 않았더라면 어떻게 되어 있을까 하는 마음을 지워버릴 수 없었다. 일제 경찰에 붙들려 모진 고통을 당하고도 시인 윤동주(尹東柱)처럼 옥사하지 않고 살아남았더라면 하나의 영웅으로서 해방을 맞이했을 것이고, 공산당의 간부가 되었을 것이다. 그리하여 이승만의 경찰에 붙들려 죽었거나, 아니면 박갑동 자신과 마찬가지로 환멸의 슬픔으로 가득 찬 가슴을 안고 지금쯤 북향 길을 터벅터벅 걷고 있을 것이 아닌가?

아무렴, 일제시대 때는 공산주의의 꿈은 화려했었다. 비장한 암록색을 배경에 깔고 천공에 무지개처럼 걸려 있는 꿈이었다. 인류의 불행을 일소하겠다는 사명감과 낙원을 지상에 만들어보겠다는 포부로 하여 알프스를 바라보는 나폴레옹의 기백을 닮을 수가 있었다. 그러기 때문에 "천만인이 말려도 나는 가겠다."고, 담배연기 자욱한 지하실에서도 가슴을 펴고 당당하지 않았던가?

그런데 현실의 공산당은? 섹트에 또 섹트를 만들고 머리칼을 후벼파는 집념으로 상대방의 결점을 파내선 당원끼리 증오를 가꾸고, 인간적이고자 하는 마음을 소시민 근성이라고 야유하여 행복에의 의지를 노예의 비굴로 맞바꾸어 지옥을 지상에 만들려고 광분하지 않았던가? 파라다이스, 아니 유토피아를 만들 의욕으로 지옥을 만들고 있었다고 하면 이건 시행착오 정도의 문제가 아니라 인류의 생명을 위태롭게 하는 결정적인 죄악이 아니었을까?

박갑동은 또한 권창원이란 노인을 상기했다. 일제시대를 깨끗하게 살았기 때문에 군 인민위원장에 추대된 사람이다. 권 노인은 끝끝내 사양했지만 주변에서 그를 가만두지 않았다. 여운형 씨의 연설을 듣고서야 군 인민위원장에 취임한 권창원은 공산당원은 아니었지만 그 이상으로 인민위원회의 간판을 지키는데 지조를 바쳤다. 그는 6·25를 만나기도 전에 지리산에서 죽었다.

박갑동은 또한 그가 관계한 당 활동의 이모저모를 세부에 이르기까지 검토해보는 마음이 되었다. 그는 10리를 걸으면서 천 리, 만 리에 이르는 사고의 역정을 밟았다. 그러나 하나같이 되어먹지 않았다는 결론만은 삼갔다. 되어먹지 않았다는 이 생각이 어쩌면 내일 또는 명년, 아니 10년 후에 수정될지 모른다는 아득한 바람 때문이었다.

그 모두가 진정한 공산주의를 위한 전사적(前史的)인 준비단계, 그 단계에 수반된 시행착오, 또는 과오일지도 모르는 일이 아닌가? 공산주의의 길은 험하고 멀다. 험하고 멀다는 인식을 못하고 모두들 조급하게 서둘렀는지도 모른다. 중공의 장정(長征)은 어떠했던가? 강서성(江西省) 서금(瑞金)에서 연안(延安)까지의 거리는 얼마였던가? 그리고 장장 20년의 세월! 그리고도 겨우 공산주의의 문턱에 이르러 있을 정도가 아닌가?

이렇게 자위하려고 해도 당의 결정이라고 해서, 당의 명령이라고 해서 스스럼없이 사지에 뛰어든 수많은 당원들을 공산주의를 하기 위한 전사적 단계에서 생긴 일이라고 치고 망각의 저편으로 쓸어 넣어 버릴 수 있을까?

사리원에서 미군의 폭격을 피하여 산골짝 길로 곡산(谷山)쪽을 향하였다. 해질 무렵에 어느 농가에 들어 박갑동은 그 아랫채 마루에 쓰러지듯이 앉아버렸다. 시월 중순의 저녁 기온은 여름옷을 입고 있는 사람들에겐 견디기 힘들 만큼 싸늘했다. 초로에 접어든 그 집 주인이 부들부들 떨고 있는 박갑동을 불쌍하게 보았던 모양이다. 아래 위를 훑어보며 물었다.

"청년은 어디서 오는 길이오?"

"서울에서 오는 길입니다."

"그 근처에서 피하고 있을 일이지 윗째 여기까지 왔소?"

"전투가 심해서요. 총탄을 피해 도망치다가보니 여기까지 와버렸습니다."

"당신은 혹시 인민군과 같이 일하는 사람이 아니오? 그렇다면 나 당신을 이 동네 인민위원장 집으로 데려다 주겠소."

"아닙니다. 전 그저 월급쟁이를 하고 있는 사람입니다. 인민군하고도 공산당하고도 아무런 관련이 없습니다."

"꼭 그렇소?"

"이 땅에 와서 왜 거짓말을 하겠습니까?"

그래도 그 노인은 한참을 지켜보고 있더니 "이리로 들어오슈."하고 박갑동을 안채의 갓방으로 데리고 갔다.

"오랜 동안 집을 비워 놔서 누추하지만 내 곧 불을 지피리다."

주인의 고마운 말이었다. 박갑동은 기력을 가다듬어 집안에 있는 우물로 가서 손과 발을 씻고 얼굴의 먼지도 씻었다. 희고 허약해 보이는 팔다리를 보고 있더니 "당신은 빨갱이 세상에선 못 살 사람이구먼."하고 혀를 끌끌 찼다. "그런 소릴 해도……?"하고 박갑동이 겁먹은 표정을 지었더니 그 노인은 "이 동네 빨갱이들은 전부 도망해버렸소."하며 쓰게 웃었다. 방으로 들어와 들고 온 보따리 속에서 겨울 내의를 꺼내 입었다. 서울을 떠나며 박갑동은 최소한도의 준비는 했던 것이다.

어디에 간수해두었던지 노인은 쌀밥을 지었다. 반찬은 간장밖에 없었지만 그렇게 맛이 좋을 수가 없었다. 이런저런 얘기를 통해 노인의 아들 둘은 서울에서 살고 있다는 것을 알았다. 막내아들 하나를 데리고 사는데 의용군에 끌려 나가 행방을 모른다고 했다. 가족들은 아직 산속에 숨어 있는데, 노인은 정세를 살피기 위해 아까 산에서 내려왔다는 것이었다.

"들은 소문에 국방군이 동에서 원산을 점령했고 지금 해주까지 밀고 올라왔다고 하는데, 멀잖아 통일이 되겠지요?"

노인이 물었다.

"통일이 되겠지요."

박갑동이 맞장구를 쳤다. 노인은 김일성 치하에서 고생한 얘기를 늘어놓았다.

"말끝마다 일제의 압제라고 떠들어대고 있지만 녀석들의 정치에 비하면 그때가 요순(堯舜) 시절이었소. 이웃을 죄다 원수로 만들어버리는 정치가 세상에 있을 수나 있는 일이우? 그런 정치가 망하지 않는다면 하늘이 무심하지. 난 그걸 믿고 모든 수모를 꾹 참아왔소. 아들놈들의 소식이 궁금하지만 좋은 세상이 온다고 생각하니 기분이 나쁘지 않구료."

박갑동은 이런 때일수록 조심을 해야 한다며 "전쟁이 완전히 끝났다고 들을 때까진 지금 숨어 계시는 곳이 안전하다면 그곳에 계속 숨어 있는 게 좋을 겁니다."하고 충고했다.

"전쟁이 언제쯤 끝날 것 같소? 김일성은 벌써 도망을 쳤다고 들었는데."

"전들 그걸 어떻게 알겠습니까? 국군의 진격 속도로 봐서 뜻밖에 빨리 끝날지 모르지만, 워낙이 독한 사람들이 돼 놔서 만주로 밀려나간 후에도 옥신각신이 있을지 모르지요. 상당한 기간을 각오해야 할 겁니다."

밤이 깊어서야 노인이 일어났다.

"나는 가족 있는 곳으로 가봐야 하겠소. 내일 아침까지 푹 주무시고 떠나시오."하고 고맙게도 한 되는 실히 될 것 같은 쌀 주머니를 내놓았다. 지옥의 부처님이란 이런 경우를 두고 한 말이구나 하고 박갑동은 눈물을 흘리기조차 했다. 햇살이 퍼질 무렵 그곳을 떠났다. 겨울 내의는 벗어 보따리에 간수하고서 그곳을 떠난 지 얼마 안 되어 동행이 생겼다. 서울시당의 동원부에 있었다는 차경석이란 사람이었다. 박갑동은 그와 면식이 있었다. 그도 또한 박갑동을 알아보았다.

"어떻게 이렇게 혼자서?"

차경석이 물었다.

"〈해방일보〉는 금곡으로 옮겼는데 내가 찾아갔을 땐 행방불명이 돼 있었소."하며 박갑동은 일순 이원조의 얼굴을 뇌리에 떠올렸다. 만일 동행이라도 되었더라면 사고가 생겨도 단단히 생겼을 것이다. 박갑동은 이원조가 조금 거들기만 했더라면 해방일보사 내의 남로당 지하당원을 의용군에 보내지 않아도 되었을 것이라고 하며 만만찮은 앙심을 품고 있었다. 의용군 부사령관인 유축운은 해방일보사의 요청만 있으면 중요한 후방 요원으로 인정하여 해방일보사의 남로당 지하당원을 의용군 대상자 명부에서 제외할 수 있다고 했던 것이다. 그러나 그 문제에 관해선 박갑동 자신에게 전혀 책임이 없는 것도 아니었다. 사태가 이렇게 될 줄 알았으면 좀 더 완강하게 서둘 수도 있었기 때문이다.

차경석은 당이 후퇴하기 직전 천호동에 동원 독려 차 나갔다가 조직에서 이탈되었다고 했다. 그러나 차경석은 가는 데까지 가보면 서울시당의 조직에 합류할 수 있을 것이라고 믿고 있었다. 그리고 차경석은 소련과 중공이 조선을 이 양상으로 방치해둘 까닭이 없다며 정세에 대해서 극히 낙관적이었다. 박갑동은 그 앞에서 비관적인 견해로 당 사업에 대한 반성도 털어놓을 수가 없었다. 그와의 동행이 부담스럽게 되었다.

평양이 남쪽 중화(中和) 방면으로부터 유엔군의 공격을 받고 있었으므로 박갑동은 뒤로 돌아 평양으로 들어갈 참으로 승호리를 거쳐 강동(江東)을 향했다. 강동은 평양에서 동쪽으로 80리 터에 있는 대동강변의 소읍이다. 강동에서 박갑동은 잊어버린 날짜를 도로 찾았다. 그 까닭은 박갑동이 도착한 바로 그날 10월 17일 강동에서 김일성 체제에 반대하는 대폭동이 일어났기 때문이다. 비등할 대로 비등한 김일성에 대한 미움이 한꺼번에 폭발하고 보니 당 간부와 인민위원회 종사자들에게 대한 무자비한 습격으로 화하고 약탈로 번졌다. 만일 그날 그 근처에 김일성을 추종하는 사람이 있기라도 했더라면 하나도 남아나지 못했을 것이다.

강동은 남로당과는 깊은 인연이 있었다. 이른바 강동정치학원은 이곳에 근거를 두고 파르티잔 요원 및 남로당의 중간 간부를 길러냈다. 강동의 폭동은 박갑동에게 만만찮은 충격이었다. 박갑동은 황해도 땅을 밟았을 때부터 대중들 사이에 미만해 있는 반 김일성적 감정을 눈치 챘기 때문에 자기의 정체를 되도록 감추어온 것이지만 김일성에 대한 반대감정, 아니 증오가 이처럼 격렬한 줄은 정말 몰랐다. 당과 인민위원회 건물은 불타고, 국가 창고는 약탈당하고, 사람들의 눈에는 시뻘겋게 핏발이 서 있었다.

박갑동의 생김새에서 좌익의 내음을 맡지 못했는지 단순한 피난자로 알아주었기 때문에 하룻밤을 강동에서 잘 수가 있었다. 우익계 치안대원의 집이었는데 그곳에서 전황의 대강을 알았다. 국군은 함흥을 점령했다. 국군은 평양과의 상거 60킬로에 접근했다. 국군은 계속 북진 중이며 영국군이 황주를 점령했다. 수안, 양덕, 해주도 국군에 의해 점령되었다. 어디서 구했는지 정교한 미제 라디오를 가지고 있는 그 치안대원은 국제정세에도 밝았다.

"이승만 대통령은 군사작전이 끝난 1개월 내로 북한에서 선거를 실시한다고 했습니다." "전쟁은 금년 안으로 끝날 것입니다. 김일성은 싸울 여력을 가지고 있지 않아요. 완전히 궤멸했습니다. 놈들은 만주로 도망쳤어요." 등등의 말을 늘어놓으며 기세가 등등했다. 박갑동은 송곳 방석에 앉은 기분이라서 그 이튿날 새벽 그 집을 떠났다.

심한 폭격을 무릅쓰고 가까스로 강을 건너 평양에서 강계(江界)로 통하는 도로에 이르렀다. 이때 내의 바람으로 달려온 청년이 있었다. 도망쳐 나온 군관학교 생도였다. 말을 들어보니, 김일성은 10월 10일 원산이 함락하자 만주로 도망쳐버리고, 자기들 군관학교 학생대가 평양을 수비하고 있었는데, 도저히 안 되겠다면서 황급히 도망쳤다.

강계를 향해 걷는 도중 이상한 무리를 만났다. 머리끝에서 발끝까지 새까만 그들은 사람이라기보다 쥐들을 닮았다. 여월 대로 여윈 그들은 십 수 명씩 떼를 지어 강동으로 향하고 있었는데, 하도 이상해서 물어보지 않을 수 없었다. 모두들 눈만 허허하게 뜨고 실어증에 걸린 모양으로 말없이 비틀거리며 걷고 있었는데, 그 가운데 하나가 한 말을 들었다.

그들은 탈출해온 광부들이었다. 평상시에도 먹일 것 먹이지 않고 강제노동을 시키다가 전쟁이 불리하게 되자 광부들을 갱내에 팽개쳐놓고 감독자들이 도망쳐버렸다는 것이었다. 그것은 정말 엄청난 충격이었다. 노동자의 천국이란 명분을 내걸어 놓고 이렇게 할 수가 있느냐 말이다. 그들로부터 아무 말을 듣지 않아도 그 몰골만으로도 김일성이 그들에게 어떻게 했는가를 알 수가 있었다. 천인공노할 일이란 이런 경우를 두고 쓰이는 말이 아닐까?

"왜 이리로 내려오느냐?"고 했더니 "국방군이 있는 데로 찾아간다."는 겁없는 대답이 있었다. "빨갱이 있는 곳으론 죽어도 가기 싫다."는 가냘픈 목소리도 있었다. 강계로 가고 있는 사람들이고 보면 당 또는 인민위원회 관계의 사람들도 있었을 것인데, 이 유귀(幽鬼)들의 행렬을 보고는 기가 질렸는지 말하는 사람이 하나도 없었다. 그 행렬을 지나쳐놓고 바로 옆을 걷고 있는 중년의 사나이에게 박갑동이 물었다.

"나는 남반부에서 오는 사람인데 북반부에선 저런 사람들이 예사로 있는 것입니까?"

"있다오."하고 그 사나이는 무뚝뚝하게 박갑동에게 반문했다.

"그런데 그게 이상하우?"

"처음 본 일이 돼서요."

박갑동이 말꼬리를 흐렸다.

"인민의 나라에선 인민에 손해가 되는 반동분자를 저렇게 대접한다우. 죽이지 않고 살려둔 것만으로도 대단한 은혜디오. 아까 놈들 하는 소리를 듣지 못했소? 시기가 시기라서 못 들은 척 했디만 어디 그게 감당이나 할 소리요? 정신이 썩어문드러진 놈들은 백 년 가봐야 그 꼴이오. 동무는 남반부에서 왔다니께 오늘 좋은 구경했수다."

박갑동의 등골이 오싹했다. 자연스럽게 꾸며 발걸음을 늦추어 그와 거리를 두었다.

강계는 자강도(慈江道)의 도 인민위원회 소재지이다. 박갑동이 그곳을 찾은 것은 중앙당 연락소가 있다고 들었기 때문인데, 그가 갔을 때는 만주로 옮겨간 후였다. 하는 수 없이 도 인민위원회를 찾아가서 지시를 기다렸다. 당 기관에 소속한 당원은 대부분 중앙당학교로 가도록 지시를 받았는데, 박갑동은 내각 간부학교로 가라는 지령을 받았다. 내각 간부학교는 만주에 있었다. 그런데 유엔군의 북진으로 길이 끊어져 그곳으로 못 가게 되었다. 자강도 정치학교로 가라는 새 지령이 내렸다. 11월에 들어 있은 결정이었다.

자강도 정치학교는 자성에 있었다. 강계에서 1백여 리 떨어진 오지이다. 자성에서 박갑동은 남쪽에서 올라온 많은 사람들을 만났다. 그 가운데 몇 사람으로부터 후퇴할 때 납치해오지 못한 반동분자들을 산골짜기로 끌고 가서 살해해버렸다고 들었다. 그 얘기를 듣고 박갑동은 다신 남쪽 땅을 밟지 못하게 되었다고 느꼈다. 그런 만행을 저지른 공산당(노동당)의 일원으로서 어떻게 고향사람들 앞에 얼굴을 들 수 있겠느냐는 심정이었다.

자성에 있을 무렵의 일이다. 만포 외고리에서 중앙 당 제3차 전원회의가 있었다. 그 회의에서 김일성이 맹렬한 책임추궁을 당했다고 했다. 허가이의 정치보고를 김일성이 읽지 않을 수 없었는데, 그 보고 때문에 김일, 임춘추, 최광 등 김일성 직계가 다 출당 당하였다는 것이다. 그러나 박갑동은 당내의 움직임에도 전황에도 별반 관심이 없었다. 중공군이 참전했다고 들어도 무감각이었다. 미국을 중심으로 한 유엔군의 결의가 확고한 이상 전쟁의 앞날은 그저 암담할 뿐이었기 때문이다.

한때 초산의 국경선까지 이른 국군이 후퇴하기 시작하여 12월 4일엔 평양을 철수하고, 1951년 1월 4일엔 중공군이 서울에 진입했다고 들었다. 자성에서 우울한 나날을 보내고 있던 남부 출신의 당원들은 빨리 서울로 가야한다고 들떠 당에 통과증 교부를 신청하는 사람들도 있었다. 박갑동에게도 같이 남하하자고 권하는 사람이 있었다. 그러나 그는 응하지 않았다. "나는 이곳에서 당원의 수양을 좀 더 철저하게 해야겠다."는 것이 그의 구실이었지만 사실은 남로당 지하당원을 비롯한 친구들을 무슨 면목으로 대하나 하는 두려움 때문이었다.

박갑동은 지금은 격하된 처지에 있지만 한때 지하당의 실질적인 책임자였다. 그 자부에 합당한 행동을 하지 못한 스스로를 뉘우치지 않을 수 없었다. 과장하면 오강(烏江)의 정장(亭長)이 배를 준비하여 강동(江東)으로 가라는 것을 거절한 항우(項羽)의 심정을 닮았다고나 할까? 그때 항우는 "일찍이 나는 강동의 자제 8천 명을 거느리고 이 강을 건너왔다. 지금 나 혼자 남았다. 내가 혼자 돌아가도 강동의 부형들은 나를 불쌍히 여겨 왕으로 대접할지 모르지만 나는 무슨 면목으로 그들을 대할 수 있겠는가?"하고 말했었다.

처지가 똑같지는 않았지만 박갑동은 가장 가깝고 충직한 동지 70여 명을 감싸주지 못하고 혼자 북쪽으로 도망쳐 피해 있다가 정세가 다시 좋아졌다고 해서 서울로 돌아갈 엄두를 내지 못했던 것이다. 노수(虜囚)에 가까운 신세일망정 박갑동은 자성에 남아 있기로 했다.

박갑동이 북에서 노수와 같은 나날을 보내고 있을 때 남한에선 6·25 전부터 지리산 유격대를 지휘해오던 이현상이 휘하 부대를 이끌고 1950년 11월 중순 강원도 세포군 후평리에 도착했다. 이승엽이 이들을 기다리고 있다가 남한 지역에서의 유격대 활동의 중요성을 강조하고 다시 남쪽으로 돌아가라고 명령했다. 이 때 이승엽은 충남북, 전남북, 경남북 6개 도당에 대한 지휘권은 여운철에게 위임하고, 유격대의 지휘권을 이현상에게 맡겼다.

그리하여 유격대와 인민군 패잔병, 민간인들을 규합하여 '남반부 인민유격대'를 조직하여 지리산을 중심으로 제2전선을 만들도록 했다. 이때 편성된 유격대는 '승리사단' 4백 명, '혁명지대' 60명, '인민여단' 1백50명, 사령부와 직속부대 1백50명 등 약 8백 명의 병력이었다. '승리사단'은 지리산의 옛 파르티잔을 근간으로 한 조직이고, '혁명지대'는 일찍이 중공에서 활약한 의용군을 근간으로 한 것이며, '인민여단'은 인민군 패잔병을 근간으로 편성된 조직이었다.

이들은 중공군의 참전으로 유엔군이 후퇴할 때 태백산맥을 타고 남쪽으로 침투했다. 충북 단양지구에 집결하여 문경경찰서를 습격하는 등 유격전을 전개하다가 유엔군의 공격을 받고 제천지구로 이동하고, 이내 '남부군단'으로 명칭을 바꾸었다. 남부군단은 1951년 2월 초 속리산으로 들어갔다가 토벌작전이 심해지자 덕유산으로 방향을 취했다.

덕유산에서 6개 도당회의를 열어, 6개 도당을 총괄하는 '남부 지도부'를 만들어 여운철이 그 책임을 맡고 이현상이 남한 일대 유격투쟁의 총책임을 맡았다. 6개 도당회의 이전엔 각 도당은 독자적으로 유격전을 했었다.

충남도당은 도당 위원장 남충열 지휘 하에 약 7백 명 가량의 병력을 보유하고 있었다. 전북도당은 위원장 방준표(方俊杓) 지휘 하에 약 6백 명의 병력으로 회문산을 중심으로 유격전을 전개하고 있었다. 경남도당은 지리산에 들어가 인민군 패잔병들로서 '303부대', '102부대'를 만들었다. 그리고 '불꽃사단'이란 유격대를 만들었다. 사단장은 경남도부인민위원장으로 북에서 파견된 김의장이었고, 참모장은 서울공대를 2학년 때 중퇴한 노영호였다.

전남도당은 도당 부위원장 김선우의 지휘 하에 백아산에서 전남유격대를 조직하고 활약했다. 경북에선 6 · 25 때 남파된 남도부 부대가 활약 중에 있었고, 경북도당 위원장 박종근은 따로 유격대를 조직하고 있었다. 그 후 노동당 군사부의 지령에 따라 편제가 바뀌기도 했으나 대체로 동해지구를 제외한 남부지역의 유격대는 이현상의 지휘 하에 있었다.

그런데 1951년 중반에 접어들어 전선이 38선 부근에서 교착하고 휴전회담이 시작되자 노동당은 제2전선을 담당하고 있는 남한의 유격대에게 「미 해방지구에서의 우리 당 사업과 조직에 관하여」라는 결정서를 보냈다. 그 내용은 다음과 같았다.

　지하당 조직 형태와 그 사업 방법. 6·25 전에 당, 단체는 영용한 투쟁을 전개했으나 결정적인 조국 해방전쟁 과정에서 자기 임무를 당이 요구하는 수준에서 수행하지 못했다. 전쟁 시작 후 1년 이상 경과했으나 파르티잔 투쟁은 결정적 성과를 쟁취하지 못했으며, 대중을 조직화하여 폭동을 일으키지 못했고, 인민군 공격이 있었음에도 불구하고 국방군 내부에 '의거운동'과 와해를 일으키지 못했다. 이것은 당 정치노선과 정책은 옳았는데 남반부 안의 단체들이 잘못해서 그러한 것이다. 특히 당 역량을 보존해서 닥쳐오는 정세에 적합하도록 강력한 투쟁을 지도하지 못했기 때문이다. 앞으로 당 사업 강화를 위해 종래의 행정지역에 따른 조직체를 일단 보류하고, 잠정적으로 5개 지역을 설정하여 각각 지구 조직위원회를 조직하여 일체의 당 사업을 지도하도록 한다. 제1지구는 서울 경기도 전 지역, 제2지구는 남강원도(울진군 제외), 제3지구는 충청남북도(논산군 제외), 제4지구는 경상북도와 울진군 및 낙동강 이동의 경남 밀양, 창녕, 양산, 울산, 동래, 부산지역, 제5지구는 낙동강 이서의 경남도, 전라북도 전 지역 및 제주도와 충남의 논산군 등으로 결정한다.……

　이 지령에 따라, 연락의 불완전으로 시기의 조만은 있었지만 이럭저럭 지구당이 개편되었다. 그러나 치열한 토벌작전으로 유격대가 궤멸 상태에 있었기 때문에 지구당 개편은 아무런 의의를 발휘하지 못하고 있었다. 박갑동은 뒤에야 이 결정서를 읽고 분개했다. 남로당의 업적을 고의적으로 무시했을 뿐 아니라 패전의 이유를 전적으로 남로당에 뒤집어씌우고 있는 느낌이 있었기 때문이다. 남침할 때 사전에 연락이라도 했던가?

　"당의 정치노선과 정책은 옳았는데 남반부 안의 단체들이 잘못해서 그러한 것이다."

이 얼마나 악의에 찬 문면인가? 김일성의 결정은 옳았는데 남로당이 잘못해서 패전했다는 말이 아닌가? 박갑동은 이 사실을 두고 우선 박헌영의 의견을 물어보아야겠다며 치를 떨었다. 동시에 박갑동은 그 결정서에 흉계가 내재되어 있다고 본능적으로 느꼈다. 행정구역을 무시한 지구당 개편 지시도 의심하려면 얼마든지 의심할 수 있었다. 지역적인 결속력을 없앰으로써 남로당 고유의 점착력(粘着力)을 희석해버리려는 저의가 있다고 볼 수도 있었다. 그러나 이건 앞선 이야기도 된다.

박갑동이 자성을 떠나 평양으로 간 것은 1951년 3월 14일이었다. 그가 이 날짜를 잊지 못하는 것은 바로 이날 대한민국 국군이 서울을 재탈환한 날이기 때문이다. 평양으로 간 박갑동은 중앙당을 찾아가지 않았다. 당으로 가면 십중팔구 대남 공작의 요원으로 뽑혀 남파될 것이었다. 죽었으면 죽었지 대남 공작원, 즉 간첩은 되기 싫었다. 목적을 위해 수단 방법을 가리지 않는 것이 공산당의 혁명이론이라고 하지만 박갑동은 그렇게까지 자기를 낮출 수는 없었다.

생각한 끝에 박갑동은 농림상 박문규(朴文圭)를 찾아갔다. 박문규는 서울 시내에서 자주 만날 기회를 가졌다. 딱한 사정을 들어줄 것 같았다. 기대했던 대로 박문규는 박갑동을 환영해주었다. 어디에 있었느냐고 묻고, 왜 빨리 오지 않았느냐고 나무라기도 했다. 농림성엔 정태식이 있었다. 반가웠다.

박문규는 박갑동을 농림성의 교육부장으로 기용할 작정을 했다. 박갑동이 자서전을 쓰고 박문규의 추천서를 붙여 내각 간부국에 제출했다. 북한에선 어떤 행정부서에라도 취직할 땐 반드시 내각 간부국의 승인이 있어야 한다. 내각 간부국에서 불승인의 통고가 농림부에 전달되었다. 박갑동이 직접 간부국을 찾아갔더니, 문화선전성으로 가보라는 것이었다.

박갑동은 문화선전상 허정숙(許貞淑)을 찾아갔다. 허정숙은 남로당 위원장이었으며 그때 김일성대학 총장으로 있던 허헌의 딸이었다. 아버지와의 연고를 아는 허정숙은 박갑동을 환영해주었다. 허정숙은 자신이 내각 간부국에 박갑동을 구라파부장으로 요청해 놓았다고 말했다. 문화선전성엔 구라파부와 아세아부가 있는데, 구라파부를 맡을 만한 사람이 없어서 고민하던 중 마침 잘되었다는 것이었다.

　박갑동은 농림성에서 교육부장으로 천거했는데도 내각 간부국으로부터 퇴짜를 맞았다는 얘기를 하고 이번에도 퇴짜를 당할까 걱정이라고 했더니 허정숙이 "걱정 말라."고 하고서 "농림부 교육부장은 적당한 당원을 끌고 와서 앵무새 훈련을 시키면 아무나 감당할 수 있겠지만 문화선전성의 구라파부장은 앵무새 갖곤 되지 않아요. 만일 간부국이 부결하면 내가 직접 가서 당성도 강하고 교양이 깊고 넓고 외국어도 잘해야 하는 구라파부장을 당장 만들어 내라고 호통을 치지요."하고 말하며 활달하게 웃었다.

　허정숙의 말대로 내각 간부국에선 허정숙이 천거한 사람을 부결할 수 없었던 모양이었다. 3월 말 박갑동은 구라파부장의 사령장을 받았다. 그 뒤의 일이다. 벽동발전소 부근에 미군 포로의 수용소가 있었다. 수용소를 관할하는 부서는 인민군 총정치부의 제7부였다. 어느 날 제7부 부장이 박갑동을 찾아 왔다. 제7부 부장은 인민군 대좌였다. 그는 포로들의 세뇌공작을 해야겠으니 영어 잘하는 구라파부의 부원을 빌어달라고 했다. 박갑동은 "우리 일도 바쁘다."면서 거절했다. 화가 난 제7부장이 허정숙에게 찾아가서 박 부장이 군 사업에 협조해주지 않으니 징벌해달라고 요청했다. 이때 허정숙은 "여보, 당신이 남의 기관에 와서 무슨 말을 하는 거요? 징벌하고 안하고는 내가 결정할 일이오."하고 쫓아버렸다.

　박갑동으로선 비교적 마음이 편한 나날이 계속되었다. 그동안 채항석 부부를 찾아보았다. 1·4후퇴 때 그 부부는 북쪽으로 왔었다. 채항석은 중앙은행 평남도지점에 근무하고 있었다. 그들의 집은 평양 교외에 있었는데, 기어 들고 기어 나오는 초라한 집이었다. 장병민 여사는 부황증에 걸렸다며 퉁퉁 부어 있어 옛날의 그 아름다운 모습은 찾을 길이 없었다. 장병민 여사는 넋을 잃은 사람처럼 멍청히 박갑동의 얼굴만 바라보고 있었다. 박갑동은 그 정상이 애처로워 견딜 수가 없었지만 그의 처지로선 어떻게 할 수가 없는 노릇이었다. "아마 우리 인생은 실패한 모양입니다."하고 울먹였을 뿐이다.

5월.

국제 민주여성동맹 조선방문단이 평양에 왔다. 동유럽의 나라들과 프랑스, 이탈리아, 스칸디나비아 3국 등 17개국을 대표하는 25명이었다. 그들의 접대 책임을 박갑동이 맡았다. 선물 문제가 대두되었다. 박갑동이 "우리나라의 전통적 공예품이 좋지 않겠습니까?"하고 의견을 내었다.

"그것 좋겠군요."하고는 허정숙 문화선전상은 "박헌영 부수상의 결재는 박 부장이 맡으시오."했다. 외국인에게 주는 선물 하나에 관해서도 외무상을 겸하고 있는 박헌영 부수상의 결재를 맡아야 하는 것이다. 박갑동의 가슴이 설렜다. 실로 4년 만에 박헌영을 만나보게 되는 것이니까. 그것도 공무로 당당히 만나는 것이었다.

용무를 말하자 박갑동은 박헌영의 집무실로 안내되었다. 집무실에 들어서는 박갑동을 보자 박헌영은 일순 핼쑥해지는 것 같더니 "이거 얼마 만이오?"하고 손을 내밀었다. 아득히 7년 전 〈해방일보〉 사장실에서 처음으로 그와 악수한 기억이 되살아났다. 눈물이 넘칠 듯 고였다. 박갑동은 얼른 손등으로 눈물을 닦고 결재서류를 폈다. 박헌영이 아무 소리도 않고 사인을 했다. 그러고는 일어서서 응접실 앞으로 자리를 옮기고 박갑동에게 가까이 와 앉으라는 손시늉을 했다. 자리에 앉은 박갑동이 박헌영의 말을 기다리지 않고 "선생님, 앞으로 어떻게 되는 겁니까?"하고 울먹였다. 박헌영은 말이 없었다.

"북쪽 사람들은 남쪽 사람들을 무시합니다. 그것도 모자라 마구 욕설입니다. 남쪽의 동지들은 환멸하고 있습니다. 절망하고 있습니다. 이래도 좋습니까?"

박헌영은 여전히 묵묵부답이었다.

"선생님은 최근 당에서 남조선 당원들에게 보낸 결정서를 보셨습니까?"

"······"

"자기들의 정책이나 전략은 모두 옳았는데 남조선의 단체, 즉 남로당을 말하는 거겠죠. 남조선의 단체가 잘못해서 혁명사업을 성공하지 못했다는 내용입니다. 패전의 책임을 남로당에게 씌우려는 것 아닙니까? 너무나 공공연한 악의가 아닙니까? 사전에 우리들과 무슨 의논이라도 있었습니까?"

그러고는 정신없이 이것저것 말하고 있는데 공습경보가 울렸다. 호위병이 나타나 "대피하십시오."했으나 박헌영은 움직이지 않았다. 그러니 박갑동도 그 자리를 뜰 수가 없었다. 묵묵히 대좌하고 있는데 해제 사이렌이 울렸다.

"나가서 일을 보슈. 몸조심을 하구."

박갑동이 머리를 깊이 숙여 절하고 집무실에서 나왔다. 모처럼의 만남에서 들은 박헌영의 말은 "이거 얼마 만이오?" 한 첫인사와 마지막의 인사말뿐이었다. 그때 벌써 박헌영은 닥쳐올 운명에 대한 예감 같은 것을 가지고 있었던 것일까?

음모가 언제부터 구체화되어 갔는지는 알 수가 없다. 남로당계를 둘러싼 평양의 공기가 날로 무겁게 물들어간 것은 사실이다. 그런데 박갑동은 문화선전성에서 맡은 일이 광범위하고 복잡했기 때문에 문득 이변을 느낀 때가 있어도 그 막연한 예감을 견지하고 심각하게 검토해 볼 겨를이 없었다. 사람은 일이 바쁘면 타세 속에 흘러가게 마련이다. 게다가 되도록 골치 아픈 문제는 생각하지 않으려는 버릇이 가꾸어져 있다. 지엽말절(枝葉末節)을 두고 매일처럼 이질 분자들과 싸워야하는 처지가 되고 보면 그날을 무사히 넘기는 것이 최고의 바람으로 된다.

그런데 언제부터인지 박갑동은 아침에 출근하여 사무실 책상서랍을 빼어볼 때마다 이상한 느낌이 들었다. 그래서 서류 속에 머리카락을 넣어 두었다. 그리고 이튿날 와보면 그 머리카락이 없었다.

'아하. 나를 감시하고 있구나!'

그럴 때마다 박갑동의 가슴은 미어지는 것 같았다. 그 해 8월 13일 휴전협정이 된다고 해서 평양에서 대 페스티발을 열기로 결정되었다. 이때 박갑동은 또 하나의 일을 맡았다. '국제성원관'의 책임을 맡게 된 것이다. 국제성원관은 공화국을 위해 지원국이 성원해준 상황을 도표로 서 표시하기도 하고, 현물을 진열하기도 해서 북조선 공화국이 국제적 으로 얼마나 많은 성원을 받고 있는가를 선전하기 위한 전시관이었다.

그런데 가까스로 모든 준비를 다해 놓았을 때, 즉 8월 14일에 공습 을 받아 건물 자체가 풍비박산이 났을 뿐만 아니라 그 안에서 준비하 던 사람들이 다 폭사하고 말았다. 박갑동 혼자서 비상문을 박차고 나 와 구사일생으로 살아났다. 그러나 박갑동은 그 책임을 지고 날마다 회의에서 공격을 받지 않으면 안 되었다.

이렇게 바쁘면서도 심경이 착잡한 나날을 보내고 있는데, 1952년 12월 15일에 열린 노동당 제5차 전원회의에서 김일성이 폭탄선언을 했다.

"종파분자들은 당과 정권 기관에 파고들기 위해 과거의 혁명생활에 서 깨끗지 못한 것을 서로 엄폐해주며 허장성세를 부리고 있다. 종파분자들의 이러한 행동을 그냥 두면 이와 같은 것들이 소 그룹적인 행동으로 발전할 수 있다. ……우리는 오늘 이런 분자들을 묵과할 수 없다. ……종파주의의 잔재를 그냥 남겨둔다면 인민민주주의의 국가들과 우리의 형제적 당들의 경험이 가르쳐주는 바와 같이 그들의 마지막 길은 적의 정탐배로 변하고 만다는 사실에 대하여 우리당은 심심한 주의를 돌리지 않을 수 없다."

종파분자란 박헌영과 그 추종세력을 말한다는 것은 의심할 여지가 없다. 이 연설이 계기가 되어 각급 당부, 각 기관에선 자기 비판대회와 당성 검토대회가 열렸다. 박헌영은 연금당했고 이승엽, 조일명, 임화, 박승원, 이강국, 배철, 윤순달, 이원조, 백형복, 조용복, 맹종호, 설정식 등이 체포되었다. 1953년 2월 말경에 있었던 일이다. 그리고 이들에 대한 본격적인 취조는 스탈린이 사망한 3월 5일 직후에 시작되었다.

박갑동은 충격 가운데서도, 자기가 만일 〈해방일보〉의 편집국장을 맡아 이승엽의 중용을 받았더라면 필시 이번에 체포되었을 것이란 짐작을 했다. 그러나 지금 체포되지 않았다고 해서 안심할 수가 없었다. 불안한 나날이 계속되었다.

한편 중앙당에서는 연락부 산하 남로당계 인사를 천마군(天魔郡) 골짜기로 집결시켰다. 황해도 서흥군에 있는 금강정치학원(남로당계 연수원) 수용생 전원을 도보로 출발시켜 3월 말께 천마군 탑동리로 모았다. 금강정치학원은 해체하고 중앙당학교라는 명칭으로 바뀌었다. 중앙당학교 제1분교는 탑동에 있었고 수용자는 7백 명이었다. 제2분교는 탑동에서 서북방으로 약 3킬로미터의 상거에 있었다. 이곳에 수용된 남로당계는 약 9백 명이었다.

이들을 집단적으로 수용한 데는 두 가지의 목적이 있었다. 하나는 그들을 통해 박헌영과 이승엽 일당의 비행을 캐내자는 것이고, 다른 하나는 박헌영, 이승엽 등의 숙청에 따른 그들의 반발과 도주를 봉쇄하기 위해서였다.

이런 판국에 박갑동만이 무사할 까닭이 없었다. 3월 하순의 어느 날 박갑동은 주위를 보지 못하도록 눈가리개를 당하고 몇 시간 동안 지프차에 실려 어디론가 운반되었다. 차를 내려 눈가리개를 벗고 보니 첩첩산중이었다. 밤나무가 많았다. 밤나무 숲속에 벽돌로 비둘기 집처럼 지어놓은 집이 있었다. 그 집이 박갑동이 무한정하게 머물러 있어야 할 곳이었다. 근처에 보초막이 있고 보초들이 연일 그 근처에서 서성거렸다. 식사를 날라다주는 노파의 말로는 근처에 국방군 고급장교가 감금되어 있어서 그것을 감시하는 사람들이라고 하고, 한 시간쯤은 집 근처에서 산책을 하는 것은 좋다고 했다.

박갑동이 그곳에서 하는 일은 매일 자서전을 쓰는 일이었다. 자서전 쓰는 일엔 이력이 나 있었기 때문에 수월하게 쓸 수 있었으나 번번이 새로 쓰라는 명령을 내렸다. 박헌영과의 관계 부분을 세밀하게 쓰라, 이승엽과의 관계 부분을 세밀하게 쓰라는 주문이었다.

자서전을 쓰자니까 부득이 과거와 대좌하게 된다. 어머니 생각이 간절하고, 아버지 생각도 간절하고, 중국에서 행방불명된 형 생각, 평생을 과부처럼 지내 온 형수 생각, 어릴 때 시내에서 고기잡이 하던 일, 아내와 아들의 생각, 그리고 친구들 생각. ……그 우수한 두뇌와 무한한 가능성을 지닌 채 지하당 운동을 하다가 죽은 동지들, 의용군으로 나간 후배들.

혁명가로서도 실패했고, 어버이의 아들로서도 실패했고, 남편과 아비로서도 실패했고, 친구들의 친구로서도 실패했고, 실패, 실패, 실패의 더미로 되어 있는 인간. 장병민 여사에게 한 말이 기억이 났다.

"아무래도 우리의 인생은 실패한 것 같다."

그런데 생각해보니 '아무래도'가 아니라 '확실히', '실패한 것 같다'가 아니라 '실패했다'로 되어야 하는 것이었다. 자살이란 상념이 유혹도 되고 격렬한 충동으로 되기도 했지만 수단이 없었다. 그보다도 지금도 정화수를 떠놓고 빌고 있을지 모르는 어머니를 두고 떠날 수는 없었다. 가끔 정치보위부의 군관이 나타나면 천편일률적인 대화가 되풀이 되었다.

"박헌영을 어떻게 생각하느냐?"

"존경했다."

"왜?"

"경애하는 수령 김일성 동지가 그를 존경한다고 했기 때문에."

"지금은?"

"체포되었다니 고민이다. 그런 애국자가 어째서 죄를 지었는가 해서."

"그래도 박헌영을 존경하는가?"

"존경은 안 한다. 불쌍하게 여긴다."

"그런 따위의 인간을 동정한단 말이지?"

"김일성 수령께서도 한때 그를 신임하지 않았던가?"

"박헌영이 어떤 짓을 했는지 모르나?"

"모른다. 별로 접촉이 없었으니까."

"이승엽에 대해선 어떻게 생각하는가?"

"나는 그 사람을 잘 모른다."

"같은 남로당의 간부인데도?"

"그 사람은 나를 미워했다. 그래서 나도 그 사람을 가까이 안 했다."

"이승엽이 당신을 미워했다는 증거가 있는가?"

"있다."

"뭔가? 말해 보라."

"서울에서 〈해방일보〉를 발간하게 되었으면 해방 이후의 실적으로

나 동지들의 신임으로나 내가 편집국장이 되어야 하는데, 그는 나를 제쳐놓고 이원조를 그 자리에 앉혔다. 그리고 그는 사소한 일로 나를 총살하려고 했다.”

“총살? 어떻게 되었는데?”

박갑동이 그 당시의 상황을 대강 설명했다. 이렇게 눈도 코도 없는 시간은 흘렀다. 몇 번 꽃이 피고 지고 했는지 모른다. 몇 번 눈이 내리고 녹았는지 모른다. 박갑동은 모르고 있었지만 그 사이 엄청난 일이 진행되고 있었다.

1953년 7월 27일 휴전협정이 성립되었다. 그 3일 후 이승엽 등은 기소되었다. 기소장에 명시된 죄상은 ① 미 제국주의를 위해 감행한 간첩행위 ② 남반부의 민주역량 약화 또는 파괴 음모와 테러 ③ 공화국 정권 전복을 위한 무장폭동 준비.

공판은 1953년 8월 3일 시작되었다. 조일명에 대한 심문으로 들어갔는데, 2항, 3항의 사실을 순순히 자백했다. 박승원도 순순히 기소사실을 승인했다. 임화도 마찬가지였다. 이 밖의 전원이 시나리오의 대사를 외듯 자기들의 범죄 사실을 말하고, 살려만 주면 공화국의 충실한 일꾼이 되겠다고 했다. 그들의 최후진술은 하나같이 추악함의 표본이었다. 사람이 이처럼 비굴할 수가 있을까?

그러나 그들은 그 비굴로써도 생명을 건지지 못했다. 이승엽, 조일명, 임화, 이강국, 배철, 백형복, 조용복, 맹종호, 설정식은 사형선고를 받았고, 윤순달은 징역 15년, 이원조는 징역 12년을 선고 받았다. 8월 3일에 시작한 공판이 4일 후 8월 6일에 이러한 결과를 내린 것이다.

박헌영의 공판이 시작된 것은 이승엽을 비롯한 그의 직계 인물과 전체 남로당계의 인사들의 사상 검토가 끝난 1955년 12월이었다. 박헌영에 대한 기소 내용은 이승엽 등에 대한 기소 내용과 꼭 같았다. 미국의 간첩 행위를 했다는 것이며, 남반부의 민주 역량을 파괴했다는 것이며, 공화국의 정권을 전복하기 위해 음모했다는 것이다. 1955년 12월 15일 법정에서 박헌영에 대한 심문이 있었는데, 북한 당국이 뒤에 발표한 이때의 심문 내용은 다음과 같다.

문=피소자가 해온 과거의 운동을 진실한 공산주의 혁명운동으로 볼 수 있는가?

답=내 자신은 숭미(崇美) 사상을 가진 자로서 혁명의 이익을 위해서가 아니라 출세욕에서 해온 것인 만큼 나의 과거를 공산주의 혁명운동이라고 할 수 없다.

(……)

문=해방 후 미국 군대를 응접한 사실이 있는가?

답=있다. 미군 내에 공산주의를 자칭하는 사람들이 조선에서의 공산주의 운동에 관한 자료를 주면 자기 나라의 좌익 출판물에 보도하겠다고 하기에 감사하다면서 자료를 주었다.

(……)

문=피소자는 어느 때부터 미국의 간첩으로 활동했는가?

답=1939년부터 체포될 때까지 미국의 간첩으로 있었다.

문=북반부 잠입 전후를 통하여 누구를 위해 사업했다고 보는가?

답=양쪽에 한 다리씩 짚고 사업했다고 본다.

문=피소자가 감행한 모든 범행의 종국적 목적은 무엇인가?

답=미국 세력의 배경으로 인공 정부를 전복하고, 통일적인 친미정부를 수립하여, 내가 그 정부의 수령이 되려고 한 데 있다.

문=기소된 모든 행위가 확실히 있는 사실들이고 그것은 철두철미한 반역 범죄라는 것을 시인하는가?

답=시인한다.

이어 증인심문이 있었다. 이 증인심문엔 2년 4개월 전 사형선고를 받은 조일명, 이강국 등이 나타났다. 박헌영의 공판을 위해 그때까지 살려두었던 것이다.

증인의 하나인 한철은 1946년 4월 인천 동양방직 파업이 일어났을 때 박헌영이 이승엽을 통해 동양방직 공장을 습격하라고 지령했다며, 박헌영은 노동운동을 폭압에 의해 말살시키려고 했다는 증언을 했다.

권오직은 박헌영의 발탁으로 해방 직후 〈해방일보〉 사장이 되었고 뒤엔 역시 박헌영의 발탁으로 주중대사에 임명된 사람이다. 그의 증언은 다음과 같다.

"박헌영은 해방 전부터 자기만의 공산주의 운동을 하는 것 같이 자고자대(自高自大)해왔고, 자기를 조선 인민의 수령으로 자처해 왔다. 내가 주중대사로 갈 때 중국에서는 아무것도 배울 것이 없다고 말했고, 그들과 교섭할 때 속을 털어놓을 수 없다고 말했다. 또 북경 대사관에 자기의 심복을 잠입시키기에 광분했다. 송성철 같은 자는 품행이 좋지 않아 신망이 없는데도 박헌영은 기어코 그를 북경 대사관에 배치했다."

한때 박헌영의 비서이자 동서가 되는 조일명은, "박헌영이 미국 간첩으로 행동한 것을 내가 감촉하게 된 것은 1946년 초부터였으며, 이승엽 일당이 저지른 모든 행위를 박헌영이 모를 리 없다. 가령 무장폭동 음모와 새 정부 조직 음모에 박헌영이 한자리에 참가하지 않았다고 하더라도 그가 일상적으로 기도하고 있는 것과 일치하며 새 정부의 수상도 그가 염원하는 바였다."

이강국은, "나는 박헌영의 비호와 보장에 의해 북조선 인민위원회의 외무국장으로 등용되어 간첩 활동을 계속했다. 나의 범죄 수행에서 모든 유리한 조건은 박헌영이 간첩 재료가 될 만한 것을 가르쳐준 데 있었다."

바로 그날 검사의 구형이 있고 이어 재판장의 언도가 있었다. 사형이었다. 그리고 12월 17일 박헌영은 교수대의 이슬로 사라졌다. 재판이 끝난 이틀 후의 일이다.

그런 일 저런 일도 모르고 하늘을 쳐다보고 있는데, 돌연 한 대의 지프차가 나타나더니 박갑동더러 타라고 했다. 1955년 연말이 가까웠을 무렵이었다. 평양에서 4, 50리 되는 지점으로 짐작되었다. 어느 집 앞에 서더니 내리라고 하고 집안으로 끌고 들어갔다. 방에 박성철이 앉아 있었다. 박성철은 그때 방첩대 총책임자였다. 박갑동은 등골에 전율이 흘렀다.

"요즘 뭣을 생각하고 있소?"

"아무 생각도 없습니다. 산속에서 홀로 3년 동안이나 지내고 나니 마구 퍼내버린 샘처럼 회상마저 말라버렸소."

"지금 공화국은 건설 사업에 인민의 총력을 동원하고 있소."하고 별로 중요하지도 않은 말을 늘어놓더니 그가 물었다.

"다른 사람은 다 잡혔었는데 당신은 어째서 체포되지 않았소?"

마치 박갑동이 남한에서 체포되지 않은 것이 한국 경찰의 비호를 받아서 안 잡힌 것 같은 말투였다.

"그걸 내가 어떻게 압니까? 알려면 남조선 경찰에 가서 물어보시오."

그러자 박성철의 안색이 변하였다. 박갑동은 그를 노려보았다.

"당신은 자기 비판할 일이 없소?"

"많지요. 이렇게 무슨 까닭인지도 모르고 감금되어 있다는 사실, 이 것은 결국 나 자신이 잘못했기 때문이 아니겠소?"

"평양에 있는, 당신이 잘 알고 있는 사람을 말하시오."

"평양을 떠난 지가 3년여 되고 보니 그 사람들이 그곳에 있는지 없는지 모르겠소."

"기억나는 대로 말해 보시오."

박갑동이 가장 무난한 이름만을 댔다. 문화선전상 허정숙, 농림상 박문규, 그리고 구라파부에 같이 있던 직원들, 국제성원관의 일꾼들.

"좀 더 생각해낼 수 없을까?"

"없소."

그때 자동차가 들이닥치는 소리가 나더니, 노어로 "다, 다, 다크." 하며 발자국 소리가 났다. 소련 고문인인 것 같았다. 박성철은 보좌관을 부르더니 박갑동을 얼른 뒷문으로 데리고 가라고 했다. 딴 곳으로 가는가 했더니 지프차는 본시 자리로 향하고 있었다. 심문치고는 싱거운 심문이었다. 비둘기 집에 당도하기 직전 생각이 났다.

그들은 박갑동에 관한 비행을 수집하려고 천마산의 탑동까지 갔을 것이다. 그런데 박갑동의 비행을 누구로부터도 캐낼 수 없었다. 원체 박갑동을 아는 사람이 적었기 때문이다. 만일 그렇다면 조직에 섞이지 않고 혼자 북향길을 걸었다는 것은 대단히 잘한 일이었다. 남쪽에서 왔다고 해서 아는 사람을 찾아다니지 않은 것도 잘한 일이고 사교를 일체 하지 않은 것도 잘한 일이었다. 남쪽 출신의 권력자들을 찾아다니지 않은 것도 잘한 일이었다.

해가 바뀌어 1956년이었다. 평양에서 쇠고기를 싸들고 사람이 왔다. 중앙당에서 왔다며 이름을 들먹였지만 박갑동은 관심 없이 들었다.

"앞으로 같이 당 사업을 합시다."

그 사람의 말이었다.

"기회를 준다면 응분의 노력은 해야 하겠지요."

박갑동이 덤덤히 대답했다. 일체 당 사업과는 무관하게 지내겠다는 게 솔직한 심정이었지만 그럴 수도 없었다.

"실은 3월 당 대회에 박 동지를 중앙위원 후보로 천거할 예정으로 있습니다."

"그건 안 됩니다." 하고 박갑동이 펄쩍 뛰었다. 자기는 아직 당원으로서의 수양이 모자란다는 것, 정양의 필요가 있다는 것 등을 들먹여 "평당원으로 남아 있게 해 달라."고 간청했다. 이런 일이 있고 얼마 후 박갑동은 산속에서 풀려나왔다. 3월 초순이었다.

지난 2월에 소련 공산당 제20차 대회가 있었다. 그 대회에서 흐루시초프가 스탈린 비판의 포문을 열었다. 그 비판은 스탈린 개인의 행적에 대한 비판이었을 뿐만 아니라 널리 스탈린적인 수법을 쓰고 있는 사람들에 대한 비판이기도 했다. 그 비판의 선풍이 어떻게 북한에 불어 닥칠지 모를 일이었다. 4월에 예정한 당 대회를 앞두고 김일성은 당황했다. 증거 없이 체포한 정치범들은 일제히 석방하기로 한 모양이었다. 대남 공작을 맡으라는 제의를 한사코 거절했는데도 박갑동이 풀려나온 것은 순전히 흐루시초프 덕택이었던 것이다.

평양에 돌아오고 나서야 박갑동은 이승엽 등의 재판과 박헌영의 재판 내용을 알게 되었다. 공식적으로 발표된 박헌영의 재판 기록을 보고는 분격하지 않을 수 없었다. 박갑동은 은근히 그 진상 조사에 나섰다. 허위로 까맣게 먹칠이 되어 있는 나라에선 진실의 파편이라도 줍는다는 것은 지극히 곤란한 일이다. 박갑동은 앞으로 1년쯤은 정양이 필요하다는 신청을 하여 승인을 받고는 수사기관의 눈에 띄지 않게 조금씩, 조금씩 긁어모았다. 그 결과 알아낸 사실은 다음과 같았다.

처음 김일성은 박헌영을 철산군의 산속에 감금해놓고, 미리 그들이 준비한 진술서를 승인하라고 했다. 이에 응하지 않자 김일성은 가족과 박헌영을 분리시켜놓고 본격적인 고문을 시작했다. 그들이 조작해놓은 죄상을 인정하라는 것이었다. 박헌영은 물론 이에도 응하지 않았다. 고문의 나날이 2년여 계속되었다.

그러자 김일성 일당은 '세퍼드 고문'을 시작했다. 박헌영이 혼자 있는 방에 사납게 훈련된 세퍼드를 풀어 넣었다. 박헌영을 알몸으로 벗겨놓고, 박헌영은 전신을 세퍼드에 물어 뜯겨 피투성이가 되었다. 그래도 박헌영은 며칠을 견디었던 모양이다. 이윽고 어느 날 박헌영이 비명을 질렀다.

"너희들이 쓴 대로 다 인정하겠다. 빨리 총살하라."

이것을 사실이라고 누가 믿을까? 한때 조선공산당의 뚜렷한 지도자이며, 북조선 공화국에서도 엄연한 부수상이고 외상이었던 사람을 고문하는 것도 뭣한데, 세퍼드를 풀어 물어뜯게 하다니!

박갑동에게 이 정보를 전한 사람은 충분히 믿을 만한 사람이었지만 처음엔 쉽사리 믿어지지 않았다. 그러나 박헌영의 범죄 사실이라고 하여 조작한 내용과 재판 기록을 검토한 결과 충분히 있을 수 있는 일이라고 단정하지 않을 수 없었다. 그러지 않고서야 어떻게 박헌영이 자기의 입으로 "나는 1939년부터 체포되었을 당시까지 미국의 간첩이었다."는 말을 할 수 있겠는가?

박갑동은 6 · 25 초에 〈해방일보〉에 같이 있었던 윤창현이 현재 〈로동신문〉에 있는데, 그가 박헌영 재판 때 방청한 기자의 하나라고 듣고 어느 날 그를 찾아갔다. 윤창현은 어느 부의 부장이 되어 있었다. 그는 박갑동을 반기며 "흐루시초프 이래 신문사의 공기가 눈에 보이게 느슨해져서 기자다운 기자 노릇을 하게 되었다."하고 뽐냈다.

그럼 지금은 진실을 진실대로 보도할 수 있느냐는 말을 꾹 참고, 그동안 소생한 이야기를 이것저것 늘어놓다가 지나가는 말로 '간첩 박헌영 사건'의 재판을 방청한 적이 있느냐고 했다. '간첩'이란 말을 서두에 붙인 것은 그의 의혹을 풀기 위해서였다.

"방청을 했지요. 그러나 얘기는 하기 싫어요. 하두 불쾌해서."

박헌영이 한 짓이 불쾌하더란 얘긴지, 그 재판 자체가 불쾌했다는 얘긴지, 방청을 했으면서 제대로 기사화하지 못한 것이 불쾌했다는 얘긴지 분간할 수 없었지만 그 이상의 추궁은 하지 않았다. 아무튼 불쾌한 기분만이라도 가졌다면 김일성 치하의 기자로선 인간적이라고 여겼기 때문이다. 그러나 이렇겐 물어보지 않을 수 없었다.

"〈로동신문〉에 발표된 재판 기록 그대로였겠지요?"

"박 선생, 그런 얘기는 그만합시다. 점심이나 먹으러 갑시다."하고 윤창현이 일어섰다. 박갑동은 그 재판 기록 자체가 완전히 날조라고 단정했다. 그 단정은 옳았다. 박갑동은 뒷날 북경에서 박헌영의 극비 재판 기록을 볼 수 있었는데, 재판장과 검사의 질문을 박헌영은 하나도 그대로 인정하지 않고 "그랬다면 그랬겠지."란 대답으로 일관하고 있었다.

그러나 이것은 너무 앞선 얘기이다. 박갑동은 진실이란 일편도 없는 이 허위의 왕국에서 떠나기로 했다. 박헌영에 관한 진실을 밝히기 위해서라도 이 암흑에서 벗어나야만 했다. 비록 힘은 약할지라도 손끝에 불을 켜대고서라도 진실을 찾아야 하는 것이다.

그 해의 6월엔가 주을(朱乙)역에서 엄항섭과 안재홍을 만났다. 두 사람 모두 얼이 빠져 있었다. 항아리 속의 물고기가 이미 정상적인 물고기일 수 없듯이, 허위와 술책만으로 가득 찬 공기 속에서 그들인들 정상적인 인간일 순 없을 것이었다. 서로 멀리서 물끄러미 쳐다보고 인사말 한 마디 나누지 못했다. 그것이 박갑동이 북한에서 남한 사람을 본 마지막이었다.

1957년 6월, 박갑동은 제3국으로 탈출했다. 그로부터 『오디세이』의 한국판이 시작되는 것이지만 이건 또 다른 얘기가 될 수밖에 없다.

다음은 박헌영에 대한 판결문의 요지이다.

「박헌영은 1919년 서울에서 잡지 〈여자시론(女子時論)〉의 편집원으로 있을 때부터 이 잡지를 주관하는 친미분자(親美分子) 차 미리사 및 기독교 선교사로서 연희전문학교 교원(뒤에 교장)으로 있던 미국인 언더우드와의 친교를 통해 숭미 사상을 품게 되었다. 1939년 9월엔 대전형무소에서 일제 앞에 혁명을 완전히 포기하고 충성을 다할 것을 맹서한 '사상전향'을 표명하고 출옥했다.

1939년 10월 5일 서울 종로 3정목에 있는 요릿집 '백합원'에서 언더우드를 상면하고 간첩으로 충실히 복무할 것을 서약한 뒤 지하에 들어가 '콤 클럽'에 접근, 지도권을 잡았다.

1945년 11월 초 반도호텔에서 하지 및 언더우드와의 밀회에서 하지로부터 이런 지령을 받았다. 앞으로 자기 세력을 규합하여, 조선공산당 안에서의 지위를 확고부동한 것으로 하도록 노력할 것, 북조선 지역 공산당 내부에 자기 세력을 적극 부식할 것, 중요한 공산당 활동에 대해서도 사전에 통보할 것, 공산당 내부에서 사상 분열을 조성할 것, 공산당을 합법적 타협적으로 인도할 것, 미군정 앞에서 폭동, 파업 등의 투쟁을 하지 못하도록 할 것, 간첩 비밀을 엄수할 것 등. 박헌영은 이와 같은 새로운 지령을 받고 그 실천에 충실할 것을 하지에게 맹약했다.

박헌영은 하지의 지령에 근거하여 조선공산당 앞에서 차지한 지위를 이용하여 당의 전투적 역량을 약화, 마비시키고 남조선 전역에 걸친 좌익 역량을 교살하기 위한 미국 정책에 합치되게, 조직적이고 계통적인 간첩 범행과 좌익 역량을 파괴하기 위한 각종 모략과 해독적 활동을 감행했다.

1946년 9월 5일 하지로부터 북반부에 잠입하여 당과 인민정권 안에 확고한 기반을 구축하고 정권기관을 내부로부터 파괴하는 활동을 강행하라는 지령을 받았다. 이를 위해 입북한 뒤 해주 제1인쇄소와 강동정치학원 안에 이강국, 조일명, 이원조, 박승원, 임화 등을 비롯한 반혁명분자들을 잠입시켜 그들을 조종하면서 그곳을 범죄수행에 이용함으로써 하지로부터 받은 과업의 실천에 착수했다.

박헌영은 이러한 간첩 행동을 감행하는 한편, 하지의 지령대로 자기와 같은 '체포령'을 구실로 잠입한 남조선 주둔 미국 제24사단 헌병사령관 미군 대좌 베트의 고용 간첩인 이강국을 1947년 2월 북조선 인민위원회 외무국장으로 등용케 하는데 성공하였으며, 그를 자기의 신변인, 혹은 해주 제1인쇄소의 지도 책임자로 임명하여 그의 간첩 활동을 적극 보장하였다. 그리고 1947년도 북조선 인민 경제계획에 관한 통계자료, 1948년도 국가예산에 관한 종합자료 등을 전후 5차에 걸쳐 미군에게 전달했다.

1948년 6월 박헌영은 "현 애리스를 비롯한 미국 정보원을 구라파를 통하여 북조선에 파견하겠으니 그들의 입국과 간첩 활동을 보장하여 주라."는 하지의 지령을 받고 현 애리스와 이사민에게 입국사증을 발급케 한 후 애리스를 중앙통신사 또는 외무성에, 이사민을 조국전선 요직에 배치하여 그들의 간첩 활동을 보장하여 주었다.

1950년 6월 25일 조국 해방전쟁이 발발되자 박헌영은 남반부의 당과 민주 역량을 파괴한 죄악을 숨기고 남반부 전 지역의 당 및 정권기관의 주도권을 장악함으로써 그를 토대로 하여 공화국 정권 전복의 종국적 목적을 달성하려는 기도에서, 자기의 영향 하에 있던 자 2백여 명을 안주에 집결시켜 조선인민군의 반격에 의하여 해방된 남반부의 도, 시, 군당 및 정권기관에 책임자로 임명 파견하였고, 공모자 이승엽은 서울시 임시위원장으로 있으면서 범죄적 목적을 달성하기 위하여 경기도당 위원장에 김점권, 경기도 인민위원장에 안영달 등 반혁명 범죄자들을 포섭했다.

박헌영은 남반부로부터 입북한 당원들을 기만 회유하여 당과 공화국 정부에 대한 불신을 조장시키고, 불순분자에 대해서는 그들의 과거 사상을 은폐하여 주는 등의 수단과 방법으로 그들을 자기의 주위에 집결시키는 데 전심전력하였고, 당과 국가의 직무에 충직한 열성자에 대하여는 '변절자', '배신자'라고 위협하여 그들로 하여금 전도를 비관하여 직무에서 이탈하게끔 꾀하였으며, 이전부터 심복자 장시우를 교묘히 사주 선동하여 반당적 반국가적 범행을 적극적으로 하게 하였으며, 서득은, 이강국 등을 시켜 당 자금 조달을 구실로 동방상사, 영민공사를 경영하면서 많은 일꾼들을 원조로 가장하여 매수 접근시켰으며, 심복자들에게 거액의 경제적 지출을 하여 부화방탕한 생활과 동시에 반혁명적 범죄에 끌어들였을 뿐만 아니라 박헌영 자신도 탐욕적이고 부화한

생활을 영위하여 왔는 바, 체포 당시 87만 원의 공화국 화폐와 1천6백 그램의 순금을 횡치 보유하고 있었다.」

이러한 이유로 사형을 선고하여 재산을 몰수한다는 것이었다. 재판장은 최용건, 배석 판사는 김익선, 임해, 방학세, 조성모.

박헌영에 대해 박갑동과 견해를 달리하는 사람일지라도 해방 전후의 공산당의 실태를 아는 사람이면 이 문서에 진실이 있다고 인정하는 사람은 아마 아무도 없을 것이다. 하기야 이런 재판은 김일성의 독창이 아니다. '브하린 사건', '토하셰프스키 사건'에서 일찍이 스탈린의 하수인들이 보여준 솜씨들이다. 다만 박헌영에 대한 김일성의 조작 재판이 한층 졸렬한 대신 한층 잔인했다는 것뿐이다.

한편 남한의 재산(在山) 현지당(現地黨)과 유격대는 박헌영, 이승엽 등의 숙청과 때를 같이하여 완전히 궤멸되고 말았다. 제5지구당은 1953년 8월 초 북한에서 이승엽 일당에 대한 숙청 재판이 있은 지 약 20일 후인 8월 26일에 지리산 반야봉 남쪽 빗점골에서 조직위원회를 열었다. 이 회의에서 '반당, 반국가적인 파괴분자, 암해분자, 종파분자인 박헌영, 이승엽 등 반역 도당의 잔재와 영향을 근절하기 위한 제반 대책'이 토의되었다.

그러나 별반 결론을 얻지 못했는데, 9월 6일 다시 조직위원회를 열어 부위원장 박영발의 제의에 따라 제5지구당을 정식으로 해체했다. 위원장이였던 이현상은 평당원으로 강등되어 경남도당의 소속이 되었는데, 9월 19일 경남도당으로 이동하는 도중 사살되었다.

1954년 1월엔 덕유산에 본거를 두고 있던 방준표가 사살되고, 대구시내에서 남도부가 생포되었다. 같은 해 2월 속리산 지구의 제3지구당 위원장 박우헌(일명 남충열)이 사살되고, 지리산지구의 경남도당 위원장 조병하가 생포되었다. 같은 해 3월 전남도당 위원장이며 제

5지구당 부위원장이었던 박영발이 사살되었다. 이현상, 방준표, 박영발은 유격대의 주도권을 싸고 서로 반발하고 싸운 사람들이다.

같은 시기 대구 시내에서 신불산지구의 제4지구당 위원장 이구형이 생포되었다. 같은 해 4월 박영발의 뒤를 이어 전남도당 위원장이 된 김선우가 사살되었다. 그 밖의 잔존 세력은 산악지대에서 그야말로 '생존을 위한 투쟁'을 전개했으나 1955년에 접어들어 거의 사살되거나 생포되었다. 물론 몇 명의 잠행자는 있었겠지만 감옥에 있는 자, 대한민국으로 전향한 자, 박헌영을 배반하고 김일성에게 적극적으로 충성한 자를 제외하고는 남로당 계열은 씨를 말렸다.

아무튼 박헌영을 중심으로 한 남로당은 휴전과 더불어 남쪽과 북쪽에서 완전히 소멸되고 말았다. 1945년 9월에 공산당을 재건한 후 1955년에 완전 소멸하기까지 공산당, 즉 남로당은 10년간의 세월을 지탱했다.

박갑동은 "경성고보를 졸업하자마자 평생을 공산주의 운동에 앞장섰던 박헌영이 끝내는 평양에서 자신의 동료이기도 한 북한 공산주의자들의 손에 목숨을 잃었다. 최후의 형장에 섰을 순간 그의 뇌리에는 어떤 상념이 떠올랐을까? 아마 그가 천진하게 자란 고향 충남 예산군의 어느 따뜻한 양지바른 산천과 부모들의 얼굴, 또는 평생 그를 따랐던 친구나 동지들의 얼굴을 그리며, 그리고 인생이 얼마나 허무한가를 절감하면서 마지막 숨을 거두었을 것이다."하고 한탄하고 있지만, 이것은 그의 센티멘털한 감상일 뿐이다.

박헌영의 죄를 조작한 김일성의 악랄함을 인정하면서도 박헌영이 민족에 끼친 범죄는, 김일성이 조작한 것과는 전혀 달리, 역사의 심판을 받아야만 할 것이다. 처참한 최후가 그 보상이 될까? 역사란 결코 만만한 것이 아니다. 그런데 어느 누구가 말했다.

"박헌영에 대한 심판은 반드시 있어야 할 일이지만, 그건 김일성에 대한 심판이 있은 연후에 있어야 할 것이다. 김일성의 처사를 긍정하는 것으로 오해될까 두렵다."

지당한 의견일는지 모른다. 하영근의 말을 다시 한 번 인용한다.

"역사상 정치집단의 빈번한 부침(浮沈)이 있었지만 남로당처럼 허망한 건 다시 없을 것이다. 박헌영이 미국의 스파이였다고 김일성이 처단했는데, 그것이 사실이었다면 남로당은 일종의 괴기한 만화에 불과하고, 그것이 사실이 아니라면 남로당이 치른 대가가 너무나 엄청나다. 남로당의 역사 십 년 동안의 경과는 대한민국에 국한해선 공산주의가 철저하게 실패했다는 증거 재료가 된다. 세상에 그처럼 허망한 일이 있을 수 있는가?"

(끝)

작가
후기

박갑동 씨는 동향인으로서 나의 2년 선배이다. 같은 대학이지만 도쿄에선 그를 만난 적이 없다. 그러나 고향에 돌아오면 가끔 그의 소식을 들었다. 빼어난 수재라는 것이고 품행이 단정한 모범적인 학생이면서 민족의식이 강하다는 이야기들이었다.

그가 해방 직후에 좌익운동에 투신했다는 것을 들은 것은 이 소설에도 가끔 등장하는 이우적(李友狄) 씨를 통해서였다. 박갑동 씨는 이우적 씨를 비판적으로 보고 있지만 이우적 씨를 통해서는 그를 나쁘게 말하는 것을 나는 들은 적이 없다.

좌익운동을 하는 사람이고, 그가 주로 활약한 무대가 서울이었으므로, 당시 나는 그를 만날 수는 없었다. 진주에서 좌익운동을 하는 친구들로부터도 그의 소식을 들을 수가 없었다. 아니 〈해방일보〉에 있다는 얘기를 들은 적이 있었던가? 기억이 모호하다.

6·25가 끝나고 나서 나는 그가 남로당에서 뜻밖에도 중요한 직책을 맡고 있었다는 것을 알았다. 그러나 그의 행방은 알 수가 없었다. 박헌영파로 몰려 숙청되었을 것이란 풍문이 어슴푸레 있었다. 그의 남로당 내의 지위로 봐서 있을 수 있는 일이라고, 그를 아는 사람들은 막연히 짐작하고 있었다. 그리고 20수 년의 세월이 흘렀다.

그런데 그가 돌연 한국에 나타났다. 그야말로『오디세이』의 귀환이었다. 게오르규의『25시』를 몸소 체험한 그에게 나는 비상한 흥미를 느꼈다.

그의 정신적, 육체적 편력이 능히 작품 하나를 이룰 수 있을 것이란 생각도 들었다. 얘기를 나눠 보니 그는 남로당의 살아있는 증인이라고 할만했다.

소설의 체재와 한계 때문에 부득이한 '픽션=허정(虛情)'이 필요했고, 생략 또한 불가피했다. 그러나 나는 이로써 남로당의 생리와 병리를 어느 정도 부각한 것이라고 자부한다.

이병주(李炳注)

편집자 註 _
이 소설은 1985년부터 〈월간조선〉에 연재된 뒤, 1987년 10월 1일 청계연구소 출판국에서 출간되었다.

왜,
지금,
또,
남로당인가?

남정욱
(소설가 · 숭실대 문창과 겸임교수)

1

무료했다. 할 일이 하나도 없었다. 하품만 났다. 끝없이 지루했다. 시간이 가질 않았다. 뭐가 되도 좋으니 시간만이라도 좀 빨리 가 주었으면 좋겠다고 생각했다. 세상은 참 잘도 돌아갔다. 나만 빼고 모든 것이 정상이었다. 하품을 하다보면 눈물이 났다. 슬퍼서 흘리는 눈물이나 지겨워서 흘리는 눈물이나 염도는 같았다. 지겨운 건 그러니까, 슬픈 거다. 허무를 넘어 끔찍한 거다. 소불알처럼 늘어진 어느 여름 날 당구장에서 친구와 시간을 죽이고 있었다. 시간을 죽이고 있다고 했지만 알고 있었다. 정작 죽는 것은 시간이 아니라 나라는 것을. 자장면이 배달되어 왔다. 한참 전에 만들어 놓은 것을 그냥 가져왔는지 이미 떡이 되어 있었다. 이건 재활용일까

중고 처리일까?, 그런데 손톱에 왜 이렇게 초크가 많이 끼지?, 바보, 장갑을 끼면 되잖아, 그럼 큐감이 떨어지는데? 따위의 어수선한 대사 끝에 친구가 그야말로 '불쑥' 말했다. "갑자기 생각난 건데, 우리, 독서 클럽 한번 해 볼까?" 날씨가 덥긴 덥구나. 미친 놈, 쏴주고 싶었지만 입 안에는 자장면이 가득 들어있었고 얼결에 고개를 끄덕이고 말았다. 하긴 뭐든, 아무거나, 시간만 보낼 수 있다면 무슨 상관이래. 그렇게 시작된 모임이었다. 일주일에 한 권 정도 책을 읽고 느낌을 주고받자, 정도로 얼개를 잡았다. 82년의 일이었고 고등학교 시절 이야기다. 처음 고른 책은 마르쿠제의 박사 학위 논문이었던 것으로 기억난다(고등학생이 뭘 안다고 하시면 곤란하다. 뭘 모르니까 그런 게 가능한 거다). 몇 주 쯤 지나서 문득 우리에게 명칭이 없다는 생각이 떠올랐다. 명색이 클럽이고 조직인데 명칭 정도는 있어야 하는 거 아닌가. 친구는 좀 살았고 우리 집은 경제가 시원찮아서 둘 사이의 격차를 떠올려 지은 이름이 「계급동맹 독서회」였다. 이거 너무 계급적이지 않냐. 당시 다소 공안정국 분위기라서 조금 누그러뜨릴 필요를 느꼈는데 마침 수업 시간에 선생 하나가 힌트를 줬다. 이 학교 선배 중에 천재가 둘 있는데 하나는 유진오고 하나는 박헌영이라는 얘기였다. 유진오는 누군지 잘 몰랐고 박헌영은 들은 적이 있었다. 그래도 당수(黨首) 정도는 되어야 명칭에 넣어도 면이 상하지 않지 않겠나 싶어 정한 이름이 「박헌영 사상 연구회」였다. 정말 박헌영 사상을 연구했냐고? 세상이 지루하고 끔찍한 건 바로 이런 질문들 때문이다. 고등학생이었으니까, 외로웠으니까 그냥 그랬던 거다.

박헌영을 다시 만난 건 대학에 들어와서다. 받아든 팸플릿 제목이 「우리는 간첩 박헌영으로부터 무엇을 배울 것인가」였다. 제목부터 마음에 들지 않았다. 머릿속에서, 간첩한테 배우긴 뭘 배워? 그리고 박헌영이 왜 간첩이야 같은 단상들이 오갔다. 이미 이승엽 등과 꾸민 내란 음모죄가 명백하게 드러난 상태였고 소련파, 연안파 등 반(反) 김일성 조직이 자기들에게 불똥이 튀는 것을 보고만 있었을 리가 만무하며 명예를 목숨보다 중시했던 사람이 겨우 셰퍼드에게 물어뜯기는 것이 두려워서 간첩 행위를 시인했다니 도대체가 말이 안 되는 이야기였지만, 팸플릿은 그런 실증적인 자료들을 무시한 채 운동가의 품성이라는 추상적인 이유로 박헌영의 간첩설을 두둔하고 있었다. 그래서 글의 결론도 '혁명 운동은 지식과 재능으로 하는 게 아니라 신념과 의리로 하는 것'으로 끝! 하하하, 운동을 신념과 의리로 하다니 세상에 코미디도 그런 코미디가 없었다. 그러나 나의 조롱과 달리 이 '신념과 의리파'는 나중에 주사파로 발전하고 80년대 학생운동을 장악하게 된다. 이념의 시대는 가고 의리의 시대가 오던 그 무렵에 읽었던 책이 바로 이병주의 『남로당』이다. 팸플릿에 대한 반감 때문만은 아니었다. 그저 구체적이고 정확한 사실 관계가 궁금했을 뿐이다. 표지에는 장편소설이라고 되어 있었지만 엄밀한 의미에서의 소설형식은 아니다. 그보다는 차라리 르포르타주에 가깝고 내러티브 저널리즘 기법을 활용한 '실록, 남로당과 박헌영의 재구성'이라고 부르는 게 타당하겠다. 소설은 박갑동이라는 실존 인물을 통해 시대를 돌아본다. 박갑동은 박헌영의 측근으로 그의 비서역할을 했으며 김삼룡, 이주하가 검거되면서 남로당을 이끌었던 마지막 중책이다. 숨만 겨우 쉬던, 일망타진 직전의 조직이라 이끌었다고 말하기는 좀 그렇지만.

2

영화나 책의 내용을 미리 소개하여 독자나 관객의 김을 빼는 것을 스포일러라고 하는데 이제부터 소개되는 내용도 그와 비슷하다. 그러나 꼭 나쁜 건 아니다. 가끔은 흥미를 유발하거나 친절한 가이드 역할을 하기도 하니까. 게다가 이미 알 만한 사람은 다 아는 역사 아닌가. 첫 페이지를 넘기면 좌익 운동에 빠진 아들 때문에 심란한 아버지가 등장한다. 평등한 세상을 만들겠다는 열혈 청춘과 세상 일이 그리 단순하지 않다는 것을 아는 아버지 사이의 간극은 대화로 좁혀지지 않는다. 다툼 끝에 결국 아들은 자살한다. 유토피아 질병으로 좌익 정서가 일상화된 시절을 삽화로 내세워 작가는 독자와의 대화를 시작한다. 소설이 갖추어야 할 첫 번째 미덕은 읽히는 것이다. 칭찬 하며 읽든 욕을 하며 읽든 일단 손에 잡으면 책장이 술술 넘어가야 한다. 그런 의미에서 『남로당』은 일차 관문을 우아하게 통과한다. 이어 소년 박갑동이 등장한다. 박갑동은 독립운동을 하다가 중국으로 도망친 형 때문에 일경의 고문을 받는다. 팔이 골절되고 손가락이 짓뭉개진 박갑동은 당시 소학교 6학년이었다. 이때부터 그의 마음속에서는 저항의 불꽃이 자라기 시작한다. 그 불길의 방향이 왼쪽으로 흘러가는 데는 오래 걸리지 않았다. 그 무렵 전남 광주의 월산동 벽돌공장에서 일하던 인부 하나가 4년 동안의 노동자 생활을 청산하고 서울로 올라간다. 위장으로 몸을 숨기고 있던 박헌영이다. 해방이 되고 거리에 벽보가 붙기 시작한다. '박헌영 선생이시여, 나오시라' 물론 자작극일 가능성이 높지만 인민의 부름과 동시에 나타난 박헌영은 그 유명한 「8월 테제」를 발표한다(당시에는 이런 테제를 발표하는 게 각국 공산당의 유행이었다). 주로 공산주의 이론 서적을 번역하여 소개하던 박헌영이 자기 목소리를 낸 최초의 저작인데 일종의 정세 분석집이다. 박헌영의 첫 번째 목표는 건준(건국준비위원회)의 장악이었다. 그리고 인민공화국을 선포하는 게 다음 단계였다. 대중의 호의를 얻을 간판이 필요했다. 여운형이다. 경기여고 강당에서 열린 전국 인민대표자 회의에서 여운형은 "비상시에는 비상한 인물이 비상한 방법으로 비상한 일을 해야 한다."는 비상한 발언으로 갈채를 받는다. 허헌은 "주권은 인민에게 있다."며 여운형의 발언을 증폭시킨다. 이 광경을 바라보는 김성수, 송진우의 표정은 굳어 있다. 좌우 갈등의 시작이다. 속셈을 숨긴 자들과 속셈을 간파한 사람들이 갈라서고 있었다. 그 간격은 조금씩 넓어진다. 속셈을 간파한 인물들의 중심에 이승만이 있었다. 소설은 역사적인 배경 설명을 충분히 한 뒤 조금씩 독자들을 허구와 실제 사이의 절묘한 지점으로 끌어들인다.

소설의 중간 중간에 각종 사료(史料)들이 등장한다. 몰입을 방해한다는 사람도 있지만 그건 독자의 스타일 차이다. 어떤 이들에게는 소설의 리얼리티를 높여주는 양념 역할을 하기도 한다. 상권의 주요 내용은 찬탁(신탁통치 찬성)과 민전(민주주의 민족전선)의 결성이다. 찬탁이 옳았느냐 반탁이 옳았느냐는 논쟁의 실익이 없다. 이미 북조선에서는 국가가 만들어지고 있었기 때문이다. 다만 찬탁으로 조선 공산당의 입지가 좁아진 것은 현재의 시점에서도 유효한 관찰이다. 이승만은 그 딜레마를 알았다. 그는 참모 회의에서 이렇게 말했다.

앞으로 공산당을 비판하거나 공격할 땐 반드시 그들의 소련에 대한 충성심을 들먹여야 한다. 소련에 대한 충성심이 대단한데 그 때문에 나라는 망치게 된다는 설법이다. 그렇게 해놓으면 그들은 절대 정면 공격을 못하게 된다. 왜, 우리의 비판을 반박하기 위해선 소련에 대한 그들의 충성을 스스로 부정해야 하니 소련 일변도로 생명을 걸고 있는 그들로서는 가능한 일이 아니다.

이 발언이 반세기를 넘어 아직도 유효한 것은 희극일까 비극일까. 참모들에게 전략적으로 상황을 설명한 이승만은 이를 대중적 언어로 바꾼다.

"이 분자들이 러시아를 저의 조국이라 부르나니 과연 이것이 사실이라면 우리의 요구하는 바는 이 사람들이 한국에서 떠나서 저의 조국에 들어가서 저의 나라를 충성스럽게 섬기라고 하고 싶습니다."

실실 웃음이 나는 걸 보니 아무래도 비극보다는 희극에 가까운 것 같다. 하긴 칼 마르크스도 이렇게 말했다. "역사는 두 번 되풀이된다. 한번은 비극으로, 그 다음은 희극으로." 찬탁을 지지하긴 했는데 반란이 일어난다. 산하의 학생 조직이 연계하여 찬탁 반대를 주장하고 나섰기 때문이다. 좌익 이론가 김형선은 박갑동에게 지시를 내린다. 당 사업을 하기 위해서는 별별 수단이 다 필요하다며 학생들의 책동을 분쇄하고 당의 기강을 살리기 위해 스케이프 고트(속죄양)를 만들어내라고. 속죄양의 개념을 도입한 데서 모세의 권위가 보장된 거라며 성경까지 인용해가며 박갑동을 설득했지만 그 속죄양이 어느 날엔가는 자신들의 역할이 될 수도 있다는 사실을 그는 짐작이나 했을까.

3

소련의 지시에 의한 찬탁 결정 이후 조선 공산당 혹은 남로당은 조금씩 허물어지기 시작한다. 이후에 벌어지는 일들은 위폐, 폭동 등 자충수 성격이 강하다. 당연한 일이기도 하다. 북쪽에서는 점령군의 호위를 받는 정권이 단단해지고 있는 반면 남쪽에서는 미군정, 우익 세력과의 승산 없는 싸움을 계속해야 했기 때문이다. 중권부터의 내용은 사실상 남로당 몰락사다. 그들이 어떻게 숨이 끊어져 갔는지 소설은 약간은 어이없다는 투로 조금은 비애의 시선으로 바라본다. 1946년 무렵 조선공산당의 중앙위원회는 서울에 있었고 평양에는 분국이 있었다. 김일성은 북조선 노동당을 만드는 작업을 진행했다. 모스크바에서 오는 지령이 서울을 경유하여 평양으로 오는 것이 불합리하다고 주장했다. 일국 일당 원칙에 어긋나는 발언이었지만 소련은 이미 김일성의 손을 들어주고 있었다. 김일성은 조선 공산당을 나눠서 '북조선 노동당'과 '남조선 노동당'을 만들자고 제안했다. 북로당은 당연히 자신이 장악하고 남로당은 여운형과 신민당의 백남운을 조종하여 박헌영을 밀어낼 심산이었다. 박헌영의 산수는 간단했다. 공산당원 60만 명, 인민당원 1만 명, 신민당의 당원은 7천 명 그리고 최종적으로 인민당원의 90%는 이중당원으로 공산당의 프락치. 김일성의 뜻대로 될 리가 없었다. 박헌영의 생각은 조금 더 정밀했다. 공산당을 당 중 당(黨中黨)으로 하고 외곽에 대중정당을 만드는 것이다. 이는 대중정당을 포섭하거나 연계하여 방패막을 둘러치는 전술과 일란성 쌍둥이다. 그렇게 대중정당이, 그것도 보수 야당이 소수에게 놀아난 사태를 우리는 지켜보지 않았던가.

그러나 박헌영이 간과한 사실이 있었다. 60만 명이라는 공산당원 중 합법성이 무너지는 순간 90%는 탈락할 것이라는 사실이었다. 그리고 그 합법성에 위기를 가져온 사건이 대구 폭동이다. 대구 폭동은 이후에 남한에서 발생한 좌익 폭동의 교범이다. 전형적인 불가사리형 폭동으로 중심에서 변방으로 확대되도록 기획되었으며 '시체 전시'같은 감성적인 전술이 동원되었다(시체 전시는 소련의 영화감독 에이젠슈테인의 「전함 포템킨」에도 등장하는 대단히 클래시컬한 방식이다). 대구 폭동은 전국으로 확대된다. 개성에서는 지서가 습격당했고 경찰서가 함락되었으며 임한과 연안에서도 같은 일이 벌어졌다. 공산당은 이런 사태를 인민 항쟁이라고 부르며 자화자찬했다. 자화자찬의 특징은 사실과 매우 무관하다는 것이다. 결과는 좋지 않았다. 많은 당원들이 죽거나 감옥으로 갔으며 그 수보다 훨씬 많은 숫자가 이탈했다. 조직이 투쟁을 통해 강화된 것이 아니라 투쟁을 통해 괴멸되어 가는 데도 그들은 그 상황을 성과라고 이해하고 있었다. 현실 인식이 현실에서 완벽하게 유리되어 있었다. 공산당은 여운형 같은 대중지도자를 옹위하는 대신 그를 깎아내렸다. 대중을 포섭하여 사회주의의 기반을 다지는 대신 미 점령군을 골탕 먹여 스탈린의 점수를 따는 데 더 열중했다. 패착이라는 단어가 떠오르는 상황이다.

소설은 잔재미가 있어야 한다. 에피소드와 캐릭터다.『남로당』에는 흥미 있는 여성 캐릭터가 하나 등장한다. 박갑동과 동지적 교류를 나누는 전옥희라는 여성인데 현재 활동 중인 영화감독의 어머니로도 유명하다. 검거된 후 포로수용소에서 수용소장의 눈에 들어 감옥을 나온 것으로, 즉 출중한 미모로 한동안 세인들의 구설에 오르기도 했다. 박갑동과는 서로 간에 성(性)적인 욕구가 전혀 발생하지 않는 이상한 남녀 관계를 형성하는데 주고받는 대사가 참 재미있다. 둘이서 만나기로 한 날 경찰이 그 장소에 잠복하고 있던 것을 알고 가까스로 빠져나와 나누는 대화다.

옥희 : 그들이 형사란 건 어떻게 아셨어요?
갑동 : 고양이가 쥐새끼 냄새를 맡지 못하겠소?
옥희 : 혹시 고양이와 쥐새끼가 거꾸로 된 것은 아닐까요?
갑동 : 우리가 쥐새끼일 순 없지.
옥희 : 채어가는 건 이 편인데두요?

전옥희는 냉철하게 상황을 분석, 판단하기도 하고 또 어떨 때는 맹종의 전형을 보이기도 하면서 독자들에게 책장을 넘기는 활력소로 작용한다. 인물의 형상화란 이래서 중요하다. 소설이 가져야 할 미덕의 두 번째는 손에 잡힐 것 같은 생생한 캐릭터다. 이병주가 구축한 소설 속 전옥희의 미모는 지면에 갇혀있지 않고 수시로 탈출해서 독자들을 즐겁게 한다.

4

                     38선 이남에서 단독 선거가 결정되었고 공산당은 단선 반대운동에 착수한다. 박갑동은 그 결정에 회의를 품는다. 박갑동 뿐이 아니었다. 비밀리에 자금을 대던 인민고무 사장 김복식은 선거 참여를 건의한다. 단선 반대를 하다가 소기의 목적을 달성하지 못할 것 같으면 제3선을 동원해서 선거에 참여하여 선거 후에 구성될 국회의 절대 다수 의석을 차지해버릴 전술도 필요하지 않겠느냐고. 그러나 도당 위원장은 어림없는 소리라며 한 칼에 잘라버린다. 당의 강령, 당의 방침, 당의 종래 전술에 전연 위배되는 것을 어떻게 할 수 있겠느냐는 설명과 함께. 그러나 결국 이들은 이때의 결정을 후회하게 된다. 그 이후 꾸준하게 진행된 좌익들의 국회 입성 전략을 우리는 2011년 왕재산 사건과 경기동부연합의 사례를 통해 눈으로 확인할 수 있다.

    남로당이라는 배 밑창에 슬슬 물이 들어찬다. 물이 들어오면 쥐새끼들은 빠져나가고 멍청이들과 어쩔 수 없이 신념을 고수해야 하는 분자들만 남는다. 이때 남은, 혹은 남아야 하는 자들의 심정은 어떨까. 박갑동과 전옥희의 대화는 압축과 함축으로 상황을 설명한다. 무슨 일로 그렇게 바쁘냐는, 실패하기 위해 바쁘냐는 전옥희의 질문에 박갑동은 이렇게 대꾸한다. "실패도 업적이 된다오." 전옥희는 냉소한다. "실패, 실패, 실패의 연속이 업적으로 된다면 혁명은 실패하고 영웅만 남는 꼴이 되겠군요." 박갑동은 침묵할 수밖에 없다. 남로당은 사사건건 실패하면서 영웅만 만들어내고 있었다. 그것도 아무도 인정해주지 않는 영웅, 이름도 없이 죽어 없어지는 영웅, 공치사로 만들어 놓고 다음 순간 잊어버리는 영웅.

바로 그 맥락에서 작가는 소설 속 연길수라는 인물의 입을 통해 상황을 진단한다. 길지만 옮기는 것은 작가가 가진 재미있는 역사관 때문이기도 하고 역사의 아이러니를 보여주기 때문이다.

나는 이 정부를 세운 건 이승만 박사가 아니라 박헌영이라는 생각을 해보았어. 박헌영의 공산당이 그렇게 설쳐대지만 않았더라도 남한의 백성들은 그냥 미군정 하에 있으면서 통일이 되길 기다리는 편을 택했을 거야. 이 정부가 공고히 설 수 있었던 것은 박헌영과 남로당이 단선을 결사적으로 반대했기 때문이야. 만일 남로당이 적극적으로 선거에 참여하겠다고 들었더라면 미국이 단정을 포기했을지도 모르지. 국회를 만들어보았자 절대 다수를 남로당이 차지하는 국회가 될 것이 아닌가 하는 의구가 생기면 그들이 마음 놓고 선거를 하라고 안심하고 했겠어? 남로당이 반대하니까 안심하고 선거를 한 거지. 그런데다 선거를 반대한답시고 막 힘을 다 싣는 바람에 남로당이 대부분 노출되어 버렸지 않나? 노출된 남로당원 체포하는 거야 여반장이지. 그렇게 해서 박헌영은 보수 일색의 국회를 만들어주었고, 자기들의 파멸을 재촉해서 단독 정부의 출발을 순탄하게 해주었단 이야기야.

글 초반에 등장한 박헌영 미제 간첩론과 맥이 이어지는 발상이다. 그런데 문제는 이 모든 결정을 박헌영이 아니라 소련이, 김일성이 했다는 사실이다. 그럼 혹시 김일성이 미제의 간첩? 역사의 아이러니로

작가는 또 이런 예를 든다. 가령 일제시대에 순사 시험을 수차례나 보고 낙방한 놈이 합격해서 순사로 있던 놈을 인민재판에 걸어 박해하고서는 민주투사 흉내를 내거나 징병, 징용, 지원병 갔다가 돌아왔는데 총기 조작에 익숙하다는 이유 때문에 폭동의 선봉에 섰고 그것을 공로라고 해서 당원을 시켜주거나 등등. 소설의 마지막은 붕괴하는 남로당과 여순반란 그리고 지리산 파르티잔이 장식한다. 그들은 모두 실패한 영웅이었고 아무도 인정해주지 않는 영웅이었고 이름도 없이 죽어 없어지는 영웅이었다. 이게 영웅인가. 언어 감각이 정확한 사람은 그걸 허깨비라고 부른다. 이병주의 『남로당』은 그 허깨비들에 대한 고발장이었다. 책의 한 구절로 글을 마무리한다.

역사상 정치집단의 빈번한 부침이 있었겠지만 남로당처럼 허망한 건 다시 없었을 거다. 박헌영이 미국의 스파이였다고 해서 김일성이 처단했다고 하는데, 그것이 사실이라면 남로당은 일종의 만화에 불과하고, 그것이 아니라면 남로당이 치른 대가가 너무나 엄청나다. 남로당의 역사 10년 동안의 경과는 대한민국에 국한해서 공산주의가 철저하게 실패했다는 증거재료가 된다. 세상에 그처럼 허망한 일이 있을 수 있는가.

그 허망한 일이 지금도 버젓이 벌어지고 있다. 현실을 무시한 채 외부의 '지령'을 받아 사고하고 움직이고 발언하는 사람들을 우리는 지금 목격하고 있다. 1987년에 나왔으니 30년이 다 되어가는 책을 다시 꺼내 읽는 이유다. 같이 읽어 좋은 책은 박갑동이 김일성의 핍박을 피해 북한을 탈출한 뒤 1973년에 쓴 『박헌영』과, 같은 작가의 소설인 『지리산』이다. 『태백산맥』 같은 사기 역사소설에 대한 답변으로도 의미가 있을 것이다.

한국 현대사 격동기
실화(實話) 소설

김선학

(문학평론가 · 동국대 국문과 명예교수)

　　　　　　　역사를 인간 삶의 축적이라 할 때, 그것은 삶
을 언어의 그물로 잡아 올려 형상화하는 소설가에게 있어서는 문학적
대응의지를 자극시켜 주는 호재가 될 것이다. 이병주의 소설작업은 이
같은 보편적 사실에 밀접하게 관계하고 있다.

　『소설 알렉산드리아』 이후 『예낭 풍물지』에 이르기까지 그는 인간 실
존이 그들을 둘러싸고 있는 환경적 요인과 맞서 어떻게 좌절하고 극복
하느냐에 초점을 맞춘다. 한국인의 아픔이 식민지 상황과 이데올로기
의 허상에 의해 더욱 비극적 현실로 삶의 현장에 각인되었음을 소설의
구조 속에서 그는 추출하려 한다. 그래서 역사의 기술(記述)들이 놓쳐
버리기 쉬운 개별적 인간의 족적을 성격화(性格化)로 표현하여 역사의
실록적 특질을 인간탐구라는 소설의 기본 덕목에 접목시켜 놓고 있다.

소설『남로당』도 한국 현대사의 바다에서 거센 풍랑을 일으키고 자지러진 실재의 사실을 박갑동이라는 인간 성격을 통해 표현, 형상화하여 역사에 대한 문학적 응전을 의미 깊게 수행하려는 문맥에서 파악할 수 있는 작품이다. 따라서 소설『남로당』은 역사 주체가 인간이란 점과, 역사의 흐름에 개별적인 인간존재가 무참하게 함몰할 수 있다는 양면을 동시에 확인하는 뜻에서 그 의미가 매우 심장하다 아니할 수 없다.

그러나 자료들의 우세한 집적이 곧 역사적 사실의 소설화에 언제나 능동적일 수만은 없다는 문제를 소설『남로당』은 계속 제기할 수도 있을 것이다. 이 점은 문학이 때로는 역사보다 진실할 수도 있다는 아리스토텔레스의 입장을 상기하게 되며, 현대사 매듭의 소설화에 이병주의 상상력이 넘어야 할 깊은 계곡이 될 수도 있으리란 파악을 가능하게 해준다.

〈조선일보〉 1987년 11월 6일자 서평